NIKOLA HOTEL

DARK IVY

Halt mich fest

Roman

Kyss

Dieses Buch enthält potenziell triggernde Inhalte. Wenn du dich darüber informieren möchtest, findest du auf unserer Homepage unter www.endlichkyss.de/darkivy2 eine Content-Note.

Originalausgabe
Veröffentlicht im Rowohlt Taschenbuch Verlag,
Hamburg, August 2024

Covergestaltung ZERO Werbeagentur, München
Coverabbildung und hintere Klappe Shutterstock
Satz aus der Thesis Antiqua
bei hanseatenSatz-Bremen, Bremen
Druck und Bindung CPI books GmbH, Leck
ISBN 978-3-499-00877-1

MIX
Papier | Fördert
gute Waldnutzung
FSC® C083411

Für Anne

pothogonia
n. the torturous feeling of being caught between desire and pain because you love too much and are unable to give up on the person you've lost.
From Greek *póthos* (desire, longing) and *agonía* (struggles of emotions, pain, suffering)

– Notizbuch von Eden Collins

PLAYLIST

Achilles Come Down – Gang of Youths
Falling Down – Lil Peep, XXXTENTACION
Goliath – Woodkid
Greek God – Conan Gray
After Dark – Mr.Kitty
Unfair – The Neighbourhood
Succession (Main Title Theme) – Nicholas Britell
Love and War – Fleurie
Asleep – The Smiths
Briony – Dario Marianelli, Jean-Yves Thibaudet
Adagio in C Minor – Nicholas Britell
Everybody's Watching Me (Uh Oh) – The Neighbourhood
Runaway – AURORA
Everything Matters – AURORA, Pomme
A Little Death – The Neighbourhood
Softcore – The Neighbourhood
Watch Me Bleed – Tears For Fears
In This Shirt – The Irrepressibles
Please, Please, Please Let Me Get What I Want –
The Dream Academy
Dark Ivy – Robert Gromotka, Meike-Lu Schneider

1. KAPITEL

William

Auf dem Foto leuchten Kerzen zwischen den Felsen. Wer auch immer sie dahin gestellt hat, kann Devin nicht gut gekannt haben. Er fände es ziemlich armselig, dass nicht mal ein paar Teddybären danebenliegen oder angemalte Herzen aus Ton. «Wer hat dir das geschickt?» Ich strecke die Hand zwischen den Sitzen hindurch, um unserem Chauffeur Wesley das Handy mit dem Foto zurückzugeben, und er klemmt es in die Halterung am Armaturenbrett.

Es ist arschkalt. Viel zu kalt für Ende November. Mit den kurz geschorenen Haaren sieht Wesley sonst immer aus wie eine Bürste, aber heute hat sogar er sich eine Wollmütze in die Stirn gezogen. Er schnalzt als Antwort nur mit der Zunge.

«Verstehe. Also sind die Fotos irgendwo im Netz aufgetaucht.» Es ist keine Frage.

«Ich wollte dich darauf vorbereiten. Dein Vater meinte, dass die Presseanfragen nicht weniger geworden sind, und wegen der Sache mit deinem Großvater damals besteht ein enormes Interesse an Devins ...», er zögert, «na ja, an seinem Unfall.»

Diese Pause ist ein Faustschlag in den Magen. Danke dafür.

Das bedeutet also noch mehr neugierige Blicke als sonst schon. Noch mehr Leute, die heimlich Fotos machen oder ihre Handycam mitlaufen lassen, wenn ich auch nur an ihnen vorbeigehe. Nicht wegen Devin, was ich vielleicht noch nachvollziehen könnte, sondern weil der Enkel von William Grantham senior in einen Todesfall verwickelt ist.

Fluch des Geldes. Bester Freund des Millionenerbes William Grantham III. ertrinkt am Campus der Woodford Academy.

«Ich weiß die Warnung zu schätzen.» Mit zusammengepressten Lippen wische ich meine Hände an der Hose ab und merke dabei erst, wie verschwitzt sie sind.

«Wir sind in spätestens sechzig Minuten da», erklärt Wesley, als er losfährt.

Mit anderen Worten: In sechzig Minuten beginnt meine persönliche Hölle. Durch das dunkle Glas meiner Sonnenbrille starre ich nach vorn auf die Windschutzscheibe, ohne wirklich etwas zu sehen. Jede Meile, die wir uns dem Hafen nähern, sorgt dafür, dass der Druck in meinem Brustkorb steigt und ich an der Wirkung meiner Tabletten zweifle.

Ich zucke zusammen, als Wesleys Stimme irgendwann das Schweigen durchbricht. «Du stehst das durch, oder?» Wesley verstellt den Rückspiegel, sodass er mich besser sehen kann. Seine Hand zittert, als er wieder das Lenkrad packt. Mir wäre es lieber, ich hätte das nicht registriert. Das Zittern. Wie angespannt er ist. Die Sorge in seiner Stimme.

An der ich die Schuld trage.

Mea culpa.

«Kannst du bitte einfach sagen, dass du klarkommst, William?» Jetzt wirft er einen kurzen Blick über seine rechte Schulter nach hinten. Ein Blick, der mehr ist als der eines Angestellten. Wesley gehört fast zur Familie; er fährt diesen Wagen seit über zehn Jahren. Er hat mich damit zur Schule gebracht, zu Kindergeburtstagen, und später zu Dates oder zu Flughäfen.

Und jetzt bringt er mich damit zurück zur Woodford Academy.

Mühsam durchforste ich mein Gehirn nach einer geistreichen Antwort. Das Einzige, was mir einfällt, ist eine lateinische Phrase. *«Calamitas virtutis occasio est»,* zitiere ich schleppend und ziehe gequält einen Mundwinkel nach oben, weil meine Zunge so schwer ist wie ein Sack Zement. Was an den Tabletten liegen muss. Wenn ich mich nicht zusammenreiße, wird es Wesley auffallen.

«Komm mir jetzt nicht mit so einem Cäsar-Mist. Ich meine es ernst.»

Vermutlich tut es ihm gut, mich anzublaffen. Wenn es ihm hilft, gerne. Wes hat allen Grund, mir nicht mehr zu vertrauen. Das letzte Mal, als er mich zur Fähre gebracht hat, saß Devin noch neben mir. Wesley hatte kein gutes Gefühl dabei, dass wir mit den Booten rüberrudern wollten, und ich habe es ignoriert. Jetzt bezahle ich dafür. Nein, Devin hat dafür bezahlt.

«Unglück ist eine Gelegenheit, seine Stärke zu zeigen.» Ich lehne mich zurück. «Das ist von Seneca. Aus seinem Buch über die Vorsehung. Buch eins, Kapitel vier.» Was geraten ist. Aber wer will mir das nachweisen?

Wesley formt im Rückspiegel mit seinem Mund das Wort *Klugscheißer.* Dann gibt er einen Laut von sich, der sowohl ein Schnauben als auch ein Auflachen sein könnte. «Das beantwortet meine Frage nicht.»

«Sind doch nur zwei Tage bis zum Wochenende. Ich komm schon klar.» Meine erste Lüge heute. Aber er gibt sich damit zufrieden, auch wenn er trotzdem skeptisch aussieht. In den nächsten Minuten fragt er mich nach meinen Kursen aus, wie ich den Stoff der letzten Wochen nachholen will und ob ich genug Klamotten eingepackt habe oder er mir Sachen nachbringen soll.

Unsere Art zu kommunizieren ist absurd, aber über Belanglosigkeiten zu reden, hält mich über Wasser. Ich kann Wesley über die Anzahl meiner Boxershorts Auskunft geben, welche Bücher ich eingepackt habe und wie die Farbe heißt, mit der meine kleine Schwester Katie heute Morgen die Fingernägel meiner linken Hand lackiert hat, aber nicht darüber, wie ich es aushalten soll, wenn ich mit der Fähre übersetze.

Wenn ich das Wohnheim betrete.

Wenn ich an Devins altem Zimmer vorbeilaufe.

Wenn ich *sie* sehe.

Augenblicklich ist die Enge wieder da. Der unerträgliche Druck hinter meinen Rippen, der es mir schwer macht, normal Luft zu holen. Als wäre meine Seele aus Blei.

Da sind noch sechzehn Tabletten in meiner Manteltasche, und es sollte mir Sorge bereiten, dass mich das erleichtert. Ich hole die Packung heraus. Vierzehn. Entweder, ich habe mich verzählt, oder ich habe gestern doch mehr geschluckt, als ich in Erinnerung habe. Was nicht weiter verwunderlich wäre, weil ich mich an kaum etwas erinnern kann, das in den letzten vier Wochen passiert ist. Mit Ausnahme der Highlights, die sind noch sehr präsent.

Die «Highlights» der vergangenen Wochen waren unsere Besuche bei den Emersons. Devins Familie, die völlig unter Schock stand. Kendra, die bis zur Erschöpfung geweint hat. Die vielen Fragen, die sie mir gestellt haben und die ich immer und immer wieder beantwortet habe, obwohl ich gar keine Antworten hatte. Die Diskussionen unserer Eltern, ob sie einer Autopsie zustimmen sollen oder nicht. Das Gefühl, dass ich in diesem Moment gerne mit Devin getauscht hätte, um das nicht miterleben zu müssen. Und schließlich der Moment, als die Leiche freigegeben wurde. Der Gottesdienst in der Old North Church. Der Sarg, der mit so vielen Blumen geschmückt war, dass Devin es garantiert zum Kotzen gefunden hätte. Genau wie diese Kerzen an der Uferböschung von Ivy Island.

Ich hatte genug «Highlights». Und bei dem Gedanken an die Trauerfeier für die Studenten, die gleich in der Dwight Church stattfinden soll, wird mir schlecht. Ich will da nicht hin, aber ich habe es Kendra versprochen. Vor allem will ich da nicht nüchtern hin. Es ist gerade einmal vier Stunden her, dass ich die letzte Xanax geschluckt habe, doch die Wirkung lässt bereits nach. Ohne groß zu überlegen, drücke ich eine Tablette aus dem Blister.

Ich solle sie auf keinen Fall länger als zwei Wochen einnehmen, hat Doc Reisman gesagt, aber Doc Reisman hat auch nicht zugesehen, wie sein bester Freund im Nordatlantik ertrinkt.

Ich schlucke die Pille mit Sodawasser aus der Minibar runter und hole meinen alten Walkman aus der Manteltasche. Auf die Kassette habe ich *For when I wanna feel nothing* geschrieben. Ich setze die Kopfhörer auf. *Achilles Come Down* gepaart mit einem Milligramm eines Benzodiazepins wird dafür sorgen, dass sich dieses Angstgefühl in mir auflöst. Dass ich gar nichts spüre.

Der Song läuft sieben Minuten. Ich muss ihn immer viermal hören, bis die Wirkung eintritt, und das wird knapp mit der restlichen Fahrtzeit hinhauen. Nach dem ersten Mal spule ich die Kassette zurück und starte von Neuem. Zweimal. Aber das Band dreht dabei schon langsamer, und die Musik fängt an zu leiern. Scheiße. Ich habe keine Ersatzbatterien hier in der Limousine. Nervös schalte ich die Wiedergabe ab. Ich stehe das durch. Ich muss.

Wesley sucht im Rückspiegel meinen Blick, und ich schiebe die Kopfhörer in meinen Nacken. «Wenn die Fähre nach Plan fährt, musst du keine fünf Minuten warten», teilt er mir mit.

«Perfekt.» Wenn die Fähre vor vier Wochen nach Plan gefahren wäre, wäre Devin jetzt nicht tot. Wenn wir nicht selbst gerudert und dieses unnötige und irrsinnige Wettrennen daraus gemacht hätten, wäre Devin nicht tot. Wenn ich bei ihm im

Boot gewesen und auf ihn aufgepasst hätte, wäre Devin nicht tot. Wenn ich auch nur einen Moment mein Gehirn benutzt hätte, wäre Devin nicht tot. Wenn ich Eden nicht ...

Bevor sich die Gedankenspirale tiefer in meinen Kopf bohren kann, fängt die Tablette an zu wirken.

2. KAPITEL

William

Mein Kopf wird in Watte gedrückt. Auf einmal ist alles easy. Meine Sorgen lösen sich auf. Mein Körper wird schwer und träge, aber ich kann wieder Luft holen, als hätte jemand den unsichtbaren Gurt um meinen Brustkorb durchschnitten. Gott, was für eine Erleichterung!

Ich werde die Trauerfeier in der Dwight Church hinter mich bringen und danach wahrscheinlich zwölf Stunden schlafen, so wie letzte Nacht. Ich muss an nichts mehr denken. Alles ist egal. Der perfekte Zustand.

Meinen Kopf lasse ich nach hinten fallen, die Arme reglos neben mir auf den Ledersitzen, als würden sie gar nicht zu mir gehören. Ich versuche, meine Herzschläge zu zählen, die bis in meinen Hals pochen, komme aber schon bei sieben oder acht durcheinander und lasse es sein. Weil es sogar egal ist, ob ich bis zehn zählen kann. Heiser lache ich auf.

Okay, klingt nicht gesund.

Wesley räuspert sich, und seine Brauen ragen im Rückspiegel wie Dreiecke in die Höhe. «Am liebsten würde ich dich eigenhändig ins Wohnheim bringen.»

«Sie lassen dich nicht mal auf die Fähre. Sicherheitsbeschschtimmungen.» Beim letzten Wort lalle ich fast. Gott, ich muss mich zusammenreißen.

Mit einem Kopfschütteln lenkt Wesley den Wagen in ein scharfes U und hält direkt vor dem Anleger. Und er hatte recht, die Fähre ist bereits da und eine Handvoll Leute gehen gerade aufs Schiff. Wesley kramt im Handschuhfach. Mir bleiben nur ein paar Sekunden, in denen ich unbeobachtet bin, und obwohl ich gefühlt eine halbe Ewigkeit brauche, um die Minibar zu öffnen und eine der halb vollen Whiskeyflaschen zu greifen, schaffe ich es, sie unbemerkt in meine Manteltasche gleiten zu lassen. Für den Notfall. Dann rutsche ich zur Tür und steige aus.

Der Novembertag ist genau das, was zu meiner Stimmung passt. Eiskalter Nieselregen und alles in monochromem Graublau, das in der einsetzenden Dämmerung immer dunkler wird. Ich klopfe meine Tasche ab. Die Schlüsselkarte fürs Wohnheim, die ich vorzeigen muss, um auf die Fähre zu kommen, ist da.

«Das hat mir deine Mutter für dich mitgegeben. Ich sollte damit warten, bis wir hier sind.» Wesley drückt mir eine kleine Papiertüte in die Hand, die ich reflexartig ergreife und die so leicht ist, dass kaum was drin sein kann. Sofort rennt er zum Kofferraum, um den großen Weekender mit meinen Klamotten zu holen. Mit zwei Fingern öffne ich die Tüte.

Eine Handyschachtel.

Was zum ...?!

Meine Mutter hat mir ein verdammtes iPhone gekauft. Sie weiß genau, dass ich das nicht will, aber seit Monaten versucht sie, mich zu überreden. Ich verstehe ihre Gründe, aber sie hat keine Ahnung, wie hart es vor zwei Jahren war, davon loszukommen. Meine Bildschirmzeit im Internat lag bei neun Stunden Tagesdurchschnitt, und ich habe ernsthaft einem Mädchen, das ich mochte, die Abkürzung «ily» per Snapchat geschickt. Langsam, aber sicher wäre ich verblödet. Jetzt benutze ich einen Laptop zum Arbeiten, meinen Walkman zum Musikhören, und mein Notizbuch. Alles andere brauche ich nicht. Nicht mehr.

Das Smartphone werfe ich zusammen mit der Tüte auf den Rücksitz und danach die Autotür zu.

Natürlich hat unser Chauffeur es gesehen. Er hat wieder die Brauen angehoben, als er zu mir kommt. «Vielleicht wärst du irgendwann froh, es zu haben. Du könntest im Notfall zu Hause anrufen. Oder einfach zum Spaß mal Clash of Clans spielen oder so was.»

Für Notfälle habe ich die Flasche aus der Minibar, und Spaß ... Ich mache nichts mehr zum Spaß. «Wir haben im Wohnheim ein zuverlässig funktionierendes Flurtelefon», kläre ich ihn auf.

«Das ist nicht dasselbe.»

«Ich weiß.» Ich nehme ihm die Tasche ab. «Du kannst meiner Mutter mitteilen, dass du es versucht hast, ich aber renitent gewesen bin.» Der Satz kommt vollkommen flüssig aus mir raus, und ich bin sicher, dass Wesley nicht auffällt, dass er in Wirklichkeit einen Zombie vor sich stehen hat, der um jedes Wort ringt.

«Renitent.» Er schüttelt schnaubend den Kopf. «Pass auf dich auf, Will.»

Mein Körper ist so schlaff, dass ich kaum reagiere, als er mich kurz in eine väterliche Umarmung zieht.

«Und grüß Eden von mir.»

Scheiße.

«Mach ich.» Die zweite Lüge an diesem Tag. Meine Stimme klingt dabei wie ein Reibeisen. Es reicht, dass Wes einmal ihren Namen erwähnt, um das Trommeln in meiner Brust wieder in die Höhe zu treiben. Was passiert dann erst, wenn ich ihr gleich begegne? Ich packe das nicht. Ich pack das einfach nicht. Irgendwie schaffe ich es dennoch durch die Sicherheitskontrolle und auf die Fähre, ohne dass mir die Beine wegknicken. Es ist windig, und als wir losfahren, fallen eisige Regentropfen auf meine Sonnenbrille, die ich nur trage, damit man das Feuermal über meinem linken Auge nicht sofort sieht. Als ich sicher sein kann, dass mich niemand beobachtet, stelle ich den Kragen meines Mantels gegen die Kälte auf und schraube die halb volle Flasche des zehn Jahre alten schottischen Single Malt auf.

• • •

Keine Ahnung, wie ich wieder von der Fähre runtergekommen bin und den Weg über den Campus zurückgelegt habe, aber ich kann meine Füße sehen, die automatisch einen Schritt vor den anderen setzen, was bedeutet, dass ich noch funktioniere. Mir ist schwindelig, und irgendwo muss ich meine Tasche losgeworden sein. Mit beiden Händen reibe ich mir übers Gesicht, aber davon bekomme ich auch keinen klaren Kopf, der ist immer noch voller Watte. Von der Kälte spüre ich nichts mehr. Ich werfe einen Blick auf die Uhr an meinem Handgelenk. Grandpas Uhr. War ich bereits im Wohnheim? Ich denke schon. Dabei kann ich kaum denken. Ich versuche mich zu erinnern, wohin ich wollte, aber mein Geist stochert im Nebel.

Die Kirche. Ich muss in die Dwight Church, weil um sechs Uhr die Gedenkfeier für Devin losgeht. Zum Glück fällt mir das wieder ein.

Es ist inzwischen stockdunkel. Als ich durch den Park laufe, ziehe ich aus meiner Manteltasche die leere Whiskeyflasche und werfe sie in den Mülleimer unter einer Laterne. Kann sein, dass ich gerade eine weitere Tablette damit runtergespült habe. Das Zählen habe ich aufgegeben. Als ich die Kirche erreiche und ins Innere trete, ist Gemurmel zu hören, und es riecht nach Kerzen und muffigen Gebetsbüchern. Ich fasse mir ans Revers und kontrolliere, dass ich unter dem Mantel ein angemessenes Sakko trage. Obwohl das Devin so was von scheißegal wäre.

Das Kerzenlicht flackert im Windzug, und ich kneife die Augen zusammen. Meine Sonnenbrille ist weg. Mit den Fingern fahre ich mir durchs Haar und lasse ein paar Strähnen über meine linke Gesichtshälfte fallen, weil ... ich weiß es nicht mehr. Keine Ahnung, warum ich das mache, aber ich bin mir sicher, es gibt einen Grund.

Flüchtig hebe ich die Hand, als mich jemand mit einem Nicken begrüßt. Die Blicke, die mir folgen, spüre ich zwar, aber sie sind mir gleichgültig. Alles ist mir gleichgültig. Klassische Musik dringt aus unsichtbaren Lautsprechern. Eine Nocturne von Chopin, die ich als Vierzehnjähriger endlos auf dem Klavier geübt habe.

Devins Schwester Kendra ist unschwer an dem schwarzen Band zu erkennen, das ihre Locken zurückhält. Sie sitzt in der ersten Bankreihe.

Sie weiß es immer noch nicht.

Dass ich sie belogen habe, was Devins Unfall angeht. Zumindest zu einem Teil. Ich habe eine Scheißangst vor ihrer Reaktion, deshalb habe ich nichts gesagt. Und selbst ohne diese Schuldgefühle wäre es verdammt schwer, den Weg bis zu ihr zurückzulegen.

Ich laufe stockend durch die Sitzreihen und stütze mich an jeder einzelnen Bank ab. Auf halber Strecke fällt mir das gerahmte Bild mit der Trauerschleife neben dem Altar auf. Devin sieht darauf so sauber und brav aus wie ein Pfadfinder. Keine Ahnung, wann das aufgenommen wurde. Er würde sich totlachen, wenn er es sehen könnte. Aber er hätte auch definitiv einen anderen DJ bestellt.

Meine Beine sind so schwer, ich könnte im Gehen einschlafen. Oder mich einfach hier in eine Bank legen.

«Hey, Grantham. Alles okay mit dir?»

Ich überlege, wann und wo ich Garrett das letzte Mal gesehen habe, und weil ich eine ehrliche Antwort auf diese Frage nicht über die Lippen bringe, nicke ich nur.

«Du siehst verdammt fertig aus», teilt er mir mit.

«Erz…zähl mir was Neues», nuschle ich. Dumpf blicke ich von ihm zu der Person, die neben ihm auftaucht, und mein Kopf prallt gegen eine Nebelwand.

Als mein Blick sich endlich scharf stellt, registriere ich unter der Winterjacke vor mir ein schwarzes Kleid. Meine Augen wandern nach oben. Kinnlanges braunes Haar, graubraune tiefgründige Augen. Und Lippen, von denen ich wünschte, ich würde nicht wissen, wie sie sich anfühlen. Die weichsten Lippen der ganzen verfickten Welt.

Für eine Sekunde schwappt Wärme durch meinen Brustkorb, dann ist sie verschwunden, Xanax sei Dank.

«Eden», sage ich mit einer Stimme, die abgestumpft und gleichgültig klingt, weil alles in mir betäubt ist. Ich spüre nichts. Dann registriere ich, wie Eden mich ansieht. So verletzlich. Wahrscheinlich bin ich daran schuld, dass sie so aussieht, aber die Erinnerung an unsere letzte Begegnung nimmt keine klaren Konturen an. Da blitzt etwas auf. Schuld. Selbsthass. Reue. Verflucht viel Reue. Nichts davon ergibt Sinn.

«Will, können wir …» Sie spricht nicht weiter, aber sie hält mich am Arm fest.

Was? Ich schlucke hart. Reden? Sterben? Uns nebeneinander auf die Bank setzen und gegenseitig trösten? Bitter lache ich auf. Aber unter Edens warmer Hand trommelt mein Herz, was mich überrascht, weil es bedeutet, dass mein Herz absurderweise in meinem Unterarm sitzen muss. Und dass es doch nicht völlig betäubt ist. Aber vor allem bedeutet es, dass ein paar Milligramm Benzodiazepine nicht ausreichen, um meine Gefühle abzutöten.

Und dann wird mir bewusst, dass wir nicht mehr zusammen sind, dass ich sie verlassen habe und dass sie denken muss, ich würde sie hassen. Dabei hasse ich mich selbst, weil es mir gut geht und Devin tot ist. Weil ich einfach alles habe und mein bester Freund nicht mal mehr sein Leben. Nichts davon will ich fühlen. Ich schlucke und schmecke den Alkohol auf meiner Zunge. Ruckartig ziehe ich meinen Arm weg.

«Nein, können wir nicht.»

Ich glaube, ich muss kotzen.

3. KAPITEL

Eden

Jeden Tag habe ich mir vorgestellt, wie es sein wird, William wiederzusehen. Ich habe damit gerechnet, dass es schlimm wird, dass er mich hasst und es mir das Herz bricht, dieses Gefühl in seinen Augen zu sehen. Aber ich habe nicht gedacht, dass er so kalt und gleichgültig sein würde, was fast noch schlimmer ist. Meine Brust zieht sich zusammen, und mein Herzschlag rast dagegen an.

Waldosia. So nennt sich der Zustand, wenn man in jeder Menschenmenge an jedem Ort Ausschau nach einer bestimmten Person hält, obwohl die gar nicht dorthin gehört. Und in der einen Woche, die ich zu Hause bei meinem Dad war, um den Schock von Devins Tod irgendwie zu überleben, habe ich jede Minute, jede Sekunde überall nur nach William gesucht. Mein Gehirn hat jeden Stein nach ihm umgedreht. Dad und ich waren bei Target einkaufen, und ich habe gedacht, ich würde William vor einem der Regale sehen. Als Dad mich an Larks Todestag gezwungen hat, zur Ablenkung mit ihm zu einem Footballspiel zu gehen, war ich für einen Sekundenbruchteil absolut sicher, einer der Männer in der Reihe vor uns wäre Will. An der Tankstelle, als unerwartet ein Reisebus neben uns gehalten hat, haben meine Augen das Wageninnere nach ihm abgesucht, und dann hätte ich beinahe einem Typen beim Einsteigen auf die Schulter geklopft, weil ich mir so sicher war, dass er es sein muss. Bei jeder Gelegenheit habe ich vergeblich gehofft, dass er plötzlich auftaucht. Und jetzt steht er vor mir und sieht einfach durch mich hindurch.

Das Gegenteil von Liebe ist nicht Hass. Es ist Gleichgültigkeit.

Ich beiße mir auf die Lippe, weil mir auffällt, wie anziehend William in diesem schwarzen Anzug auf mich wirkt, und das, obwohl er gerade so abweisend ist. Es geht ihm nicht gut, er weicht meinem Blick aus, und es ist offensichtlich, dass er leidet. Ich versuche, nur daran zu denken und nicht verletzt zu sein, weil er mich zurückweist. Aber das schaffe ich einfach nicht.

Für ihn ist das Gespräch mit mir beendet. Als er sich wegdreht, rieche ich Alkohol in seinem Atem, und offenbar bin ich nicht die Einzige.

«Der hat doch gesoffen», zischt Garrett mir zu. Er ist mehr als einen Kopf größer als ich, und die dunklen Locken lassen ihn wirken wie einen überdimensionierten Pudelwelpen.

Ich sage nichts. Weil ... ich könnte es verstehen. Wenn überhaupt einer das versteht. Vor einem Jahr habe ich meinen besten Freund verloren. Dass William nun dasselbe durchmachen muss, ist das Schlimmste, was ich mir vorstellen kann.

«Findest du das etwa okay? Er kommt stockbesoffen zu Devins Trauerfeier. Wenn sie ihn erwischen, kann er seine Tasche packen.»

«Nicht so laut, Garrett.» Ich senke meine Stimme. «Ich glaube nicht, dass er *so* betrunken ist.» Wir können nicht wissen, wie viel William getrunken hat. Vielleicht ist er auch krank. Mein Blick folgt ihm. Gott, nein, Garrett hat recht. Wills Gang sieht nicht danach aus, als könne er sich noch lange auf den Beinen halten.

Doch mir liegt nun selbst ein Vorwurf auf der Zunge. *Hast du mal gefragt, wie es ihm geht? Warum hast du nicht mal nach ihm gesehen?* Aber die Frage kann ich mir selbst beantworten: weil

William das nicht zugelassen hätte. Garrett hat ihn wahrscheinlich auch gerade das erste Mal seit diesem verhängnisvollen Abend wiedergesehen. Der Abend, der alles verändert hat.

«Meinst du, das macht noch einen Unterschied, ob mich jemand hört?» Mit einem Nicken deutet er zu Wills Rücken, der durch die Reihen weiter nach vorne wankt. «Als ob den anderen das nicht auffallen würde.»

Schnell sehe ich mich in der fast vollen Kirche um. Präsidentin Amory hat ihren Platz noch nicht eingenommen, es liegt ein Zettel mit ihrem Namen auf einem der Stühle am Altar, aber Professor Cushing stand eben in der Nähe von Kendras Philosophieprofessor in einer der kleinen Nischen und hat beaufsichtigt, dass die Studenten sich angemessen und ruhig in den Bänken verteilen. Ms. Colegrove entdecke ich nirgends, aber sie wird sicher auch noch auftauchen, und wenn unsere TA William in diesem Zustand sieht, ist ihr sofort alles klar. Sie wird ihn melden müssen. Meine Hand, mit der ich William gerade noch berührt habe, schließt sich zur Faust. Ihm wird nichts passieren, rede ich mir ein. Er ist ein Grantham, und sein Grandpa hat Millionen in dieses College investiert. Trotzdem wird mir eiskalt bei der Vorstellung, dass sein Zustand einem der Dozenten auffallen könnte.

William stolpert, und ich zucke zusammen. Die anderen müssen doch mitkriegen, dass er sich kaum aufrecht halten kann. «Wir können ihn nicht allein lassen, Garrett. Wir müssen ihn hier rausschaffen.»

«Klar, aber wie soll ich das bitte anstellen? Ihn tragen?»

«Bring ihn einfach so schnell wie möglich hier raus. Ich ...» *Kann das nicht.* Er wird mich wieder abweisen. Er wird mich selbst im betrunkenen Zustand von sich stoßen, oder nicht? Das halte ich nicht aus.

«Okay, aber wäre das nicht eher deine ... Ich meine, willst du nicht …?» Garrett unterbricht sich selbst. «Ach Fuck.» Mit einem Fluch dreht er sich auf dem Absatz um und läuft ihm hinterher. So schnell, dass es schon fast als Sprint durchgeht. Erleichtert sehe ich, dass er William abfangen kann, bevor der am Altar ankommt, und ihn ins Seitenschiff der Kirche zieht. Gerade noch rechtzeitig, denn Präsidentin Amory geht in diesem Moment im Schlepptau des Geistlichen nach vorne.

Trotz der dicken Jacke, die ich über das schwarze Kleid gezogen habe, fange ich an zu zittern. Schnell rutsche ich auf den erstbesten freien Platz in der Bank neben mir und versuche mich zu sammeln. Ganz automatisch fasse ich mir an die Stirn, wo die Platzwunde inzwischen verheilt ist und langsam zu einer dünnen Narbe verblasst. Es pocht wie ein Phantomschmerz. Die Stelle, an der das Ruder mich erwischt hat, bevor ich ins Wasser gefallen bin. Die Stelle, die mich jede Sekunde daran erinnert, dass Devin ertrunken ist.

Meinetwegen.

«Hey Eden.»

Ich reiße die Hand runter und rücke zur Seite, als Sheela und Morris sich neben mich auf die Bank quetschen. Gott sei Dank jemand, den ich kenne.

Sheela deutet auf die Narbe an meiner Stirn. «Ist gut verheilt. Du hast echt Glück gehabt, oder?»

«Ja.» Dasselbe hat Ms. Colegrove auch zu mir gesagt. *Du hast solches Glück gehabt, nur mit einer Platzwunde davonzukommen.* Es fühlt sich aber nicht nach Glück an. Sondern nach einer Tragödie.

Weder William noch Garrett kann ich von hier aus noch sehen. Er sollte bei Kendra sein. Das sollten wir beide. Aber Kendra sitzt ganz vorne neben Sun-young. Sie hat sich nicht einmal umgedreht. In meiner Tasche habe ich eine Packung Pop Rocks für sie. Wahrscheinlich ist das die bescheuertste Idee, die je ein

Mensch gehabt hat, aber ich habe ihr Pop Rocks mit Erdbeergeschmack gekauft, weil sie Brausepulver liebt und ich gehofft habe, dass ... na ja ... ich habe unglaubliche Angst, mit ihr zu reden, und gehofft, dass sie vielleicht lächeln würde. Jetzt, wo ich hier sitze, wird mir klar, wie unglaublich blöd das ist.

«Ich habe dich seit einer Ewigkeit nicht gesehen. Wohnst du gar nicht mehr im Wohnheim?» Sheela ist zwei Semester über mir, wohnt aber auch im North Park House. Seit der Strandparty ist sie mit Morris zusammen. Wir sind uns vor dem Unfall ab und zu auf dem Flur begegnet, mehr hatten wir bisher aber nicht miteinander zu tun.

«Doch, ich ... war nur viel auf meinem Zimmer», antworte ich ausweichend. Ich habe mich verkrochen.

Nur eine Woche war ich zu Hause, länger habe ich es nicht ausgehalten. Eine Woche, in der ich versucht habe, zu begreifen, was passiert ist. Ich begreife es bis heute nicht. Ich liebe meinen Dad, aber ich konnte es ihm nicht antun, meine ganze Verzweiflung bei ihm abzuladen. Nicht nach dem, was er wegen Lark mit mir durchgemacht hat. Deshalb habe ich versucht, tapfer zu sein, auch wenn es mich innerlich zerrissen hat. Ich habe gequält gelächelt, anstatt zu heulen, und wenn ich unbeobachtet war, mein Gesicht verzweifelt in ein Kissen gedrückt.

Weil William und Kendra nach drei Wochen immer noch nicht zurück ins College gekommen waren und ich nicht wusste, was ich tun sollte, habe ich vor ein paar Tagen Williams Mom angerufen. Was keine gute Idee war. Sie konnte kaum sprechen, und wir haben beide am Telefon nur geweint. Von ihr habe ich erfahren, dass die Beerdigung bereits stattgefunden hat. Devins Vater wollte nicht, dass jemand von uns aus dem College dabei ist. Nur die engsten Familienmitglieder. Diese Trauerfeier für die Studenten in der Dwight Church auf dem Campus hatte man eh schon organisiert. Damit wir alle uns verabschieden können.

Mein Magen zieht sich zu einem Knoten zusammen, weil ich dieses Wort so sehr hasse.

Verabschieden.

Ich habe mich von meinem besten Freund Lark verabschiedet. Niemals hätte ich gedacht, dass mir das hier in Woodford wieder passiert. Das hätte mein Neuanfang sein sollen. Stattdessen habe ich William und Kendra mit in den Abgrund gezogen. Bei dem Gedanken kralle ich mich an der Holzbank fest.

«Garrett hat mir erzählt, dass du bewusstlos warst.»

Ich drehe den Kopf, und im ersten Moment ist mir nicht klar, wovon Sheela spricht.

«Bei dem Unfall.» Sie lächelt schief. «Du hast was abbekommen, oder? Du hättest auch ... Also, wenn es stimmt, was die Leute so erzählen, dann könnte es jetzt auch deine Trauerfeier sein. Was für ein Horror.»

Ich bin zu geschockt, um etwas darauf zu erwidern.

Sheela verzieht zerknirscht das Gesicht. «Sorry. Das war nicht so unsensibel gemeint, wie es klang.»

«Schon okay.» Ist es nicht. Aber sie meint es bestimmt nicht so. Und ich muss es aushalten. Die Trauerfeier kann nicht unendlich lang dauern, und ich bin es Devin schuldig. Ich *werde* es aushalten, flüstere ich mir selbst ein.

Morris beugt sich vor. «Kannst du dich eigentlich daran erinnern, wie es passiert ist?»

Ich zögere und schüttele schließlich den Kopf. «Nicht wirklich», antworte ich ausweichend. Meine Stirn juckt, aber diesmal fasse ich die Stelle nicht an. Das Schlimme ist, ich erinnere mich an alles. Ich will nur nicht darüber reden. Es reicht mir, von allen beobachtet zu werden und das Getuschel zu hören.

Angeblich hat sie sich mit Devin gestritten, bevor es passiert ist.

Da sollen Drogen im Spiel gewesen sein.

Eden war auf der Highschool im Ruderteam. Ich wette, sie hat die anderen dazu überredet.

Wie dumm kann man eigentlich sein, in so ein Boot zu steigen, wenn man nicht richtig schwimmen kann?

Es war der Schlag gegen meinen Kopf. Das Ruder hat mich erwischt, als Devin es rumgerissen hat. Nur deshalb bin ich untergegangen. Nur deshalb hat William mich aus dem Wasser gezogen. Nur deshalb konnte er seinem Freund nicht helfen. Seitdem frage ich mich, ob William es bereut. Dass er mich gerettet hat anstatt Devin. Ob er die gleichen Albträume hat wie ich und darin immer wieder ins schwarze Wasser taucht? Ob er immer wieder versucht, Devin zu finden, und dann seinen leblosen Körper vor sich sieht mit den nassen roten Haaren, die in dem blassen Gesicht kleben?

Nun taste ich doch wieder über die Stelle an meiner Stirn. Manchmal bilde ich mir ein, dass ich das Blut noch spüren kann. Wie hart und rissig es sich angefühlt hat, als es geronnen ist. Im Krankenhaus vor dem halb blinden Spiegel im Badezimmer habe ich minutenlang gebraucht, um es mir von der Haut zu kratzen. Wenn ich nur alles andere auch so von mir hätte abkratzen können. Die Trauer, die Angst. Die Schuldgefühle.

Ich schlucke und versuche, die Erinnerungen zu verdrängen, was aber nicht funktioniert, weil die Bilder in Full HD durch meinen Kopf jagen. Ich bin den Abend so oft durchgegangen, dass ich jede Sekunde wieder und wieder durchlebt habe. Und jedes Mal frage ich mich, an welchem Punkt die Sache so schiefgelaufen ist. Wieso ist Devin so plötzlich aus dem Boot gefallen? Ja, wir haben uns gestritten. Er war total aufgekratzt und dann auf einmal völlig abwesend. Genauso seltsam wie an dem Abend, als wir nach dem Küchenbrand zusammensaßen und er ewig nicht reagiert hat, nachdem ich ihn angesprochen hatte. Oder im Cabot-Theater, als er in dem einen Moment noch auf dem Tisch getanzt hat und im nächsten einfach so runtergekippt ist. Es würde nichts daran ändern, dass Devin tot ist, aber es quält mich, nicht zu wissen, was mit ihm los war. Ob er vielleicht doch Drogen genommen hat. Vielleicht hätte ich etwas tun können. Vielleicht ...

Dieses verdammte *vielleicht!*

«Aber du hast mit Devin geredet. Auf dem Boot.» Morris hakt weiter nach, und ich verstehe nicht, warum er es nicht wenigstens auf Devins Trauerfeier auf sich beruhen lassen kann. «Hat er irgendwas gesagt?»

«Was? Nein. Ich ...» Was will er denn von mir hören? Worüber wir uns unterhalten haben? Devins letzte Worte?

«Devin ist obduziert worden, oder? Erfahren wir eigentlich irgendwann, was dabei rausgekommen ist?»

Mir dreht sich der Magen um. Morris' Tonfall ist so locker, als würden wir uns darüber unterhalten, wann die neue Staffel *Wednesday* auf Netflix erscheint.

Sheela gibt ihrem Freund einen Stoß. «Was ist denn mit dir los?», zischt sie. «Das geht ja wohl nur seine Familie was an.»

«Sorry.» Er sieht betroffen aus, verschränkt aber die Arme vor der Brust. «Trotzdem ... Wir sind immerhin Freunde von ihm. Ich würde einfach gerne wissen, woran er wirklich gestorben ist.»

Und ob wirklich Drogen im Spiel waren, füge ich in Gedanken hinzu.

«Er ist ertrunken, was gibt es da denn noch mehr zu wissen?»

Die beiden diskutieren im Flüsterton weiter, und ich will mich auflösen. Ich will nicht an diesen Gesprächen und schon gar nicht an dieser Trauerfeier teilnehmen, aber es ist ein Unterschied, ob man etwas tun will oder tun sollte. Ich bin es Devin schuldig. Also konzentriere ich mich einfach darauf, weiter zu atmen.

Sheela stößt mich mit dem Knie an und beugt sich zu mir rüber. «Wie geht es denn Kendra?», fragt sie.

«Ich weiß es nicht. Wir ... Ich habe sie heute noch nicht gesehen», antworte ich ausweichend. Ich habe sie seit vier Wochen nicht gesehen, und seit drei Wochen trage ich die Pop Rocks in meiner Jackentasche.

Mit dem Handy meines Dads habe ich ihr mehrmals geschrieben, weil mein eigenes kaputt ist und sie auf meine Anrufe nicht reagiert hat.

Arthur Collins: Hier ist Eden. Es tut mir so unendlich leid. Ich weiß gar nicht, was ich sagen soll. Wie geht es dir? Ich wäre so gerne bei dir. Können wir reden?

Arthur Collins: Ich kann Tag und Nacht an nichts anderes denken. Es gibt nichts, was ich tun kann, um es rückgängig zu machen. Ich wünschte, wir wären nie in das Boot gestiegen. Vielleicht bin ich der letzte Mensch auf Erden, mit dem du darüber reden willst. Aber wenn ich etwas für dich tun kann, sag es mir bitte. Du kannst mich jederzeit anrufen.
Eden

Arthur Collins: Ich will nur, dass du weißt, dass ich an dich denke. Immer. Ich wünschte, ich könnte dir irgendwie helfen. Ich wünschte, ich könnte die Zeit zurückdrehen. Ich wünschte, es würde nicht so unfassbar wehtun.

Arthur Collins: Heute hat mein Dad Blaubeer-Pancakes gebacken, und ich musste daran denken, wie Devin sich über meine Torte lustig gemacht hat. Er fehlt mir. Du fehlst mir. Wenn du telefonieren möchtest …

Arthur Collins: Ich mache mir solche Sorgen. Können wir bitte reden? Es tut mir so leid, Kendra. Bitte hass mich nicht. Eden

Kendra: Ich hasse dich nicht, aber ich habe grad echt keine Kraft zu reden, Eden.

Das war die einzige Nachricht, die ich von Kendra bekommen habe, und danach habe ich das Handy meinem Dad zurückgegeben.

Sicher, dass du es nicht behalten willst, Sweetheart? Vielleicht meldet sie sich noch mal.

Ich war mir absolut nicht sicher. Aber ich wollte Dad nicht auch noch sein Mobiltelefon wegnehmen. Die Fahrten nach Woodford und zurück, der unbezahlte Urlaub, den Dad in dieser Woche gemacht hat ... Das alles war teuer genug. Ich brauche unbedingt einen Nebenjob, dann kann ich mir selbst ein neues Telefon besorgen. Die Gärtnerei hier auf der Insel sucht gerade eine Aushilfe, und morgen während einer Freistunde habe ich dort ein Vorstellungsgespräch. Dabei ist es völlig bizarr, sich Gedanken um so etwas wie einen Studentenjob zu machen, wenn Devin tot ist. Als würde das Leben weitergehen. Nur wie soll es weitergehen, wenn Devin nicht mehr da ist, Kendra nicht mit mir redet und William es nicht mal ertragen kann, mich auch nur anzusehen?

Das Getuschel wird leiser, die Musik wird so weit gedämpft, bis sie nur noch ein sanftes Hintergrundrauschen ist. Ich denke, Präsidentin Amory wird gleich ein paar Sätze sagen. Hoffentlich passt Garrett auf William auf. Ich werfe einen vorsichtigen Blick über meine Schulter und ignoriere die Leute, die mich beobachten, weil ich diejenige bin, die dabei war. Diejenige, die im Wasser war, als Devin ertrunken ist. Devin würde jetzt wahrscheinlich einen Witz reißen und etwas sagen wie «das Mädchen, das überlebt hat». Ich kralle mich noch stärker an der Bank fest. Nur niemanden direkt ansehen. Keinen Blickkontakt herstellen.

Die meisten haben ihre Plätze eingenommen.

Reihen aus schwarzen Mänteln.

Als wir zum Beginn des Semesters von Präsidentin Amory begrüßt wurden, waren es erwartungsvolle Gesichter. Jetzt sind es fassungslose, betroffene.

Devin hätte im März seinen neunzehnten Geburtstag gefeiert. Jetzt ist er tot.

Gerade hinsetzen. Schultern zurück. Nicht weinen. Nicht schuldbewusst aussehen. Nicht zeigen, dass man dagegen ankämpft, sich unendlich schuldig zu fühlen. Weil ... ich bin schuldig. Nicht nur auf eine Art.

Ich schlucke, und es schmeckt salzig.

Als mein Blick vorne die Reihe durchgeht, dreht Kendra sich um. Ihre dichten schwarzen Wimpern, ihr ganzes Gesicht ist tränennass, aber sie bemerkt mich nicht. Es tut weh, sie so zu sehen. Ich habe das Gefühl, dass wir alle nie wieder glücklich sein werden. Ich weiß, dass das nicht realistisch ist, irgendwann werden wir darüber hinwegkommen, auch wenn wir alle Devin für immer vermissen. Aber jetzt, in diesem Augenblick, ist die Trauer endlos.

Die Musik verklingt ganz, Präsidentin Amory geht endlich zum Mikrofon. Im selben Moment hallt in die Stille hinein ein lautes Husten durch das Seitenschiff. Ich zucke zusammen und hebe den Kopf. Quietschen. Ruckartiges Schaben über den Steinboden.

Dann höre ich Würgegeräusche.

Oh mein Gott.

William ist noch in der Kirche.

«Ach du Scheiße, wer ist das denn?», raunt Morris neben mir, und auch in den Reihen vor uns drehen die Leute den Kopf.

Eine Tür donnert gegen die Wand, als jemand nach draußen stürzt.

Abrupt springe ich auf. Unter einer geflüsterten Entschuldigung schiebe ich mich an Sheela und Morris vorbei zum Mittelgang. Mein Magen verkrampft sich vor Angst, als ich mich zwinge, ruhig und gelassen zum Ausgang zu gehen. Sie dürfen William auf keinen Fall in diesem Zustand sehen.

Ich habe Glück, dass mich niemand beachtet, weil alle zum Seitenschiff starren und dann Präsidentin Amory die Anwesenden zur Ordnung ruft. Trotzdem fühlt sich der Weg durch die Kirche an, als würde ich über glühende Kohlen laufen. Schnell ziehe ich die schwere Eichentür auf. Ich warte nicht darauf, dass sie ins Schloss fällt. Sobald mich die Kälte von draußen trifft, fange ich an zu rennen.

4. KAPITEL

Eden

Ich laufe über den Kiesweg um das Gebäude herum. Die grauen Steinmauern der Dwight Church werden von Strahlern angeleuchtet, aber der Park liegt größtenteils im Dunklen. Seit wann schalten sie über Nacht die Hälfte der Parkbeleuchtung aus?

«Will?», flüstere ich. «Garrett?»

Keine Antwort.

Verdammt! Laut zu rufen kann ich nicht riskieren. Hinter der Kirche ist aber niemand. Ich schlage den Weg ein, der zum Wohnheim führt, in der Hoffnung, dass die beiden dorthin unterwegs sind, bleibe dann aber stehen, weil meine Schritte im Kies so laut sind, und horche für einen Moment in die Dunkelheit.

Ein leises «Fuck» erklingt. Garrett. Erleichtert renne ich in Richtung seiner Stimme weiter. Weg von der Kirche und tiefer in den Park hinein, schlittere über altes Laub, als ich den Kiesweg verlasse und auf das feuchte Gras trete.

Etliche Meter vom Weg entfernt leuchtet ein Handylicht auf. In seinem Schein sehe ich Williams Silhouette, die sich über einen Strauch beugt. Mit einer Hand an einer Eiche abgestützt kotzt er ins Gebüsch, während Garrett daneben aufstöhnt. Und dann zusammenzuckt, als ich ihn am Arm berühre.

«Scheiße, Eden, hast du mich erschreckt!»

«Ich habe gehofft, ihr wärt schon im Wohnheim.» Mein Puls rast, meine Knie zittern. Gott sei Dank hat William sich nicht mitten in der Kirche übergeben.

«Wären wir auch, wenn Grantham sich nicht gesträubt hätte wie ein verdammter Esel.» Mit dem Handy leuchtet er an sich selbst runter über seine schwarze Stoffhose bis zu seinen Schuhen. «Wenn meine Klamotten was abgekriegt haben, bringe ich dich um», schnauzt er William an.

Wenn wir nicht sofort hier verschwinden, wird Amory das für ihn übernehmen.

«Bezahle ich dir», stößt William, immer noch würgend, hervor. «Deine verdammten Klamotten.»

Es geht hier gerade nicht um Geld, und wäre William nüchtern, wüsste er das auch. Ich kann mir Garretts genervtes Gesicht gut vorstellen, aber das Licht reicht nicht aus, um es zu erkennen.

Ich habe keinen Schimmer, wie ich William beistehen soll. Er will mich nicht sehen, nicht mit mir reden, und schon gar nicht will er sich von mir helfen lassen. Was soll ich machen, wenn er mich wieder von sich stößt? Als erneut eine Welle der Übelkeit durch seinen Köper geht, halte ich wenigstens seinen Mantel zur Seite, damit der nicht noch mehr abbekommt.

Es tut mir weh, zu sehen, wie er sich zusammenkrümmt und sich mit dem Kopf gegen den Baum lehnt. Es tut mir weh, dass er keinen anderen Ausweg sieht, als sich zu betrinken. Es tut mir weh, dass ich daran schuld bin. Und in Momenten wie jetzt, wenn diese Gedanken besonders quälend sind, wünschte ich mir, er hätte mich niemals aus dem Wasser gezogen. Sie wären damit fertiggeworden, so viel leichter fertiggeworden, wenn ich es gewesen wäre. Sie alle.

Langsam und mit einem Stöhnen kommt William wieder

hoch und wischt sich mit dem Ärmel über den Mund. Garrett strahlt ihn mit seinem Smartphone an, deshalb fällt mir auf, dass Williams Augen tränen und seine Haut beängstigend blass aussieht.

«Geht es dir besser?» Ich will nicht, dass es mitleidig klingt, aber der Blick, den William mir zuwirft, sagt mir, dass es nicht nur mitleidig, sondern auch noch verletzend bei ihm ankam.

«V-viel besser.» Sein Auflachen ist bitter. Mit den Fingern kämmt er sich das wirre blonde Haar zurück, stößt sich vom Baum ab und schwankt gegen mich.

Damit habe ich nicht gerechnet. Durch das Gewicht seines Körpers taumle ich zurück und spüre einen Schmerz am Bein, als mir die Sträucher die Strumpfhose aufreißen. Ich beiße die Zähne zusammen und raune Garrett zu, dass er ihn festhalten soll.

William wehrt sich nicht, aber als wir losgehen, schlägt er die falsche Richtung ein. «Ich muss ... wieder rein.»

Das kann er nicht ernst meinen. «Du kannst auf keinen Fall zurück. Du gehörst ins Bett.»

«Mir geht's bestens.»

Ich glaube ihm, dass er das wirklich denkt. Aber auch wenn er mich dafür hassen wird, ich werde nicht zulassen, dass er betrunken Devins Trauerfeier sprengt und vom College fliegt. Spätestens morgen früh würde er das bereuen. Und ich, dass ich ihn nicht daran gehindert habe. Wir alle bereuen schon jetzt so vieles.

Denkst du, Devin würde wollen, dass du deine Zukunft einfach so wegwirfst? Ich presse die Lippen zusammen, weil ich das nicht laut sagen kann. «Wie viel hast du getrunken?» Nicht dass die Antwort auf diese Frage irgendeine Rolle spielt.

«Nicht genug.» Seine Stimme ist immer schon rau gewesen, aber die Kälte darin verursacht mir eine Gänsehaut.

«Will, ich …»

Er hebt abwehrend die Hand, weil er wieder von einem Würgen erfasst wird und sich vornüberbeugt, was mich sofort zum Verstummen bringt.

Garrett seufzt, und ich werfe ihm einen hilflosen Blick zu. Nachdem die erneute Welle der Übelkeit verebbt ist, richtet William sich schwer atmend auf. «In Ordnung, ihr habt mich überredet.»

«Kannst du laufen?», frage ich ihn erleichtert.

Er sieht an mir vorbei. «Ich denke schon.»

Garrett packt ihn unter der rechten Schulter, versucht aber gleichzeitig so viel Abstand zu halten, dass er nicht mit Williams Mantel in Berührung kommt. «Wenn du noch mal reihern musst, sag es vorher, okay? Ich habe keinen Bock darauf, von dir angekotzt zu werden.»

William hustet, und Garrett gibt sofort einen angewiderten Laut von sich. «Mach keinen Scheiß, Alter!»

Ich dirigiere die beiden zurück auf den Weg und bete, dass uns keiner der Dozenten begegnet. Wenn wir Glück haben, sind die meisten in der Kirche oder haben die Insel für die Nacht verlassen, auch wenn die letzte Fähre erst nach der Trauerfeier geht.

Von der Kirche bis zum North Park House sind es vielleicht vierhundert Meter, aber sie kommen mir vor wie die Strecke von hier bis nach Boston, weil William sich zwischen unseren Armen hängen lässt wie ein nasser Sack. Er lässt zu, dass ich ihn festhalte, aber es bleibt ihm auch nichts anderes übrig, denn würde ich loslassen, könnte Garrett allein ihn nicht halten.

Im Kopf gehe ich durch, was ich gleich im Wohnheim erledigen muss: aus der Küche eine Schüssel holen. William eine Kopfschmerztablette einflößen, damit er den Tag morgen überlebt. Ihn nicht allein lassen, falls es ihm schlechter geht und wir einen Arzt rufen müssen. Was wahrscheinlich am schwierigsten wird, weil ich die Letzte bin, die er bei sich haben will.

Als wir es bis zum Wohnheim geschafft haben, stützt William sich auf Garrett, während ich die Tür mit meiner Schlüsselkarte entriegle. Ich wünschte, es gäbe einen Aufzug, dann müssten wir uns jetzt nicht auch noch die Stufen nach oben quälen. So brauchen wir eine Ewigkeit, bis wir im dritten Stock ankommen, und jedes Mal, wenn William wankt, habe ich Angst, er stürzt die Treppe runter. Als das Flurlicht auf Williams Gesicht fällt, sehe ich, dass er von der Anstrengung völlig verschwitzt ist.

«Okay, Grantham, hast du deine Zimmerkarte in der Tasche?»

Als William nicht reagiert, tätschelt Garrett ihm unsanft mit der flachen Hand die Wange.

«Garrett, hör auf. Du siehst doch, dass er völlig fertig ist.»

«Ja und? Willst du, dass er uns hier auf dem Flur einpennt?»

«Nein. Trotzdem musst du nicht grob werden.»

William stößt ein heiseres Lachen aus, als wäre es in dieser Situation besonders absurd, dass wir uns seinetwegen auch noch streiten.

«Die beschissene Schlüsselkarte, Mann!»

«M-mantel», keucht William und lässt seinen Hinterkopf gegen die Zimmertür sinken. «Glaube ich.» Er schließt die Augen und atmet mit offenem Mund, während Garrett ihn abstützt, damit er nicht einfach zur Seite wegkippt. «Erinnere mich daran …», fängt William an und schluckt, führt den Satz aber nicht zu Ende.

Ich schiebe eine Hand in seine linke Manteltasche, aber da ist nur sein Walkman drin. Wo ist seine verfluchte Zimmerkarte? «Woran soll ich dich erinnern?»

Er überlegt, öffnet die Augen aber nicht. «Dass ich Garrett verabscheue.»

«Beruht auf Gegenseitigkeit», knurrt Garrett, aber er wirkt trotzdem besorgt.

Ich schlage Williams Mantel auf und kontrolliere die Innentasche. Auch hier Fehlanzeige. Mit der flachen Hand fahre ich über seine Hosentasche. Er duldet zwar, dass ich ihn absuche, aber er macht keinerlei Anstalten, mir zu helfen. Und ich finde die Karte einfach nicht.

«Ich kann ihn nicht mehr lange halten. Dann schaffen wir ihn eben in den Aufenthaltsraum.» Mit dem Kinn nickt Garrett zum Ende des Flurs. «Ein Sofa wird ja wohl reichen.»

«Keine gute Idee. Dann stolpert noch jemand aus Versehen über ihn. Sollte jemand einen Kontrollgang machen ...»

«Glaubst du, dass einer der Profs heute Nacht durch das Wohnheim läuft, oder was?» Garrett schüttelt genervt den Kopf. «Und selbst wenn. Selber schuld. Er hätte sich ja nicht so die Kante geben müssen.»

«Bringen wir ihn in mein Zimmer.» Auch wenn mir klar ist, dass er das kaum wollen wird, kann ich William nicht einfach sich selbst überlassen.

William sackt in die Knie, noch bevor wir eine endgültige Entscheidung getroffen haben, und Garrett stemmt ihn mit ganzem Körpereinsatz wieder hoch.

«V-v-vergisses», nuschelt er.

«Zu mir kommst du garantiert nicht», schnauzt Garrett ihn an. «Entweder Edens Zimmer oder wir parken dich in der Dusche, da kannst du auch am wenigsten anrichten. Du entscheidest.» Doch er wartet Williams Reaktion nicht ab, er zerrt ihn einfach mit sich.

Als ich sicher bin, dass Garrett das alleine hinbekommt, laufe ich voraus, um die Tür aufzuschließen und die Decke von meinem Bett zu ziehen. William streift sich umständlich den Mantel ab. Er schwankt dabei so sehr, dass ich Angst habe, er stürzt und verletzt sich gleich noch. Ich helfe ihm, das schwarze Sakko über die Schultern nach unten zu ziehen, dann sackt er auf dem Bett zusammen.

«Wenn was ist, wisst ihr ja, wo ich wohne», meint Garrett. «Süße Träume, Grantham.»

William zieht die Beine an und kneift die Augen gegen das Licht zusammen. «Verschwinde, Endicott.»

Garrett schnaubt abfällig, dann nimmt er mich beiseite. «Ist es okay, wenn ich dich mit ihm allein lasse?» Unschlüssig schaut er von William zu mir. «Ich meine, wirst du mit ihm fertig?»

Ich nicke langsam. «Ich kann mir nicht vorstellen, dass er sich heute noch mal bewegt. Und ich werde Sun-young fragen, ob ich bei ihr schlafen kann. Danke, Garrett.»

Garrett öffnet den Mund, um etwas zu sagen, schließt ihn dann aber wieder und verabschiedet sich, bevor er aus dem Zimmer verschwindet. Ich schalte die große Deckenlampe aus, damit William nicht länger geblendet wird, und knipse stattdessen meine Schreibtischlampe an, sodass er sich orientieren kann, sollte er später in der Nacht irgendwann wach werden.

Erst jetzt komme ich dazu, meine Winterjacke auszuziehen. Ich hänge sie über Williams Sakko auf den Schreibtischstuhl, dann besorge ich aus der Küche eine Wasserflasche und eine Plastikschüssel.

«Will?» Unschlüssig bleibe ich vor dem Bett stehen und stupse ihn schließlich vorsichtig an der Schulter an. Erst beim zweiten Mal gibt er mit einem Stöhnen zu verstehen, dass er noch wach ist. «Wenn dir wieder schlecht wird – ich habe eine Schüssel neben das Bett gestellt. Auf den Boden. Du musst nur die Hand ausstrecken, okay?»

Ich glaube nicht, dass etwas von dem, was ich sage, wirklich zu ihm durchdringt. «William Grantham», flüstere ich. «Das ist wichtig. Hast du mich verstanden? Kotz mir bitte nicht ins Bett.»

Nur … in Wirklichkeit ist es komplett unwichtig, oder? Bei all dem, was passiert ist, kommt es mir geradezu bescheuert vor, mir Sorgen um so was zu machen wie schmutzige Bettwäsche.

William öffnet den Mund, seufzt leise. «Schüssel. Neben dem Bett. Verstanden.» Eine Hand presst er an seine Schläfe, wahrscheinlich fängt es jetzt schon an, dahinter zu hämmern. Ich sollte ihn sich selbst überlassen, aber …

«Willst du noch was trinken? Soll ich dir eine Aspirin in Wasser auflösen?» Mit der rechten Hand fasse ich an seine Stirn – sie ist schweißnass. Er schüttelt den Kopf – was nein bedeuten kann, aber genauso gut kann es sein, dass er mich abschütteln will. Also ziehe ich betreten die Hand zurück.

«Kein Wasser», murmelt er.

Nein, kein Wasser. Für einen winzigen Moment habe ich es fast vergessen. Als wäre das hier eine normale Nach-Party-Situation, in der man sich um den anderen kümmert. Aber das hier ist nicht normal. Das hier ist eine «Die-Trauer-ist-so-schlimm-ich-halt-es-nicht-mehr-aus»-Situation, und die Erinnerung presst mein Herz zu einem Klumpen zusammen. Mit einem Schlag ist alles wieder da. Unsere letzte Begegnung. Der Moment, als wir beide durchnässt an der Uferböschung gestanden haben und Will mich von sich gestoßen hat.

Fass mich nicht an. Nie wieder.

Nie wieder.

5. KAPITEL

Eden

Als ich vom Bett zurückweiche, rollt William sich wie ein Embryo zusammen. Für ein paar Sekunden lausche ich auf seinen Atem. Dann fällt mir ein, dass es höllisch unbequem ist, mit Lederschuhen zu schlafen. Er reagiert nicht, als ich ihn frage, ob er sie nicht lieber ausziehen will. Er reagiert auch nicht, als ich schließlich einfach die Schnürsenkel aufziehe und sie ihm umständlich von den Füßen zerre und unter mein Bett schiebe. Ich breite die Decke über ihm aus.

«Danke», nuschelt er.

Okay, er hat es doch gemerkt. Ob er denkt, dass es Garrett war, weil er nicht mitgekriegt hat, dass der längst gegangen ist. Oder ist es nur seine typische Höflichkeit. Ich wünschte, es würde etwas bedeuten, dass er hier ist, aber das wäre er nicht, wenn er eine andere Wahl hätte.

Ich sollte zur Trauerfeier zurück, aber ich komme auf keinen Fall unbemerkt in die Kirche. Jeder würde es mitkriegen, und das würde nur Fragen aufwerfen. Sun-young anrufen, um zu fragen, ob ich in ihr Zimmer kann, ist zwecklos, solange sie noch in der Kirche ist. Und ich will William ohnehin nicht allein lassen, bevor ich nicht sicher bin, dass er den Abend einigermaßen unbeschadet übersteht. Nur dass Williams Mantel müffelt, und den kann ich so nicht über Nacht in meinem Zimmer lassen.

Ich hebe ihn auf und hole die wenigen Sachen aus den Taschen raus, damit sie bei der Reinigungsprozedur nichts abbekommen. Nicht genau hinsehen. Es geht mich nichts an, was William in seinen Taschen hat, deshalb lasse ich die Sachen schnell auf meinen Tisch fallen. Trotzdem registriert mein Gehirn jedes einzelne Teil: Williams Walkman, einen zusammengeknüllten Zettel, der um einen Medikamentenblister gewickelt ist, den verbeulten Deckel einer Whiskeyflasche, ein dünnes Taschenbuch mit einem fremdsprachigen Titel, von dem ich vermute, dass es deutsch ist. Williams blaues Notizbuch mit seinem eingeprägten Namen und Stiftschlaufe. Ich will nicht darüber nachdenken, aber vor ein paar Wochen haben wir uns darin noch gegenseitig Nachrichten geschrieben. Als Devin noch nicht tot war und ich dachte, hier in Woodford würde ich wieder so was wie ein normales Leben haben. Ich würde alles dafür geben, Williams Nachrichten noch einmal zu lesen, aber sein Notizbuch ist für mich jetzt tabu.

Ich glaube, William ist weggenickt. Als ich mich vorsichtig über ihn beuge, geht sein Atem ruhig und sein Arm ruht schlaff auf dem Kopfkissen. Wahrscheinlich kann ich es riskieren, ihn kurz sich selbst zu überlassen. Mit einem letzten Blick auf die dunkelblonden Haarsträhnen, die sich auf meinem Kopfkissen ausbreiten, husche ich mit dem Mantel aus dem Zimmer.

Das Wohnheim ist wie ausgestorben. Wahrscheinlich sind noch alle in der Dwight Church, denn ich laufe über den Flur, ohne jemandem zu begegnen. Im Badezimmer halte ich den Saum von Williams Mantel direkt unter den Wasserhahn und reibe die Flecken mit meinem Shampoo ein. Ob ich es damit besser mache? Ich weiß es nicht. Vielleicht ruiniere ich seinen Mantel auch vollends. Ist bestimmt Kaschmir und superempfindlich. Ich hoffe einfach mal, dass das Teil es überlebt, von mir gewaschen und ausgewrungen zu werden, und wuchte den schweren Mantel zum Trocknen über eine der Duschkabinen.

Das Brennen an meiner Wade erinnert mich daran, dass ich mir die Strumpfhose am Gebüsch zerrissen habe, und ich schlüpfe aus den zu engen Ballerinas, die ich mir von Sun-young ausgeliehen habe. Im Gegensatz zu ihr sehe ich in den schwarzen Klamotten aus, als würde ich zum Cast einer Gothic-Serie gehören. Vorsichtig rolle ich die Strumpfhose nach unten, um die kleine Schürfwunde zu begutachten. Im Licht der Badezimmerlampe sieht es nicht weiter schlimm aus. Es ist nur unangenehm, wenn man es anfasst, also fasse ich es einfach nicht an.

Die kaputte Strumpfhose stopfe ich in den Müll und tapse mit den Schuhen in der Hand zurück in mein Zimmer.

Die Tür öffnet sich mit einem leisen Klick. Erst denke ich, William hat sich keinen Millimeter bewegt, aber dann fällt mir auf, dass die Decke halb auf den Boden hängt und er die Beine ausgestreckt hat. Die Schüssel ist unberührt. Aber als ich das Shampoo zurück an seinen Platz räumen will, stelle ich fest, dass das kleine Waschbecken in meinem Zimmer quasi explodiert ist. William hat alles zerwühlt. Die Zahnpasta liegt geöffnet und halb zerdrückt im Waschbecken, meine Zahnbürste ebenso. Der Becher ist noch halb voll und das Handtuch hängt nass über dem Rand. Na ja, immerhin hat er es allein zurück ins Bett geschafft.

Möglichst leise räume ich die Sachen weg und ziehe aus dem Kleiderschrank eine weite Jogginghose und ein Shirt heraus, damit ich endlich aus dem Kleid schlüpfen kann. William liegt mit dem Gesicht zur Wand, aber es wäre ohnehin egal, er hat mich mehr als einmal nackt gesehen. Schnell schlüpfe ich in die frischen Sachen.

Mit dicken Wollsocken an den Füßen setze ich mich auf meinen Schreibtischstuhl und ziehe die Beine an. Es ist erst halb sieben. Noch mehr als genug Zeit, Sun-young vom Flur aus anzurufen. Oder die wenigen Meter zu ihrem Zimmer zu laufen, wenn die Trauerfeier vorbei und sie wieder zurück ist. Wieder einmal wird mir bewusst, wie aufgeschmissen ich ohne Handy bin. Normalerweise würde Dad sich heute melden und fragen, wie die Gedenkveranstaltung war, aber es ist ihm peinlich, hier im Flur anzurufen, als wäre er ein Helikoptervater. Dabei ist er alles andere als das. Ich vermisse mein Handy. Ich vermisse es, die alten Nachrichten zu lesen oder mir meine Fotos anzusehen.

Vor ein paar Wochen, noch vor Devins Unfall, habe ich William mein kaputtes Smartphone gegeben, und er wollte es reparieren lassen. Vermutlich hat er nicht mehr daran gedacht, und ich kann ihn auch unmöglich danach fragen. Keine Ahnung, wie Will es aushält, ohne Handy zu leben. Ich hatte alle Nachrichten und Fotos von meinem besten Freund Lark darauf, Will hat von Devin nicht einmal mehr das. Ob er Fotos von ihm in der kleinen Schachtel auf seinem Schreibtisch hat? Kann er sie sich überhaupt ansehen?

Ich blicke zum Bett. William gibt bis auf ein leises Atemgeräusch keinen Laut von sich, und trotzdem lässt sich seine Anwesenheit unmöglich ignorieren. Der Waschmittelgeruch, der seinem Hemd anhaftet, der Alkohol. Das halb verdunstete Gefühl der Vertrautheit. Wie lange dauert es, bis sich der ganze Alkohol in seinem Blut abgebaut hat? Sechs Stunden? Noch länger? Hängt davon ab, wie viel er getrunken hat.

Nicht genug.

Nicht genug, um die Trauerfeier zu ertragen?

Nicht genug, um mich zu ertragen?

Wieso tut das so weh? Ich sollte aufhören, so viel in seine Worte hineinzuinterpretieren. Er ist betrunken. Mit einem Seufzen schiebe ich den Bücherstapel und die losen Zettel auf meinem Schreibtisch bis zur Kante, um Platz zu haben. Der

Liebesroman mit dem blauen Leineneinband, in den wir beide Blackout Poetrys gemalt haben, liegt ganz oben auf dem Stapel. Nach kurzem Zögern nehme ich ihn in die Hand und schlage die Seiten auf. Auf der Fahrt zu meinem Dad habe ich versucht, Williams Gesicht auf eine der Seiten zu zeichnen. Sechs Wörter habe ich mit einem schwarzen Kuli umkreist und freigelassen, der Rest ist kaum noch zu lesen.

you
you
you
you
you
you

Immer nur er. Beim Ausmalen der Fläche habe ich angefangen zu heulen, sodass der alte Mann neben mir im Reisebus fluchtartig den Platz gewechselt hat. Ich schlage das Buch zu und schiebe es weit nach hinten ins Regal, weil ich es nicht aushalte. Ich muss nach vorne schauen. Irgendwie, auch wenn mir gerade alles sinnlos erscheint.

Woodford.

Ich habe gedacht, Woodford ist das Beste, was mir passieren kann. Mein Neuanfang. Der Ort, an dem ich Freunde finde.

Konzentrier dich auf dich selbst, Sweetheart. Das ist das Einzige, was du kontrollieren kannst.

Klar, Dad. Aber nicht einmal das schaffe ich. Vor ein paar Tagen habe ich bei Mrs. Whitney in der Bibliothek die ersten Bücher für meinen Komparatistik-Kurs besorgt und sie noch nicht einmal angerührt. Die Angst, zu versagen, ist einfach zu groß. So groß, dass ich mich nicht überwinden kann, auch nur anzufangen. Sie lähmt mich und sorgt dafür, dass ich mich selbst sabotiere. Ich muss mich aufraffen, zwingen. Und wenn ich jetzt die ganze Zeit hier warten muss, bis ich sicher sein kann, dass

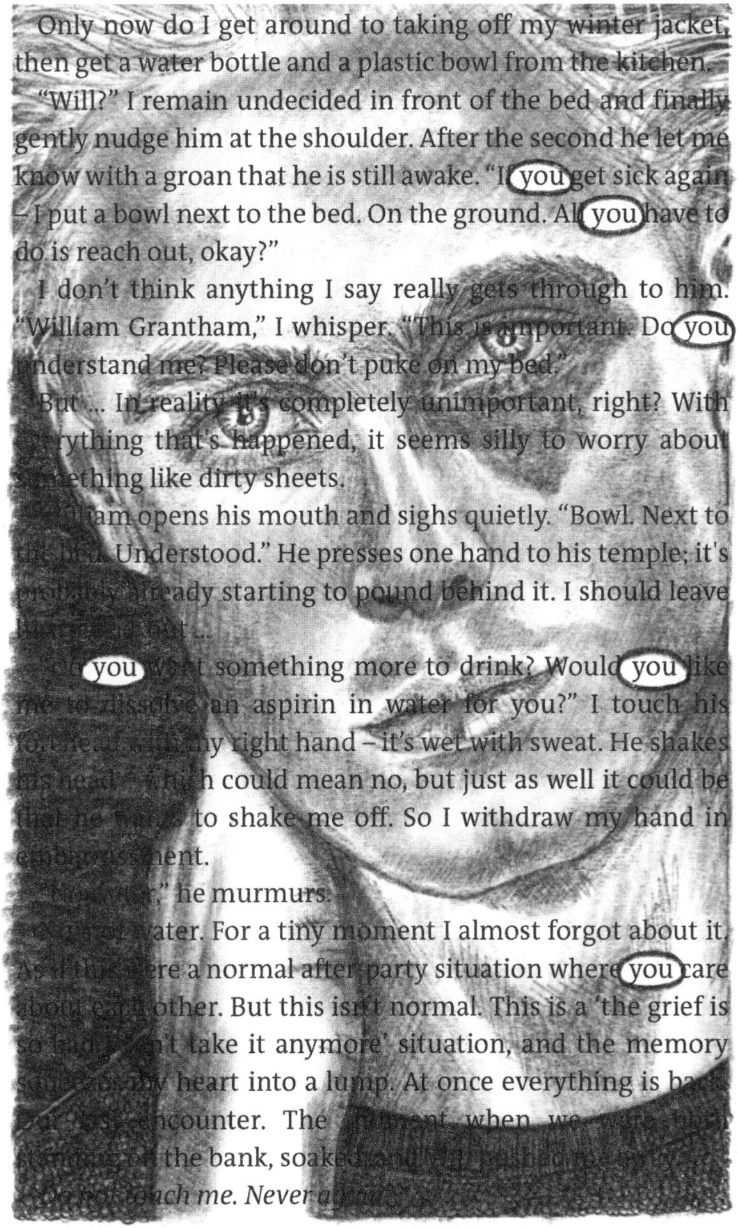

Only now do I get around to taking off my winter jacket, then get a water bottle and a plastic bowl from the kitchen.

"Will?" I remain undecided in front of the bed and finally gently nudge him at the shoulder. After the second he let me know with a groan that he is still awake. "If you get sick again – I put a bowl next to the bed. On the ground. All you have to do is reach out, okay?"

I don't think anything I say really gets through to him. "William Grantham," I whisper. "This is important. Do you understand me? Please don't puke on my bed."

But ... In reality it's completely unimportant, right? With everything that's happened, it seems silly to worry about something like dirty sheets.

William opens his mouth and sighs quietly. "Bowl. Next to the bed. Understood." He presses one hand to his temple; it's probably already starting to pound behind it. I should leave him alone, but ...

"Do you want something more to drink? Would you like me to dissolve an aspirin in water for you?" I touch his forehead with my right hand – it's wet with sweat. He shakes his head, which could mean no, but just as well it could be that he wants to shake me off. So I withdraw my hand in embarrassment.

"[illegible]," he murmurs.

[illegible] water. For a tiny moment I almost forgot about it. As if this were a normal after-party situation where you care about each other. But this isn't normal. This is a 'the grief is so bad I can't take it anymore' situation, and the memory squeezes my heart into a lump. At once everything is back. Our last encounter. The moment when we were [illegible] standing on the bank, soaked, and [illegible]

Do not touch me. Never again.

William keinen Arzt braucht, habe ich auch nichts Besseres zu tun. Mit einem Seufzen schlage ich das oberste Buch auf, ohne auf das Cover zu achten, und verziehe dann das Gesicht, weil es nicht mal auf Englisch ist.

La casa de los espiritus.

Schon nach drei Sätzen wird mir klar, dass mein Spanisch noch schlechter ist, als ich dachte. Allein von der ersten Seite muss ich mir fünfundzwanzig Vokabeln rausschreiben, die ich nicht kenne. Ich quäle mich durch das erste Kapitel, ohne etwas zu verstehen, und schaue nach jedem zweiten Satz rüber zu Will. Ich versuche es mit einem anderen Buch, das wenigstens auf Englisch ist, aber ich kann einfach nicht lesen, wenn William hier in meinem Zimmer ist. Auch wenn er schläft. Gerade wenn er schläft. Was, wenn er aufwacht und mich wieder mit diesem ablehnenden Blick ansieht?

Nach einer halben Stunde geht draußen die Flurtür und Schritte sind auf dem Gang zu hören. Ich gebe auf, weil ich mich sowieso nicht auf den Text konzentrieren kann, und klappe das Buch zu. Auf meinem Laptop fange ich an, mit Kopfhörern Videos auf YouTube zu streamen, aber auch davon bekomme ich kaum etwas mit, weil mein Blick immer wieder zu William schwenkt und ich mich frage, wie er reagieren wird, wenn er aufwacht. Wird er wütend sein? Abweisend? Distanziert? Wird er mit mir reden?

Irgendwann zerre ich meine dicke Winterjacke vom Stuhl, falte sie zu einem Kissen zusammen und lege mich damit auf den Boden. Es ist hart und unbequem, aber als ich eine alte Wolldecke unter mir auf dem Parkett ausbreite, geht es einigermaßen. Meine Gedanken rasen auch mit geschlossenen Augen weiter. Erst als ich mich auf Williams Atem konzentriere, wirkt das seltsam beruhigend auf mich.

You. You. You. Ich sehe das Gesicht, das ich ins Buch gemalt habe, vor mir und dann wieder den teilnahmslosen Ausdruck in Williams Augen, als er in der Kirche vor mir stand. Die Gleichgültigkeit, die mich mehr verletzt als alles andere. Ist es das Einzige, was von uns übrig geblieben ist?

Meine Finger sind kalt, aber der Gedanke bleibt diffus. Alles ist kalt. Ich weiß nicht mehr, ob das real oder eine Erinnerung ist. Da ist Schwärze. Und Kälte. Eiseskälte. Das Gefühl, dass mich etwas nach unten zieht. Gerade war der Boden noch hart, jetzt ist er plötzlich weg, und ich sinke hindurch. Falle. Mein Mund ist voll Wasser.

Ich muss atmen. Atmen. Mein Körper schmerzt wie durch tausend Nadelstiche, aber ich kann mich nicht bewegen und vor allem bekomme ich keine Luft. Etwas zieht an mir. Bitte zieh mich nicht nach unten! Ich will nicht sterben. Ich will ...

Mit den Händen schlage ich um mich, knalle mit den Fingerknöcheln gegen das Tischbein meines Schreibtischs und gebe ein Stöhnen von mir, als ich begreife, dass ich in meinem Zimmer bin. Auf dem Fußboden.

Es war nur ein Traum.

Auch wenn *nur* nicht das richtige Wort dafür ist. Seit dem Unfall habe ich diesen Traum immer wieder, was bedeutet, dass ich ihn jedes Mal neu erlebe. Es macht mich fertig, wieder nicht schlafen zu können, genauso wie nach Larks Tod.

Jeder einzelne Muskel tut mir weh. Mein Blick schießt erst zu dem kleinen Wecker neben meinem Bett, wo die grün leuchtenden Ziffern mir verraten, dass ich nur kurz weg war, und dann zu William, der sich im Schlaf unruhig auf die Seite rollt. Mühsam rapple ich mich auf und reibe mir über die Augen. Es ist gerade mal halb zehn. Im Licht der Schreibtischlampe schreibe ich Will eine kurze Nachricht.

Wir konnten deine Zimmerkarte nicht finden. Ich schlafe bei Sun-young, damit ...

Der Nebensatz hat schon falsch begonnen, und ich habe keine Ahnung, wie ich ihn zu Ende bringen soll. *Damit du nicht mit mir in einem Zimmer schlafen musst? Damit ich dir nicht aus Versehen zu nahe komme?* Das alles klingt so falsch. Ich streiche das letzte Wort durch und setze einen Punkt.

Dein Mantel hängt in der Dusche zum Trocknen, schreibe ich. Dann platziere ich den Zettel auf seinem Walkman, so kann ich sicher sein, dass William ihn auch findet.

6. KAPITEL

William

Hinter meiner Stirn hämmert es, und mein Mund ist so trocken, als hätte ich die letzten Stunden mit Sand gegurgelt. Mit der Zunge lecke ich mir über die Lippen, was es aber nicht besser macht. Sie sind genauso rau wie meine Stimme, als ich versuche, mich zu räuspern. Der Nebel in meinem Kopf ist ein undurchdringliches Dickicht – ich kann mich an nichts erinnern. Totaler Blackout.

Als ich mich ausstrecke, stoße ich mit den Füßen unerwartet gegen ein Bettende. Wo um Himmels willen ...?

Ich presse mir die Handballen gegen die Schläfen, als ich blinzelnd die Augen öffne. Es ist hell. Eine Lampe? Tageslicht? Auch wenn mein Gehirn verzweifelt versucht, die Situation zu erfassen, begreife ich nur langsam, dass das hier nicht mein Zimmer ist.

Es ist Edens.

Scheiße.

Ich sollte nicht hier sein, auch wenn es sich vertraut anfühlt. Und genau aus diesem Grund so verflucht falsch. Wieso spüre ich das überhaupt? Wieso spüre ich überhaupt so viel?

Es wird Ihrem Sohn damit sofort besser gehen, Mrs. Grantham, keine Sorge. Das Medikament beruhigt ihn und löst seine Ängste. Es kann durchaus passieren, dass es ihn müde macht und ihm schwindelig wird, aber die Wirkung wird davon nicht beeinträchtigt. Er sollte es nur nicht länger als zwei Wochen einnehmen. Wenn die Symptome danach nicht besser werden, müssen wir über eine Gesprächstherapie nachdenken ...

Meine Beine fangen an zu zucken, als ich versuche, mich aufzusetzen. Ich habe keine Kontrolle darüber. Nicht über meine Muskeln, und auch nicht über das Brennen, das sich in mir ausbreitet.

Sollten sich nach dem Absetzen Entzugserscheinungen zeigen wie eine Überempfindlichkeit bei Geräuschen und Gerüchen, Muskelzuckungen, starkes Herzklopfen bis hin zu einem Brennen in der Brust, müssen wir das Medikament langsamer ausschleichen.

Fängt es so an?

Die Enge ist zurück. Der Druck auf meinem Brustkorb, der mir jeden Atemzug schwer macht, baut sich weiter auf, und mein Herz fängt an zu rasen. Ich wanke zum Fenster und schiebe es nach oben, damit Luft reinkommt, weil mir sonst wahrscheinlich gleich der Kopf explodiert.

Das Ziffernblatt auf meiner Uhr kann ich nicht fokussieren, die Zahlen verschwimmen vor meinen Augen. Und das liegt nicht daran, dass ich meine Kontaktlinsen über Nacht nicht rausgenommen habe. Das Licht von draußen brennt hell wie die Hölle, obwohl der Himmel bedeckt ist.

Ich weiche zurück und bleibe mit den Füßen in einer Wolldecke hängen, die auf dem Fußboden vor dem Schreibtisch liegt. Ich kneife die Augen zusammen, aber das Bild vor mir lässt keine andere Erklärung zu, als dass Eden auf dem Fußboden geschlafen hat.

Noch mehr Selbsthass. Noch mehr Reue.

Meine Sachen liegen so sorgfältig arrangiert auf dem Schreibtisch, dass ich sie unmöglich selbst dort hingelegt haben kann, das muss Eden getan haben. Als ich das Fenster schließe, entdecke ich auch den Zettel, der das erklärt, und allein der Anblick von Edens Handschrift versetzt mir einen Schlag in die Magengrube.

Sie hat bei Sun-young geschlafen. Meinetwegen. Und sie hat offenbar meinen Mantel gereinigt. Was habe ich nur vergangene Nacht getrieben?

Ich muss hier schnellstmöglich raus, aber ich finde meine Schlüsselkarte nicht. Auf dem Schreibtisch liegt sie jedenfalls nicht, und in meiner Erinnerung des letzten Tages kommt sie überhaupt nicht vor. Nein, stopp, sie war in meinem Weekender. Nur habe ich keine Ahnung, wo ich meine Tasche gelassen habe. Die Tasche mit meinem persönlichen Kram, meiner Sonnenbrille, dem Portemonnaie, dem Adressbuch, dem Schlüssel von unserem Haus in Boston. Fuck. Ich bin versucht, das Wort, das ich normalerweise vermeide, laut auszusprechen. Oder herauszuschreien.

Meinem Spiegelbild über Edens Waschbecken weiche ich aus, weil ich exakt so aussehe wie jemand, der die vergangene Nacht in seinen Klamotten geschlafen und sich vorher mit Tabletten und Alkohol in die Besinnungslosigkeit befördert hat. Erbärmlich. Mit beiden Fingern fahre ich mir durchs Haar und stopfe das zerknitterte Hemd zurück in meinen Hosenbund. Auch wenn ich weiß, dass es sinnlos ist, klopfe ich die Taschen meines Sakkos ab. Nichts. Keine Schlüsselkarte. Doch selbst wenn Eden gerade in einer Vorlesung sitzt, hier in ihrem Zimmer kann ich trotzdem nicht bleiben. Nicht eine Minute länger.

Ich schnappe mir meine Sachen vom Schreibtisch und lasse die Tabletten vorsorglich in der Innentasche des Sakkos verschwinden. Wenn Eden die Xanax gesehen hat ... Ich glaube allerdings nicht, dass sie sie ausgewickelt und den Namen gelesen hat. Das würde sie nicht tun. Und wenn doch, dann ... geht es sie nichts mehr an. Wir sind nicht mehr zusammen, und ich weiß nicht einmal, ob wir auch nur etwas Ähnliches wie Freunde sein können.

Um meine Schuhe anzuziehen, muss ich mich auf die Bettkante setzen, doch der vertraute Geruch, der ihrer Bettwäsche anhaftet, lässt meine Schuldgefühle erst recht hochkochen.

Wenn Devin mich so sehen könnte. Hier. In Edens Zimmer. Wie früher. Er würde denken, dass sein Tod nichts geändert hat. Aber das stimmt nicht, er hat alles verändert.

Ich bin völlig erschöpft, obwohl ich locker zwölf Stunden geschlafen habe. Vermute ich. Mein Blick hat sich zwar inzwischen geklärt, aber meine Armbanduhr ist um zwanzig nach sechs stehen geblieben, weil ich gestern vergessen habe, sie aufzuziehen. Die Leuchtanzeige von Edens Wecker verrät mir, dass ich meine ersten beiden Kurse bereits versäumt habe. Wenn das noch eine Rolle spielen würde, wäre das richtig beschissen. Tut es aber nicht. Es spielt keine Rolle. Nichts spielt mehr eine Rolle.

Nur raus hier.

Doch dann fällt mir noch etwas ins Auge, was Eden in ihrem Regal stehen hat, und aus einem Impuls heraus nehme ich es mit, stecke mir das blaue Buch in den Hosenbund und lasse das Sakko darüber fallen.

Als ich die Zimmertür hinter mir zuziehe, lässt mich das Geräusch zusammenzucken. Es ist ein Geräusch, das mir wie ein Fallbeil in den Magen fährt. Zu laut, zu endgültig. Ich weiß genau, was ich jetzt brauche, um mich wieder in den Griff zu bekommen und dafür zu sorgen, dass die ganze Welt mich nicht überwältigt. Die Geräusche, die Gerüche und die Gefühle, die damit verbunden sind. Ich will die Dumpfheit zurück. So schnell wie möglich, und dafür brauche ich nur ein Glas Wasser, damit ich die Tabletten runterspülen kann.

Auf dem Weg in die Küche schlägt hinter mir die Flurtür zu.

Es ist Garrett. Ich hebe nur kurz die Hand und laufe weiter, weil ich es nicht mehr lange schaffe, die Beherrschung aufrechtzuerhalten. Dieser Lärm. Garretts Schritte hören sich an, als würde er mir durch den Gehörgang trampeln.

Leider holt er mich noch auf dem Gang ein. «Du siehst absolut beschissen aus.»

Meine Mundwinkel zucken müde. Small Talk, über Banalitäten reden, das kriege ich für einen Moment hin. «Danke. Bist ein echter Prince Charming.»

«Ich weiß.» Er grinst, und ich muss zu ihm hochsehen, weil Garrett die Größe eines NBA-Spielers hat. Sein gerade noch spöttischer Ausdruck verfliegt, weil ihm wahrscheinlich auffällt, dass ich nicht einfach nur beschissen aussehe, sondern als hätte man mich einmal durchgekaut und wieder ausgespuckt. «Alles okay mit dir?»

Wenn ich für jedes Mal, wenn mir diese Frage gestellt wird, einen Dollar bekäme, wäre ich heute schon Millionär und nicht erst mit 25, wenn ich das verfluchte Erbe von William Grantham senior antrete. Ich ziehe einen Mundwinkel hoch, was hoffentlich ausreicht. «Sagen wir *grosso modo.*»

Garrett schaut mich so genervt an, dass ich mir sicher bin, er kennt diese Floskel nicht. «Im Großen und Ganzen», sage ich, was so was von gelogen ist. Die ganzen Lügen – ich sollte eine Strichliste führen. Aber im Augenblick könnte ich nicht mal einen Stift ruhig halten. Im Großen und Ganzen ist nichts okay. Im Großen und Ganzen kann ich nicht mal meine eigenen Emotionen aushalten und mich einem bedeutungslosen Gespräch mit einem Kommilitonen stellen.

«Du warst gestern echt krass drauf. Und du hast mir fast auf die Schuhe gekotzt.»

Ich frage mich wieder, was ich gestern getan habe, aber im Grunde ist es wirklich egal. «Sorry.» Ich gehe einen Schritt schneller in der Hoffnung, damit zu signalisieren, dass ich mich nicht unterhalten will, aber entweder Garrett merkt es nicht, oder ihm brennt etwas wahnsinnig auf der Seele. Beides beschissen.

«Kendra war heute Morgen nicht in unseren Kursen», sagt er, während er vorausläuft und noch vor mir die Küchentür aufstößt. «Hab mir deshalb schon gedacht, dass du auch nicht kommst.»

Ich habe Devins Trauerfeier verpasst, weil ich mit der Situation nicht klargekommen bin. Ich habe Kendra alleingelassen, obwohl ich ihr versprochen habe, genau das *nicht* zu tun. Meine Gesichtshaut fängt an zu brennen. Ich brauche mindestens zwei Milligramm von den Benzos, sonst drehe ich durch. Kendra hat keine Ahnung, dass ich sie belogen habe. Oder vielmehr: was ich ihr verschwiegen habe. Sie weiß es nicht, sie weiß gar nichts.

Meine Hand tastet schon nach den Tabletten, als Garrett mich mit dem Ellbogen anstößt. «Ich habe ihr gesagt, dass du Kreislaufprobleme hattest und deshalb nicht auf der Trauerfeier warst. Ist wenigstens nur halb gelogen. Also erzähl ihr bloß nichts anderes, sonst stehe ich wie ein Arsch da.»

«Also wie sonst auch?»

Sein Gesicht wird starr.

«Das war nicht so gemeint. Okay, tut mir leid. Es ist ja offensichtlich, wer von uns beiden hier der Arsch ist, oder? Ich bin dir wirklich dankbar.» Meine Stimme hört sich an, als hätte ich Steine im Mund. Ich ziehe die Schranktür auf und räuspere mich. «Ich werde gleich mit Kendra reden. Und mich entschuldigen.»

Garrett stützt sich rücklings an der Arbeitsplatte ab. «Ja, das solltest du.»

Ich nicke, aber wofür eigentlich? Dafür, dass ich sie hängengelassen habe? Fürs Lügen? Oder doch lieber dafür, dass ich zugelassen habe, dass ihr Bruder ertrinkt? Diese Schuldgefühle bringen mich um.

«Ich habe übrigens deine Tasche. Falls du sie schon gesucht hast.»

«Was? Woher denn?» Hatte ich sie ihm gegeben? Ich versuche erneut, mich zu erinnern, aber da ist gar nichts.

«Sie stand im Aufenthaltsraum. Warte kurz.» Er läuft aus der Küche, und ich nutze die Gelegenheit, ein Glas aus dem Schrank zu holen, und halte es unter den Hahn. Mit beiden Händen, wie ein Kleinkind, damit ich nichts verschütte. Ich muss mich zusammenreißen. Auch wenn ich gerade nicht weiß, wofür eigentlich.

Die verfluchte Küche dreht sich, als ich versuche zu trinken. Das ganze Gebäude dreht sich. Aber das Wasser hilft. Nicht gegen den Druck, aber das Schlucken fällt mir leichter. Und als Garrett mit meinem Weekender zurückkommt, kann ich normal sprechen und nicht wie jemand, der die letzten fünf Jahre allein in einer Höhle verbracht hat. «Danke dir. Hoffentlich ist meine Karte noch drin. Ich brauche dringend eine Dusche und frische Klamotten.» Ich ziehe den Reißverschluss auf und fahre mit der Hand in die Innentasche.

«Ist sie nicht.»

Meine Brauen schießen in die Höhe.

«Ich wollte nicht in deiner Tasche wühlen, echt nicht, aber dein Scheißhandy hat ununterbrochen geklingelt, das hat tierisch genervt. Hätte ja auch wichtig sein können. Und dann habe ich auch gleich nachgeguckt, ob deine Zimmerkarte da ist. Weil Eden ... weil ... na ja ... Ich dachte, du willst vielleicht lieber in deinem Zimmer schlafen.»

Ich ignoriere seinen letzten Satz. Es ist offensichtlich, dass er nicht an mich dabei gedacht hat, sondern an Eden. «Ich habe kein Handy.»

«Ja klar.» Jetzt grinst er. «Ist ein nettes Image, das du dir da aufgebaut hast. Der weiße, wohlhabende Protestantensohn von der Ostküste, der total classy und oldschool ist und nicht mal ein Mobiltelefon besitzt. Habe ich dir echt abgekauft. Tja, sorry, dass ich dir jetzt auf die Schliche gekommen bin. Deine Mutter hat übrigens angerufen.»

«Ich habe wirklich ...» Moment. Ich schiebe ein paar Klamotten beiseite, bis ich auf etwas Hartes stoße. Das verdammte iPhone! Deshalb hat sich die Tüte, die Wes mir gegeben hat, so leicht angefühlt. Er hat mich reingelegt. «Das muss mir unser Chauffeur untergeschmuggelt haben.»

«Klar. Mach dir keinen Kopf, dein Geheimnis ist bei mir sicher.»

«Es gibt kein Geheimnis, Garrett. Die Schutzfolie ist sogar noch dran.» Als ich das Display berühre, werden mir etliche Anrufe in Abwesenheit angezeigt. Auf der Rückseite klebt ein Zettel mit dem Code. Ich ziehe ihn ab und halte ihn Garrett vor die Nase. «Denkst du, ich schreibe mir den Code selbst auf? Das iPhone habe ich meiner Mutter zu verdanken.»

«Wie auch immer, reg dich ab. Normale Leute würden sich freuen, wenn sie ein nagelneues Mobiltelefon geschenkt bekommen.» Er verdreht die Augen.

«Offensichtlich ticken wir beide da anders.» Ich stecke das Telefon zwischen meine Klamotten, und weil das blaue Buch in meinem Hosenbund echt unbequem ist, werfe ich es ebenfalls in die Tasche und ziehe den Reißverschluss zu. «Sorry, aber ich muss jetzt ins Sekretariat, mir eine neue Schlüsselkarte besorgen. Danke für die Tasche.»

Aber vorher brauche ich meine Tabletten.

Mit vorgetäuschter Selbstverständlichkeit drücke ich eine davon aus dem Blister und lasse die Packung sofort wieder in der Innentasche verschwinden. «Kopfschmerzen», sage ich zu

Garrett, bevor ich die Pille mit der Handfläche in meinen Mund befördere. Ich weiß jetzt schon, dass es ein Fehler ist, nur eine davon zu nehmen.

«Wundert mich nicht.»

Ich nicke.

Fängt es so an? Dass man beginnt, zu lügen und zu täuschen, weil man ahnt, dass der eigene Tablettenkonsum problematisch ist? Darüber kann ich jetzt nicht nachdenken.

«Was zur Hölle hast du gestern eigentlich gesoffen? Und die viel wichtigere Frage, woher hast du das Zeug und gibt es dort noch mehr?»

Ich hatte gehofft, dass er endlich verschwindet, aber Garrett macht seinem Ruf als Nervensäge mal wieder alle Ehre. «Aus der Minibar unserer Limousine.» Ich zucke mit den Schultern und mache keinerlei Anstalten, das Gespräch zu verlängern – was Garrett nicht weiter interessiert.

Er erzählt mir von der Trauerfeier und der Rede, die unsere College-Präsidentin gehalten hat. Auch Jenna Colegrove, unsere Kursleiterin, hat anscheinend ziemlich einfühlsame und nette Sachen über Devin gesagt, sodass der halbe Kurs in Tränen ausgebrochen ist. Ich kann nicht sagen, dass ich traurig darüber bin, das versäumt zu haben.

«Wahrscheinlich hätte Devin sich selbst gewundert, was für ein netter Kerl er gewesen ist», sagt Garrett.

Ernsthaft? Wahrscheinlich hat Garrett sogar recht. Devin wäre der Erste gewesen, der sich über eine Lobrede lustig gemacht hätte. Dennoch ...

«Bist du wirklich der Meinung, dass dir so eine Bemerkung zusteht?» Auch wenn meine Stimme ruhig bleibt, stelle ich das Glas so geräuschvoll ab, dass Garrett vor mir zurückschreckt. «Du hast ihn kaum gekannt. Du hast keine Ahnung, wer Devin war. Wir sind seit dem Kindergarten befreundet, und wann seid ihr euch das erste Mal begegnet? Vor zwei Monaten?» Wir *waren* befreundet. Es fällt mir immer noch schwer, in der Vergangenheit an ihn zu denken.

Abwehrend hebt Garrett beide Hände. «Shit, nein. Sorry, so meinte ich das gar nicht.»

Während er rumstammelt, stelle ich das Glas in die Spülmaschine. Ich weiß genau, dass er das nicht so gemeint hat. Ich weiß auch, dass ich unfair bin und Garrett nichts dafür kann, dass ich wütend bin. Und verzweifelt. Und schuldig. Garrett hat Devin nicht ertrinken lassen. Wir saßen im selben Boot. Als ich ins Wasser gesprungen bin, hat er versucht, Kendra zu beruhigen, und mit der Bootsleuchte geholfen. Er hat mit dem Licht jeden Zentimeter der Wasseroberfläche abgesucht. Was sonst hätte er tun können? Aber Devin war wie ein Bruder für mich, und Garrett Endicott weiß nichts über ihn oder Kendra. «Sprich einfach nicht über ihn.»

«Okay», sagt Garrett. «Sorry. Du weißt ... Devin und ich ... wir sind nicht besonders gut klargekommen, aber das heißt nicht, dass ich ihn nicht mochte. Scheiße, mir tut es auch voll leid, was passiert ist, und ich würde alles geben, um das ungeschehen zu machen.»

Keine Ahnung, wie oft ich diese Aussage in den vergangenen Wochen gehört habe. Zwölftausendmal? «Das weiß ich.» Meine Stimme klingt gepresst, weil ich die Zähne so fest aufeinanderbeiße. Ich hätte die Xanax schon in Edens Zimmer nehmen sollen. «Lass uns einfach nicht darüber reden.»

«Ja, aber das ist genau das Problem. Du redest nicht darüber. Und das, was du stattdessen abziehst, macht es nicht besser.»

«Was willst du damit sagen?»

«Dass du dich mit Scheißtabletten und Alkohol abschießt, um dich nicht damit auseinanderzusetzen, was passiert ist. Es ist offensichtlich, dass du nicht klarkommst, dafür muss man dir nur einmal in die Augen gucken. Hey, ich verstehe das. Aber Kendra kommt auch nicht klar und versucht trotzdem nicht, sich mit Drogen zu betäuben. Sie hält es aus.»

«Du hast überhaupt keine Ahnung, Endicott», knurre ich.

«Jeder geht mit seiner fucking Trauer anders um, ist schon klar.» Mit dem Handballen schlägt er gegen die Arbeitsplatte und holt tief Luft. «Vielleicht hast du recht. Vielleicht habe ich keine Ahnung, wie sich das anfühlt. Aber ich fühle mich auch schuldig. Und ich bin nicht blind. Ich sehe, was du tust, und ich finde es einfach nur scheiße. Meiner Meinung nach machst du es dir verdammt leicht.»

Ich mache es mir leicht? Was zur ...?!

Ach, scheiß drauf. Auf keinen Fall werde ich mit Garrett diskutieren. Ich greife nach meiner Tasche. «Genau, Endicott, du hast es erfasst. Ich mache es mir leicht, und du kannst mich gerne dafür verachten.»

«Warte, verdammt!»

Viel zu heftig stoße ich die Tür auf, die Klinke knallt gegen die Wand, und noch bevor ich durch die Tür bin, schwingt sie zurück, und ich muss sie mit der Hand aufhalten.

Viermal sieben Minuten hätte er warten müssen, damit mir sein Gerede nichts ausmacht. Viermal *Achilles Come Down*, bis die Tablette wirkt.

In meinem Kopf fängt es an zu summen.

7. KAPITEL

William

Meine Haare sind immer noch triefend nass. Minutenlang habe ich im Waschraum den Kopf unter eiskaltes Wasser gehalten, bis das Rauschen jedes Wort von Garrett verdrängt hat.

Mit dem Handtuch rubble ich mich notdürftig trocken und mache mich mit meiner Reisetasche auf den Weg zum Sekretariat. Das Licht draußen erscheint mir geradezu gleißend. Alles ist zu laut und zu hell, und mir ist klar, dass nur mir das so vorkommt. Vor dem Gebäude, in dem das Sekretariat untergebracht ist, warten schon vier Leute, und ich friere mir den Arsch ab, während ich versuche, die neugierigen Blicke zu verdrängen und das alles nicht an mich ranzulassen. Zu kalt und zu hell. Mein Mantel war noch nass, und meine Sonnenbrille habe ich wer weiß wo verloren, denn sie war auch nicht in der Tasche.

Als endlich die Wirkung der Xanax einsetzt, dimmt es die Stimmen, die Blicke und den Druck sofort auf ein erträgliches Maß herunter, und von der Kälte spüre ich nichts mehr. Oder sie ist mir egal, ich weiß es nicht.

Ich weiß auch nicht, wann ich das letzte Mal in meinem Leben für etwas angestanden habe. Zu Hause war ich schon ewig nicht mehr einkaufen. Im Grunde sorgt bei fast jeder Gelegenheit jemand anderes dafür, dass ich bekomme, was ich brauche. Was absolut lächerlich ist. Das macht es viel zu leicht, den Sinn für die Lebensrealität zu verlieren. Genau wie Xanax. Aber diese Ruhe. Danke, Gott, dass sich mein Körper gerade entspannt und sich das beschissene Karussell in meinem Kopf nicht mehr so dreht, als würde man eine LP mit 45 rpm abspielen.

Als ich an der Reihe bin, halte ich mich kurz an der Tür fest und trete dann ins Sekretariat.

«Nächster!», bellt jemand.

Ich suche nach dem Namensschild. *Administrative Assistant Otis Jackson*. Das ist dann wohl der Mann mit dem grauen Dreitagebart und den steifen Dreadlocks auf dem Kopf, der mir mit einer ungeduldigen Handbewegung zu verstehen gibt, dass ich nähertreten soll.

«Mr. Jackson.» Die Grundregeln der Höflichkeit funktionieren also noch bei mir, wenn auch eingeschränkt, weil ich mich mühsam daran erinnern muss, überhaupt den Mund aufzumachen.

«Was kann ich für Sie tun?» Er blinzelt für eine Sekunde über den Brillenrand, dann klappert er auf seiner Computertastatur, und ich starre auf die Terrier auf seinem Wollpullover. Er trägt die Nicht-Feiertagsversion eines Ugly Christmas Sweaters. Die Hunde auf seiner Brust haben aufgenähte rote Schleifchen um den Hals.

«Wird das heute noch was, junger Mann?»

Ich überlege, wann mich das letzte Mal jemand «junger Mann» genannt hat. Als ich vier war? Diese Schleifchen. Sie hängen wie lächerliche Orden an Mr. Jackson herunter. Mein Blick wandert viel zu träge von einer zur anderen. Ich muss mich fokussieren, zusammenreißen. Reden! Auch wenn die Scheißegalstimmung, die sich in mir ausgebreitet hat, wohltuend ist. Mein Kopf ist wieder voller Watte. Mein Körper ist eine einzige schwere, träge Masse.

«Ich brauche eine neue Sch… Schlüsselkarte.» Ich rede, als

hätte ich einen Waschlappen im Mund; auf jede einzelne Silbe muss ich mich konzentrieren.

«Name?», fragt er und spricht dann gleich weiter. «Wie Sie sehen, bin ich heute allein hier. Meine Kollegin hat sich beim Reiten das Sprunggelenk gebrochen, ihre Vertretung liegt mit einer Mandelentzündung im Bett, und in meinem Hals kratzt es, als würde jemand mit einem verdammten Eispickel darin hochklettern, also lassen Sie uns das erledigen, bevor ich den Laden hier gleich dichtmachen muss.»

Tut mir echt leid für ihn.

Es gibt jetzt genau zwei Möglichkeiten: Entweder Mr. Jackson rollt mir gleich den roten Teppich aus, oder er lässt sich krampfhaft nichts anmerken. «Gran-tham, Sir. William Grantham.»

«Grantham, aha.» Mr. Jackson rollt einen halben Meter mit seinem Stuhl zurück und verschränkt die Arme vor der Brust, als er sich zurücklehnt. Es ist offensichtlich, dass er meinen Namen genau einordnen kann. Alles andere wäre auch unglaubwürdig. Ich hoffe, er entscheidet sich für Variante 2 und ignoriert es. Dass er einfach das normale Prozedere abspult wie bei jedem anderen Studenten auch und mich nicht wie den König des Campus behandelt, weil mein Großvater Millionen in Woodford investiert hat.

«Ihren Führerschein», blafft er.

Das ist nicht die Reaktion, die ich erwartet habe. Als ich nicht sofort antworte, wird er ungeduldig. «Ihren Führerschein, Mr. Grantham.»

«Tut mir leid, ich habe keinen Führerschein.»

«Sie haben keinen Führerschein?» Jetzt starrt er mir direkt in die Augen. «Wie überlebt man ohne Führerschein?»

Indem man sich überallhin fahren lässt, wo man hinwill? «Ich komme aus Massachusetts und kann Ihnen meine Massachusetts-ID nennen.»

«Na gut. Dann geben Sie mir die Karte.» Als ich viel zu langsam den Kopf schüttele, fragt er: «Sie können sich nicht ausweisen?»

Konzentration, Grantham! «Wenn ich Zutritt zu meinem Zimmer hätte, schon. Aber leider habe ich mich ausgesperrt.» Wie sinnlos und trivial es ist, mit jemandem über Ausweise zu diskutieren, wenn der beste Freund gerade unter der Erde von Würmern angenagt wird. So absurd.

«Die Nummer allein nützt mir nichts. Sie wohnen im North Park House?»

«Dritter Stock, Zimmer 7.»

«Und was ist mit Ihrer Schlüsselkarte passiert?»

«Ich glaube, ich habe sie verloren.»

«Glauben können Sie in der Kirche, Mr. Grantham. Sind Sie sicher, dass Sie sie verloren haben, oder kann sie auch gestohlen worden sein?»

Okay, das ist interessant. Auch wenn ich gerade nicht wirklich klar denken kann, ist es offensichtlich, dass ich von Mr. Jackson keine Sympathiepunkte bekomme. Er taxiert mich. Sein Blick fährt an mir runter und bleibt kurz an meiner linken Hand hängen. *Oiseau de nuit* heißt die Farbe, die Katie für meine Fingernägel ausgesucht hat, Nachtvogel. Scheint so, als würde Mr. Jackson nicht auf Nagellack stehen. Dann bleiben seine Augen an der Uhr meines Grandpas haften, die aus meinem Ärmel hervorguckt, weil ich mich mit den Unterarmen auf der Theke abstütze. Ein deutsches Fabrikat aus den Sechzigern, das William Grantham senior gegen eine Luxusuhr ausgetauscht hat, nachdem er seine erste eigene Million gemacht hat. Das Gehäuse ist nur vergoldet, dezent schmale Lünette, silbernes Ziffernblatt, das Armband aus rotbraunem Rindsleder. Wirklich nicht besonders luxuriös.

Ich versuche mir vorzustellen, wie Mr. Jackson mich wohl sieht. Das zerknitterte, aber teure Hemd, darüber das maßgeschneiderte Sakko, meine nassen Haare. Wahrscheinlich hält er mich für einen verwöhnten Bengel, der mit allem so nachlässig umgeht wie mit seiner Schlüsselkarte. Wahrscheinlich überlegt er sich gerade, wie er mir das Leben schwer machen kann, weil ich es sonst viel zu leicht habe. Womit er nicht mal unrecht hat.

«Kann es sein, dass die Karte gestohlen worden ist?», wiederholt er, weil ich zu langsam reagiere.

Aufgegessen habe ich sie jedenfalls nicht, liegt es mir auf der Zunge, aber ich bin viel zu müde, um mich zu streiten. «Ich bin mir ziemlich sicher, dass ich sie verloren habe, Sir.»

Mr. Jackson rollt wieder nach vorn. «Und wann genau haben Sie die Karte *verloren*?»

Ich bin versucht, etwas zu sagen wie «am 28. November um vier Uhr sechsundzwanzig», aber je gereizter Mr. Jackson wird, umso liebenswürdiger werde ich, ich kann nicht anders. Mit einem Lächeln sage ich: «Gestern Nachmittag, Sir.»

«Wir haben eine Notfallnummer für solche Fälle. Alle Studenten sind angehalten, einen Verlust sofort zu melden. Herrenlose Schlüsselkarten bedeuten ein hohes Sicherheitsrisiko.»

«Verstehe ich vollkommen. Das werde ich fürs nächste Mal im Hinterkopf behalten.»

Er nickt zu einem Plakat an der Wand, auf dem tatsächlich ein Punkteplan abgebildet ist. «Ich melde es der Campus-Police und lasse die alte Karte sperren. Aber speichern Sie sich die Nummer ab, damit das nicht noch einmal vorkommt.»

Hätte ich ein Mobiltelefon, würde ich das sogar tun. «Selbstverständlich, Sir.» Das kam mir flüssig, aber vielleicht etwas zu freundlich über die Lippen, um nicht spöttisch zu wirken. Seinen Blick unter den hochgezogenen Brauen ignorierend, ziehe ich mein Notizbuch aus der Tasche. Nur dass ich nicht klar sehen kann. Ich habe die Kontaktlinsen im Bad rausgenommen, und ohne Brille ist alles leicht verschwommen. Mr. Jackson geht das nicht schnell genug, und er winkt den Nächsten aus der Schlange heran und gibt gegen ein Pfand irgendein Akkugerät raus. Ohne groß darauf zu achten, ob die Zahlen stimmen, notiere ich die Nummer und klappe das Buch wieder zu.

«Gut, Mr. Grantham. Wo haben Sie die Karte verloren?»

Spielt das eine Rolle? «Hier auf dem Campus. Ich bin gestern Nachmittag erst wieder zurück auf die Insel gekommen, bei der Überfahrt hatte ich sie noch.» Das ist irgendwie witzig. Trotz meiner Scheißegalstimmung fange ich an, Gefallen an dieser absurden Situation zu finden. «Soll ich Ihnen eine Verlustmeldung ausfüllen?», frage ich zuvorkommend.

Während ich gesprochen habe, hat er schon angefangen, etwas in die Tastatur zu tippen, jetzt sieht er wieder zu mir auf. Die Stirn zu tiefen Falten gerunzelt. «Eine blendende Idee.» Er zieht einen Zettel aus einem Register neben seinen Beinen. «Füllen Sie das aus. Aber stellen Sie sich so lange an die Seite, damit ich hier weitermachen kann.» Er winkt den Nächsten in der Schlange heran, und ich vermute, dass das hier irgendein Spiel ist, bei dem es darum geht, dem verwöhnten Arsch aus reichem Hause zu zeigen, was er von ihm hält. Was eine interessante Abwechslung ist.

Das Formular kann ich nur unter großer Mühe lesen, und während ich diese geradezu lächerlichen Punkte ausfülle, werden neben mir Anträge ausgehändigt. Wenn ich es richtig entziffere, ist es eine Diebstahlsmeldung, deshalb streiche ich mehrere Punkte durch.

Obwohl ich Mr. Jackson zu verstehen gebe, dass ich fertig bin, lässt er noch einen weiteren Studenten vor. Ich warte und kann nicht anders, als zu grinsen. Ganz offensichtlich hasst er mich. Damit komme ich klar, denn ich hasse mich selbst auch. Aber ich brauche eine Dusche, etwas zu essen und sollte es irgendwann heute noch mal zu einem meiner Kurse schaffen.

Als ich endlich an der Reihe bin, schiebe ich ihm wortlos den Zettel hin.

«Ich stelle Ihnen einen Ersatz aus.» Der Drucker hinter ihm fängt an zu brummen. «Sie müssen mir den Empfang quittieren.» Er klappt einen Karteikasten auf und holt eine neue Karte heraus, rollt mit dem Stuhl nach hinten, um den Ausdruck zu holen.

«Ich nehme an, das soll ich ebenfalls in Ruhe ausfüllen, während Sie hier weitermachen», sage ich, und um meinen Mundwinkel zuckt es.

«Natürlich. Sehe ich so aus, als hätte ich Zeit zu verschenken?»

«Ehrlicherweise nein.» Ich schnappe mir das Blatt und stelle mich an den Rand der Theke. Es fehlen nur mein Name und meine Unterschrift, aber Mr. Jackson fängt an zu telefonieren.

Während ich warte, nehme ich die Uhr ab und drehe an der Krone. Ich zähle bis dreißig. So lange braucht es, bis ich den leichten Widerstand spüre und die Uhr voll aufgezogen ist. Hinter Mr. Jackson hängt eine alte Bahnhofsuhr, an der ich mich orientiere, als ich die Zeit neu einstelle.

Ich höre, wie der Sekretär auflegt und hinter mir wieder jemand reinkommt.

«Hallo, Mr. Jackson.»

Diese Stimme ...

Ich hebe den Kopf. Zu lethargisch und betäubt. Aber gleichzeitig zurrt sich der Gurt um meine Lunge fest. Einfach so, weil Eden im selben Raum ist. Würden nicht gerade Benzodiazepine durch mein Blut schwimmen, risse es mir das Herz raus, aber so verkümmert der Schmerz zu einem wunden Pochen, das ich easy aushalten kann. Unwillkürlich frage ich mich, ob es nicht besser wäre, wenn ich die Tabletten nicht genommen hätte. Wenn ich das alles zulassen würde und es richtig wehtut. So sehr, dass mein Herz endlich abstirbt und ich gar nichts mehr spüre.

Unsere Blicke treffen sich, und ich gebe Eden mit der Hand zu verstehen, dass ich sie vorlasse, weil mein Mund wie zugekleistert ist.

«Wie war das Vorstellungsgespräch?» Über Mr. Jacksons Gesicht geht ein breites Grinsen, als er Eden sieht. «Wann fangen Sie an?»

Ich habe keine Ahnung, wovon er spricht.

«Gleich morgen», sagt Eden. «Also praktisch sofort.»

Das Lächeln in ihrer Stimme wirkt sich auf meinen Magen aus. Auf meinen Puls, auf mein Herz, und ich hätte anstelle der einen Tablette den ganzen Blister leerdrücken müssen, um das nicht zu spüren. Was für ein Vorstellungsgespräch? Die beiden scheinen schon öfter miteinander zu tun gehabt zu haben, wenn er darüber Bescheid weiß.

«Danke noch mal für den Tipp.» Sie reicht ihm einen Zettel. «Die Bestätigung von Mr. Barney. Er hat mir gesagt, dass ich die Schlüssel von Ihnen bekomme.»

«Ja», sagt Mr. Jackson gedehnt, «wenn Mr. Barney das sagt.» Er steht unter gespieltem Seufzen auf und geht in einen Nebenraum.

Ich muss jetzt etwas sagen, weil es sich so gehört, oder? Weil ich Eden nicht wegen des Vorstellungsgesprächs ausfragen will, sage ich rau: «Danke wegen gestern.» Und als sie sich zu mir umdreht: «Es tut mir übrigens leid, wenn ich mich danebenbenommen habe.»

«Na ja, du warst betrunken», flüstert sie.

Und ich danke Gott, dass sie denkt, es wäre nur der Alkohol gewesen. «Das ist keine Entschuldigung.»

Das meine ich ernst. Alkohol oder nicht, man ist für das verantwortlich, was man tut. Man kann sich hinterher nicht damit rausreden, nicht Herr seiner Sinne gewesen zu sein. Ich bin aktuell auch nicht Herr meiner Scheißsinne und trage die Verantwortung dafür.

«Ich finde schon, dass du eine Entschuldigung hast. Wegen der Trauerfeier und weil ...» Sie stoppt, als Mr. Jackson wieder hereinkommt, einen Schrank öffnet und einen Schlüsselbund vom Haken nimmt.

«Du hast dich nicht wirklich danebenbenommen», flüstert sie schnell. «Hast du deinen Mantel gefunden?»

Offenbar geht es Eden wie mir: Über Trivialitäten reden macht alles leichter. «Habe ich. Danke, dass du dich darum gekümmert hast. Aber das mit deinem Bett ... das hättest du nicht tun müssen.»

Sie presst die Lippen aufeinander und schnaubt. «Stimmt, wir hätten dich auch einfach im Flur liegen lassen können. Das war selbstverständlich, Will.»

«Sehe ich anders.»

Mr. Jackson legt den Bund auf die Theke und fächert die Schlüssel auf. «Der hier ist für die Orangerie.» Er tippt sie einzeln an. «Gewächshaus Nr. 2, Lagerhalle, einer der beiden Schuppen, aber fragen Sie mich nicht, welcher, und der kleine hier ist für ... ich habe keine Ahnung, aber weil er dranhängt, lassen wir ihn lieber dran.» Er schiebt den Bund zu ihr rüber, und Eden nimmt ihn an sich.

Gewächshaus? Was um Himmels willen soll sie dort machen?

«Ihre alte Schlüsselkarte ist ab sofort ungültig, Mr. Grantham.» Jackson schiebt die neue Karte in meine Richtung. «Sollte sie wiederauftauchen, vernichten Sie sie. Das macht zwölf Dollar.»

Ich schüttle den Kopf, um mich zu sammeln. Wahrscheinlich akzeptiert er keine Kreditkarten, aber ich habe noch Bargeld in meinem Zimmer. «Ist es in Ordnung, wenn ich Ihnen das Geld gleich vorbeibringe?»

«Zahlbar sofort ohne Abzug. Und ich habe nicht den ganzen Tag Zeit.»

«Sobald ich in mein Zimmer komme, bezahle ich die Gebühr gerne. Dafür brauche ich allerdings die Karte.»

«Ich würde sagen, Sie besorgen sich das Geld und kommen dann wieder.»

Diese Rolle als griesgrämiger Regel-Fanatiker scheint ihm zu gefallen.

«Und wie lösen wir das Problem jetzt? Kann ich Ihnen ein Pfand dalassen?»

«Das wäre eine Möglichkeit.»

Ob er gerne ein nagelneues iPhone hätte?

Nein, besser nicht, nachher telefoniert er noch mit Mom, wenn sie wieder anruft. Ich blicke auf meine Hände. Rechts trage ich das Armband, das Katie für mich gebastelt hat und das nur ideellen Wert für mich hat. Aber links ... ich öffne das Lederarmband von Grandpas Uhr.

«Das ist doch Quatsch, Will.» Eden lässt ihren Rucksack von den Schultern gleiten und kramt darin herum. «Ich leihe dir die zwölf Dollar. Ich meine ... ich gebe sie dir.» Sie läuft rot an, und mir ist klar, warum. Für Eden sind selbst zwölf Dollar viel Geld, sie hat nichts zu verschenken.

Ich ignoriere ihren Einwand. «Ich lasse Ihnen meine Uhr da und bringe Ihnen gleich das Geld. Nein, ich brauche keine Quittung», komme ich Mr. Jackson zuvor, als der den Mund öffnet. Es wird Zeit, diese Komödie hier zu beenden.

Eden will widersprechen, aber dann presst sie die Lippen aufeinander. Diese Lippen, von denen ich noch genau weiß, wie sie schmecken. Was hoffentlich das Erste sein wird, was ich vergesse. Aber vermutlich nicht. Wenn jemand stirbt, ist die Stimme das Erste, was man vergisst. Devins Stimme verschwimmt bereits jetzt in meiner Erinnerung, und wenn ich von ihm keine alte Kassette hätte, auf der wir zusammen ein Hörspiel über Dorian Gray aufgenommen haben, als wir vierzehn waren, hätte ich bald nichts mehr, was mich daran erinnert. Ich schätze, Kendra hat im Gegensatz zu mir einen ganzen Haufen Aufnahmen von ihm auf dem Handy.

Ich nehme die Karte und kann nicht fassen, wie unfassbar umständlich das war. So sinnlos. «Gute Besserung», sage ich, und es klingt kein bisschen nach Ironie. Trotzdem wirkt Mr. Jackson verwundert. «Wegen Ihrer Halsschmerzen», erkläre ich.

Er antwortet nicht, schüttelt nur den Kopf. Und ich sehe zu, wie er die Uhr meines Grandpas in eine Schublade legt. Ein Scheißgefühl.

Ich hänge an dieser Uhr. Mein Großvater war vielleicht nicht der wichtigste Mensch in meinem Leben, aber er war auf jeden Fall derjenige, der mein Leben am meisten beeinflusst hat. Vor seinem Tod war das verdammte Geld meiner Familie nie das große Thema, sodass ich kaum über mein Erbe nachgedacht habe. Aber inzwischen muss ich darüber nachdenken. Ich bin in einen privaten Kindergarten gegangen, auf eine Privatschule und nun auf eine private Uni. Die ganze Zeit über war ich immer in einer Bubble mit den gleich-privilegierten Menschen, deshalb war mir dieser Status nie so bewusst. Bis zum Tod meines Großvaters wusste ich nicht, um welche Summe es wirklich geht. Bis zu seinem Tod hatte alles Bedeutung. Ich hatte Träume, Pläne, Ziele, die ich selbst erreichen wollte. Jetzt habe ich nichts mehr. Oder alles. Kommt auf die Perspektive an. Denn welchen Sinn hat es mit diesem verdammten Erbe noch zu studieren und zu arbeiten, wenn ich es nicht muss? Was, wenn ich später jemandem die Arbeit wegnehme, der sie zum Leben wirklich braucht?

Die Uhr werde ich mir gleich zurückholen, aber wenigstens

kann ich jetzt in mein Zimmer. Ich nicke Eden zum Abschied zu und mache mich dann auf den Weg zurück ins North Park House. Als ich wenige Minuten später mit der neuen Karte die Tür aufschließe, merke ich trotz dieses verdammten Nebels in meinem Hirn, dass es anders riecht, anders aussieht, sich anders anfühlt.

Es liegt nicht daran, dass ich vier Wochen weg war.

Jemand war hier.

8. KAPITEL

William

Es war jemand in meinem Zimmer.

Ich stelle die Tasche ab, öffne das Fenster, um die abgestandene Luft rauszulassen, und sehe sofort, dass einfach alles angefasst worden ist. Von jemandem, der es entweder eilig hatte oder dem es völlig egal war, ob man bemerkt, dass er hier drin war. Eine Schublade steht auf, mein Kalender ist durchgeblättert worden, was ich daran merke, dass lose Blätter und die eine oder andere Visitenkarte, die ich eingeschoben hatte, rausgefallen sind.

Mein Laptop ist noch da, und als ich ihn aufklappe, fragt er nach dem Passwort. Gott, ich hoffe nur, das war niemand, der sich mit so was auskennt. Ich tippe das Passwort ein, und vor mir baut sich der gewohnte Desktop auf. Auf den ersten Blick sieht alles normal aus. Zur Vorsicht öffne ich den Reiter «zuletzt benutzt» und gehe die angezeigte Liste durch. Alles Dateien, die ich für die Uni bearbeitet habe. Okay, das sieht nicht danach aus, als hätte jemand das Passwort geknackt, aber was zur Hölle wollte er hier drin? Ich habe außer dem Laptop und ein paar teuren Klamotten nur Dinge von ideellem Wert. Ich gehe nicht davon aus, dass jemand sich für die Fossilien oder die Klassiker in meinem Bücherregal interessiert. Es sind nicht mal Erstausgaben dabei, die sind alle in Boston geblieben. Ganz abgesehen davon, dass so gut wie niemand in Woodford es nötig hätte, bei anderen einzubrechen, allein die Vorstellung ist lächerlich. In Woodford kann man sein Smartphone in der Cafeteria liegen lassen, und einen Tag später würde es immer noch auf dem Tisch warten.

Meine Kassetten sind überall verteilt. Keine Ahnung, ob da was fehlt, aber wer klaut schon uralte Mixtapes? Vielleicht die von Devin und mir? Ist es das? Geht es gar nicht um mich, sondern um den Unfall? Vielleicht glaubt jemand, dass ich irgendwelche Insiderinformationen hier rumliegen habe, was allein schon absurd ist, aber was sollte man dann damit anfangen? Einen beschissenen Artikel veröffentlichen mit dem Titel *Inside Woodford Academy* oder *Die Wahrheit über den Tod des besten Freundes von William Grantham III.*?

Gott, widert mich das an.

Ich sammle die Kassetten auf und schlage meinen Kalender zu. Die Schachtel mit den Fotos – der Deckel liegt nicht richtig auf, und bevor ich nachsehe, ist mir schon klar, dass welche fehlen.

Scheiße, scheiße, scheiße.

Mit einem brennenden Gefühl im Magen reiße ich den Deckel ab und gehe sie einzeln durch. Fotos aus meinem letzten Highschooljahr. Fotos vom Internat in der Schweiz, auf dem ich gewesen bin, Fotos von Partys und Familienfotos aus unserem Haus in Boston. Meinen Eltern, Katie. Wenn die jemand mitgenommen oder auch nur angesehen hat, muss ich kotzen.

Das ist privat. So was von privat.

Wenn sie so etwas veröffentlichen, wäre es das Allerletzte. Ich weiß genau, dass ich ein Bild hatte, auf dem Devin und ich auf dem Boden vor meinem Bett sitzen. Es ist an einer Ecke eingerissen, und Kendra hat es aufgenommen. Unsere Augen sind halb geschlossen, weil wir uns gerade über irgendwas kaputtgelacht haben. Kendra hat auf den Auslöser gedrückt, als Devin mit dem Hinterkopf gegen die Bettkante geknallt ist und das Gesicht zu einer lachenden Schmerzgrimasse verzieht.

Das Foto ist nicht da, und das fühlt sich an, als würde mich jemand mental ausziehen. Die Wirkung der einen Tablette reicht einfach nicht, oder sie lässt schon wieder nach, und das macht mich fertig. Ich gehe alle Bilder durch und bin mir sicher, dass mindestens vier fehlen. Wenn nicht noch mehr.

In meinem Kleiderschrank liegt eine uralte Nikon. Sie ist nicht wirklich versteckt, aber auch nicht auf den ersten Blick sichtbar. Um sie zu finden, muss man definitiv meine ganzen Klamotten durchsuchen. Oder wissen, dass ich überhaupt eine Kamera habe. Mit einem unguten Gefühl ziehe ich einen Stapel Pullover nach vorne und hole sie raus. Ein Knopfdruck und die Klappe schwingt auf. Leer. Der Film ist weg, und ich weiß genau, dass er noch nicht voll war und ich ihn deshalb noch nicht entwickelt habe. Aber unter Garantie ist Devin auch drauf.

Ich könnte die Campus-Police informieren, aber was soll das bringen? Es wurde nicht eingebrochen, sondern jemand hat meine verdammte Schlüsselkarte benutzt. Dass ich sie verloren habe und nicht sofort habe sperren lassen, war einfach nur dämlich. Außerdem wurde bis auf die Fotos und einen unentwickelten Film nichts gestohlen.

Garrett. Er hatte meine Tasche. Er hat sogar zugegeben, dass er nachgesehen hat, ob meine Schlüsselkarte drin ist. Er hätte easy mein Zimmer durchwühlen können, während ich völlig abgeschossen in Edens Zimmer gepennt habe. Aber warum hätte er sie mir dann gegeben? Genauso gut hätte er die Tasche einfach im Aufenthaltsraum liegen lassen können, bis ich selbst drauf stoße. Und warum zum Teufel hätte er das überhaupt tun sollen? Das ergibt alles keinen Sinn. Und das Beste ist, dass ich jetzt mit Devin darüber reden will. Was sich anfühlt, als würde ich mich gerade an meinem eigenen Kummer besaufen, wie an einem Roman von Dostojewski. Gott, ich sollte aufhören, sein Zeug zu lesen, das zieht mich nur runter.

Soll ich meine Eltern anrufen? Das iPhone steckt immer noch in meiner Tasche. Aber das würde überhaupt nichts bringen, außer dass ich sie noch mehr beunruhige als ohnehin schon. Außerdem will ich es nicht benutzen. Wenn ich das einmal tue, öffne ich die Scheißbüchse der Pandora und bin immer erreichbar. Ich gebe mir keine drei Wochen, dann hänge ich in derselben Abhängigkeit wie in der Highschool. Trotzdem hole ich das Handy aus der Tasche. Weil sich der Druck in meinem Brustkorb aufbaut und ich nicht weiß, wie ich damit umgehen soll ohne Xanax. Weil ich Hilfe brauche. Weil ich ganz offensichtlich nicht ohne die Tabletten klarkomme, es aber muss. Wegen Devin. Und auch Kendras wegen. Weil es einfach nicht sein darf, dass ich jemals wieder so glücklich bin wie vor dem Unfall. Weil Devin tot ist und nicht mal die Chance hatte, jemals glücklich zu werden. Weil alles zu viel ist. Weil ich mein ganzes Leben lang immer alles bekommen habe, und kein Mensch der Welt sollte alles bekommen, was sein Herz begehrt.

Wenn jemand dafür sterben musste.

Gott, ich muss runter von diesem Trip, aber das Atmen fällt mir so schwer, als würde ich versuchen, Luft aus einem Vakuum zu saugen. Ich brauche meine Brille, um den Bildschirm des Handys zu fokussieren, und finde sie auf dem Schreibtisch. An die Zimmertür gelehnt gebe ich den Code ein und wische die ganzen Mitteilungen weg. Das Holz an meinem Hinterkopf ist kalt, aber es fühlt sich gut an, weil es nicht nachgibt.

Die Nummer kann ich auswendig, ich muss nicht mal nachsehen. Das Klingelzeichen ertönt, kurz darauf spiegelt es sich im selben Intervall auf dem Flur vor meinem Zimmer.

Verdammt, ist das laut.

Ich presse das Handy fester ans Ohr. Es dauert nur einen kurzen Moment, bis draußen eine Zimmertür geöffnet wird.

Dann Schritte.

Ich weiß, dass sie es ist. Sie ist die Einzige, die an dieses Telefon geht, weil sich sonst niemand dafür verantwortlich fühlt.

Das ohrenbetäubende Schrillen endet abrupt, als sie den Hörer vom Flurtelefon abhebt. Zeitgleich verstummt auch das Klingelzeichen in meinem Mobiltelefon. Ich stelle mir vor, wie sie den schweren Hörer in der Hand wiegt und ihn dann anhebt, die Muschel dicht an ihrem Mund.

Ich bin kein Typ mit dunkler Vergangenheit und toxischer Familie, habe ich ihr einmal gesagt. Keinerlei psychischer Schaden. Und damals stimmte das auch. Nur jetzt bin ich mir nicht mehr sicher.

Denn was zum Teufel mache ich hier eigentlich? Drehe ich nun völlig durch? Ich sollte auflegen, bevor es zu spät ist. Aber eigentlich ist es das längst.

«Hallo?»

Konzentrieren. Atmen. Einfach nur weiteratmen. Nichts sagen. Den verdammten Gurt um meinen Brustkorb nur mit meinem Atem und ihrer Stimme sprengen. Aber das funktioniert nicht, der Schmerz bleibt und presst mir die Lungen zusammen.

Bei meinem letzten Arztbesuch hat Doc Reisman gesagt, dass es nicht seine Aufgabe ist, seinen Patienten alle Schmerzen zu nehmen.

Das Leben ist hart. Aber ich kann das Leiden erträglich machen, sodass man weitermachen kann und trotz allem ein lebenswertes Leben hat.

Es ist auch nicht Edens Aufgabe, mir meine Schmerzen zu nehmen. Ich denke an den Blister in meinem Sakko, in dem nur noch so wenige Tabletten sind, und der Drang wird immer größer, einfach nachzugeben und es wenigstens damit leichter zu machen.

«Dad?»

Edens Stimme, die Wärme darin, weil sie denkt, es sei ihr Vater …

Gottverdammt, ich muss heulen.

9. KAPITEL

Eden

Dad?» Es ist erst kurz nach zwölf. Dad müsste eigentlich auf der Arbeit sein. Und von dort ruft er nur an, wenn es wirklich wichtig ist. «Hier ist Eden.»

Die Leitung ist wie tot.

Ich schlucke mehrmals, weil ich gerade eben noch in mein Brot gebissen habe und mich nicht anhören will wie ein Krümelmonster. «Dad?», wiederhole ich.

Keine Reaktion, aber nun höre ich Atemgeräusche. Okay, das ist nicht mein Dad. Oder doch? «Katie, bist du das?» Williams kleine Schwester überlegt immer total lange, was sie sagen soll, deswegen wäre die Stille keine Überraschung. Nur dass Katie das letzte Mal vor dem Unfall angerufen hat und das Luftholen am anderen Ende der Leitung sich eigentlich nicht nach einem Kind anhört.

«Hallo?»

Das Atmen wird lauter, dann wird ganz plötzlich aufgelegt.

Was war das denn?

Ist ja kein Problem, wenn man sich verwählt hat, aber kann man das dann nicht netterweise sagen? Sorry, verwählt. Sorry, ich wollte eigentlich jemanden auf der zweiten Etage sprechen? Sorry, meine Katze frisst gerade meine Cornflakes, und ich muss da schnell eingreifen?

Kurz warte ich, ob es noch mal klingelt. Wenn es doch Dad war und er vielleicht nur schlechten Empfang hatte, wird er es gleich noch mal probieren. Aber es klingelt nicht mehr, und ich muss eigentlich auch los zum nächsten Kurs.

Ms. Colegrove hat uns für heute eine Überraschung versprochen, und ich *brauche* diese Überraschung. Egal, was es ist, nur bitte etwas Positives. Aber ich bin spät dran, weil ich zu lange im Sekretariat angestanden habe. Und Will dort getroffen habe. Was total ernüchternd war. Nachdem ich ihm vergangene Nacht mein Bett überlassen habe, war er nicht mal bereit, sich Geld von mir zu leihen, um seine Ersatzkarte zu bezahlen. Lieber hat er die Uhr seines Grandpas als Pfand dagelassen. Ich meine, wie deutlich kann man jemandem zeigen, dass man mit ihm nichts zu tun haben will? Wenn er mir nicht mal so weit vertraut, dass er es erträgt, auch nur für fünf Minuten in meiner Schuld zu stehen.

Wahrscheinlich war es in seinen Augen total lächerlich, bloß anzubieten, ihm das Geld zu *leihen*. William selbst ist in allen Belangen erdenklich großzügig – mein Verhalten kann ihn nur befremdet haben. Was ich im Nachhinein sogar verstehe. Jetzt hält er mich für geizig. Oder arm.

Mir fällt wieder ein, was die Frau im Reisebus zu mir gesagt hat, als ich das erste Mal nach Woodford gekommen bin: dass ich nicht so aussehe, als würde ich nach Woodford gehören. Und mehr denn je gebe ich ihr recht. Ich gehöre nicht dazu. Ich kenne die Regeln nicht. Ich habe keine Ahnung davon, wie ich mich richtig verhalte, weil das alles neu für mich ist.

Eine Stelle aus dem Buch von F. Scott Fitzgerald, das ich gerade für Cushings Kurs lese, habe ich mir rausgeschrieben: *Let me tell you about the very rich. They are different from you and me.*

Ich weigere mich, daran zu glauben, dass William wirklich so anders ist. Aber Fakt ist: Zu Hause reden wir ganz normal über Geld. Ständig. Vor allem über das, was fehlt. Das war immer ein Thema. Ich weiß nicht, wie oft wir am Küchentisch Kleingeld gezählt haben, nachdem mein Dad sich von meiner Mom getrennt hatte. Wie oft wir gemeinsam überlegt haben, ob es unbedingt die original *Quaker Oats* sein müssen, oder ob es reicht, die billige Great-Value-Sorte bei Walmart zu kaufen. Wir haben uns entschieden, dass Fleisch einmal in der Woche am Sonntag vollkommen langt, und sind auch dabei geblieben, als es besser wurde, weil Dad mehr arbeiten konnte und auch ich irgendwann mit meinen Aushilfsjobs dazuverdient habe.

Wir haben das zusammen überstanden. Aber noch immer sind Nebenjobs eine Selbstverständlichkeit für mich, und ich will mich nicht dafür schämen.

Vor allem, da ich nun, wo ich die Schlüssel bekommen habe, mit einem Wahnsinnsstundenlohn von fünfzehn Dollar ganz offiziell Teil des Campus-Arbeitsprogramms bin! Nach den letzten Wochen ist das endlich eine positive Nachricht. Und das brauchte ich so dringend. Nicht nur finanziell, vor allem mental.

Insgeheim hatte ich echt Sorge, dass es im Winter einfach nicht genug zu tun gibt, aber Mr. Barney, der als Gärtner eng mit dem Biologieprofessor zusammenarbeitet, hat sogar noch zwei andere Studenten eingestellt und uns eine ganze Reihe mit Aufgaben aufgezählt, die wir erledigen sollen, damit der Campus in einem guten Zustand bleibt. Die meisten Reinigungs- und Aufräumarbeiten können wir uns frei einteilen, und das ist purer Luxus. Es gibt eine Liste, in die man sich für die jeweilige Arbeit eintragen kann, und am Ende jeder Woche reicht man seine Stunden ein. Mr. Barney hat gesagt, er vertraut uns. Ich musste echt schlucken bei dieser Aussage und würde mir ein Bein ausreißen, damit er das nicht bereut. Ganz sicher geht es den anderen beiden auch so.

Falls ich im nächsten Jahr einen Biologiekurs mache, könnte ich bei Projekten und Feldversuchen mitwirken, um praktische Erfahrungen in Pflanzenbiologie und Umweltwissenschaften zu sammeln. Das ist ein echt nettes Angebot, aber ganz ehrlich, ich war froh, dass ich auf der Highschool keinen einzigen AP-Kurs in Naturwissenschaften machen musste. Die Chancen, dass ich mir das jetzt überlege und in ein naturwissenschaftliches Fach wechsle, gehen gen null. Aber ich wollte Mr. Barney nicht enttäuschen, deshalb habe ich davon nicht angefangen.

Shit, ich muss jetzt echt los.

Ich schüttle den Gedanken an den seltsamen Anruf ab und hetze zurück in mein Zimmer. Dort stopfe ich mir schnell den letzten Rest Brot in den Mund, angle kauend den Fitzgerald und zwei andere Bücher vom Tisch, die ich später in Cushings Kurs brauche, und werfe sie zusammen mit Kendras Pop Rocks in meinen Rucksack. Das Leitungswasser schmeckt heute besonders stark nach Chlor, trotzdem trinke ich den ganzen Zahnputzbecher in einem Zug aus, weil ich sonst an den Brotkrümeln ersticke.

Mit dem Ärmel wische ich mir über den Mund, klappe den alten Laptop noch mal auf und überfliege die Seite, auf der ich eben nach gebrauchten Handys gesucht habe. Und mit dem neuen Job im Rücken traue ich mich, eins davon in den Einkaufswagen zu legen. Das Display ist intakt, und es wurde ein neuer Akku eingebaut. Hoffentlich stimmt das auch. Trotzdem kann ich mich nicht überwinden, auf die Schnelle den Kauf abzuschließen. Vielleicht ist es zu voreilig. Geld auszugeben, das man noch nicht verdient hat, ist normalerweise ein No-Go in der Familie Collins.

Also später, denke ich seufzend. Zwei Wochen Gartenarbeit und es gehört mir. Ich kann nur hoffen, dass es mir niemand anders vorher wegschnappt.

Ich kontrolliere, dass sich meine Zimmerkarte im Rucksack befindet, damit mir nicht dasselbe passiert wie Will, und laufe die Treppen nach unten. Sun-youngs Stimme hallt durchs Treppenhaus, deshalb beeile ich mich, um sie einzuholen.

Noch immer gibt es für mich kaum etwas Unangenehmeres, als allein und als Nachzügler in einen Kursraum zu kommen und den Blicken der anderen ausgesetzt zu sein. Das ist fast so schlimm, wie im Kino mitten im Film vor der Leinwand zum Klo laufen zu müssen. Oder nach dem Werfen der Bowlingkugel über die verdammte Bahn zurückzugehen.

Mit Kendra habe ich immer noch nicht gesprochen. Der Kurs bei Ms. Colegrove gleich ist unser erster gemeinsamer für heute. Ich entdecke sie mit den anderen an der Haustür und schließe zu ihnen auf.

Sun-young pustet sich das schwarze Haar aus dem Gesicht und hält die Tür für uns auf. Sie wirft mir eines ihrer typischen Halblächeln zu, als hätte man dezente Freude mit Nachdenklichkeit gekreuzt. «Danke fürs Ausdrucken. Ich hätte es heute nicht mehr geschafft. Meine Eomma hat mir einen neuen Drucker bestellt, aber der ist noch nicht da.»

Ich hatte ihr ihren Aufsatz vorhin unter der Tür durchgeschoben. «Klar, kein Problem. Ich musste sowieso noch ins Historische Institut.»

Unsere Texte für den Kreatives-Schreiben-Kurs von Mr. Stirling dürfen wir nicht per Mail einreichen, weshalb wir uns neuerdings abwechseln mit dem Ausdrucken. Das nervt unheimlich, wenn man keinen eigenen Drucker hat und über den halben Campus laufen muss, um zum Druckerraum im Historischen Institut zu kommen. Am liebsten wäre es ihm sogar, wenn wir per Hand schreiben. Was ich zuerst für einen Witz gehalten habe. Er kann es unmöglich vorziehen, sich durch unsere Sauklauen zu kämpfen, oder? Aber das ist ein Thema, von dem er geradezu besessen ist. Er behauptet, dass man mit der Hand schreiben muss, um auf dem Papier denken zu können. Was ich durchaus verstehe, wenn es um Notizen geht, aber bei einem Essay?

«Hey», grüße ich Kendra zaghaft. Ich bin total befangen. Soll ich sie umarmen oder besser nicht? Kendra trägt immer noch das schwarze Band, das ihren Afro zurückhält, aber unter ihrem Anorak blitzt statt dunkler Kleidung ein Hoodie mit *The Pink Panther* hervor.

«Hey.» Sie zieht eine Grimasse. Ihre Augen sind klein wie Murmeln. Sieht nicht so aus, als hätte sie besonders viel Schlaf bekommen.

Es tut mir so leid, dass ich gestern nicht bei der Trauerfeier war. Es tut mir alles so leid.

Wahrscheinlich sieht Kendra mir an, was ich mich nicht traue, auszusprechen. Und für einen kurzen Moment ist sie ganz die Alte, weil sie mich überrumpelt und in den Arm nimmt.

«Jetzt sind wir fast alle wieder zusammen.» Sie lässt mich los.

Fast alle, ja.

«Könnt ihr vielleicht woanders stehen bleiben als mitten im Türrahmen?» Ein Typ aus dem älteren Semester drängt sich an uns vorbei. «Es gibt Leute, die wollen hier raus.»

«Sorry.» Kendra verdreht die Augen, als wir hinter ihm das Gebäude verlassen, und das ist so typisch und normal, dass ich grinsen muss.

«Ich bin so froh, dass du wieder hier bist», stoße ich hervor.

«Ich ehrlich gesagt auch. Zu Hause war es der Horror. Du willst wirklich nicht mit meiner Mom und Devins Dad wochenlang allein in unserem Haus verbringen, nachdem …», sie stockt, «nach diesem Albtraum.»

«Es tut mir leid.»

«Ich weiß.»

«Ich wollte dich nicht nerven, deshalb habe ich nicht noch mal geschrieben. Ich dachte, du brauchst etwas Abstand.»

«Es ist okay», sagt sie.

«Okay.» Zweimal atme ich tief durch. «Wie geht es ihnen denn? Sind deine Eltern die ganze Zeit zu Hause?»

«Du meinst, ob sie wieder arbeiten? Ja. Aber ansonsten ist mein Stiefvater total wortkarg geworden und meine Mom redet eigentlich nur noch über diese Selbsthilfegruppe, und ich bin mir echt nicht sicher, ob ihr die so guttut. Dort kriegt sie die ganze Zeit die Horrorerlebnisse der anderen Eltern erzählt, und das lässt nur noch mehr Ängste entstehen.» Sie zuckt mit den Schultern. «Sie machen sich beide halt andauernd Sorgen.»

«Kann ich mir vorstellen.» Ich beiße mir auf die Lippen, kaum dass ich das ausgesprochen habe, weil das vielleicht unsensibel wirkt. Ist es nicht anmaßend, sich einzubilden, man wüsste, wie sich das anfühlt? Wahrscheinlich schon.

«Sie haben mich keine Minute allein gelassen. Das hat mich echt an meine Grenzen gebracht. Es ist alles schon schlimm genug ohne Devin.»

Sun-young sieht von ihrem Handy hoch. «Sie haben einfach Angst, dass sie dich auch noch verlieren, weißt du?»

«Danke für deine Analyse.» Kendra gibt Sun-young einen Schubs gegen die Schulter. «Ich bin echt froh über dein Talent, Dinge nüchtern zu betrachten.»

Sun-young wird rot.

«Das meine ich vollkommen ernst. Dafür wollte ich dir nämlich danken. Dass du nicht so emotional reagierst und ich sachlich mit dir darüber reden kann, hat mir gestern total geholfen.»

«Das freut mich.» Sun-young stößt erleichtert den Atem aus, dann sieht sie wieder auf ihr Smartphone.

Bevor sich ein schlechtes Gewissen in mir breitmachen kann, weil ich gestern nicht für sie da war, sagt Kendra: «Lasst uns die

Abkürzung über die Wiese nehmen, okay? Wir sind spät dran.» Sie zieht den Reißverschluss ihres Anoraks bis zum Kinn hoch, als uns der eisige Wind entgegenschlägt. «Garrett hat mir erzählt, dass Will sich gestern vollkommen abgeschossen hat. Also eigentlich hat er gesagt, er hätte ‹Kreislaufprobleme›.» Sie malt Anführungszeichen in die Luft. «Aber ich bin ja nicht blöd.»

«Ihm ging es echt nicht gut», bestätigt Sun-young. «Hast du ihn nicht kotzen gehört?»

Sun-young bringt es wie immer auf den Punkt.

«Ich war auch da», sage ich schnell. «Garrett und ich haben William zusammen zum North Park House gebracht und dann in mein Zimmer verfrachtet, weil er seine Karte verloren hat. Ich ... Ich habe bei Sun-young geschlafen.» Ich weiß gar nicht, warum ich meine, das unbedingt noch hinzufügen zu müssen. Aber ich habe echt Schiss davor, dass Kendra denken könnte, ich wäre mit William zusammen gewesen. Während Devins Trauerfeier. Wie geschmacklos wäre das auch?

Sie und Sun-young teilen einen Blick. «Das habe ich mitgekriegt. Gut, dass ihr ihn aus der Schusslinie geholt habt.»

«War es sehr schlimm? Die Trauerfeier?»

«Ja. Richtig schlimm.» Wir laufen nebeneinanderher, und Kendra sieht auf ihre Schuhspitzen. «Ich will so was nie wieder erleben. In meinem ganzen Leben nicht. Ich hasse es so sehr. Ich weiß, es ist alles total nett gemeint, und ist es auch schön, das alles über Devin zu hören. Dass er gemocht wurde, und woran sich alle erinnern und so weiter. Aber ...», sie holt tief Luft, «diese ganzen Reden, die Trauerkarten, das Beileids-Bla-Bla ... Ich kann das einfach nicht mehr. Wenn ich mal für eine Sekunde nicht daran denke, dann kommt garantiert ein Anruf, eine SMS, oder es spricht mich jemand darauf an. Und das ist jedes Mal wie ein Schlag in den Magen. Verstehst du, was ich meine?» Sie beantwortet sich die Frage selbst, bevor ich dazu komme. «Natürlich verstehst du das. Wegen Lark.» Sie lacht tonlos auf.

Ich weiß zu tausend Prozent, was sie meint. «Das erwischt einen manchmal eiskalt. Ist mir auch so gegangen. Man versucht, in seinem Leben klarzukommen, geht einkaufen oder tanken, und dann wird man vom Tankwart plötzlich darauf angesprochen, was einen komplett aus der Bahn wirft.»

«Ja», sagt sie heftig nickend. «Ich find's vor allem schlimm, wenn es von Menschen kommt, die du eigentlich gar nicht kennst. Da frage ich mich echt, woher sie das wissen. Und vor allem, warum sie mich unbedingt darauf ansprechen müssen. Ich meine, als ich gestern hier angekommen bin, sagt ein wildfremder Typ an der Fähre zu mir: ‹Tut mir echt leid mit deinem Bruder.› Ich wusste überhaupt nicht, was ich ihm antworten soll. *Danke? Ich weiß, dass du's nett meinst, aber lass mich in Ruhe?* Ist einfach ein gratis Flashback, den ich echt nicht brauche.»

Ich kenne diese Dankbarkeit für jeden kleinen Moment, an dem man nicht daran denken muss, was passiert ist, ganz genau. Es geht nicht darum, es zu verdrängen, sondern einfach nur darum, mal durchatmen zu können. Und deshalb wird es Zeit, das Thema zu wechseln. Ich lasse meinen Rucksack am Arm nach unten rutschen und ziehe den Reißverschluss auf. «Wahrscheinlich findest du es blöd, aber ich habe Pop Rocks für dich. Mit Erdbeergeschmack. Ich dachte ... keine Ahnung, was ich dachte. Möchtest du?»

«Ja!» Sie nimmt die Tüte und knistert damit an ihrem Ohr. «Halleluja, das ist wie Musik für mich.» Sie lächelt mich breit an, was ich erwidere. Aber nur für eine Sekunde, dann überkommen mich Schuldgefühle wegen Devin, und mein Grinsen fällt in sich zusammen.

«Hast du sie immer noch nicht probiert?», fragt sie.

«Doch, einmal, und ich kann deine Obsession für dieses Zeug überhaupt nicht nachvollziehen. Es ist erst total sauer, dann wieder viel zu süß, und es knistert ekelhaft. Ich hatte Angst, dass es mir ein Loch in die Zunge brutzelt.»

Mit einem ultralangsamen Kopfschütteln gibt Kendra mir zu verstehen, dass meine Aussage nicht akzeptabel ist. «Jeder Mensch liebt Pop Rocks, du musst ein Alien sein.»

«Also ich mag die auch nicht», murmelt Sun-young, dann reißt sie plötzlich ihr Handy hoch. «Mist. Ms. Colegrove hat mir heute Morgen eine Nachricht geschickt. Sie hat eine Überraschung für uns. Und ich soll meine Zeichensachen mitbringen.» Sie bleibt abrupt stehen. «Geht schon mal ohne mich, ich muss noch mal in mein Zimmer und komme gleich nach, okay?»

«Hat sie dir gesagt, was sie vorhat?»

«Nein», ruft Sun-young über ihre Schulter. «Nur dass ich meine Stifte vielleicht brauchen kann.»

Sie sprintet los, und Kendra starrt ihr skeptisch hinterher. «Ich bin mir nicht sicher, ob es gut ist, wenn wir irgendwas malen sollen. Also für Sun-young schon, aber für uns? Das wird bestimmt wieder ein komisches Spiel.»

«Ich glaube nicht, dass es wieder ein Experiment ist. Sie hat von einer Überraschung gesprochen.» Weil die Wolken gerade aufbrechen und endlich Sonne durchlassen, halte ich mein Gesicht ins Licht. «Eine Überraschung ist meistens was Gutes, oder?»

10. KAPITEL

Eden

«Ihr braucht euch gar nicht erst einen Platz suchen, wir bleiben heute nicht im Kursraum. Ich wollte euch nur kurz erzählen, was die große Überraschung ist.» Ms. Colegrove geht zügig die Anwesenheitsliste durch, dann schlägt sie einen fast feierlichen Tonfall an. «Wie es die Tradition will – ich hatte bis gestern ehrlich gesagt auch keine Ahnung, dass es diese Tradition gibt, aber offenbar ist es üblich, dass die Weihnachtsfeier in Woodford jedes Jahr von den Erstsemestern gestaltet wird.»

Im gesamten Kurs brandet ein Stöhnen auf, und unsere TA schüttelt schnalzend den Kopf. «Hey, das wird garantiert spannender, als es sich anhört, versprochen! Die Weihnachtsfeiern in Woodford sind opulent und legendär, schaut euch die verwackelten Videos dazu an, die ihr auf TikTok findet. Nicht die mit den peinlich tanzenden Profs.» Sie wedelt mit der Hand, in der sie einen Stapel Zettel festhält. «Die anderen.»

Ein paar aus der Gruppe fangen an zu lachen, während mein Blick unwillkürlich zu William huscht.

Ich bin total überrascht, dass er gekommen ist. Er ist erst vor einer Minute zur Tür rein und hält sich abseits. Und im Gegensatz zu gestern wirkt er sogar ausgeschlafen. Nichts an ihm lässt darauf schließen, dass er sein Leben nicht im Griff hat. Er trägt einen neuen Mantel und darunter zurückhaltend elegante Kleidung, mit der er auch auf eine englische Eliteuni wie Oxford oder Cambridge passen würde. Kaschmir und eine dunkelgraue Tweedhose, die leider viel zu gut an ihm aussieht. Klassische Klamotten, die förmlich «altes Geld» herausschreien. Er macht das vermutlich nicht absichtlich, er hat einfach keine anderen Klamotten und sieht deshalb immer so ... europäisch aus. Erst einmal habe ich ihn in einer Jogginghose erwischt, und das hat mich vollständig aus dem Konzept gebracht.

Mit der Hand streiche ich über die Naht meiner Zweitlieblings-Mom-Jeans, die im Gegensatz zu meiner Lieblings-Mom-Jeans keine ausgefransten Löcher an den Knien hat. Für den destroyed Look ist es heute viel zu kalt. Ich glaube nicht, dass William Jeans in seinem Schrank hat, zumindest habe ich ihn noch nie in welchen gesehen.

Gelangweilt vergräbt William beide Hände in den Hosentaschen, als würde ihn das, was unsere TA erzählt, nicht interessieren. Ich weiß nicht, was in ihm vorgeht. In einem Moment kommt er mir völlig lethargisch und gleichgültig vor, im nächsten wirkt er so verletzlich, als würde ihn eine Berührung zum Zersplittern bringen, und ich wünschte, er würde einfach mit mir reden. Mir ist klar, dass er leidet, und mir ist ebenso klar, dass er mich wahrscheinlich dafür hasst, was passiert ist. Aber ich würde ihm so gerne sagen, wie leid es mir tut. Noch einmal. Noch einmal so, dass er es versteht und mir glaubt. Ich wünschte, er würde mir verzeihen.

Vielleicht muss ich akzeptieren, dass Devins Tod alles zwischen uns zerstört hat. Aber ich kann nicht ertragen, dass er mich hasst. Dass wir nie wieder – ich weiß auch nicht – Freunde sein können. Wahrscheinlich muss ich mich aber auch damit abfinden. Es wäre sicher gut, wenn ich loslassen würde. Wenn ich eins im vergangenen Jahr gelernt habe, dann ist es, dass man nichts festhalten kann, was nicht festgehalten werden will, und dass es einem besser geht, wenn man Dinge akzeptiert, die man nicht ändern kann, anstatt mit jedem Atemzug dagegen anzuschreien. Aber ich kann Will nicht loslassen. Nicht so.

Als er hochguckt, fühle ich mich ertappt und senke den Blick zu meinen Füßen. Ich habe seinetwegen mal wieder nicht richtig zugehört und erinnere mich erst wieder, worum es geht, als Garrett sich einmischt.

«Und die Arbeit wälzt man auf uns Frischlinge ab, weil wir uns nicht wehren können?»

«Halt die Klappe, Garrett.» Samir fährt sich mit der Hand über den Schirm seiner Cap. «Das wird bestimmt cool.»

Ms. Colegrove pinnt die Zettel, die sie in der Hand hatte, einen nach dem anderen an die Wand und hebt die Stimme. «Ich denke auch, es ist eine Ehre. Und vor allem seid ihr im Gegensatz zu den Studierenden aus den höheren Semestern noch nicht im Prüfungsstress. Außerdem müsst ihr das nicht komplett allein machen. Musik, Getränke und Büffet werden vom Organisationsteam übernommen. Es geht nur um die Gestaltung der Räume. Die Aufgaben werden auf alle Einstiegskurse aufgeteilt. Das wird ausgelost, und ...» Ms. Colegrove dreht sich wieder zu uns um und schiebt ihre Brille hoch. Es sieht so aus, als würde sie ein bisschen rot. «Wir hatten, äh, Glück. Unser Kurs darf den Festsaal der Thayer Hall übernehmen.»

Kendra beugt sich zu mir rüber. «Kommt das nur mir so vor oder ist ihr das irgendwie peinlich? Meinst du, sie hat bei der Auslosung gemogelt?», flüstert sie.

Ich nicke. «Wenn das stimmt, dann liebe ich sie dafür ein bisschen.»

«Ich auch.» Kendra lacht rau auf, dann presst sie die Lippen zusammen, weil Sarah und Garrett, die neben uns stehen, sie überrascht anstarren.

«Wir bekommen ein Budget, das recht großzügig ausfällt.

Und wenn das Thema abgesegnet ist, dürft ihr den großen Saal entsprechend gestalten», führt Ms. Colegrove weiter aus. «Im Stil eines Films oder einer Romanvorlage zum Beispiel.»

«Also dürfen wir uns das Motto aussuchen?»

«Na ja.» Sie zuckt mit den Achseln. «Es ist eine Weihnachtsfeier und keine Mottoparty. Die Auswahl beschränkt sich also auf ein Spektrum von ‹Kevin allein zu Haus› bis ‹Ebenezer Scrooge›, würde ich sagen.» Sie deutet an die Wand. «Ein paar Themenvorschläge habe ich schon aufgeschrieben, ihr dürft gerne noch eigene machen. Und dann stimmen wir darüber ab. Aber um eins vorab klarzustellen: ‹Stirb langsam› zählt nicht als Weihnachtsfilm.»

Lautes Gelächter.

«Ich finde, damit hat sie nicht recht», flüstert Kendra. «‹Stirb langsam› spielt an Weihnachten. Er hat alles drin, was Weihnachten bedeutet. Es gibt einen Tannenbaum, eine Weihnachtsfeier, Konflikte ...»

«...und tonnenweise Glassplitter auf dem Boden», ergänze ich.

«Außerdem könnten wir als Dresscode ein verschwitztes Unterhemd angeben», raunt Garrett uns zu. «Falls ihr drauf steht ...» Er lässt den Satz kurz in der Luft hängen und grinst Kendra an, aber weil keiner von uns reagiert, fügt er noch hinzu: «Ich würde das für euch tun.»

«Kein Mensch will dich in einem weißen Feinrippunterhemd sehen, Garrett Endicott», sagt Kendra und lässt ihn damit abblitzen. «Wirklich nicht. Außerdem stehe ich eher auf Hoodies.»

«Gut zu wissen.» Er reckt mit einem Grinsen das Kinn und verschränkt die Arme vor der Brust, was seine Oberarme noch muskulöser aussehen lässt als ohnehin schon.

Kendra dreht sich mit weit aufgerissenen Augen zu mir um und formt ein stummes «What the Fuck?!» mit ihren Lippen.

Ich muss mich zusammenreißen, um nicht laut loszuprusten. «Ich hab es dir gesagt», erinnere ich sie flüsternd. Garrett steht auf sie, das ist nicht zu übersehen. Und mit jedem kleinen Geplänkel, auch wenn er manchmal wirklich nicht besonders subtil ist, tastet er sich weiter vor und wartet ihre Reaktion ab. Und ich bin Garrett total dankbar für diesen blöden Vorschlag. Denn egal wie nervig es ist, es ist eine Normalität, die verdammt guttut und Kendra auf andere Gedanken bringt.

«Wie gesagt, ihr könnt Mottovorschläge machen, dafür per Strichliste abstimmen, und dann tragt euch bitte in eine der Listen ein. Und ich will nicht, dass sich alle nur für den Aufbau eintragen und ich nachher beim Aufräumen alleine dastehe, ist das klar?»

Wir nicken, und die meisten murmeln etwas Zustimmendes.

Fünf Minuten später bin ich mir ziemlich sicher, dass einer der Jungs irgendeinen Blödsinn vorgeschlagen hat, weil Samir und Amartya sich am Aushang an der Wand totlachen. Ich überlege, mich freiwillig beim Aufräumen einzutragen, weil ich für Deko sowieso kein Händchen habe. Bei uns zu Hause habe ich mit Dad höchstens mal einen Kürbis ausgehöhlt, und jedes Jahr holen wir zu Weihnachten dieselbe Plastikgirlande aus der Garage und wickeln sie um das Verandageländer vor dem Haus. Ich mag Kerzen, aber ich gehe davon aus, dass echte Kerzen sowieso nicht erlaubt sein werden.

Als wir schließlich zur Wand gehen und einen Blick auf die Listen werfen, dreht Kendra sich zu Garrett um. «‹Gremlins›. Jemand hat echt ‹Gremlins› vorgeschlagen. Garrett, warst du das?»

Er schüttelt den Kopf und stellt sich wieder zu uns. «Du hast drei Versuche.»

Wir sehen uns die Liste weiter an.

Ebenezer Scrooge

Kevin allein zu Haus
Gremlins
Silent Night, Deadly Night
Edward mit den Scherenhänden

«‹Batman Returns›? Ernsthaft?», fährt Kendra erneut zu ihm herum.

«Das war ich auch nicht.» Garrett sieht äußerst zufrieden mit sich aus, und ich bin mir sicher, er muss etwas für ihn völlig Untypisches aufgeschrieben haben.

Kendra deutet auf «American Pie» und gibt ein Würgegeräusch von sich. «Das traue ich ihm zu», flüstert sie. «Das ist der mit Abstand peinlichste Teenie-Film aller Zeiten. Der warme Apfelkuchen – ich kotze, wenn ich nur daran denke.»

Ich tippe mit dem Finger auf «Der kleine Lord» und stoße sie mit der Schulter an.

«Nein, nie im Leben.» Sie schnaubt, wird dann aber unsicher, weil Garrett ein Pokerface aufgesetzt hat. Ein Pokerface, das man nur sehen kann, wenn man sich den Hals verrenkt, so nah, wie er neben uns steht. Er ist einfach so verdammt groß. Weil wir ihn beide taxieren, bricht seine mühsam beherrschte Mimik irgendwann ein.

«Was?» Mit einem Schulterzucken tippt er denselben Eintrag an wie ich eben. «Was habt ihr gegen ‹Der kleine Lord›?»

Kendras Mund bleibt offen stehen. Sie schluckt, und dann fischt sie nach dem Stift, der an einer Schnur baumelt, und macht ihren Strich demonstrativ bei Garretts Vorschlag. Und er bekommt plötzlich verdammt viel Farbe im Gesicht.

Keine Ahnung, ob wir für mehr als einen Vorschlag abstimmen dürfen, aber ich mache heimlich zwei Striche. Einmal bei «Der kleine Lord» und einmal bei dem Vorschlag «Dark Christmas», was, glaube ich, kein Buch oder Film sein soll, sondern einfach nur eine Ästhetik. In meinem Kopf entsteht dabei sofort ein Bild von ganz viel dunklem Tannengrün, tropfenden Kerzen, Zinnglöckchen und schneeverwehten Fenstern.

Die Feier wird eine Woche vor den Ferien stattfinden, und bei der Liste mit den Arbeiten wollen die meisten wie zu erwarten bei den Vorbereitungen helfen. Ich setze gerade an, meinen Namen beim Abbau einzutragen, und habe schon ein E geschrieben, als mir auffällt, dass in der Zeile schon etwas steht. Ein einzelnes W. William. Er hat sich nicht mal die Mühe gemacht, seinen Namen auszuschreiben. Und mit meinem E daneben ist es nun ein WE.

Wir.

Ich muss schlucken, weil es kein Wir mehr gibt. Ich streiche das E durch, kritzle so fest darüber, dass ich das Papier mit dem Stift durchbohre, weil es so wehtut. Ich gucke, ob bei den anderen Aufgaben noch Leute fehlen. Aber eigentlich will ich William nicht krampfhaft aus dem Weg gehen. Ich vermisse ihn, aber ich muss loslassen. Was ich nicht kann. Mit zusammengebissenen Zähnen setze ich meinen Namen auf die Liste fürs Aufräumen und lasse den Stift los, der an der Schnur gegen die Wand klappert, was sich leider nicht im Entferntesten so anhört wie die Abrissbirne, die in meinem Kopf schwingt. Ich bin froh, als Sun-young kommt und sich in derselben Liste einträgt.

«Danke», flüstere ich ihr zu.

Als wir uns alle eingetragen haben, ergreift Ms. Colegrove wieder das Wort. «Ich habe übrigens noch eine zweite Überraschung für euch», sagt sie. «Mrs. Whitney, die Bibliotheksleiterin, hat uns für heute eine Führung durch die alte Woodford-Bibliothek angeboten.»

Nein, nein, nein, nein, nein.

Das Letzte, was ich jetzt gebrauchen kann, ist ein Besuch in der Woodford Library. Ganz automatisch sucht mein Blick William – der sich auf die Unterlippe beißt und zeitgleich wegdreht, um mir nicht in die Augen sehen zu müssen.

«Da es dafür nur wenige Termine im Jahr gibt», fährt Ms. Colegrove fort, «können wir uns wirklich glücklich schätzen. In der Bibliothek stehen etliche Skulpturen und Plastiken. Die meisten sind Repliken, aber sie sind wirklich sehenswert.» Sie verschränkt die Arme. «Ich weiß nicht, ob ihr die Diskussion im vergangenen Jahr mitbekommen habt. Aber in Florida ist eine Schulleiterin suspendiert worden, weil sie ihren Schülern ein Bild von Michelangelos David gezeigt hat. Dieses Kunstwerk steht ebenfalls als Replik in der Bibliothek. Und sollte irgendjemand von euch ein Problem damit haben, dann bleibt dem Kurs fern. Und am besten auch ganz Italien», murmelt sie bitter.

An dieser Davidstatue ist nichts unangemessen – wenn man kein konservativer hirnverbrannter Idiot ist –, aber William und ich haben eindeutig eine unangemessene Vergangenheit mit ihr. Und es kann gut sein, dass ich bei ihrem Anblick in Tränen ausbreche.

11. KAPITEL

William

Ich habe keine weitere Xanax genommen, und jetzt bereue ich es. Ich überlege, zu gehen und das nachzuholen, weil mich diese Situation – im Grunde alles – überfordert. Aber Eden hält mich zurück. Nicht, weil sie mich groß beachten würde, sondern weil sie sich nichts anmerken lässt. Sie schafft es, ihren Alltag zu bewältigen, also sollte ich es auch hinbekommen.

Nur dass mich die Eindrücke schon überrollt haben, als ich die Bibliothek betreten habe. Der staubige Geruch der Bücher, das terpentinhaltige Wachs, mit dem das Parkett gebohnert wurde, der Geruch der Lesesessel am Ende der Regalgänge, das Aftershave und Parfum der Besucher, kombiniert mit dem verdammten Weichspüler, den sie für ihre Klamotten benutzen ... Mir ist bewusst, dass diese Überempfindlichkeit Entzugserscheinungen sind – ich kann verdammte Beipackzettel lesen –, doch macht es das nicht besser. Und wenn jetzt gleich noch einer sein Frühstück auspackt, kotze ich ihm vor die Füße.

Mrs. Whitney hat uns auf die Galerie geführt. Nicht über die geheime Treppe im Lagerraum hinter den Regalen, sondern über die Wendeltreppe im Seitenschiff der Bibliothek. Ich kenne dieses Gebäude in- und auswendig, es ist wie ein zweites Wohnzimmer für mich, was es nur schlimmer macht, wenn Eden hier ist. Ich bin mir fast sicher, dass Eden kein Parfum trägt, aber die Duftspur, die sie hinterlassen hat, als sie sich eben auf dem schmalen Gang an mir vorbeischob, ohne mich auch nur anzusehen, hat mich eiskalt erwischt.

Sillage. Das ist eigentlich die Spur, die ein Segelschiff auf der Wasseroberfläche zieht, aber eben auch der Geruch, den jemand hinterlässt, nachdem er vorbeigelaufen ist. Garantiert ein Wort, das Eden in ihr Notizbuch schreiben würde. Was ich an ihr bewundere, nein, vergöttere. Was ich ihr nie gesagt habe. Und jetzt sorgt allein ihr Geruch dafür, dass ein Klumpen Blei in meinem Magen nach unten fällt.

Wahrscheinlich wird dieser Ort für den Rest meines Lebens mit ihr verknüpft sein. Marcel Proust hat etwas Ähnliches in «Auf der Suche nach der verlorenen Zeit» beschrieben. Wie der Geruch frischgebackener Madeleines seine Erinnerungen weckte. Und mein Gehirn hat soeben einen Blockbuster an Erinnerungen abgespult. Based on a novel by Eden Collins.

Ich weiß, dass ich mich an den Verlust gewöhnen werde, aber im Augenblick sind Gewöhnung oder Normalität unerreichbar. Ich kann das Gefühl nicht heraufbeschwören. Und eigentlich will ich es auch nicht. Mein bester Freund ist gestorben, und darüber will ich nicht hinwegkommen.

Chord hat sich gerade die Büste in meinem Rücken angesehen und gefragt, ob der Kerl in den Percy-Jackson-Verfilmungen vorkommt. Von Devin weiß ich, dass Chords Eltern irgendein erfolgreiches Modelabel haben, deshalb wundert es mich nicht, dass er so angezogen ist, als wäre er der beste Freund von Harry Styles. Ich hatte bisher nicht viel mit ihm zu tun, und seine Frage gerade scheint das zu erklären.

«Das ist Apollon.»

Chord hebt eine Wasserflasche an seinen Mund und nuschelt: «Der aus der Fortsetzung?»

Woher soll ich das wissen?

Er trinkt eine halbe Ewigkeit, deshalb gehe ich nicht davon aus, dass er eine Antwort erwartet. Nur dass mein überfordertes Gehirn das anders verarbeitet und meine Nervosität mit einem Vortrag überspielen will. «Fortsetzung von was? Apollon ist in der griechischen Mythologie unter anderem der Gott der Künste. Zwillingsbruder der Artemis und einer der zwölf Götter des Olymps.»

Das wäre dann der nächste Punkt auf der Liste mit Dingen, die ich heute bereue, weil Sarah ihn jetzt auslacht, Chords Gesicht sich pink verfärbt und er mich ansieht, als wäre ich etwas, das aus Kafkas Verwandlung gekrochen ist. Unangenehm. Ich labere ihn voll. Wie einer dieser Idioten, die das Gespräch immer auf ihr Fachgebiet lenken, um mit ihrem Inselwissen anzugeben. Dabei sind das nur Basics. Meine Finger krampfen sich um das Notizbuch in meiner Manteltasche und kneten den dünnen Ledereinband.

«Steht zumindest auf dem Sockel», schiebe ich nach, um ihm einen Rest Würde zu belassen, und weil ich mich insgeheim dafür verachte, ihn belehrt zu haben. Das ist überhaupt nicht meine Art. Es ist verachtenswert, jemanden auf diese Art bloßzustellen, erst recht wenn man so absurd privilegiert aufgewachsen ist wie ich. Meine Mutter würde sich zu Tode schämen. Charakter zeigt sich in der Art, wie man Menschen behandelt, die nichts für einen tun können. Das ist es, was sie mir vermittelt hat, und gerade habe ich einen beschissenen Charakter gezeigt. Die einzige Entschuldigung, die ich habe, ist, dass mich diese Reizüberflutung umbringt.

Das Herz pocht mir so hart gegen die Rippen, dass mein ganzer Brustkorb brennt. Die Muskeln an meinen Beinen zucken bei jedem Schritt, und das Geflüster, die Gerüche, das alles überwältigt mich.

Noch einmal: Ich hätte die Xanax nehmen sollen.

«Ist auf Griechisch.»

Es ist Altgriechisch, ohne die neueren Diakritika, die die Aussprache kennzeichnen. Aber ich halte die Klappe und zucke nur mit den Schultern.

Chord streift mich mit einem skeptischen Seitenblick, den ich ihm nicht verübeln kann, schraubt dann endlich seine Trinkflasche zu und wirft sie zurück in seinen Rucksack. «Hat man dich als Kind mit so was eingeschlossen, oder was?»

«Meinst du mit Büchern?» Scheiße. Mein schlechtes Benehmen ist wirklich nur ein Spiegel meiner Verzweiflung. Weil ich nicht richtig denken kann, wenn mein Körper Krieg gegen meinen Geist führt. Bevor ich mein Notizbuch zerquetsche, ziehe ich die Hand aus der Tasche und fahre mir durchs Haar. «Ich stehe heute irgendwie neben mir. Sorry.» Entschuldigend hebe ich die Hände, die dann gleich wieder schlaff herabfallen, weil ich kaum Kontrolle über meine Muskeln habe. «Ich fand als Kind einfach alles interessant, was älter ist als unser Land.»

«Das wächst sich aus», sagt er mit einem Grinsen.

Touché. Aber, Gott, ich hasse meine Gedanken. Nicht jeder muss sich für dasselbe interessieren wie ich. Chord könnte mir garantiert einen Vortrag über Mode halten, von dem ich keine drei Prozent verstehe, weil ich mich anziehe wie mein eigener Großvater. Und ganz sicher hat er noch tausend andere Qualitäten, von denen ich keine Ahnung habe, weil ich ein Arschloch bin. Ein verzweifeltes Arschloch.

«Hattest du etwa Griechisch in der Schule? Das gab es bei uns nicht mal. Nicht dass ich Bock drauf gehabt hätte. Wo warst du?»

«In einem Internat in der Schweiz.» Mein Grandpa hat darauf bestanden, dass ich in Europa eine humanistische Ausbildung bekomme, was Graecum und Latinum mit einschließt. Abschlüsse, die man hier nicht kennt. Dabei war ich nicht mal besonders gut darin. Ich hatte Leute in der Klasse, die konnten beide tote Sprachen verdammt noch mal fließend und haben privat noch Altägyptisch oder Assyrisch gelernt. Ich hingegen habe gerade so die Prüfung geschafft. Trotz Adderall. Man ist nicht in der Lage, eine bessere Leistung zu erbringen, wenn man so was schluckt. Man ist nur besser in der Lage, Leistung zu erbringen. Im Augenblick bin ich allerdings zu nichts in der Lage.

«Und warum die Schweiz? Ich meine, wenn du schon nach Europa gehst, warum nicht nach England? Eton oder so. Du hättest danach in Oxford studieren können. Macht sich sicher geil im Lebenslauf.»

Mein Mund ist so trocken, dass mir das Schlucken schwerfällt. Ich muss mich konzentrieren, irgendwas antworten. Warum wollte ich nicht nach Eton? Vielleicht, weil ich nichts mit Typen zu tun haben will, die rote Hosen tragen, sich Prostituierte bestellen und es lustig finden, vor Obdachlosen Hundert-Pfund-Noten zu verbrennen? Typen, die sich an einem toten Schwein vergehen und später Premierminister werden? «Meine Familie hielt das Schweizer Internat für die beste Schule.» Ich zucke mit den Schultern, obwohl mein Herz unbeirrt weiterrast, als wäre ich auf der Flucht. Rede, verdammt! «Und Woodford für die beste Uni, wenn es um Liberal Arts geht. Ich ... bin einfach froh, wieder hier zu sein.» Schwachsinn. Ich wäre froh, jetzt bei meinen Tabletten zu sein.

Chord nickt. «Ich bin nur hier, weil sie neuerdings Taylor-Swift-Studies als Kurs anbieten.»

Was? Okay, konzentrieren, zuhören, fragen. Normal sein. «Hast du den belegt?»

«War verdammt schwer, einen Platz zu kriegen.» Er grinst breit. «Aber ich steh drauf. Wahrscheinlich mein sinnlosester Kurs, wenn's um die Zukunft geht, aber halt geil. Es gibt noch einen zweiten: Taylor-Swift-Psychology.»

«Klingt spannend.» Und aus meinem Mund überraschend unironisch. Das Gespräch lenkt mich ab. Wenn ich noch länger mit ihm rede, werde ich vielleicht für eine Minute nicht daran denken, wie kaputt mein Leben ist.

«Ich fand die Percy-Jackson-Filme eigentlich auch nicht so besonders, aber die Bücher sollen echt gut sein», sagt Chord nun und kommt damit zum Ursprungsthema zurück.

«Werde ich sicher irgendwann lesen.» Wahrscheinlich eher nicht. Wahrscheinlich habe ich das hier in dreißig Sekunden schon wieder vergessen. Weil ich anstelle eines funktionierenden Gehirns einen Hochleistungsmixer im Kopf habe.

Aber immerhin bekomme ich ein Lächeln hin, was ich seit Wochen nicht geschafft habe, und beschließe, für den Rest der Stunde den Mund zu halten. Kendra hat sich mit Eden in eine Nische zurückgezogen, offenbar haben die beiden etwas zu besprechen.

Mrs. Whitney schickt sich an, die einzelnen Plastiken zu erklären, nachdem alle sich auf der Galerie verteilt haben. Es ist zu eng, als dass wir sie uns gleichzeitig ansehen könnten, und sie geht direkt auf eine Zwischenfrage von Ms. Colegrove ein, die sich besonders für die Medusa interessiert.

«Die Medusa ist nur eine Nachbildung.»

«Kann man sich das Original noch irgendwo ansehen?» Sunyoung hat ihren Notizblock aufgeklappt und angefangen, sie zu skizzieren. Würde ich gerne sehen, weil sie richtig gut ist, aber von meiner Position aus ist das unmöglich.

Mrs. Whitney freut sich sichtlich über ihr Interesse. «Es gibt antike Darstellungen von Gorgonen und im Speziellen der Medusa auf verschiedenen Artefakten. Vasen, Mosaiken und so weiter. Die Medusa Rondanini befindet sich in München in der Glyptothek. Sie müssten also nach Deutschland fahren, um das Original zu sehen.»

Einige nicken, und ich konzentriere mich darauf, zu atmen, nichts zu denken und schon gar nichts zu sagen. Denn tatsächlich gibt es keine bekannte Originaldarstellung aus der griechischen Antike, die man zweifelsfrei zuordnen kann. Auch die Medusa in München ist nur eine Kopie. Sie wurde als Nachbildung einer griechischen Skulptur geschaffen. Irgendwann nach Christus, 2. Jahrhundert oder so. Ich kaue auf meinen Gedanken herum. Gott, man wird zum krankhaften Besserwisser, wenn man mit einer Mutter aufgewachsen ist, die die Kunstgeschichte der Antike studiert und einen deswegen durch halb Europa und Afrika geschleift hat, oder? Ich weiß noch, dass ich als Elfjähriger total gebannt war vom Barberinischen Faun in der Glyptothek. Eigentlich ein Satyr. Weil er vollkommen nackt und breitbeinig auf einem Felsen liegt. So was bekommt man in amerikanischen Museen definitiv nicht zu sehen, wenn man elf ist. Seine Penisspitze war abgebrochen. Verdammt, ich hatte damals so viele Fragen.

«Nicht anfassen, junger Mann.» Mrs. Whitney wirft Garrett einen strengen Blick zu, der sich der Venus genähert und schon die Hand ausgestreckt hatte.

In derselben Bewegung schwingt seine Hand in einem Bogen herum, bis er auf die Figur daneben deutet. «Sieht ... ziemlich deprimiert aus, der ... Grieche?»

Mrs. Whitney erklärt ihm, um wen es sich handelt. Ob ihr klar ist, dass er gerade das tun wollte, was wir alle schon gemacht haben? Ich will lieber nicht wissen, was Ultraviolettstrahlung an den Brüsten der Venus zum Vorschein bringen würde. Wahrscheinlich müsste man Mrs. Whitney nach der Untersuchung beatmen.

Garrett hört ihr brav zu, bevor er sich umdreht und zu mir durchschlängelt. «Wieso finde ich die Venus so heiß?», fragt er mich. «Ich meine, das ist eine verdammte Marmorfigur.»

Ich versuche, mich ganz auf ihn zu konzentrieren und nicht darauf zu achten, dass die anderen jetzt an der verkleinerten Replik von Michelangelos David vorbeigehen. Den ich auch heiß finde. Den Eden heiß findet. «Pubertät?», schlage ich vor.

«Arschloch», raunt er mir lachend zu, dann schaut er mir prüfend ins Gesicht.

«Ist ja nichts Neues», murmle ich.

«Was?»

«Nichts.»

Garrett kommt mir so nahe, dass ich zurückweiche. Will er jetzt etwa meine Pupillen kontrollieren? Garrett hat mehr mitgekriegt, als mir lieb ist, und ist deshalb verdammt misstrauisch.

«Bevor du fragst, nein, ich habe mich heute nicht abgeschossen. Beruhigt?» Wieso interessiert ihn das überhaupt?

«Verdammt, ja.» Er sieht trotzdem nicht so aus, als würde er meinen Worten trauen, und dass mein Blick abschweift, weil Eden stehen geblieben ist und David betrachtet, macht mich vermutlich nicht glaubwürdiger.

Als wir allein hier waren, haben wir beide mit David rumgemacht. Ich wollte sie provozieren, sehen, wie sie reagiert, und dann hat sie ihre Hand erst auf Davids Brustkorb gelegt und dann auf meinen und meine nackte Haut gestreichelt. Ich war drei Millimeter und zwei Herzschläge davon entfernt, sie zu küssen, als sie mich weggedrückt hat. Die Erinnerung daran, das Gefühl wird gerade als Reprise in meinem Gehirn aufgeführt. Ihre Hand auf meiner Haut. Ihr Atem vermischt mit meinem. Der Bleiklumpen in meinem Magen steigt auf und stürzt wieder nach unten.

Garrett quatscht mich voll, und ich bekomme nichts davon mit, weil Eden die Hand ausstreckt und sie in Davids gleiten lässt. Die Hand, die den Stein hält, den er auf Goliath schleudern wird. Als würde auch sie daran denken, was wir hier getan haben. Kendra spricht sie an, und Eden lässt die Hand der Marmorstatue los und schlendert mit ihr weiter. Und ich hirnverbrannter Idiot muss ihr hinterhergehen.

Unauffällig schlängle ich mich an Samir, Amartya und zwei anderen vorbei, die mir den Weg versperren. Und dann erreiche ich die Statue. Wenn Mrs. Whitney mich erwischt, wird sie mir garantiert eine Predigt halten. Aber sie beantwortet immer noch Fragen. Ich spüre den kalten Marmor unter meinen Fingern. Schiebe die Hand an dieselbe Stelle wie Eden gerade und ertaste den Stein. Ich bilde mir ein, noch einen Hauch von Wärme zu spüren. Mein Herz krampft sich zusammen, und auf eine perverse Art genieße ich das sogar. Es tut weh, irgendwann wird es vielleicht einfach auseinanderbrechen, und dann ist es vorbei. Genauso vorbei wie der Schmerz, wenn man einen Scheißsplitter aus seiner Haut zieht und das Stechen sofort aufhört. Nur dass der Splitter in meinem Herzen viel zu groß ist.

Liebe ist Sehnsucht und keine Erfüllung, oder?

Ich bin eine Unendlichkeit von der Erfüllung entfernt, Eden noch einmal nah zu kommen, und das habe ich so gewollt. Ich will es immer noch. Ich schlucke. Dann dringt meine Umgebung wieder zu mir durch, und ich hebe den Kopf.

Kendra steht am Treppenaufgang und starrt mich an. Scheiße. Sofort ziehe ich die Hand zurück. Sie hat es gesehen. Und sie weiß es. Sie weiß, dass ich einfach alles für Eden tun würde. Und getan hätte. Genau das ist der Grund für die Fragen, die sie mir gestellt hat. Der Grund, warum sie mich verurteilt, selbst wenn sie es nie direkt ausgesprochen hat. Denn wenn es ein Beispiel bräuchte für die Definition eines Vorwurfs, dann ist es das, was ich in diesem Moment in Kendras Blick lese. Ein Blick, der alles in mir aufbricht, was ich in den letzten Wochen versucht habe einzumauern.

Ich kriege keine Luft. Diese ganzen Gerüche, die Geräusche. Kendra sagt nichts, sie sieht mich nur an, und dieser Gesichtsausdruck brüllt mir alle Fragen zurück ins Gehirn. Alle Vorwürfe. Alle Zweifel, die Reue, den Selbsthass, die Schuldgefühle, die Panik. Die Kälte.

Ich werde erdrückt.

Ich kann mich nicht bewegen, aber ich muss hier raus, bevor mein Kopf explodiert, bevor meine Lungen kollabieren. Geht das überhaupt?

Blind wanke ich durch den Gang, dränge mich grob an meinen Kommilitonen vorbei. Ich habe Angst. Angst, zerquetscht zu werden. Mir ist kotzübel, mein Herz hämmert ein Stakkato gegen meine Rippen, und gleichzeitig fühle ich mich so schwach, als würde ich jeden Moment umkippen. Ich halte mich an jemandem fest.

«Hey, was geht denn bei dir ab?»

Die Wendeltreppe. Ich weiß nicht, wo Eden ist, aber ich stolpere weg, weiche Kendras Blick aus, klammere mich am Geländer fest, taumele nach unten und weiß plötzlich nicht mehr, was ich hier mache. Wie ich hierhergekommen bin, wie ich hier rauskomme.

Ich weiß nur, dass ich sofort hier raus muss. Dass ich sonst erbreche, ertrinke, ersticke am Gebrüll in meinem Kopf.

12. KAPITEL

William

Hast du Devin nicht gesehen? Du warst direkt neben ihm im Wasser, du musst doch irgendwas mitbekommen haben! William, verdammt! Er kann doch nicht einfach so untergegangen sein, er muss sich doch bewegt haben, rumgestrampelt, was weiß ich. Hat er nicht geschrien? Hast du ihn gehört? Er hat doch garantiert um Hilfe gerufen. Er wird doch versucht haben, sich wieder ins Boot zu ziehen. Er kann doch unmöglich innerhalb weniger Sekunden so weit abgetrieben worden sein. Er ist ein guter Schwimmer. Er ist jeden Sommer im Meer geschwommen, seit er sechs ist. Warum ist er nicht zum Ufer geschwommen? Er muss doch das Licht gesehen haben. Hast du mitbekommen, ob er sich verletzt hat? Ist er auf die Kante gefallen? Mit dem Kopf vielleicht? Hat er noch irgendwas gerufen? Hat Eden sich an ihm festgehalten? Hat sie ihn nach unten gezogen? Was soll das heißen, sie waren nicht auf derselben Seite? Wieso konntest du sie so schnell finden und Devin nicht? Sie hat doch auch nicht um Hilfe gerufen. Sie war doch bewusstlos, oder nicht? War Devin auch bewusstlos? Du hast das nicht mitgekriegt? Wieso nicht? Aber du warst der Erste bei ihnen im Wasser. Wenn es einer wissen muss, dann du. Du konntest nichts sehen? Aber die Bootslaterne. Garrett hat doch die ganze Zeit die Oberfläche abgeleuchtet. Man ertrinkt lautlos? Was soll das heißen, man ertrinkt lautlos? Man versucht doch, Luft zu bekommen. Er muss verfluchte Todesangst gehabt haben! Man hört doch nicht einfach auf, sich zu bewegen, wenn man ertrinkt, man versucht doch alles Erdenkliche, um wieder an die Oberfläche zu gelangen. Er muss gestrampelt haben. Das kann man doch an der Wasseroberfläche sehen. Wegen ein bisschen Regen? So unruhig war das Meer überhaupt nicht. Er muss um Hilfe geschrien haben. Hast du auch nur versucht, ihn zu finden? Du hast Eden doch auch gefunden. Bist du zuerst zu ihr geschwommen? Ich verstehe das nicht, ich dachte, Devin ist auf der Seite ins Wasser gefallen, die näher zu dir war. Also war es doch andersherum? Aber hast du nicht gerade noch gesagt, dass sie nicht auf derselben Seite im Wasser waren? Du weißt das nicht? Du kannst dich nicht erinnern? William, es ist gerade erst passiert! Hast du was getrunken? Drogen genommen? Wir lassen das testen. Es kann nicht sein, dass es euch allen gut geht, und Devin ist tot. Was soll das heißen? Nein, William braucht keine Pause! Er kann mir verdammt noch mal meine Fragen beantworten, ich habe gerade MEIN KIND VERLOREN! *Wieso hast du Eden gefunden? Und wieso nicht Devin? Wieso bist du zuerst zu ihr geschwommen? Weil sie leichter zu erreichen war? Aber … Du bist durcheinander, okay. Du stehst unter Schock. Ja, ja, verstehe ich, aber mein Gott, du musst doch* IRGENDETWAS *gesehen haben! Du musst doch …*

Du musst …

Du musst …

Du musst …

Ich drücke zwei Tabletten aus dem Blister und schlucke sie trocken runter. Ich habe es irgendwie allein zurück in mein Zimmer geschafft, aber die Ruhe lässt nur die Stimmen in meinem Kopf lauter werden. Ich will, dass es aufhört. Ich kann die Fragen nicht ertragen, die Erinnerung an diese Nacht und die ganzen Nächte danach. Nur dass ich ihnen nicht entkommen kann. Man kann nicht vor seinen eigenen Gedanken weglaufen.

Die Stunden, Tage, Wochen nach Devins Tod ... alles vermischt sich in meinem Kopf. Kendras Fragen, die Fragen ihrer Eltern, die Fragen meiner Eltern, die Fragen der Cops, die Fragen von Doc Reisman, die Fragen der Psychologin, die die Emersons betreut hat, noch mehr Fragen der Cops. Alles klumpt zu einer Lawine an Fragen zusammen, die mich überrollt.

Ich ziehe die Schreibtischschublade auf und durchwühle alles auf der Suche nach Batterien. Scheiße, wo sind die verdammten Batterien? Ich weiß genau, dass ich noch ein Päckchen in der Schublade hatte, aber wo zum Teufel sind sie hin? Ich reiße alles heraus. Notizen, Stifte, Tinte, noch mehr Papier, Fotos, eine leere Kondompackung, eine Schachtel voller Schreibfedern, bis ich die Packung in die Finger bekomme und die neuen Batterien in den Walkman einlegen kann. Ich brauche drei Anläufe, weil meine Finger so zittern. Während die A-Seite bis zum Anfang zurückspult, ziehe ich die Kopfhörer auf und fege die ganzen Sachen wieder zurück in die Schublade. Das Stocken, als das Band endlich zurückgespult ist, spüre ich durch den Widerstand an meinem Zeigefinger. Ich drücke auf Play.

Achilles, Achilles, Achilles, come down
Won't you get up off, get up off the roof?
The self is not so weightless, nor whole and unbroken
Remember the pact of our youth

Ich winkle die Beine an und klemme meinen Kopf zwischen die Knie, presse die Hörer fest an meine Ohren, bis das Lied das erste Mal zu Ende gespielt hat. Ich spule zurück, lasse es noch einmal durchlaufen, spule wieder zurück. Noch mal. Dann endlich lässt der Druck nach, und ich gebe ein Stöhnen der Erleichterung von mir. Gott, dieser Moment, wenn das Gewicht von meinen Schultern verschwindet und Luft ganz von selbst in meine Lungen strömt, ohne Anstrengung, ohne Panik. Mein Geist wird zurück in wattierte Gleichgültigkeit gedrückt. Die

Lawine löst sich auf. Meine Glieder sind schwer, träge, müde, unendlich müde, aber vollends entspannt.

Ich gebe mich für einen Moment der Illusion hin, nüchtern zu sein, während der nächste Song abgespult wird, obwohl ich weiß, dass ich mich selbst belüge und das Gefühl der Erlösung nicht real ist. Aber es fühlt sich real an. Es fühlt sich gut an. Wenn ich Glück habe, für die nächsten vier Stunden, wenn ich Pech habe, dann nur zwei bis drei. Ich weiß, dass ich mittlerweile an dem Punkt bin, wo ich die Dosis erhöhen müsste, um dieselbe Wirkung zu erzielen wie noch vor vier Wochen, doch gerade geht es mir gut. Mir geht es sogar so gut, dass ich das Buch zur Hand nehme, das ich aus Edens Zimmer habe mitgehen lassen. Ich will mir nur noch einmal die Seiten ansehen, die wir für die Blackout Poetrys benutzt haben. Mich nur einmal noch daran erinnern, wie es gewesen ist. Mit ihr. Ein letztes Mal. Jetzt fühle ich mich bereit, das zu tun. Mir kann nichts passieren, ich bin safe.

Der blaue Einband ist noch stärker abgerieben als vor ein paar Wochen, was bedeutet, dass sie es verflucht oft in der Hand gehabt haben muss. Die Goldfarbe des Titels blättert immer mehr ab, aber das passt zu den eingeprägten Efeublättern, die es aussehen lassen, als wäre es so alt, dass das Gewächs sich auf dem Leinen ausgebreitet hat und daran hochgewachsen ist. Ich blättere die Seiten durch. Eden hat Michelangelos David darin verewigt. Das war kurz nachdem ich ihr den Geheimgang zur Galerie gezeigt habe. Ein paar Seiten später habe ich mit Bleistift unsere Hände schraffiert. *My heart decided to fall in love.*

Für eine Sekunde schwappt es heiß durch meinen Brustkorb, wird Gott sei Dank aber sofort durch das Benzodiazepin in meiner Blutbahn weggespült. Die Droge sickert in jede meiner Zellen, stumpft mich ab, macht mich gleichgültig, apathisch, gefühllos. Ich kann mir die Bilder ansehen, ohne dass sich in meinem Hals ein Klumpen bildet. Das betrifft mich alles nicht wirklich. Es ist vollkommen egal. Ich spüre nichts, gar nichts. Ich kann es emotionslos betrachten, oder? Oder?

Eden hat ein Bild gemalt, das ich noch nicht kenne. Eine zusammengekrümmte Frau, die von Wellen ihres Haars umspült wird und darin ertrinkt. Okay, das ist scheiße.

I'm alone. Again.

Das sind die Worte, die sie freigelassen und nicht übermalt hat. Verdammt, vielleicht fühle ich doch noch was, vielleicht kann ich es mir doch nicht ansehen. Und ich sollte es auch nicht. Eden hat das nur für sich gemalt. Es ist keine Nachricht an mich, es ist wie ein privater Tagebucheintrag. Total unangebracht von mir, das anzusehen. Nur weil wir das Buch vor Wochen benutzt haben, um uns Dinge zu sagen, die wir nicht laut aussprechen konnten, habe ich nicht das Recht dazu, es heimlich an mich zu nehmen. Es ist vorbei.

Falling Down heißt der zweite Song auf meiner Playlist *For when I wanna feel nothing*. Nur dass ich, wenn ich es erzwingen will, nichts zu fühlen, offensichtlich noch mehr Benzos brauche. Ich taste nach der Packung Xanax. Nur noch ein paar Tabletten, dann bin ich komplett am Arsch. Die kann ich jetzt nicht aufbrauchen, nicht dafür, mir das verdammte Buch anzugucken! Ich lege es auf den Tisch, lasse die Hand aber darauf liegen. Mit dem Daumen blättere ich die Seiten durch. Einmal, zweimal. Das Papier fühlt sich gut an, vertraut. So richtig beschissen vertraut.

Rain keeps falling, tears keep falling
Rain keeps falling, tears keep falling
Darling, your love is like walking a bed of nails
And I just can't keep on fightin'

Als ich ein drittes Mal die Seiten mit dem Daumen durchlaufen lasse, sehe ich einen Schatten und stoppe in der Bewegung.

Ich klappe das Buch wieder auf und ziehe es zu mir heran, blättere zurück, finde die Seite. Es dauert mehrere Sekunden, bis ich realisiert habe, dass Eden mein Gesicht gezeichnet hat. Obwohl das Feuermal über meinem Auge es offensichtlich macht, dachte ich im ersten Moment, jemand völlig Fremden zu sehen. Ich fasse mir mit der Hand in den Nacken, ahme das Bild vor mir nach, aber das bin nicht länger ich.

Das auf dem Bild ist William Grantham III., dem die Sonne aus dem Hintern schien, der immer alles bekommen hat, was er wollte, ohne auch nur danach zu fragen. Der schon an der Ziellinie stand, bevor das Rennen überhaupt losgegangen ist. Von dem alle denken, dass er in der Geburtslotterie das große Los gezogen hat. Okay, er hat ein bisschen Pech mit seinem Gesicht gehabt, denn wer will schon mit einer portweinroten Landkarte über dem Auge rumlaufen, aber dafür erbt er bald Millionen.

Ich weiß nicht mal genau, wie viele Millionen es sind, nur dass es im oberen zweistelligen Bereich sein wird. Was mir nichts, aber auch gar nichts bringt, wenn Devin tot ist. Weil alles Geld der Welt ihn nicht wiederbeleben und mich von dieser Schuld reinwaschen kann. Ich will nichts davon. Ich bin komplett lost, verloren. Was auf Edens Bild von mir fehlt, ist genau das: die Hilflosigkeit, der Verlust in meinem Blick. Die verdammte Reue, die Schuldgefühle, der Selbsthass, die Scheißtränen.

Rain keeps falling, tears keep falling

Rain keeps falling, tears keep falling

Ich werfe das Buch auf den Tisch, wo es aufgeklappt liegen bleibt, hole das Glas Tinte aus der Schreibtischschublade, schraube den Deckel auf. Warum? Ich habe keine Ahnung, was ich hier mache, weiß nur, dass ich mit dem William auf dem Bild nichts mehr gemeinsam habe und das ändern muss. Mit zusammengebissenen Zähnen gieße ich etwas Tinte auf die Seite. Ich kippe das Buch, gucke zu, wie sie verläuft und eine

Tränenspur zieht, die blauschwarz aus meinem Auge über mein Gesicht bis auf die gezeichnete Hand rinnt.

Deep Sea heißt die Farbe, die von der durstigen Buchseite sofort eingesogen wird, und ich beobachte hilflos, wie das Meer, in dem Devin ertrunken ist, auf meinem Bild trocknet und die ganzen Scheißtränen, die mich abfüllen bis zum Rand, auf dem Papier zurückbleiben.

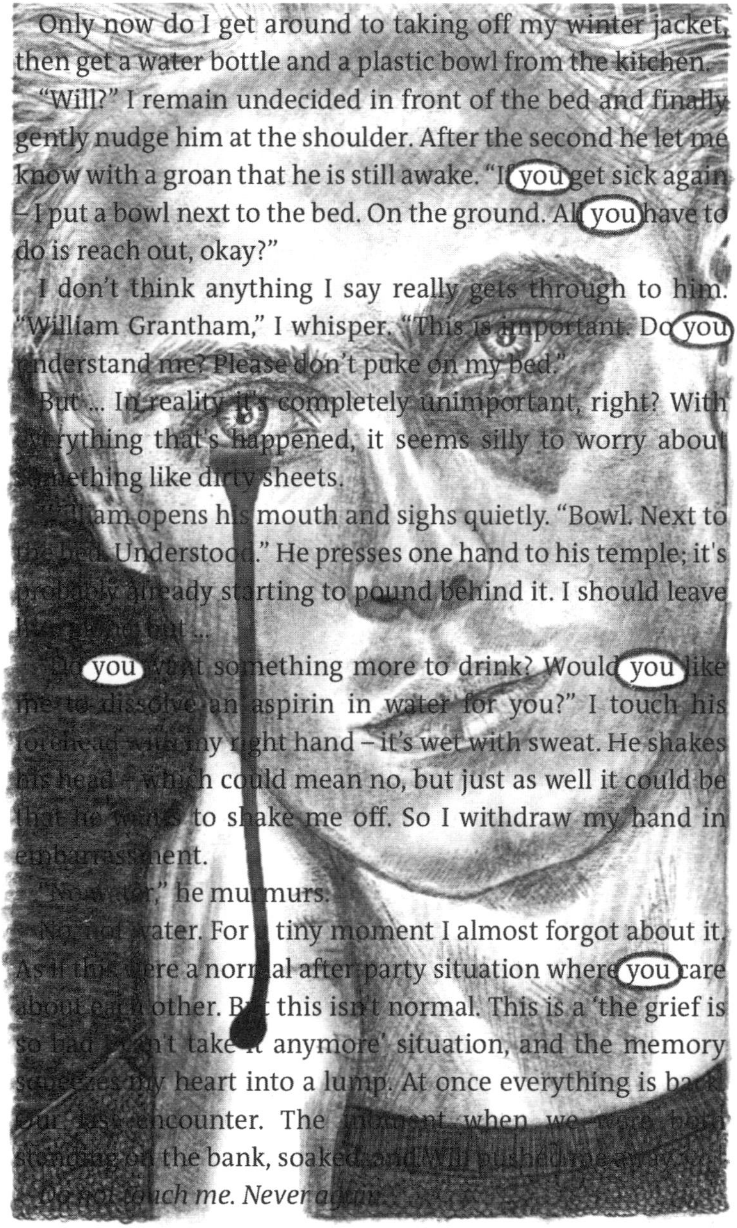

Only now do I get around to taking off my winter jacket, then get a water bottle and a plastic bowl from the kitchen.

"Will?" I remain undecided in front of the bed and finally gently nudge him at the shoulder. After the second he let me know with a groan that he is still awake. "If you get sick again – I put a bowl next to the bed. On the ground. All you have to do is reach out, okay?"

I don't think anything I say really gets through to him. "William Grantham," I whisper. "This is important. Do you understand me? Please don't puke on my bed."

But ... In reality it's completely unimportant, right? With everything that's happened, it seems silly to worry about something like dirty sheets.

William opens his mouth and sighs quietly. "Bowl. Next to the bed. Understood." He presses one hand to his temple; it's probably already starting to pound behind it. I should leave him alone, but ...

"Do you want something more to drink? Would you like me to dissolve an aspirin in water for you?" I touch his forehead with my right hand – it's wet with sweat. He shakes his head – which could mean no, but just as well it could be that he wants to shake me off. So I withdraw my hand in embarrassment.

"No water," he murmurs.

No, not water. For a tiny moment I almost forgot about it. As if this were a normal after-party situation where you care about each other. But this isn't normal. This is a 'the grief is so bad I can't take it anymore' situation, and the memory squeezes my heart into a lump. At once everything is back. Our last encounter. The moment when we were both standing on the bank, soaked, and Will pushed me away.

Do not touch me. Never again.

13. KAPITEL

Eden

Auf dem Flur geht eine Tür auf, und für eine Sekunde setzt mein Herzschlag aus, pocht dann hoffnungsvoll los, weil ich an William denke. Aber die Schritte gehen an meiner Tür vorbei und verhallen im Treppenhaus.

Will war zwar im Einführungskurs, ist dann aber ziemlich plötzlich verschwunden und auch nicht bei Professor Cushing aufgetaucht. Ich habe Garrett nach ihm gefragt, aber der hat nur einen blöden Spruch gebracht.

Ganz ehrlich, ich mache mir Sorgen. Ich weiß, dass es William nicht gut geht. Auch wenn er unbeteiligt wirkt – in seinem Innern muss es schlimm aussehen, und ich würde ihm so gerne helfen. So, wie er mir geholfen hat. Aber das will er nicht. Es ist vorbei zwischen uns. Ich darf nicht an ihm festhalten, das macht uns beide nur fertig. Ich muss ihn loslassen, gehen lassen, allein lassen. Ich hasse es, zu lassen. Das ist etwas, was ich ganz schlecht kann, was ich schon bei Lark nicht konnte.

Aber dass William nicht bei Cushing war, ist kein gutes Signal. Das ist unser wichtigster Kurs. Er ist in zwei Teile aufgeteilt. Erstens «How to read» und zweitens «How to compare», und wenn er weiter fehlt, wird er garantiert nicht zum zweiten Teil zugelassen. Was ihm wahrscheinlich gerade so was von egal ist. Aber mir ist es nicht egal, weil ich weiß, dass es ihm etwas bedeutet hat. Vor Devins Unfall. Und jetzt denkt er wahrscheinlich keine Sekunde mehr daran.

Das Flurtelefon schrillt. Es könnte mein Dad sein, deshalb springe ich sofort auf, bevor das Klingeln das ganze Haus aufschreckt. Nicht dass sich bisher jemals ein anderer darum gekümmert hätte, trotzdem wäre es mir peinlich, wenn jemand für mich zum Telefon rennen muss.

Meine Finger riechen nach Harz. Ich habe heute Nachmittag mit Mr. Barney und Rupert, einem älteren Studenten, der auch in der Gärtnerei aushilft, tonnenweise Tannengrün abgeladen, das für die Weihnachtsdekoration auf die Insel geliefert wurde. Was mich meinem neuen Handy einen großen Schritt nähergebracht hat. Aber jetzt habe ich Blasen an den Händen, Rückenschmerzen bis in den Hintern und kriege das Harz einfach nicht von meinen Fingern ab. Auch wenn ich sie schon fünfmal gewaschen habe: Als ich den Hörer aufnehme, klebe ich direkt daran fest.

«North Park House. Hier ist Eden Collins.»

Ich warte, aber es meldet sich niemand. Dasselbe wie beim letzten Mal, und so langsam frage ich mich, ob das ein schlechter Witz sein soll.

«Hallo? Ist da jemand?»

Ich warte, höre diesmal zwar keinen Atem am anderen Ende der Leitung, aber die Stille ist beklemmend. Ich weiß nicht warum, aber es kommt mir nicht so vor, als hätte sich jemand verwählt. Sondern eher so, als würde sich jemand nicht überwinden können, etwas zu sagen.

«Möchten Sie jemanden sprechen?», versuche ich eine Hilfestellung zu geben. «Oder haben Sie sich vielleicht verwählt?»

Es tutet in der Leitung, und ich lege auf. Na toll. Und dafür habe ich jetzt den ganzen Hörer mit meinem Harz verklebt. Ich starre auf den schwarzen Kunststoff. Man kann es zwar nicht sehen, aber wenn ich mit dem Finger drankomme, klebt es, und das kann ich unmöglich so lassen. Ob man das mit Speiseöl abkriegt? Einen Versuch ist es wert. Ich gehe in die Küche und ziehe gerade den ersten Schrank auf, um nach der Flasche Olivenöl zu suchen, von der ich weiß, dass Garrett sie gestern noch zum Kochen benutzt hat, als es wieder losschrillt.

Jetzt reicht's!

Ich sprinte in den Flur zurück und reiße den Hörer herunter. «Das ist langsam nicht mehr witzig! Was ist dein Problem?» Das Herz hämmert mir bis in den Hals, weil mich das so aufregt. «Sag doch einfach, wen du sprechen willst, mein Gott, aber hör auf damit, anzurufen und einfach wieder aufzulegen. Ich habe auch anderes zu tun, als sinnlos an dieses verdammte Telefon zu rennen!»

Jemand räuspert sich, und ich presse die Lippen zusammen.

«Eden, bist du das?»

Mist.

«Hier ist Greer Grantham.»

«Mrs. Grantham, h-hallo.» Mist, Mist, Mist. Es war so klar, dass das passiert. Danke, Karma, für nichts! «Tut mir leid. Im Moment ruft hier ständig jemand an und meldet sich dann nicht, wenn ich rangehe. Keine Ahnung, ob es an mir liegt, aber das ist langsam ... gruselig», schließe ich und spüre zeitgleich, wie mein Gesicht kochend heiß wird. Ich habe gerade Williams Mutter angebrüllt.

«Oh, das kann ich mir vorstellen. Ich schwöre, ich war's nicht», sagt sie mit einem leisen Lachen. «Ich war mit William zu einem Videocall verabredet, aber er hat das wohl vergessen und seinen Laptop gar nicht erst eingeschaltet. Deswegen rufe ich an.»

Dazu sage ich nichts, und nach einer Pause, die unangenehm lang wird, spricht sie weiter.

«Ich weiß ehrlich gesagt nicht, was ich tun soll. William weigert sich, das Handy zu benutzen, das ich ihm gekauft habe. Vielleicht ...», sie holt tief Luft, «kannst du vielleicht Garrett Bescheid geben, dass er ihn ans Telefon holen soll? Ich kann verstehen, wenn du nicht bei ihm klopfen oder mit ihm sprechen möchtest. Das ist wirklich in Ordnung», wirft sie schnell hinterher. «Oder ist jemand in der Küche oder im Aufenthaltsraum, der das für dich übernehmen könnte? Ich warte gerne, das ist kein Problem.»

Ich weiß nicht, was William ihr erzählt hat, aber ihr ist offensichtlich klar, dass wir getrennt sind. Ich muss schlucken, weil ihre Frage sehr feinfühlig ist und deswegen ein Kloß in meinem Hals aufsteigt. «Ist schon okay. Ich ... wir sind erwachsen, oder? Ich schau mal, ob er da ist.»

Warum sage ich das? Ich will nicht bei ihm klopfen. Und ich fühle mich auch überhaupt nicht erwachsen. Oder zumindest dem nicht gewachsen. Es ist aufdringlich. Als würde ich eine Grenze überschreiten, die er an dem Abend gezogen hat, als Devin gestorben ist. Als er gesagt hat, dass ich ihn nie wieder berühren soll.

«Eden?»

«Ja?»

«Es tut mir so unendlich leid. War die Trennung sehr schlimm für dich? Wie kommst du zurecht?»

Danke, nett, dass Sie nachfragen, aber ich komm wirklich gut zurecht. Ich bin schon ein großes Mädchen. Das ist es, was ich sagen sollte. Aber ihre sanfte Stimme, die Anteilnahme, das alles trifft mich unerwartet hart, und plötzlich sprudeln die Worte nur so aus mir heraus. «Es ist schwer. Es ist schwer, weil es nicht zu Ende ist.» Meine Finger klammern sich um den klebrigen Hörer. «Nicht richtig zu Ende. Nicht von meiner Seite. Beziehungen enden nie schön oder poetisch, das weiß ich. Aber sie enden. Und das ist es, was ich nicht fühlen kann.» Die letzten Worte klingen erstickt, wofür ich mich hasse.

Ich sollte nicht mit seiner Mom darüber reden. Ich sollte einfach mit niemandem darüber reden, weil es das nur realer macht. Und vor allem schäme ich mich dafür, nur an mich zu denken, wo es eigentlich um Devin geht. Wie kann ich meinen Schmerz über seinen Tod stellen? Ich schirme den Hörer mit der zweiten Hand ab, damit mich niemand hört. «Es ist so hart, uns zu vergessen. Aber es ist noch härter, mich an uns zu erinnern. Mich daran zu erinnern, wie es sich angefühlt hat, mit Will zusammen zu sein. Und ich kriege es einfach nicht hin, nichts für ihn zu fühlen.» Oh Gott, warum halte ich nicht den Mund?

Anagapesis ist das Wort, das beschreibt, wenn man keine Gefühle mehr für jemanden empfindet, den man einmal geliebt hat. Das habe ich neulich auf einem Aufkleber gelesen, den jemand an einen Laternenpfahl geklebt hat, und ich habe das direkt in mein Notizbuch übertragen. Und nun warte ich darauf, dass sich das bei mir einstellt, aber das wird nicht passieren.

«Ich vermisse uns.» Damit wollte ich eigentlich alles relativieren, es nach einem Achselzucken klingen lassen: *Ich vermisse uns halt. Ist okay, ich vermisse uns, aber das wird schon wieder. Ich vermisse uns, aber ich werd's überleben. Ich vermisse uns, aber hey, es gibt Schlimmeres.* Nur dass es sich schwach und verzweifelt angehört hat.

Williams Mom schluckt hörbar. «Ich weiß. Ich weiß, wie sich das anfühlt. Und es tut mir so leid. Für euch beide. Wenn ich etwas für dich tun kann, sag es mir bitte, du kannst mich jederzeit anrufen, Eden. Aber bist du sicher, dass ihr nicht ...»

«Nein.» Ich stoße hilflos den Atem aus. «Ich bin mir bei nichts sicher. Tut mir leid, dass ich davon angefangen habe. Ich wollte Sie nicht mit meinen Problemen belasten.» Und außerdem ist sie Williams Mom. Wenn einer das Recht hat, ihr das Herz auszuschütten, dann ist es Will. Es ist mir total peinlich, dass ich überhaupt etwas gesagt habe, und ich werde sie garantiert niemals anrufen. «Ich gehe jetzt und sag ihm Bescheid. Einen Moment.» Bevor sie noch etwas erwidern kann, lege ich schnell den Hörer über dem Telefon ab und gehe mit einem beklemmenden Gefühl im Hals zu Williams Zimmer.

Ich versuche, nicht daran zu denken, dass ich am liebsten schnell ins Bad laufen möchte, um mein Aussehen im Spiegel zu kontrollieren. Räuspere mich nicht, obwohl ich in der Kehle einen Knoten sitzen habe, der mir das Atmen erschwert. Lecke mir nicht über die Lippen, obwohl sie trocken sind. Ich streiche nicht über meinen Strickpulli, hebe nicht die Hand, um mir die wirren Strähnen hinter das Ohr zu streichen, weil es egal ist, wie ich aussehe und nichts gerade unwichtiger ist als das. Ich klopfe, und weil sich nicht sofort etwas rührt, klopfe ich direkt noch einmal. «William? Telefon für dich.»

Okay, und jetzt direkt wieder gehen. Ich sage seiner Mutter, dass ich geklopft habe, und wenn sich nichts regt, bis ich wieder am Telefon bin, dann ist er nicht da. Nur glaube ich, dass er da ist.

«Will?», versuche ich es noch ein letztes Mal.

«Sorry, Moment.»

Seine Stimme klingt dumpf durch die Tür. Ein paar Sekunden später öffnet er und taucht im Türrahmen auf. Er positioniert sich so, als würde er vermeiden wollen, dass ich an ihm vorbei in sein Zimmer sehen kann. Was ich auch demonstrativ nicht mache. Stattdessen blicke ich starr geradeaus auf seine Brust, um ihm nicht ins Gesicht zu sehen.

Ich liebe diesen schwarzen Wollpullover an ihm. Und ich hasse mich dafür, dass ich jetzt daran denke, wie sehr sich alles in mir danach sehnt, von ihm in diesem Pullover umarmt zu werden. «Deine Mom ist am Telefon. Sie meinte, ihr wärt verabredet gewesen.»

«Ah, shit.»

Und jetzt geh wieder, Eden. Du hast die Nachricht überbracht und fertig. Doch meine Füße sind wie festgeklebt. Als hätte ich das verdammte Harz unter meinen Sohlen haften und nicht an den Händen.

Er stützt sich im Rahmen ab. «Kannst du ihr sagen, dass ich ...»

Mein Kopf zuckt hoch.

«Nein ...» Will setzt seine Brille ab, fährt sich mit der anderen Hand durch das blonde Haar und lässt sie dann in seinem Nacken liegen. Er wirkt nicht nervös, eher schlaftrunken und, wenn ich ehrlich zu mir bin, zu Tode gelangweilt. «Ich komme. Danke», fügte er etwas verspätet hinzu, als müsse er sich erst mühsam daran erinnern, wie man normal kommuniziert.

Ich nicke und will gehen, als er sich zur Seite beugt, um nach seiner Schlüsselkarte zu hangeln. Mein Blick fällt für den Bruchteil einer Sekunde auf seinen Schreibtisch, und ich erstarre. «Du hast mein Buch», stoße ich überrascht hervor. Der blaue Einband ist selbst auf die Entfernung unverkennbar. «Ich habe es schon gesucht.»

«Ja.» Er schweigt so lange, dass ich mich frage, ob er noch was sagen wird oder ob ihm das auch völlig gleichgültig ist. Er sieht mich nicht mal richtig an. «Ich wollte noch was nachlesen. Hatte es mitgenommen, als du mir dein Zimmer überlassen hast. Sorry, dass ich nicht gefragt habe. Ich wusste nicht, dass du es noch brauchst.»

Er wusste nicht, dass ich es noch brauche? Ist das sein fucking Ernst? Es ist das wichtigste Buch, das ich besitze, verdammt! Wir haben uns darin geschrieben. Er hat mir darin gestanden, dass er sich in mich verliebt hat. Er kann doch unmöglich denken, dass mir das egal ist? Nur weil ihm das jetzt alles egal ist.

Aber warum hat er es dann mitgenommen?

«Kann ich es zurückhaben?» Ich strecke die Hand aus, was mehr Symbolcharakter hat, weil Will vier Meter von seinem Schreibtisch entfernt ist und keine Anstalten macht, sich in die Richtung zu bewegen.

Er ignoriert meine Hand, sagt aber: «Ja, selbstverständlich. Ich geb's dir morgen.» Hinter seinem Rücken zieht er die Tür so weit zu, dass mir der Blick versperrt wird, und ich lasse meine Hand wieder sinken. Was soll das? Wieso kann er es mir nicht gleich geben?

Frustriert atme ich aus. «Okay.»

Ich kann mich immer noch nicht rühren, und als William die Tür nun hinter sich ins Schloss zieht und einen Schritt nach vorne tritt, rieche ich sein Rasierwasser. Ich muss schlucken, weil es so unglaublich wehtut, ihm so nah zu sein und zu wissen, dass er unerreichbar ist.

Ich reiße mich zusammen und will mich abwenden, aber dann fällt mir noch etwas ein. «Der Telefonhörer», fange ich an. «Nicht dass du dich wunderst. Ich komme gerade von der Arbeit; ich habe mir die Hände gewaschen, aber sorry, der Hörer ist trotzdem schmutzig geworden.» *Und klebrig. Und deine Finger werden gleich auch nach Harz riechen wie meine.* Ich hebe die Hände, wie um zu beweisen, dass ich sie gewaschen habe, und unabsichtlich streift mein Handrücken seinen Pullover.

William muss es auch gespürt haben, denn er weicht sofort zurück. So weit, dass er mit den Ellbogen gegen seine Tür stößt. «Okay, aber lässt du mich jetzt bitte vorbei?»

«J-ja. Sorry», stammle ich.

Sein Blick wirkt auf einmal gehetzt, und ich mache gleich drei Schritte rückwärts, weil sein Tonfall so abweisend ist. Ich laufe den Gang zu meinem Zimmer runter. Nur weg. Ich bin ihm ganz offensichtlich nicht mehr wichtig. Er hat mit uns abgeschlossen. Ich wünschte nur, ich hätte nicht gerade noch mit seiner Mutter gesprochen. Ich wünschte, das verdammte Telefon wäre nicht direkt gegenüber von meiner Zimmertür. Und ich wünschte, er würde das Handy benutzen, von dem seine Mom gesprochen hat, damit ich nie wieder an seine Tür klopfen muss.

Als ich meine Zimmertür zuziehe, brennen meine Augäpfel, als hätte ich minutenlang in Flammen gestarrt und zugesehen, wie etwas direkt vor mir zu Asche verbrennt.

14. KAPITEL

Eden

After Dark von Mr.Kitty auf voller Lautstärke. Das ist die beste Methode, um zu übertönen, dass Will auf dem Flur mit seiner Mom telefoniert, der ich eben noch mein verdammtes Herz ausgeschüttet habe. Oh Gott. Vor lauter Angst, dass ich durch die Tür etwas von ihrem Gespräch mitkriegen könnte, habe ich meine alten Kopfhörer in den Laptop gesteckt und die Lautstärke bis zum Anschlag hochgedreht.

Mein Kopf glüht. Hoffentlich sagt sie ihm nichts. Eigentlich schätze ich Wills Mom so ein, dass sie so taktvoll und diskret ist, ihm nichts von meiner Beichte zu verraten. Sie wird mich nicht in Verlegenheit bringen wollen, aber sie ist seine Mutter, deshalb kann ich mir auch nicht hundertprozentig sicher sein. Ich reibe mir über die Augen, aber das heiße Gefühl lässt sich nicht vertreiben. Irgendwie muss ich mich ablenken.

Ich knipse das Licht auf meinem Schreibtisch an, weil die Sonne schon fast untergegangen ist. Ich muss noch einen Text für Cushings Kurs schreiben, aber ich kann mich jetzt nicht konzentrieren und auch den Drang nur schwer unterdrücken, durch das Zimmer zu tigern. Was nicht geht, weil ich mit den Kopfhörern am Laptop hänge. Außerdem ist mein Zimmer zu klein zum Herumtigern. Zu klein, zu nah am Telefon, zu nah an Will. Aber ich muss diese Analyse heute fertig kriegen.

Über die Unterschiede zwischen Close Reading und Textual Analysis.

Ich klappe meinen Collegeblock auf, um erst mal ein paar Stichpunkte aufzuschreiben, aber meine Finger kleben am verdammten Papier fest. Also doch lieber auf dem Laptop. Für Sekunden überlege ich ernsthaft, ob ich es mir leicht machen soll und ChatGPT frage. Ich könnte den Text von der KI schreiben lassen und hinterher nur sprachlich anpassen. Ausnahmsweise, weil ich nicht nachdenken kann, solange die Musik aus meinen Kopfhörern dröhnt, ich sie aber auch nicht abstellen kann wegen des verdammten Telefongesprächs auf dem Flur.

Seufzend verwerfe ich den Gedanken. Ich bewundere meine Professorin. Irgendwann möchte ich einmal genauso klug und eloquent sein wie sie. Und um an einem Punkt in der Zukunft so weit zu kommen, muss ich mich selbst da durchkämpfen. Ich muss die Grundlagen beherrschen, fremde Texte ohne Hintergrundwissen einschätzen können, und das fängt damit an, dass ich überhaupt erst mal erklären kann, welche Methoden es dafür gibt. Dafür habe ich schließlich extra zwei Bücher aus der Bibliothek ausgeliehen.

Ich öffne ein neues Dokument und tippe den Titel. *Ein Vergleich der Arbeitsweisen: Close Reading vs. Textual Analysis.* Erst einmal schreibe ich nur wild ein paar Oberbegriffe wie Stil, Struktur, sprachliche Elemente, rhetorische Mittel und kultureller Kontext auf eine Extraseite, breche ab, fange wieder neu an und erstelle ein Inhaltsverzeichnis ohne richtigen Inhalt, Hauptsache es ist etwas da. Ein Anfang. Irgendwas. Nervös durchblättere ich das erste der beiden Bücher.

In der sekundenlangen Pause zwischen zwei Songs fällt mir auf, dass es auf dem Flur überraschend still ist. Als der nächste Song startet, drücke ich auf das Pausensymbol an meinem Laptop und ziehe dann die Stöpsel aus den Ohren, um zu lauschen. Halte den Atem an.

William ist sicher schon wieder in seinem Zimmer, oder? Ich habe sieben oder acht Songs gehört, ich kann mir nicht vorstellen, dass er noch telefoniert. Außerdem wären die beiden dann sicher zum Laptop gewechselt, um ungestört zu sein.

Schritte hallen über den Flur. Es ist nicht William. Ganz sicher nicht. Nur mein bescheuertes Herz sieht das komplett anders und schickt gerade eine Manifestation nach der anderen ins Universum, weil es hofft, dass er vielleicht doch mit mir reden will. Was nicht passieren wird. Ich warte darauf, dass die Tür zum Treppenhaus aufschwingt. Aber die Schritte gehen nicht an meinem Zimmer vorbei. Ich höre Stimmen, dann wieder Schritte, die sich entfernen, und vor lauter Enttäuschung wird mir regelrecht übel.

Plötzlich klopft es an der Tür.

Ich springe so schnell von meinem Schreibtischstuhl auf, dass ich fast den Laptop runterreiße, weil ich noch das Kopfhörerkabel in der Hand habe. Versuche, mich zu beruhigen, tief durchzuatmen, ziehe aber dann doch nach wenigen Sekunden die Tür auf.

«Kendra.» Völlig überrascht trete ich zurück.

«Hast du jemand anderes erwartet?»

«Nein, ich ...» Ich stocke. Sie sieht schrecklich aus. Ihre Augen sind rot und geschwollen, und ihr Afro ist an manchen Stellen platt an den Kopf gedrückt. Ich weiß, dass sie super viel Wert darauf legt, ihre Haare zu pflegen, und niemals ohne ihre Ananas-Frisur und Seidentuch ins Bett gehen würde, aber jetzt sieht sie aus, als hätte sie sich den ganzen Nachmittag lang im Bett hin- und hergewälzt. Über ihrer Schlafanzughose trägt sie Devins blauen Woodford-Pullover und sein kariertes Jackett mit den Lederpatches an den Ellbogen. Sie hasst dieses Jackett.

Nachdem Lark gestorben ist, nach seinem Suizid, habe ich mich an alles geklammert, was ich von ihm hatte. Ich bin zu Hause wochenlang in seinem abgewetzten Jeanshemd rumgelaufen, auch wenn es schon nach ein paar Tagen nicht mehr nach ihm roch, und hatte Dad verboten, es zu waschen. Larks Hemd, so weich und abgenutzt es sich angefühlt hat, war der letzte Rest Wärme, der von ihm noch übrig war.

Und dass Kendra Devins Jackett trägt, was sie als «so spießig wie ein Teekränzchen bei der Queen» bezeichnet hat, bricht mir das Herz.

«Komm rein.»

Ihre Augen scheinen regelrecht zu schwimmen. Ich schlucke hart, bevor ich einfach die Arme ausbreite und sie an mich ziehe. Ich kann nichts sagen, weil es mir die Kehle zuschnürt, und minutenlang stehen wir so da, ohne uns zu bewegen. Kendra schluchzt, und deshalb muss ich auch heulen, und meine Schulter fühlt sich schon nach kurzer Zeit nass an. Ich ziehe die Nase hoch, weil ich sie nicht wegschieben will, um nach einem Taschentuch zu suchen.

Irgendwann, als Kendras Atem ruhiger wird und sie einmal tief seufzend die Luft auspustet, frage ich sie vorsichtig, ob ich kurz die Tür schließen kann. «Nachher kommt Garrett noch vorbei.»

Kendra schnieft und lacht dann, als sie auch mein verheultes Gesicht sieht, weil man manchmal einfach lachen muss, um den Druck abzulassen. Während ich die Tür zuziehe, setzt Kendra sich auf mein Bett und angelt sich eine Kleenex-Packung von meinem Schreibtisch. «Habe ich dich bei einer Hausarbeit gestört?» Sie nickt zu meinem aufgeklappten Laptop, während sie sich die Nase putzt. «Ich kann auch später wiederkommen.»

Der Bildschirm meines alten Laptops ist eingefroren und bis auf meine Platzhalter weist er kaum was auf. «Nein, ich kann das später noch machen, kein Problem», sage ich schnell, weil ich auf keinen Fall will, dass sie geht. Ich klappe den Deckel des Laptops runter. «Soll ich uns Tee machen?»

Sie nickt. «Gern, ja.»

«Hast du schon was gegessen?» Ich halte ihr meinen Mülleimer für die Taschentücher hin.

«Ein bisschen Roastbeef, 'n Hühnchen, 'ne Pizza», zitiert sie Patrick aus *Spongebob* und bringt mich damit zum Lachen. «Ehrlich gesagt nein. Ich habe seit dem Frühstück nichts mehr runtergekriegt ... Aber jetzt, wo du's sagst, fällt mir auf, dass mir der Magen in den Kniekehlen hängt.» Sie wirft die Papierknäuel in meinen Eimer.

«Geht mir genauso.» Ich denke an die fünfundvierzig Dollar, die ich heute Nachmittag verdient habe, aber erst Ende der Woche ausgezahlt bekomme, und ganz kurz auch an das Handy in meinem virtuellen Einkaufswagen. «Soll ich uns Pizza bestellen? Ich kann im *Public Domain* anrufen und sie dann gleich abholen. Wenn du willst», füge ich hinzu. «Ich lade dich ein.»

Sie nickt. «Danke. Aber lass mich anrufen. Ich habe die Nummer neulich schon mal rausgesucht. Was für eine möchtest du?»

«Eine Marinara für mich.» Während ich Wasser in den kleinen Topf laufen lasse, wählt Kendra und gibt unsere Bestellung durch.

«Cola?», flüstert sie mit vorgehaltener Hand in meine Richtung.

Ich schüttle den Kopf und stelle das Wasser für den Tee auf meinen Zweiplattenherd. Ich trinke lieber Wasser aus dem Hahn, auch wenn es nach Chlor schmeckt. Die Softdrinks sind mir zu teuer.

Kendra zieht die Beine an und lässt sich auf meine Kissen nach hinten fallen. «Okay, dann nur eine Coke», spricht sie ins Telefon. «Und von den Cookies einmal Bake My Day, zwei Biscuiteers und einen CinnaMan.» Sie hält die Zeigefinger auf das Mikro ihres Handys. «Für dich auch noch was?»

«Nur die Pizza.» Ich kaue auf meiner Unterlippe, während ich Teebeutel in zwei Tassen werfe. Die Cookies aus dem Café sind wagenradgroß und kosten ein Vermögen. Ich wollte Kendra einladen, ja, aber das wird mir eigentlich zu teuer, was ich ihr unmöglich sagen kann. Vermutlich sollte ich mich nicht so anstellen, dann muss das Handy eben noch etwas warten. Trotzdem kaue ich daran herum und überlege, wo ich an anderer Stelle wieder Geld einsparen kann. Mir geht durch den Kopf, dass drei Stunden Tannengrün-Abladen und -Umschichten verdammt viel Arbeit für ein einziges Abendessen ist. Kendra macht sich darüber keine Gedanken. Was ich total verstehen kann, sie hat gerade so viel durchgemacht und wirklich andere Sorgen, weshalb ich mich für meine Gedanken schäme, aber so ist das halt, wenn man arm ist, verdammt.

«Sie schicken mir eine SMS, wenn wir das Essen abholen können.» Kendra setzt sich wieder auf und wirft ihr Handy auf meinen Schreibtisch. Ihre Augen sind immer noch rot. Sie fährt sich mit den Händen über das Gesicht, und ich klettere zu ihr aufs Bett. «Devin stand total auf diese Biscuiteers. Er hat sie echt fast jeden zweiten Tag gekauft. Und dazu dann immer irgendein ekelhaft süßes Kaffeegetränk ohne Kaffeegeschmack. Ich meine, warum trinkt man so was, wenn so viel Milch, Sirup und anderes Zeug drin ist, dass es null nach Kaffee schmeckt? Vanilla Bliss Latte oder Caramel Serenity Latte, oder so was.»

«Die habe ich noch nie probiert.»

«Ich auch nicht.» Sie starrt an die Decke. Ihr Atem zittert, und angestrengt zwingt sie sich, gleichmäßig Luft zu holen. Nach einer Weile sagt sie plötzlich: «Er hatte Epilepsie.»

Für Sekunden kapiere ich überhaupt nicht, was sie da gerade gesagt hat. Epilepsie? Ich drehe mich zu ihr um. «Devin?»

«Sie haben ihn obduziert. Dabei ist rausgekommen, dass er Epilepsie hatte. Sein Gehirngewebe hatte abnormale Nervenzellanordnungen und ... Narben. Sie haben Narben gesagt.»

Was? «Aber wieso ...?» Oh mein Gott.

«Keine Ahnung, wie lange er das schon hatte. Wir wussten es nicht. Wahrscheinlich wusste Devin es selbst erst seit Kurzem. Er war beim Arzt, der hat uns das bestätigt, aber Devin hat nie darüber gesprochen.» Sie presst die Zähne fest aufeinander. «Mit niemandem.»

Nicht mal mit ihr.

Das ist furchtbar. Ich kann mir vorstellen, was Kendra denken muss. Dass Devin ihr nicht vertraut hat. «Vielleicht hat er nichts gesagt, weil ... weil er nicht wollte, dass ihr euch Sorgen um ihn macht. Vielleicht hatte er das noch vor. Du hast selbst gesagt, er wusste es noch nicht lange. Vielleicht wollte er euch erst Bescheid sagen, wenn er Klarheit hatte, was die Behandlung angeht.»

«Es ist egal, was er wollte. Er ist tot.»

«Kendra.» Ich taste nach ihrer Hand. «Denkst du denn, wenn ihr das vorher gewusst hättet ... ich meine ...»

«Er hatte einen Anfall», unterbricht sie mich und zieht ihre Hand weg. «Auf dem Boot. Klar, sie können das nie mit hundertprozentiger Sicherheit sagen, bla bla, aber er hatte einen erstickungsbedingten Sauerstoffmangel im Gehirn. So haben sie es formuliert, und das macht einen Anfall sehr wahrscheinlich. Man sieht das daran, dass sich das Gehirngewebe verfärbt hat und die Zellen geschwollen gewesen sind.» Sie redet immer schneller. «Jedenfalls weist das ziemlich stark auf einen epileptischen Anfall hin. Unmittelbar bevor er ertrunken ist. Das heißt, er hatte keine Chance, verstehst du das? Devin hatte überhaupt keine verdammte Chance, lebend aus dem Wasser zu kommen.»

15. KAPITEL

Eden

Kendra hält sich die Hände vor die Augen und fängt wieder an zu weinen. «Er hätte niemals ohne Hilfe überleben können, Eden. Er war nicht mehr fähig, zu schwimmen oder sich auch nur ins Boot zu ziehen. Und weil Will ...» Sie spricht nicht weiter.

Oh Gott.

William.

William ist aber doch nicht allein verantwortlich! Wir waren alle da. Garrett, Kendra, Sun-young, ich. Jeder von uns hätte etwas tun können. Tun müssen.

Aber William ist als Einziger ins Wasser gesprungen. Und mir kommt es so vor, dass er jetzt die ganze Verantwortung zugeschoben bekommt. Er hat einfach reagiert. Er hat mich gerettet, weil ich das Ruder an den Kopf bekommen habe. Vielleicht hätte ich es auch irgendwie alleine geschafft, ich weiß es nicht. Wie lange ist man bewusstlos, wenn man einen Schlag gegen den Kopf kriegt? Sekunden? Oder doch länger? Minuten? War ich überhaupt richtig bewusstlos oder nur benommen? Es war alles schwarz, ja, aber war ich wirklich bewusstlos? Vielleicht hätte ich es allein geschafft. Aber Devin niemals. Nicht, wenn er einen Anfall hatte und deswegen ins Wasser gestürzt ist.

«Weiß William von dem Obduktionsergebnis?»

«Er war dabei, als wir es bekommen haben.»

Okay, das erklärt einiges. Ich atme tief durch und ordne sein Verhalten vor dem Hintergrund dieser Information neu ein. Kein Wunder, dass William so abweisend zu mir ist. Er hätte Devin helfen können. Wenn er mich nicht aus dem Wasser gezogen hätte, würde Devin noch leben. Er hat ihn meinetwegen nicht gerettet. Das, was er mir von sich zeigt, ist also ganz sicher keine Langeweile oder Desinteresse. Es ist vermutlich seine kontrollierte Art, mit seinem Hass und Abscheu auf mich umzugehen.

Wow, das macht mich fertig.

«Will war die ganze Zeit bei uns», sagt Kendra. «Mein Stiefvater hat ihn immer wieder gefragt, was passiert ist, wie das alles abgelaufen ist. Ich konnte überhaupt nichts dazu sagen. Es ging alles so wahnsinnig schnell. Ich meine, gerade haben wir noch dieses alberne Wettrennen gemacht. Dann ist auf einmal euer Licht ausgegangen.»

Ich nicke. Die Bootslampe ist kaputtgegangen. Devin stand im Boot und wollte uns ärgern. Er hat rumgehampelt und das Boot fast zum Kentern gebracht. Sun-young hat ihm ins Gesicht geleuchtet. Und weil das Boot so gewackelt hat, konnte sie die Lampe nicht mehr halten.

Macht euch das etwa Angst?

Uhuh, es ist dunkel.

Ach, komm schon. Das ist nur Wasser.

Setz dich bitte hin, Devin!

Sonst was?

Devin hat uns provoziert. Hat mich noch damit aufgezogen, dass ich keine gute Schwimmerin bin. Er war völlig überdreht.

Mir wird übel, weil ich diese ganzen Gedanken runterschlucken muss. Er ist ihr Bruder, und er ist tot. Jetzt ist es zu spät, um so etwas auszusprechen.

An diesem Abend hat Devin sich über uns lustig gemacht und einfach nicht damit aufgehört. Ich kann mit Kendra nicht darüber reden. Weil ich Angst davor habe, wie sie reagieren würde. Ich habe regelrechte Panik, dass sie mir ebenfalls Vorwürfe macht. Dass sie insgeheim wütend auf mich ist, weil es mir gut geht. Das habe ich alles schon einmal mitgemacht mit Lark. Die Vorwürfe, das Flüstern, die Blicke. Ich kann das nicht noch einmal durchstehen.

Ich kann überhaupt nichts sagen. Es gibt nichts, das irgendwie tröstlich wäre. Das Einzige, was ich tun kann, ist, bei ihr zu bleiben und irgendwie da zu sein. Vorsichtig streiche ich ihr über den Arm. «Ich kenne mich mit Epilepsie überhaupt nicht aus», flüstere ich. «Devin hatte Nasenbluten, glaube ich. Er ist auf einmal im Boot aufgestanden, und dann hat er sich mit dem Ärmel über das Gesicht gewischt, und es sah zumindest so aus, als wär da Blut an seinem Ärmel gewesen. Deswegen hat Sun-young ihm ins Gesicht geleuchtet. Kann das etwas damit zu tun haben?»

Kendra stößt schnaubend den Atem aus. «Er hat gekokst. Er hat einfach Scheiße gebaut, Eden. Sie konnten das Kokain in seinem Blut nachweisen.»

Wow. Okay, das ist ... richtig scheiße.

«Unsere Eltern waren so geschockt. Sie haben mich gefragt, was sie sonst noch alles nicht von uns wissen. Als hätte ich auch Drogen genommen. Never ever würde ich das machen. Ich weiß nicht, warum er das getan hat. Er muss doch gewusst haben, wie dumm das ist. Der Arzt hat gesagt, dass Kokain das Risiko für epileptische Anfälle sogar noch erhöht. Das führt zu irgendwelchen elektrischen Entladungen im Gehirn, und Devin hat sich einen Scheiß darum gekümmert. Es war ihm einfach egal.»

Deshalb war Devin also so aufgekratzt. Wenn er an dem Abend wirklich gekokst hat, dann erklärt es das. Auch das Nasenbluten.

«Vielleicht hat er es nicht gewusst.» Keine Ahnung, warum ich schon wieder versuche, sein Verhalten zu verteidigen oder zumindest zu erklären. Als wäre ich es ihm schuldig, weil ich noch da bin.

«Das glaube ich nicht. Garantiert hat ihn der Arzt darüber aufgeklärt. Außerdem, wenn ich so eine Scheißkrankheit habe, dann informiere ich mich doch auch darüber. Was ich machen kann, um Anfälle zu verhindern. Was passiert, wenn ich fernsehe oder mir eine krasse Lichtshow angucke. Was für Medikamente ich nehmen muss. Kann doch nicht sein, dass er einfach alles falsch macht. Er war kein Idiot.»

Will sie damit andeuten, er habe es mit Absicht getan? Mir läuft es eiskalt über den Rücken. «Denkst du, er hat das irgendwie provoziert? Ich meine, dass er seine Grenzen ausloten wollte oder so?»

«Ich weiß es doch auch nicht, verdammt. Ich weiß gar nichts mehr. Mein Stiefbruder ist tot, und ich vermisse ihn, und außerdem hasse ich ihn so sehr dafür, dass er mich einfach so alleinlässt. Wie kann er mich einfach hier zurücklassen?» Sie rollt sich schluchzend auf die Seite, weg von mir. Ihre Schultern beben, und erst nach einer Weile traue ich mich, mich hinter sie zu legen und sie festzuhalten, und bin erleichtert, dass sie meine Hand nicht wegstößt.

«Er war manchmal ...» Ich unterbreche mich selbst, weil ich schlucken muss und mich innerlich winde. Ich hätte es früher erzählen müssen, so viel früher. Oder wenigstens Devin selbst darauf ansprechen müssen. Dann hätte er es mir vielleicht erklärt. Vielleicht aber auch nicht. Ach, verdammt! «Er war manchmal seltsam weggetreten. Zum Beispiel an dem Abend, nachdem wir die Küche unter Wasser gesetzt hatten, weißt du noch? Devin saß neben mir auf dem Sofa, und er war auf einmal total abwesend. Also so richtig. Erde-an-Devin-abwesend, meine ich. Er hat gar nicht reagiert. Erst als ich ihn mehrmals angesprochen habe, ist er irgendwann aufgeschreckt. Und bei der Generalprobe im Theater. Da ist er doch vom Tisch gefallen. Es war schrecklich, ich dachte wirklich, er hat sich ernsthaft verletzt, weil es so laut geknallt hat. Aber vorher war er wie erstarrt. Nur für ein paar Sekunden. Völlig weggetreten.»

Kendra nickt. «Das sind Absencen. Hat uns der Arzt erklärt. Mir ist das auch aufgefallen, aber», sie zuckt mit den Schultern, «ich habe mir nie was dabei gedacht. Man ist doch manchmal einfach geistesabwesend. Ich bin das auch und starre dann vor mich hin. Oder wenn ich lese, dann muss schon eine Bombe hochgehen, bevor ich reagiere. Aber der Arzt meinte, dass Devin bei diesen Absencen sogar kurzzeitig das Bewusstsein verloren haben kann, nur dass man das als Außenstehender gar nicht unbedingt merkt.»

«Wenn wir das nur gewusst hätten.»

«Ja.» Sie seufzt tief. «Wenn wir das vorher gewusst hätten.»

Ihr Handypiepen unterbricht uns.

Kendra greift nach dem Telefon. «Die Pizza.»

Die habe ich vollkommen vergessen. Und der Appetit ist mir auch vergangen. Schade um die Pizza. «Bleib du hier, ich lauf rüber und hol das Essen.» Etwas umständlich klettere ich über Kendra hinweg aus dem Bett.

«Okay. Aber ich muss mich irgendwie ablenken. Sollen wir eine Serie auf Netflix gucken? Es gibt eine neue Staffel Bridgerton.»

«Ich habe kein Abo.» Das ist kein Grund, rot zu werden, und trotzdem wird mein Gesicht heiß, weswegen ich mich wegdrehe und meine Tasche vom Schreibtisch nehme. Es ist bescheuert, ich weiß das. Dass ich kein Abo habe, muss schließlich nicht am fehlenden Geld liegen. Und selbst wenn – das ist keine Schande. Zumindest nicht in meinem Leben. Ich weiß, dass ich von dem Geldthema total besessen bin, aber für mich ist es einfach etwas, was meinen Alltag beherrscht. Leider.

«Wir können über meinen Account gucken.» Kendra rutscht bis zum Bettrand und zieht meinen Laptop zu sich heran, den ich für sie entsperre.

«Dann such du was aus. Bridgerton geht okay für mich.» Auch wenn ich die Serie bisher nie gesehen habe.

Sie ist schon dabei, den Titel in die Suchmaske einzugeben, und guckt dann wieder zu mir hoch. «Wir haben die ganze Zeit nur von mir und Devin geredet. Wie geht es dir eigentlich? Ich meine, wegen Will?»

Ich bin drüber hinweg.

Es geht schon, das ist jetzt nicht so wichtig.

Das sollte ich sagen, um Kendra zu beruhigen. Aber warum will ich immer alle beruhigen? Wieso muss ich immer still sein? Wem tue ich damit einen Gefallen? Sicher nicht mir. Trotzdem unterdrücke ich meine Gefühle, weil ich eben schon bei Wills Mom viel zu viel gesagt habe. Ich hasse Oversharing, hinterher fühlt man sich wie nach einem Alkoholblackout, als hätte man sich zu Tode blamiert. Und in puncto Blamage ist mein Telefongespräch eben vermutlich vergleichbar mit einem Striptease in Lederfransen und anschließendem Sturz von der Bühne. Mindestens.

«Glaubst du, ihr könnt trotzdem Freunde bleiben?»

Der Satz trifft mich direkt in den Magen. Was hat William zu ihr gesagt? Dass er mich nie wieder sehen will? Was denkt sie denn, warum wir getrennt sind?

Ich bin noch nicht so weit. Es ist alles noch zu frisch.

«Ich weiß nicht, vielleicht», antworte ich ausweichend.

Freunde. Wie kann es sein, dass dieses Wort eine völlig andere Bedeutung erlangt, wenn man sich mal geliebt hat? Freundschaft ist wunderschön, wieso ist sie dann auf einmal nichts mehr wert? Und wieso tut dieser Gedanke so unendlich weh? Wäre ich nicht froh, wenn wir zumindest noch Freunde wären? Ich meine, das ist doch besser als nichts, oder? Jemandem, den man mal geliebt hat, sollte man doch wenigstens freundschaftliche Gefühle entgegenbringen. Alles andere wäre absurd.

Mir steigen die Tränen in die Augen, weil ich Kendras Frage nicht mit Ja beantworten kann. «Ich glaube, William hat mit uns abgeschlossen.»

«Verstehe.» Kendra schaut mich nicht an. Das Bildschirmlicht fällt blau in ihr Gesicht, und mir kommt es fast vor, als wäre sie über meine Antwort erleichtert.

16. KAPITEL

William

Einigen wir uns einfach darauf, dass du es nur benutzt, um mit mir zu telefonieren. Bitte, Will.» Meine Mutter lehnt sich näher an die Kamera. «Es reicht doch aus, wenn du es zwei- oder von mir aus auch einmal am Tag einschaltest und mich gegebenenfalls zurückrufst.»

Sie hat wieder diesen flehenden Blick aufgesetzt, der mich überreden soll. Als wäre ich fünf wie Katie, und das lässt mich nur müde lächeln. Weil ich vor einer Stunde zwei weitere Tabletten geschluckt habe, bin ich entspannt. «Ich werde es nicht benutzen.»

«Warum bist du nur so stur?» Sie flucht nicht – natürlich nicht –, aber es schwingt auch so in ihrem Ton mit.

Ich lasse mich im Stuhl zurücksinken, will die Arme hinter meinem Kopf verschränken, aber sofort dringt der Geruch nach Baumharz in meine Nase, deshalb lasse ich es. Eden hatte mich gewarnt, dass der Telefonhörer etwas abbekommen hat, und das war nicht gelogen. Nun bekomme ich den Geruch nicht aus der Nase.

«Es geht nicht darum, dass ich dir diesen Gefallen nicht tun möchte. Sieh es einfach so: Für meine geistige Ausgeglichenheit und mein Seelenheil brauche ich Abstand von dem Ding.»

Sie holt tief Luft und atmet betont langsam wieder aus. «Nun gut. Ich verstehe das Problem. Natürlich kann die Nutzung überhandnehmen. Aber für *mein* Seelenheil muss ich wissen, dass du erreichbar bist.»

Meine Hand liegt auf Edens Buch, und als mir das bewusst wird, schiebe ich es über den Schreibtisch von mir weg. «Ich bin erreichbar. Ich checke täglich meine Mails. Und ich freue mich immer, dich zu sehen. Virtuell.»

Sie zieht eine Grimasse, die ganz und gar nicht mütterlich ist. «Und im Notfall? Ich möchte verhindern, dass Eden noch einmal bei dir klopfen muss. Das kann ich ihr nicht zumuten. Ihr Zimmer liegt direkt gegenüber des Haustelefons, das muss ich dir sicher nicht erklären.»

Meine Gesichtsmuskeln frieren ein, sobald sie ihren Namen erwähnt. «Dann ruf nicht an.» Und erspare ihr das. Und mir.

«Ich mache mir aber Sorgen.»

«Das verstehe ich, aber es ist auch ir-rational.» Scheiße, ich muss mich besser konzentrieren, sonst fange ich noch an zu lallen. Und ich werde mit ziemlicher Sicherheit in der Hölle schmoren, weil ich sie gleich anlügen werde. Aber was ändert es, wenn ich ihr erzähle, dass es mir dreckig geht? Mir wird es danach nicht besser gehen, aber sie sorgt sich noch mehr um mich.

«Es geht mir gut. Ich gehe zu meinen Vorlesungen und lerne, da bleibt nicht viel Zeit für Familytime. Außerdem stehe ich in Kontakt mit Dr. Reisman, und wir haben einen Gesprächstermin in ...», ich tue so, als würde ich neben dem Laptop in meinem Notizbuch nachschlagen, «...nicht mal zwölf Stunden. Beruhigt dich das?»

Mom beugt sich wieder vor, ihre Augen sind dabei nur pixelig zu sehen. «Und wenn ich bei ihm in der Praxis anrufe, wird man mir diesen Termin bestätigen?»

«Mit ziemlicher Sicherheit nicht, weil das unter ärztliche

Schweigepflicht fällt. *Privatus medicus secretum tenet.* Schon mal über den Begriff Stalking nachgedacht, Mom?» Gott sei Dank kam das absolut flüssig aus meinem Mund.

«Du bist …», sie sucht nach Worten, «mir leider viel zu ähnlich», endet sie mit einem Seufzen. «Ich habe nicht vor, dich andauernd anzurufen, Will, oder dich zu kontrollieren. Ich mache mir einfach nur Gedanken. Devin hat seine Probleme für sich behalten, und die Vorstellung, dass du deinem Vater und mir nicht sagst, wenn du Hilfe brauchst, ist wirklich belastend für mich.»

«Ich weiß, dass ihr immer für mich da seid. Oder zumindest Katie», ziehe ich sie auf. «Außerdem bin ich durchaus kompromissbereit. Wir können feste Zeiten ausmachen, wir facetimen, und ich erstatte Bericht, wenn es sein muss.» Lange schaffe ich es nicht mehr, mich zusammenzureißen und ihr etwas vorzuspielen. Ich merke, wie meine Konzentration rapide nachlässt. Erst das Telefonat, danach der Videocall, das zehrt an meinen Kraftreserven. Und der Geruch an meiner Hand macht mich wahnsinnig.

«Du bist volljährig.»

«Ach.» Ich bin wirklich durch. Eigentlich will ich nur noch schlafen. Mindestens zehn Stunden am Stück.

«William George Grantham, ich möchte, dass du mir erzählst, was Dr. Reisman gesagt hat, wenn du morgen mit ihm gesprochen hast. Dann sehen wir weiter.»

«In Ordnung. Ich muss noch ein Essay verfassen für deine Freundin Moira Cushing, also …»

«Ich versteh schon. Dann bestell ihr liebe Grüße von mir.»

Sicher nicht. Ich verabschiede mich von meiner Mom, beende den Call und lasse den Kopf auf meine verschränkten Arme fallen. Ein Essay für Cushing – ich lache auf, und es klingt nach einem Psychopathen. Gott, das ganze Gespräch war einfach nur anstrengend. Es war schon schwer genug, meine Gesichtsmuskeln unter Kontrolle zu halten, aber meiner Mutter auch noch gute Laune vorzuspielen, war der Endgegner.

Woran die Tabletten schuld sind.

Ich muss endlich damit aufhören. Ich habe sowieso kaum noch welche übrig, deshalb bleiben mir nur zwei Optionen. Die Sache ab sofort ohne diese Krücke durchstehen oder Doc Reisman anrufen, damit er mir ein neues Rezept ausstellt. Mir ist bewusst, dass ich ohne Benzodiazepine nicht klarkommen werde. Ich bezweifle auch nicht, dass ich sie von ihm bekomme, es gibt nur ein Problem: Reisman wird mir das Rezept in Massachusetts ausstellen, und das macht es mir unmöglich, es hier bei CVS, Walgreens oder Rite Aid einzulösen. Ich müsste nach Hause fahren oder Wes beauftragen. Aber Wes würde meine Eltern informieren, was diese Möglichkeit von vornherein ausschließt.

Aber ich werde den Arzt anrufen, was bedeutet, dass das, was ich meiner Mutter erzählt habe, näher an die Wahrheit heranrückt. Vielleicht gibt es eine Möglichkeit, das Rezept über einen seiner Kollegen in New Hampshire ausstellen zu lassen. Sollte eigentlich kein so großes Problem sein.

Im Gegensatz zu Edens Buch. Das ist ein echtes Problem.

Ich kann es Eden unmöglich zurückgeben. Nicht so. Gott, ich habe ihr im Grunde einen Hilferuf auf der Seite hinterlassen. Normalerweise handle ich nicht so unüberlegt. Wieso habe ich nicht eine Sekunde nachgedacht? Wenn ich die Seite rausreiße, wird sie das sofort merken, ganz abgesehen davon, dass ich das nicht über mich bringe. Was absurd ist, weil ich schon mit einer Rasierklinge Hunderte Worte rausgekratzt habe. Was habe ich für ein Problem damit?

Ich könnte ihr ein neues Buch kaufen. Was soll sie schon machen, wenn ich ihr sage, dass ihres einen kleinen Unfall mit meinem Tintenfass hatte? In irgendeinem Online-Antiquariat wird das Buch schon zu finden sein. Und dieses hier verbrenne ich.

Nur dass es ihr vielleicht das Herz brechen wird.

Schwachsinn. Das würde mir das Herz brechen. Ich werde es wahrscheinlich für immer behalten und mich jeden gottverdammten Tag damit quälen, es mir anzusehen.

Ich muss es wieder loswerden. Und ich sollte Eden darin noch eine Nachricht hinterlassen, dass es vorbei ist. Eine Nachricht, die meine Scheißtränen relativiert. Damit sie wenigstens die Chance hat, irgendwann wieder glücklich zu werden. Mit jemand anderem.

Ich blättere die Seiten durch. Mein Gehirn bekommt keinen vernünftigen Gedanken mehr zustande. Ich muss schlafen. Im zerdrückten Blister auf dem Schreibtisch befinden sich noch genug Tabletten für morgen, die ich definitiv brauche, weil ich den Tag sonst nicht überlebe. Online habe ich gesehen, dass wir nach Cushings Kurs eine Einführung bei Kendras Philosophieprofessor haben, und ich weiß jetzt schon, dass mich diese verbale Masturbation auseinandernehmen wird. Wie sich mein Dad freiwillig ein Philosophie-Studium antun konnte, werde ich nie verstehen.

Ich lese bestimmt noch eine Stunde in Edens Buch, bis mir etwas ins Auge fällt, das passen könnte. Mit etwas Tape klebe ich vier Wörter ab, dann lasse ich über dem Waschbecken Tinte über meine Handfläche laufen und drücke sie auf die Seite, wo mein blauschwarzer Handabdruck zurückbleibt. Ich bereue es schon nach fünf Sekunden, weil ich die Farbe nicht vollständig von der Hand abgewaschen kriege und ich deswegen wahrscheinlich eine ganze Woche an Edens Buch denken muss. Wenigstens riechen meine Finger jetzt nicht mehr nach Harz.

Nach ein paar Minuten ziehe ich die Klebestreifen vorsichtig ab, damit das Papier darunter nicht zerreißt. Mein Handabdruck bedeckt fast die gesamte Seite, und in den weißen Flächen steht nur ein Satz, der Eden hoffentlich klarmacht, dass es uns nicht mehr geben wird.

I'm not your happiness.

I could buy her a new book. What's she supposed to do if I tell her that hers had a little accident with my inkwell? I will find the book in some online used bookstore. And I'm burning this one.

Except it might break her heart.

Bullshit. That would break *my* heart. I'll probably keep it forever and torture myself looking at it every goddamn day.

I must get rid of it again. And I should leave a message to Eden saying it's over. A message that puts my shitty tears into perspective. So that she at least has the chance to be happy again someday. With someone else.

I leaf through the pages. My brain can no longer form a rational thought. I must sleep. There are enough tablets left in the crushed blister on the desk for tomorrow, which I definitely need because otherwise I won't survive the day. I saw online that we were having an introduction with Kendra's philosophy professor after Cushing's class, and I already know that this verbal masturbation is going to tear me apart.

I'll probably read Eden's book for another hour until I'm able to see something that might fit. I cover four words with some masking tape, then run ink across my palm over the sink and press it onto the side, leaving my blue-black handprint. I regret it after just five seconds because I can't get the paint completely off my hand, which means I'll probably have to think about Eden's book for a whole week. At least my fingers do not longer smell like resin. After a few minutes, I carefully pull off the adhesive strips so that the paper underneath doesn't tear. So I don't have to tell Eden:

'Sorry for distroing your book'. My handprint covers almost the entire page, and in the white space there is only one sentence that hopefully makes it clear to Eden that we I am not her happiness and we no longer exist as a couple.

17. KAPITEL

William

Die letzten Tabletten reichen nicht. Nicht mal annähernd. Genauso gut hätte ich sie weglassen können, weil mein zentrales Nervensystem sich nicht davon beeindrucken lässt. Meine Hände zittern, und der hämmernde Schmerz hinter meiner Stirn wird meinen Kopf in der nächsten Sekunde wahrscheinlich in zwei Hälften spalten. Mir ist übel und schwindelig, und ich habe es gerade noch so auf den erstbesten Platz geschafft, nachdem ich zwei Sätze mit Sun-young gewechselt habe. Neben mir sitzt normalerweise Samir, aber weil ich es nicht riskieren wollte, mich bis nach vorne durchzuarbeiten, fange ich jetzt den neugierigen Blick von einer Studentin auf, die ich nicht kenne.

«Hi», sagt sie. «Ich heiße Hannah.»

Und ich bin nicht kommunikativ. «William.»

Ich hätte die Sonnenbrille anziehen sollen.

Ich hätte überhaupt vieles tun sollen. Im Wohnheim bleiben beispielsweise.

Als Professor Cushing kommt, ist Eden noch nicht da. Ich habe Sun-young das Buch für sie mitgegeben, damit ich ihr aus dem Weg gehen kann. Die Stunde fängt kurz darauf an, und ich lasse die Tür nicht mehr aus den Augen, während Cushing ein neues Thema über Motive in der Literatur anreißt.

«Bei der *Madwoman in the attic*, der verrückten Frau auf dem Dachboden, handelt es sich um ein spezifisch weibliches Motiv, das nicht ausschließlich in der viktorianischen Zeit wurzelt. Doch eines der bekanntesten Werke ist sicherlich die autobiografisch inspirierte Kurzgeschichte ‹Yellow Wallpaper› von Charlotte Perkins Gilman, die 1892 veröffentlicht wurde und einen Schlüsseltext des weiblichen Schreibens darstellt. Warum?»

Ich melde mich nicht. Auch wenn ich die Kurzgeschichte kenne und mit dem Motiv vertraut bin. Aktuell traue ich es mir einfach nicht zu, etwas Geistreiches zu sagen. Aber Hannah neben mir hebt die Hand.

«Weil das Motiv die Wut der Autorinnen auf die misogyne Welt widerspiegelt. Die Hauptfigur bei Gilman wird auf dem Dachboden eingesperrt, wo sie im Laufe der Geschichte den Verstand verliert. Das Haus als eine Institution des Patriarchats wird zu ihrem Gefängnis. Die verrückte Frau auf dem Dachboden ist eine Figur, die gegen die ihr aufgezwungene Rolle rebelliert oder an ihr zerbricht.»

Okay, ich schätze, Hannah bekommt heute mindestens ein Sternchen in ihr Heft geklebt. Sie ist gut. Im Gegensatz zu mir ist sie des klaren Denkens fähig.

Cushing nickt. «Das überschneidet sich mit einem weiteren Motiv in der Literatur: dem Doppelgängermotiv. Die Antagonistin tritt dabei als alternatives Ich der Protagonistin auf. Sie ist all das, was die verrückte Frau auf dem Dachboden aufgrund internalisierter Erwartungen nicht sein darf. Kennen Sie so ein Beispiel für die Antagonistin der verrückten Frau auf dem Dachboden?»

«Jane Eyre im gleichnamigen Roman von Charlotte Brontë», sagt Hannah sofort.

Mir fällt es schwer, den beiden zu folgen. Weil es mich nicht interessiert und weil ich mich frage, wieso Eden nicht am Kurs teilnimmt. Wenn sie krank wäre, hätte Sun-young das sicher erwähnt. Die beiden hängen neuerdings ständig zusammen. Also wo bleibt sie?

«Würden Sie Jane Eyre als feministischen Roman bezeichnen, Mr. Grantham?»

Shit.

«Mr. Grantham.» Cushing lächelt. «Habe ich Ihre Aufmerksamkeit?»

«Ja, meine vollste.» Ich habe Jane Eyre gelesen, und auch wenn das gefühlt hundert Jahre her ist, muss irgendwo in meinem Gehirn etwas dazu abgespeichert sein. Sie wird wohl kaum weitere Einzelheiten abfragen, deshalb halte ich mich allgemein.

«Jane Eyre sucht nach Selbstbestimmung und widersetzt sich den traditionellen Geschlechterrollen ihrer Zeit.» Großartig. Komm zum Punkt. «Der Roman gilt als feministisches Werk, weil er von der Überwindung gesellschaftlicher Beschränkungen für Frauen handelt.»

Die Tür wird äußerst vorsichtig geöffnet, und trotzdem nehme ich das sofort wahr. Mit einem Stapel Bücher unter dem Arm, einem Rucksack, der ihr schwer am Handgelenk hängt, und ungekämmtem Haar, das ihr ins Gesicht fällt, sieht Eden aus, als wäre sie vom Bett direkt in den Kursraum gefallen. Sie starrt auf den Boden, während sie zu ihrem Platz neben Sun-young schleicht.

«Guten Morgen, Ms. Collins.» Cushing wartet nicht mal ab, bis Eden sich gesetzt hat. «Wenn Sie schon zu spät kommen, haben Sie sicher gestern Abend noch lange an der Analyse gearbeitet, die heute fällig ist, oder ist die neueste Netflixserie daran schuld, dass Sie verschlafen haben?»

Was zum Teufel?

«Ja.» Eden räuspert sich. «Ich habe die Analyse geschrieben.»

Sie hat außerdem nebenbei gearbeitet, was die meisten in diesem Raum nicht tun, weil sie wie ich großzügig von ihren Eltern finanziert werden. Gott, wie kommt Cushing dazu, Eden dermaßen vorzuverurteilen?

«Wunderbar.» Cushing lehnt sich an das Pult und macht eine einladende Geste. «Wir sprechen gerade über das Motiv der *Madwoman in the attic*. Als Beispiel wurde Charlotte Brontë mit Jane Eyre genannt. Fällt Ihnen noch eine andere Autorin ein, die das Motiv aufgenommen oder variiert hat?»

Warum macht sie das? Ich halte Cushing für brillant. Sie ist jemand, die andere Frauen fördert, warum muss sie Eden jetzt so überfallen? Kann sie sie vielleicht einfach erst mal atmen lassen, verdammt?

Weil Eden nicht sofort antwortet, hakt Cushing nach. «Eine andere Autorin, die das Motiv verwendet, Ms. Collins. Irgendeine Idee?»

Wenn sie mich so überrascht hätte, würde mir garantiert auch nichts einfallen. Man sieht Eden an, dass sie verzweifelt nach einem Namen sucht. Sie umklammert immer noch ihre Bücher, und das fuckt mich so richtig ab.

Cushing schüttelt leicht den Kopf. «Elizabeth Barrett Browning, Mary Shelley, George Eliot, Emily Dickinson. Fällt Ihnen wirklich niemand ein?»

Großartig. Cushing hat nun jede Autorin genannt, die einem bei dem Thema in den Sinn kommen könnte. Wer bleibt denn da noch übrig? Was soll das?

«Ähm.» Eden lässt langsam die Bücher auf den Tisch sinken. «Colleen Hoover?»

Beinahe der gesamte Kurs lacht auf. Cushing zieht die Brauen so hoch, dass sie ihr fast in den Haaransatz kriechen, und Hannah neben mir lässt ihren Arm hochschnellen.

«Verity», werfe ich in den Raum, um Eden zuzustimmen, und alle Blicke schießen zu mir. Gut so. «Colleen Hoover hat mit Verity Crawford eine komplexe Figur geschaffen, an deren geistiger Gesundheit man zweifelt und die das Motiv der verrückten Frau auf dem Dachboden modern interpretiert.»

«Nun, Colleen Hoover gehört nicht zu unserem Kanon.»

«Dann sollte man das vielleicht ändern», erwidere ich. Wir haben schließlich auch einen Taylor-Swift-Kurs an dieser Uni.

Neben mir hält Hannah hörbar den Atem an. Ich weiche Edens Blick aus, bin mir aber sicher, dass sie mich für einen Wahnsinnigen – den verrückten Mann im Literatur-Kurs – halten muss.

«In Ordnung, Mr. Grantham. Reichen Sie mir gerne einen Antrag inklusive Analyse dazu ein.»

Jetzt muss ich grinsen. Moira Cushing hat bei meinen Eltern schon die eine oder andere Party gefeiert, und ich weiß, wie sie aussieht, wenn sie sich nicht mehr so unter Kontrolle hat wie jetzt. «Wie viele Seiten?»

«Acht Normseiten mit anderthalbfachem Zeilenabstand.»

«Bekommen Sie nächste Woche.» Offensichtlich habe ich Todessehnsucht. Ich bin jetzt zwar erledigt, aber dass sie Eden so abkanzeln wollte, kotzt mich dermaßen an, dass ich nicht anders konnte. Vielleicht findet sich noch ein Motiv, bei dem ich Percy Jackson einwerfen kann, um Chord Abbitte zu leisten. Dafür schreibe ich dann auch gerne acht Seiten. Verdient hätte ich es.

Cushing macht sich eine Notiz, dann fährt sie mit dem Unterricht fort. Als ich mich umsehe, fange ich Edens Blick auf. Sie formt ein stummes Danke mit ihren Lippen. Ein Danke, das mir in den Magen fährt, weil ich das wiederum nicht verdient habe.

Das war nichts.

Außerdem hat sie meine Nachricht noch nicht gelesen. Ich

sollte sie nicht beobachten, aber als Sun-young den Kopf zu ihr beugt und mit ihr flüstert, verstärkt sich die Übelkeit in meinem Magen, und von Cushing bekomme ich gar nichts mehr mit.

Sun-young schiebt ihr das Buch über den Tisch zu, und ich bereue. Ich bereue, dass ich es noch einmal angefasst habe, bereue, dass ich mich gerade eingemischt habe, als hätte Eden meine Unterstützung irgendwie nötig. Bahnbrechende Enthüllung: hat sie nicht. Sie kommt ganz sicher besser ohne mich zurecht.

Eden vergewissert sich, dass Cushing sie nicht im Blick hat, und schlägt das Buch auf. Ihren Arm verschränkt sie dabei so, dass nicht mal Sun-young einen Blick darauf werfen kann. Sie blättert um, stockt. Ihr Kopf geht nach oben, und ich Idiot drehe mich abrupt weg und sage etwas Banales zu Hannah, die daraufhin lächelt, als hätte ich etwas unglaublich Charmantes von mir gegeben. Vielleicht habe ich das, keine Ahnung.

Ich weiß nicht einmal, ob Eden meine Nachricht gesehen hat oder nur ihr Bild, an dem ich mich vergangen habe, weil meine Schuldgefühle nicht auszuhalten waren. Möglich, dass sie meinen Handabdruck noch gar nicht entdeckt hat, aber es macht auch keinen Unterschied. Was ich hier tue, ist objektiv gesehen scheiße. Ich sende widersprüchliche Signale, und damit mache ich es Eden nur schwerer. Ich kann ihr nicht mitteilen, dass alles zwischen uns vorbei ist, aber gleichzeitig für sie in die Bresche springen, als müsste ich sie beschützen oder verteidigen. Was an sich schon absurd ist. So verhält man sich nur, wenn man ein verdammter Narzisst ist.

Ich halte den Rest der Stunde durch, ohne noch einmal zu Eden zu sehen, und sobald Cushing uns entlässt, stopfe ich meine Unterlagen in die Tasche und schwinge mir den Gurt über die Schulter.

«Bist du auch gleich bei Professor Pollard?», fragt Hannah, bevor ich verschwinden kann. «Wir könnten uns zusammensetzen.»

«Ja, klar. Können wir machen.»

Fehler.

Ich bin kein bisschen aufnahmefähig und null interessiert, neue Bekanntschaften zu schließen. Ich quäle mich mühsam durch etwas Small Talk, als wir uns in Pollards Kursraum eingefunden haben, und es wird noch schlimmer, als Kendras Philosophieprofessor ein paar Minuten später sein Thema vorstellt. Pollard könnte mit seinen Chinos und dem karierten Hemd gut in einem Woody-Allen-Film mitspielen. Und dann will er mit uns auch noch über moralische Dilemmata diskutieren.

Gott, ich hätte nicht herkommen sollen. Mein ganzes Leben ist ein moralisches Dilemma. Philosophie ist nichts für mich. Denn es gibt nichts, was mir logisch erklären könnte, was der ganze Schwachsinn hier soll. Nichts, was für mich noch einen Sinn hat.

Pollard leitet seine Stunde mit Kant ein und zitiert etwas über Wahrheit und seinen Kategorischen Imperativ. Eine Einleitung, die man zusammenfassen kann mit: «Irgendein kluger Satz, Komma, Name eines berühmten Mannes, Punkt.»

«Nehmen wir an, Sie haben die Möglichkeit, ein Medikament zu stehlen, um das Leben eines geliebten Menschen zu retten? Würden Sie es tun, auch wenn es gegen ethische Prinzipien und das Gesetz verstößt?»

Professor Pollard hat uns die Stühle im Kreis anordnen lassen, und Hannah hat sich sofort den Platz neben mir ausgesucht. Eden sitzt uns gegenüber. Auch wenn sie starr auf ihre Sneaker guckt, bin ich mir bewusst, dass sie über meine Nachricht nachdenkt und ich ihr eine Erklärung schulde. Kendra ist auch dabei, obwohl das hier im Rahmen der Einführung nur ein

Kennenlernangebot ist und sie Philosophie sowieso schon als Hauptfach gewählt hat. Zuletzt entdecke ich Garrett, und wahrscheinlich ist es das erste Mal in meinem Leben, dass ich mich freue, ihn zu sehen. Er verdreht die Augen in Richtung Pollard, wofür ich gedanklich mit ihm abklatsche.

«Kants Kategorischer Imperativ besagt, dass man nur nach Maximen handeln sollte, die zugleich als allgemeines Gesetz für alle vernünftigen Wesen gelten. Wenn Sie das Medikament stehlen, handeln Sie dann im Widerspruch zu einem allgemeinen moralischen Prinzip?»

Würde sich ernsthaft jemand darum einen Kopf machen, wenn man einem geliebten Menschen helfen kann? Das ist nur der Beweis dafür, dass Philosophie nichts mit dem realen, schmutzigen Leben zu tun hat. Hol dir darauf einen runter, Pollard.

Diese Gedanken – es muss daran liegen, dass meine Nerven einfach blank liegen. Ich spüre die Wirkung der Tabletten nicht mehr, mein Herz pumpt viel zu schnell, und mir ist speiübel.

«Wahrscheinlich werden Sie mir alle zustimmen, dass wir nicht das Gefühl haben, unmoralisch zu handeln, und dass der Nutzen – die Rettung von zum Beispiel mehreren geliebten Menschen – größer ist als der Schaden – die Missachtung des Eigentumsrechts eines einzelnen Apothekers.»

«Das ist Utilitarismus.»

Scheiße, warum halte ich nicht meine Klappe? Wieso habe ich meinem Dad überhaupt zugehört, wieso ist das bei mir hängen geblieben, und wieso zum Teufel muss ich es auch noch äußern?

«Richtig», sagt Pollard. «Mister ...?»

«Miller», erwidere ich, weil ich das alles hier gerade verabscheue und was Kendra und Garrett zum Grinsen bringt. Ich hasse dieses Stochern in der eigenen Gedankenwelt, diese moralische Überlegenheit, die keiner realen Situation standhält.

Er beugt sich vor. «Utilitarismus basiert auf einer Theorie von Jeremy Bentham und John Stuart Mill. Demnach ist eine Handlung moralisch richtig, wenn sie dazu beiträgt, den größtmöglichen Nutzen für die größte Anzahl von Menschen zu schaffen.»

«Was totaler Unsinn ist», wirft Garrett ein.

Devin würde ihn jetzt sicher Bro nennen, ich begnüge mich damit, ihm zuzunicken.

«Wieso halten Sie das für Unsinn?»

«Na ja. Es gibt doch dieses Beispiel mit den Bahngleisen. Auf einem Gleis stehen fünf Arbeiter, und der Zug rast gerade auf sie zu. Auf dem anderen Gleis steht nur ein Arbeiter. Dann wäre es also völlig okay, das Gleis umzuleiten und anstelle der fünf Arbeiter den einzelnen Mann zu töten.»

«Was in dem Fall sogar eine aktive Handlung wäre, aber ja, das wäre ein utilitaristischer Ansatz.»

«Oder ein Flugzeug abzuschießen, das unerlaubt in den Luftraum eindringt und auf ein Gebäude zurast, das mehr Menschen beherbergt, als in den beschissenen Flieger passen. Wer will das entscheiden?»

«Dann fangen wir mit einem anderen Beispiel an. Stellen Sie sich vor, es befinden sich zwei Menschen in einer Notsituation. Ein alter Mann und ein kleines Kind. Sie können nur einen Menschen retten. Für wen entscheiden Sie sich, und wie begründen Sie das mit einem utilitaristischen Ansatz?»

Hannah meldet sich. «Man könnte in beide Richtungen argumentieren. Bevorzugt man das kleine Kind, dann mit dem Argument, dass es noch sein ganzes Leben vor sich hat. Andersherum könnte man argumentieren, dass der ältere Mensch aufgrund von Respekt vor dem Alter oder seiner Lebensleistung gerettet werden muss.»

Die Richtung, in die das hier läuft, gefällt mir ganz und gar nicht. Und wieso habe ich das Gefühl, dass Kendra das genießt? Sie schaut immer wieder zu mir.

«Sicher würde der alte Mann freiwillig für das Kind auf Rettung verzichten», ergänzt jemand. «Er hat sein Leben gelebt und ist mit sich im Reinen.»

«Warum heben wir beide nicht auf eine Ebene?», mischt Kendra sich jetzt ein. «Beide sind gleich alt, und man kann nur einen Menschen vor dem Ertrinken bewahren.»

Sie schaut mich direkt an und nimmt mir damit mit einem Schlag die Luft zum Atmen. Ist das der Grund, warum sie hier ist? Ist es das, was sie von mir wissen will? *Was tust du?*, forme ich mit dem Mund. Kendra reagiert nicht.

Professor Pollard greift ihren Vorschlag direkt auf. «Eine blendende Idee.»

Will sie mich umbringen?

Mein Kopf explodiert förmlich. Jeder in diesem Kurs weiß, was passiert ist, und ich habe das Gefühl, dass sich die Blicke in meine Haut brennen. Devin ist meinetwegen ertrunken, Pollard ist der Einzige hier im Raum, der davon keine Ahnung hat, und Kendra will ganz offensichtlich eine beschissene moralische Beurteilung darüber hören. Über mich. Über mein Handeln.

Sie will mich verurteilen.

«Ich fasse das noch mal zusammen», erklärt Pollard. «Wir nehmen noch eine Wertigkeit mit rein in die Überlegung. Sie können nur einen Menschen retten. Entweder Ihre beste Freundin oder Ihren Geliebten. Für wen würden Sie sich entscheiden, und vor allem, wie würden Sie diese Entscheidung begründen?»

Er hat Eden angesprochen, und mir bleibt das beschissene Herz stehen.

«Ich würde gerne die Meinung von Mr. Miller hören», sagt Kendra.

Ich springe auf. «Was soll die Frage? Es gibt keine logische Begründung für eine solche Entscheidung.»

«Oh», sagt Pollard und lehnt sich interessiert lächelnd vor. «Ein junger Mann mit starken Gefühlen. Sie sind genau richtig in meinem Kurs. Ich freue mich immer über emotionale Diskussionen. Halten Sie sich nicht zurück.»

Leck mich!

Ich schnappe mir meine Tasche und gehe zum Ausgang.

«Jetzt haben wir den jungen Mann leider vergrault.»

«Er hat recht», sagt Eden. «Es gibt keine Begründung. In einer Notsituation hat man gar keine Zeit, über irgendwas nachzudenken. Man reagiert einfach. Macht das, was am schnellsten geht, ohne etwas abzuwägen.»

«Wenn Sie die Zeit aber hätten? Es ist ja nur ein Gedankenexperiment.»

Scheiße, ich muss hier raus, aber ich kann auch nicht gehen, bevor ich Edens Antwort nicht gehört habe. Ich stehe an der verdammten Tür und kann nicht gehen, obwohl ich weiß, dass Kendra diese Diskussion mit voller Absicht in diese Richtung gesteuert hat. Was bezweckt sie damit? Mich zu einer Antwort zu zwingen, die ich ihr bisher verweigert habe?

Wieso hast du Eden gerettet? Wieso nicht Devin?

Damit sie mich endlich verurteilen kann.

«Das ist eine unmenschliche Fragestellung.»

«Finden Sie? Was genau finden Sie daran unmenschlich?»

«Es ist einfach unfair.» Eden vermeidet es, mich anzusehen. Sie konzentriert sich ganz auf Professor Pollard. «Man kann niemand dazu zwingen, so eine Entscheidung zu treffen. Es ist ja nicht mal so, dass es um zwei unterschiedliche Werte geht. In beiden Fällen ist es Liebe, oder nicht?»

Eden sieht aus, als würde sie gleich in Tränen ausbrechen. Und mir reißt es das Herz raus.

«Da haben Sie recht, aber welche Liebe würden Sie höher bewerten? Die freundschaftliche Liebe oder die romantische?»

Okay, das reicht. Ich kann mir das nicht geben. Ich kann weder Kendras Gesicht ertragen, noch werde ich es aushalten, Edens Beurteilung dazu zu hören. Kendra will, dass ich leide. Das kann sie haben. Ich habe keine einzige Xanax mehr und bin am Ende.

«Wieso muss man sich entscheiden?»

«Weil du dich entscheiden musst, wenn du nicht willst, dass beide sterben.»

Ich reiße die Tür auf und schlage sie hinter mir zu, ohne Edens Antwort darauf zu hören.

18. KAPITEL

Eden

Er heißt nicht Miller, will ich Professor Pollard ins Gesicht brüllen. Stattdessen stehe ich schweigend auf. Selbst wenn Pollard tatsächlich nicht weiß, wer William ist, sofern er den letzten Monat nicht auf einem anderen Kontinent verbracht hat, muss er von dem tödlichen Bootsunfall gehört haben und dass andere Erstsemester daran beteiligt waren. Uns zu einer solchen Diskussion zu drängen, ist mehr als nur unsensibel. Arschloch.

«Bitte laufen Sie nicht auch noch weg. Das ist doch eine interessante Überlegung. Die Frage nach der Wertigkeit zwischen romantischer und freundschaftlicher Liebe wird in unterschiedlichen Schulen der Philosophie oft und mit abweichenden Ansichten diskutiert. Lassen Sie uns herausfinden, ob Sie mit Aristoteles oder eher mit Plato sympathisieren.»

Das ist mir so was von scheißegal. Ich schüttle nur den Kopf und ziehe meinen Rucksack unter dem Stuhl hervor. Ich verstehe nicht, wieso Kendra Will so bedrängt hat. Oder anders gesagt: Ich verstehe es sogar sehr gut, aber wie kann sie nur? Warum muss sie William das antun?

«Das war nicht in Ordnung von dir», sage ich zu Kendra, und das ist die mildeste Formulierung, die mir dazu einfällt. Sie presst die Lippen zusammen und erwidert stumm meinen

Blick. Und ich spüre ihn auch noch, als ich mich zwischen den Stühlen durchgeschlängelt habe und zur Tür gehe. Nur wenige Augenblicke, nachdem William den Raum verlassen hat.

Er ist nicht mehr da.

Es ist keine Minute her, dass er rausgestürmt ist, aber der lange Flur ist menschenleer. Ich weiß nicht, was ich tun soll. Er kann unmöglich schon draußen sein, oder?

Ich laufe die drei Meter zum Veritas-Raum, wo wir – wenn wir nicht gerade außerplanmäßig aufgeteilt sind – um diese Uhrzeit im Einführungskurs sitzen, und ziehe die Tür auf, um nachzusehen, ob William hier ist. Aber der Raum ist leer. Das macht mir Angst. Angst um Will.

Er hat seinen besten Freund verloren, er fühlt sich schuldig, und Kendra macht nichts, um ihm diese Schuld zu nehmen. Im Gegenteil. Für Pollard ist das alles nur ein Gedankenexperiment, aber für Will ist es real. Es ist echt. Es ist ihm passiert. Und das ist schlimm genug, auch ohne dass man mit einem Messer in seinen Gefühlen wühlt.

Ich verlasse das Gebäude, mit hastigen Schritten, aber bemüht, nicht sofort loszusprinten. Mein Herz rast auch so schon viel zu schnell, und ich würde noch vor dem Hauptgebäude keine Luft mehr kriegen, wenn ich jetzt laufe. Es ist eiskalt, ich trage nur dünne Leggings und habe meine Jacke im Kursraum vergessen, deshalb nehme ich eine Abkürzung direkt über die gefrorene Wiese. Nach hundert Metern komme ich wieder auf den Weg zum Wohnheim, entriegle die Tür und nehme immer zwei Stufen auf einmal, auch wenn meine Lungen dagegen protestieren.

Ich muss es Will endlich sagen.

Wie dankbar ich ihm bin, dass er mir geholfen hat. Ohne ihn wäre ich wahrscheinlich tot. Vielleicht will er das nicht hören, aber er hat es ganz sicher nicht verdient, mit Vorwürfen konfrontiert zu werden. Das macht mich fassungslos.

I'm not your happiness. Das hat er mir in unserem Buch mitgeteilt. Aber eigentlich ist es genau umgekehrt: Ich bin es, die definitiv nicht sein Glück ist.

Jedes Mal, wenn er mich sieht, bei jeder gottverdammten Begegnung erinnere ich ihn daran, was passiert ist. Eine andauernde Re-Traumatisierung. Vielleicht sollte ich besser gehen. Woodford verlassen, nach Hause fahren, mir ein anderes College suchen, damit er nicht meinetwegen immer daran denken muss.

Wahrscheinlich kann ich jetzt in diesem Augenblick überhaupt nichts für ihn tun. Außer ihn allein lassen, weil er garantiert nicht ausgerechnet mit mir darüber sprechen will, was da gerade bei Pollard passiert ist. Meine Hände zittern, als ich mich am Treppengeländer festhalte. Ganz sicher ist alles, was ich zu ihm sagen könnte, falsch. Ich weiß nicht, was er gerade braucht, aber ich weiß, wie es mir nach Larks Tod gegangen ist, welche Panik ich hatte. Panik, keine Luft mehr zu bekommen. Panik vor dem Schmerz in meiner Brust. Panik vor der Schuld. Eine vollkommen irrationale Panik, selbst zu sterben. Ich weiß, wie sich solche Schuld anfühlt und wie ungerecht es ist, dass er sie überhaupt spüren muss. Aber jetzt überlege ich erst einmal, wie ich ihn überhaupt dazu bringen kann, die Tür zu öffnen.

Hier ist Eden. Kannst du mich bitte reinlassen? Können wir bitte reden? Ich habe Pollard nicht geantwortet, weil es auf seine Frage keine Antwort gibt. Bitte lass mich rein. Bitte lass mich dir wenigstens ein einziges Mal Danke sagen.

Aber was, wenn er mich nicht reinlässt? Wenn er gleich nicht aufmacht, weiß ich nicht, was ich tun soll. Seine Eltern anrufen? Garrett um Hilfe bitten oder Kendra anflehen, dass sie mit ihm spricht und ihm verdammt noch mal diese Schuldgefühle nimmt, weil es so ungerecht ist, sie ihm aufzuladen. Wir waren doch alle dabei. Warum hat sie Devin nicht geholfen? Der Gedanke ist genauso unfair, aber trotzdem donnert er mir durch den Kopf. Sie hätte auch ins Wasser springen können. Sie hätte genauso gut nach Devin suchen können, anstatt Will die ganze Verantwortung aufzubürden. Warum hat sie es nicht getan? Weil sie eine Frau ist? Weil sie Angst hatte? Denkt sie denn, Will hätte keine Angst gehabt?

Als ich zwischen dem ersten und dem zweiten Stock um die Ecke biege, bleibe ich abrupt stehen, weil dort etwas auf den Stufen hockt. Nein, jemand. Mein Herz stolpert, als ich die letzten Stufen nehme. Vor Erleichterung, weil es Will ist. Vor Sorge, weil es ihm überhaupt nicht gut geht, er den Kopf zwischen den Knien vergraben hat und aus den Kopfhörern seines Walkmans so laut Musik dröhnt, dass ich mich wundere, wie er das überhaupt aushält und warum ich das nicht schon unten im Hausflur gehört habe. Ich bleibe eine Stufe unter ihm stehen und berühre ihn am Arm.

William reagiert nicht.

Er hat beide Arme schützend über seinen Kopf gelegt, die Hände zu Fäusten verkrampft, und genauso krampfhaft versucht er, Luft zu bekommen.

«Hey.» Ich lege vorsichtig eine Hand auf seine Schulter, um ihm zu signalisieren, dass er nicht allein ist. Dass ihm nichts passieren kann, dass ich bei ihm bleibe, bis ... ja, bis wann? Bis es vorbei ist? Bis alles wieder gut ist? Es wird nie wieder gut sein, oder?

Ich weiß nicht, was das Richtige ist. Ob meine Berührung das ist, was er braucht, oder ob ich es damit nur schlimmer mache, weil er zusammenzuckt, als meine Hand über seinen Nacken streicht. «Meine Hände sind kalt, tut mir leid.» Dabei ist es egal, ob ich rede, weil er mich sowieso nicht hört.

Sein ganzer Körper bebt, weil er so hektisch atmet. Sein Nacken ist völlig verschwitzt, die blonden Haare kräuseln sich dunkel auf seiner Haut. Ich streiche zwischen seinen Schulterblättern nach unten und langsam wieder hoch.

Dass er mich nicht wegstößt, nehme ich als Signal, dass es okay ist. Gleichmäßig streichle ich über seine Schultern und hoffe einfach nur, dass ihn das irgendwie tröstet und sich meine bewusst ruhigen Atemzüge auf ihn übertragen. Bei der nächsten Bewegung meines Arms greift er so plötzlich nach mir, dass ich wanke. Er umschlingt meine Hüfte, presst seine Stirn an meinen Bauch und hält sich an mir fest. So fest, dass mir das Herz in den Magen sackt, weil er so verzweifelt wirkt. Er bebt so sehr, dass es mir Angst macht.

«Will.»

Natürlich hört er mich nicht. Wie auch bei der Lautstärke seines Walkmans? Ich wage kaum, mich zu bewegen, weil er so zerbrechlich wirkt, so zum Zerreißen angespannt.

Ich streichle sanft über sein Haar, spüre nach, wie sein Atem hektisch gegen meinen Bauch brandet, was sich sogar durch meinen Pullover heiß anfühlt.

Er atmet.

Ich atme.

Er atmet.

Ich atme.

Sein Griff um meine Hüften lässt nicht nach, aber irgendwann finden wir einen gleichmäßigen Atemrhythmus. Wir atmen zusammen. Langsamer, ruhiger. Ich höre nicht auf, beruhigend über seinen Kopf bis zu seinen Schultern zu streicheln, wie mein Dad das früher bei mir gemacht hat, wenn es mir richtig elend ging. Die Songs wechseln sich ab, ich erkenne kaum einen davon, denke aber in jeder kurzen Pause dazwischen, dass William mich jetzt wegschieben wird, aber er hält sich weiter an mir fest.

Dann gibt sein Walkman ein Klacken von sich. Das Band ist zu Ende.

«Will?»

Sein Griff um meine Hüfte wird fester.

«Soll ich die Seite für dich rumdrehen? Willst du weiterhören?»

Er schüttelt den Kopf und stößt dabei hörbar den Atem aus.

Okay, das ist ein gutes Zeichen, oder? Sag was! Rede mit ihm! Über irgendwas!

«Kannst du meine Schuhe sehen?» Keine Ahnung, warum ich ausgerechnet damit anfange, aber irgendwie glaube ich, dass ihn das ablenken, ihn für eine Sekunde aus seiner Verzweiflung reißen könnte, und wenn ich Glück habe, findet er es nicht total bescheuert.

Als Will nickt, beiße ich mir kurz auf die Unterlippe, bevor ich flüstere: «Kannst du das Gesicht darauf sehen?» Ich wackle mit den Zehen, auch wenn er das durch das dicke Kunstleder meiner Sneaker bestimmt nicht bemerkt. «Wenn du genau hinguckst, ist da ein Gesicht. Die Ösen von den Schnürsenkeln sind die Augen, und diese Falte darunter ist der Mund.» Ich rede einfach weiter, auch wenn es Blödsinn ist, was ich da gerade von mir gebe. «Ein ziemlich seltsam aussehender Mund, muss ich zugeben. Aber manchmal sieht man Gesichter in allem Möglichen.»

«Ich nehme an, es gibt ein Wort dafür», sagt William rau und räuspert sich dann. Ich bin nur erleichtert, dass er überhaupt mit mir spricht.

«Ja.» Ich nicke, auch wenn er das gar nicht sehen kann. «*Pareidolie*. So nennt man es, wenn man zum Beispiel ein Gesicht in einer Steckdose sieht oder wenn der Schaum auf dem Kaffee dir eine Grimasse zieht. Ich weiß, das ist total albern, aber siehst du, dass meine Schuhe lächeln?»

Will gibt ein Geräusch von sich, von dem ich mir nicht sicher bin, was es bedeutet. Es könnte eine Art Auflachen sein oder auch ein frustriertes Stöhnen, weil er mich für völlig durchgeknallt hält.

«Kann ich dir noch etwas sagen? Ist das in Ordnung? Hörst du mir zu?»

Er lässt zu, dass ich seine Kopfhörer runterziehe. «Ich muss dir das jetzt sagen, weil ...» Oh Gott, wie leite ich das nur ein? «Pollard ist ein unsensibler Arsch, er hätte diese Diskussion niemals anfangen dürfen. Und ich bin so wütend auf Kendra deswegen. Du ... du hast mir das Leben gerettet, Will. Ich konnte dir nie dafür danken, weil ...»

Du nicht mit mir reden wolltest. Oh Gott, will ich ihm jetzt ernsthaft Vorwürfe machen? Ich schlucke. «Es fällt mir schwer, darüber zu sprechen, aber ich muss dir das jetzt sagen.»

Sein ganzer Oberkörper fängt plötzlich wieder an zu zittern, deshalb schlinge ich meine Arme um seinen Nacken. Meine Nase gräbt sich in sein Haar, und ich flüstere.

«Bitte hör mir zu. Du musst einfach wissen, dass ich dir unendlich dankbar bin. Ich werde dir für den Rest meines Lebens dankbar sein. Du hast überhaupt keine Schuld an dem, was passiert ist ...»

«Hör auf.»

Er knurrt es fast. Aber er muss das hören, er muss wissen, dass es nicht seine Schuld ist.

Ich hole tief Luft. «Wir waren doch alle dabei. Jeder hat irgendwie versucht, zu helfen, aber die anderen sind alle im Boot geblieben. Nur du hast verdammt noch mal dein Leben riskiert. Ich verstehe Kendra nicht.»

William vergräbt sein Gesicht in meinem Pullover und stößt einen frustrierten Laut aus, als wäre er komplett anderer Meinung. Als gäbe es irgendetwas, was ich nicht weiß. Ein Detail, das Kendras Verhalten vollkommen logisch erscheinen ließe. Nur dass ich mir nichts vorstellen kann, außer dass sie einfach so verzweifelt ist, dass sie wie ein verletzter Hund um sich beißt.

«Du konntest es doch nicht wissen, Will. Du wusstest doch nicht, dass Devin Epilepsie hat.»

«Ich sagte, hör auf!»

«Okay.» Mir sackt das Herz bis in den Bauch. *Tut mir leid. Es tut mir alles so leid.* Aber wie oft kann ich das sagen, bis es nichts mehr wert ist? Ich will ihn ansehen, aber seine Hände, die meine Hüfte gepackt halten, lassen das nicht zu. William will mir nicht in die Augen sehen. Und er will auch nicht annehmen, was ich ihm zu sagen habe. Das muss ich akzeptieren, auch wenn es mir wehtut und ich es so ungerecht finde, was Kendra ihm antut. Die beiden kennen sich seit dem Kindergarten. Ich weiß nichts über ihre Beziehung zueinander. Devin war sein bester Freund. Keine Ahnung, ob das für Kendra genauso gilt.

Also presse ich die Lippen zusammen, auch wenn es innerlich in mir brodelt. Ich streiche minutenlang über seinen Kopf, auch um mich selbst zu beruhigen. Gleite mit den Fingerspitzen in sein Haar, bis sein Zittern weniger wird, bis es ganz aufhört. Sein Oberkörper wirkt nicht mehr so angespannt, als würde er in der nächsten Sekunde zerbersten. Aber mein Pullover ist hochgerutscht, deshalb wird mir auf einmal bewusst, wie heiß sein Atem gegen meine dünnen Leggings strömt. Ich erschauere und halte mich an seinem Kopf fest.

Das ist eine verdammt ungünstige Position, in der ich vor ihm auf den Stufen stehe. Ich sollte ihn wegdrücken, weil ... Oh Gott, mit jedem Atemzug fühlt es sich heißer an. Das ist etwas, was ich garantiert nicht fühlen sollte. Nicht jetzt. Nicht in dieser Situation. Überhaupt nicht. Will ist traumatisiert und verletzt, und er leidet. Und er merkt wahrscheinlich nicht mal, dass das, was er da gerade macht, etwas in mir auslöst, was er garantiert nicht beabsichtigt hat.

Als er seinen Kopf bewegt, seine Stirn gegen meinen Hüftknochen drückt, ziehe ich die Unterlippe zwischen die Zähne. Er atmet nur, aber ich spüre die Feuchtigkeit von seinem Mund durch den dünnen Stoff, und die Hitze versengt mich fast.

Ich merke erst nach einem Moment, dass meine Berührung nicht mehr so vorsichtig ist, nicht mehr so sanft. Dass meine Finger sich regelrecht in Williams Haar graben. Fester. Dass ich anders atme. Tiefer. Und dass ich die Augen geschlossen habe.

Verdammt.

19. KAPITEL

William

Die Flashbacks und die Albträume Ihres Sohnes können Anzeichen für eine Posttraumatische Belastungsstörung sein, Mrs. Grantham. Sie müssen es aber nicht. Es ist normal, dass er Situationen aus dem Weg gehen will, die ihn an den Unfall erinnern. Das ist eine Strategie, um seine emotionale Belastung zu reduzieren. Aber wenn es ihn in seinem Alltag einschränkt und seine Lebensqualität beeinträchtigt, müssen wir über eine Psychotherapie nachdenken. Doch erst einmal werden ihm die Tabletten helfen. Auch gegen seine Ängste und die Schlaflosigkeit. Das ist aber nur eine kurzfristige Lösung.

Nur eine kurzfristige Lösung. Gibt es überhaupt für irgendetwas in meinem Leben eine Lösung? Das Herzrasen, die Ängste, das Zittern, das sind nicht nur Entzugssymptome. Alles vermischt sich mit dem alltäglichen Horror nach Devins Unfall. Und das, was eben bei Pollard passiert ist, ist nicht mal was Außergewöhnliches. Diese Frage, die ich nicht beantworten kann, quält mich seit Wochen. Kendra hat nur laut ausgesprochen, was sie schon die ganze Zeit von mir wissen will, was ihre Eltern von mir wissen wollten. Sie wird nicht damit aufhören. Gott, ich weiß, dass sie nicht aufhören wird, bis sie mich dazu bringt, es auszusprechen. Bis sie mich emotional ausgeweidet hat.

Ich gebe ein Stöhnen von mir. Gott, Eden.

Ich rieche sie durch den verdammten Stoff. Der viel zu dünn ist, fast nicht vorhanden. Und alles, was mir eben durch den Kopf gerast ist, hält von einem Moment auf den anderen an. Plötzlich sind diese Gedanken ausgelöscht. Das Einzige, was ich noch wahrnehme, ist das Geräusch, das Eden macht, als sie tief atmet. Ihren Geruch. Ihre Wärme unter meinen Fingern. Ich will mehr davon. Will alles vergessen und nur daran denken, wie es mit ihr gewesen ist. Gott, sie versucht doch nur, mich zu trösten, und ich stelle mir gerade vor, wie meine Zähne ihre Leggings am Bund nach unten ziehen, mein Mund den hauchzarten Slip darunter streift, meine Zunge darüberfährt und Eden noch viel tiefer atmet. Dunkel. Laut. Heiser. Geräusche, die mich an etwas erinnern, was schön war. Zu schön.

Wieso geht das nicht einfach weg? Wir sind nicht mehr zusammen, ich kann sie aber trotzdem nicht loslassen und nicht aufhören. Eden erschauert unter meinem rauen Atem, obwohl mein Mund sie nicht mal berührt.

Zu schön. Zu viel. Mir war doch von vornherein klar, dass das nicht die Realität sein kann. Es kann nicht sein, dass in meinem Leben einfach alles perfekt für mich läuft.

Du konntest es doch nicht wissen, Will. Du wusstest doch nicht, dass Devin Epilepsie hat.

Ich schließe die Augen, indem ich mein Gesicht an sie presse, als könnte ich so diese Aussage vergessen. Was nicht geht. Sofort fängt das Rasen wieder an, das Zittern, die Muskelzuckungen, die Angst. Es war nie weg, oder? Ich habe es nur geschafft, es für ein paar Sekunden auszublenden. Durch Eden. Durch ihre Nähe, durch diese Wärme, dieses verlockende Gefühl, nicht verurteilt zu werden. Sie verurteilt mich nicht, weil sie es nicht weiß. Sie weiß nicht, was Kendra mir direkt nach dem Bootsunfall vorgeworfen hat. Sie kennt Devins Sprachnachricht nicht, die Kendra mir vorgespielt hat.

Es ist ein verdammter Ozean, der sich in mir angesammelt hat, der irgendwohin muss. Der immer weiter nachgefüllt wird.

Rain keeps falling, tears keep falling

Rain keeps falling, tears keep falling

Eden löst meine verkrampften Hände von ihren Hüften und geht vor mir in die Knie. «Will, ich ...» Sie schlingt die Arme um meinen Hals, zieht mich an sich. «Willst du, dass ich gehe? Ich meine nicht bloß jetzt, ich meine weg von Woodford. Ich könnte es verstehen. Wenn wir zusammen hierbleiben, werde ich dich immer daran erinnern, und das will ich nicht. Ich will nicht daran schuld sein, dass es dir schlecht geht und du immer wieder daran denken musst, was passiert ist.»

Mir quillen Tränen aus den Augen. Wieso jetzt? Wieso ausgerechnet jetzt? Kann einfach jemand die verdammte Schleuse schließen?

«Bitte sag mir, was ich tun soll.»

«Nein.» Meine Stimme klingt so angestrengt, als müsste ich das Wort aus meinem Körper herausoperieren. Ein einziges Gekrächze. Ich kann ihr nicht sagen, was sie tun soll. Und ich will auch nicht, dass sie geht. «Du musst hierbleiben.»

Ich sollte gehen. Was ich aber nicht tun werde. Was keinen Sinn ergibt, aber wer sagt schon, dass mein Leben sinnhaft sein muss?

«Ich würde gehen, wenn es dir hilft. Das ist mein Ernst. Wenn es dir damit besser geht, dann werde ich gehen.»

Gott, ich höre in ihrer Stimme, dass sie gegen die Tränen ankämpft, und das zerstört mich.

«Meinem Dad wäre es sowieso lieber, wenn ich zu Hause bin. Er wird dir auf ewig dankbar sein, wenn ich wieder bei ihm einziehe. Ich gehöre doch eigentlich gar nicht hierher, ich schaffe es eh nicht. Das habe ich von Anfang an gewusst. Aber du, du passt so gut hierher, du wirst es schaffen. *Paratus ad omnia.* Ich wusste noch nicht mal, was das bedeutet. Aber du warst von Anfang an bereit dafür. Hierfür.»

Wie kann sie jetzt so viel reden? Scheiße, ich kann nicht mal die ganzen Tränen schlucken, die in mir hochquillen.

«Es gibt auch andere Colleges, ich muss nicht hierbleiben. Es ist nur ... ich werde dich vermissen, Will.»

Ich vergrabe mein Gesicht an ihrem Hals, weil ich das nicht aushalte. Wir könnten zusammen gehen. Scheißegal, wohin. Geld spielt schließlich keine Rolle, oder? Aber würde es irgendwas besser machen? Ich kann nicht vor mir selbst weglaufen und davor, dass ich Devin habe sterben lassen.

«Ich will nicht, dass du gehst», wiederhole ich. «Fang nie wieder davon an.»

«Okay.» Noch nie hat sich ein Okay so erleichtert angehört wie ihres. «Aber wenn du darüber in Ruhe nachgedacht hast und es dir anders überlegst, sprich mit mir. Wenn du willst ... wir ... wir können Freunde sein», flüstert sie. Ich muss sie nicht ansehen, um zu wissen, dass sie weint. Allein wie sie schluckt, sagt mir überdeutlich, dass sie genauso an ihren Scheißtränen erstickt wie ich. «Nur bitte hass mich nicht.»

Gott, es macht mich fertig, wie verzweifelt sie sich anhört. Was habe ich ihr eigentlich angetan? Mit einer Hand halte ich ihren Hinterkopf fest, mit der anderen ihren Rücken. «Ich hasse dich nicht. Ich hasse nur mich selbst für das, was passiert ist. Das ist die Wahrheit.»

Zumindest die einzige Wahrheit, die ich ihr gestehen kann.

Ich presse meinen Mund auf ihre Stirn. Atme, bis ihr Atem sich auf einmal mit meinem vermischt, weil sie den Kopf hebt – und dann küssen wir uns. Es ist ein rauer Kuss. Grob. Verzweifelt. Hoffnungslos. Einer, der nach Tränen und Abschied schmeckt. Einer, bei dem man sich nur küsst, um das Schluchzen zu unterdrücken.

Unter uns fällt eine Tür ins Schloss.

Abrupt lasse ich sie los und weiche zurück, und das fühlt sich an, als hätte ich mit Gewalt eine kaum verheilte Wunde aufgerissen. Doch das Letzte, was wir beide gebrauchen können, ist, dass Kendra oder Garrett uns hier im Treppenhaus überraschen, und gerade kommt jemand die Stufen hoch. Meine Haare sind zerwühlt, meine Augen wahrscheinlich rot, und ich habe Edens Geschmack noch auf der Zunge. Verdammt. «Ich muss gehen.» Ich nehme meinen Walkman, meine Tasche, will auf der Treppe umdrehen, doch Eden hält mich am Arm fest.

«Bitte entschuldige, das war ... Tut mir leid», sagt sie flüsternd. «Freunde?»

Ich stoße einen frustrierten Laut aus. «Ja. Freunde.»

Und das ist die größte und beschissenste Lüge von allen.

20. KAPITEL

William

«Was ist passiert?»

Ich halte das iPhone schnell eine Armlänge von meinem Kopf weg, und trotzdem klingelt es in meinem Ohr.

«Ist alles in Ordnung? Was ist passiert? Rufst du ...?» Moms Stimme wird leiser, weil sie vermutlich gerade auf das Display guckt, um sich zu vergewissern, dass da wirklich mein Name steht. «... mit deinem Mobiltelefon an?»

Ich gehe das Risiko ein, das Telefon wieder an mein Ohr zu halten. «Ich bin davon ausgegangen, dass du es mir exakt für diesen Verwendungszweck besorgt hast. Wenn du andere Pläne damit hattest, musst du es mich wissen lassen. Wahrscheinlich kann man es auch als digitalen Mini-Bilderrahmen an die Wand nageln.»

Sie seufzt. «Aber du wolltest es nicht benutzen.»

«Ich habe meine Meinung geändert.» Habe ich nicht. Der einzige Grund, warum ich es benutze, ist, dass ich nicht in der Verfassung bin, einem Menschen auf dem Flur zu begegnen, und deshalb nicht dort telefonieren will. Allein dieses Gespräch verlangt mir schon zu viel Selbstbeherrschung ab.

«Also was ist passiert?»

«Nichts. Ich wollte nur Bescheid sagen, dass Wesley mich in einer Viertelstunde abholt. Ich komme nach Hause. Und da wir gleich über Google Meet verabredet waren, wollte ich verhindern, dass du dir Sorgen machst.» Und im Flur anrufst und Eden meinetwegen an das verdammte Telefon rennen muss.

«Aber was ist passiert?»

Gott, ist sie hartnäckig. «Ich habe einen Arzttermin in Boston. Nichts Besonderes. Es ist einfach ein Gesprächstermin, den ich nicht online abhalten wollte.»

Vor allem will ich dort direkt das Rezept einlösen. Ich werde hinfahren und Reisman versprechen, dass ich mich an seinen Plan halte, der die Medikamente langsam ausschleicht. Alle zwei Wochen etwas weniger, was sich machbar anhört. Ich kriege das hin. Danach werde ich eine Packung Xanax bei Walgreens in der Nähe meines Elternhauses abholen, die ersten beiden Tabletten noch in der Limousine runterspülen und darauf warten, dass die Wirkung einsetzt, damit mein überfordertes Ich für ein paar Stunden Pause hat und sich von dieser Reizüberflutung erholen kann. Gott, einfach mal für zehn Minuten nichts zu denken, würde mir schon reichen.

«Katie, dein Bruder kommt gleich nach Hause ...»

Ich umklammere das Mobiltelefon fester, und ich verabscheue es. Fühlt sich jetzt schon nach Abhängigkeit an. Keine Minute damit, und ich überlege schon, ob ich es nicht besser mitnehme, weil Wesley sich verspäten könnte. Was niemals passiert. Wahrscheinlicher ist, dass er bereits jetzt in der Harbour Road auf mich wartet.

«Möchtest du mit Katie sprechen?»

«Ich hab nicht so viel Zeit, kannst du ihr einfach ...»

«Will?»

Ich gebe ein Stöhnen von mir. Danke, Mom. Wenn Katie einmal anfängt, hat man keine Chance, unter zwanzig Minuten davonzukommen, und meine Geduld reicht maximal für zwei. Meine Geduld und meine überreizten Nerven. Der Termin ist in eineinhalb Stunden. Eineinhalb Stunden, bis ich die Tabletten bekomme, die alle Sinneseindrücke wieder auf ein erträgliches Maß dämpfen werden. Danach kann sie mich von mir aus als Hüpfburg benutzen.

«Kommt Eden auch?»

Danke für den Magenschwinger, Katie.

«Nein, Eden bleibt übers Wochenende im Wohnheim.»

«Ist das nicht langweilig? Wenn alle nach Hause fahren, ist sie allein. Hat sie keine Angst?»

«Ich schätze, nein. Und sie hat auch genug Arbeit, um sich nicht zu langweilen.» Ich übrigens auch, weil ich Cushing versprochen habe, ihr ein achtseitiges Paper über Verity zu schreiben. Großartig. Es wäre von Vorteil, wenn ich mich noch an mehr erinnern könnte als daran, dass mich das Buch nachhaltig verstört hat und ich danach beschlossen habe, nie wieder etwas Thrillerartiges zu lesen, bei dem kleine Kinder involviert sind.

«Voll doof.»

«Was findest du doof?»

«Wenn Eden nicht kommt. Ich habe ein neues Wort erfunden, und sie soll das aufschreiben. In ihr Buch.»

«Was für ein Wort?»

«Wenn ich was mache, auch wenn ich weiß, dass es keine gute Idee ist.»

Ich lasse den Satz eine Extrarunde durch meinen Kopf drehen, bis ich ihn kapiert habe. «Okay, was hast du angestellt?»

Sie atmet laut in den Hörer. «Ich habe meinen Pony geschnitten.»

Um meine Mundwinkel zuckt es. Das will ich sehen. «Ich nehme an, das Ergebnis gefällt dir nicht.»

«Mom hat gesagt, es sieht nicht so schlimm aus. Und dann habe ich geweint, weil sie gelogen hat und es hässlich ist. Und dann hat Mama gesagt, dass ich das immer mache. Ich bin alt genug und weiß, dass es doof wird, und dann mache ich es trotzdem.»

«War dir langweilig?»

«Ja. Wann kommst du?»

«Wesley holt mich gleich ab. Aber wie heißt jetzt das Wort, das du dafür erfunden hast?»

«*Pregret*. Eigentlich hat Mama es erfunden. Sie hat es mir erklärt, aber sie darf das Eden nicht sagen. Kannst du es Eden sagen, damit sie es aufschreibt?»

Eden würde es lieben. Ich schlucke, atme langsam aus, mein Puls jagt trotzdem weiter, so wie er das ununterbrochen macht. «Wenn ich wieder zurückfahre.»

«Okay.» Katie macht eine Pause. Dann: «Papa hat gesagt, dass wir Weihnachten nicht zu Hause sind. Er hat keinen Bock mehr.»

«Oh, okay.» Ich muss grinsen. «Will er nach Cape Cod?»

«Wir wollen Ski fahren.»

«Also Jackson Hole?» Bitte nicht Aspen.

«Ja. Aber Mama hat gesagt, du musst nicht mitfahren. Ich will aber, dass du mitfährst.»

«Kann ich mir das noch überlegen?»

«Ja, aber nicht so lange», antwortet sie.

«Ich muss jetzt Schluss machen, Katie, sonst ist Wesley gleich da, und ich habe nicht mal meine Tasche gepackt. Je früher wir auflegen, umso schneller bin ich zu Hause.»

Katie sagt «Bye» und legt auf, bevor ich die Chance habe, mich zu verabschieden. Gott, das ist so Katie. Ich werfe einen Blick auf die Fingernägel meiner linken Hand, wo die Farbe abblättert, die ich ihr verdanke. Zwei Tage zu Hause werden mich vielleicht aus diesem Sumpf reißen. Man kann einfach nicht dauerhaft deprimiert sein, wenn Katie einem auf die Nerven geht, und wenn meine Eltern wissen, dass ich beim Arzt war und die Medikation mit ihm abgesprochen habe, muss ich mich vor ihnen auch nicht verstellen.

Ich packe ein paar Sachen in meinen Weekender. Einen Berg dreckiger Klamotten, plus den zerknitterten, von Eden gewaschenen Mantel, zwei Bücher, Notizbuch, Brillenetui. Ich halte den Kolbenfüller ins Tintenfass und ziehe ihn auf. Der kommt dann in die Seitentasche, der Laptop in das Innenfach, und zum Schluss stopfe ich noch das Kabel hinterher. Für die Fahrt.

Die Gardine lasse ich zugezogen, auch wenn es keine Rolle spielt. Ich kann niemandem vorgaukeln, dass das Zimmer bewohnt ist, und die Vorstellung, dass noch mal jemand hier reinkommt, muss ich ausblenden, sonst werde ich irre. Die alte Karte ist gesperrt, die neue in meiner Tasche, trotzdem präge ich mir ein, was auf meinem Schreibtisch liegt. Die Anordnung meines persönlichen Chaos. Ich werde merken, wenn jemand dran war.

Den Karton mit den losen Fotos schiebe ich in den Kleiderschrank und ziehe den Schlüssel ab. Was unsinnig ist. Wenn wirklich jemand da ran will, kann ihn das zierliche Bartschloss auch nicht aufhalten. Es gibt ohnehin nichts in diesem Zimmer, was das Arschloch, das hier drin war, nicht schon gesehen hätte. Mein ganzes Leben.

Und auch wenn es sich echt nicht gut anfühlt, das Handy hierzulassen, glaube ich nicht, dass ich das verdammte Ding brauchen werde. Es gibt keinen Notfall, für den ich es mitnehmen müsste. Sekundenlang drücke ich auf den Knopf an der Seite, bis der Button angezeigt wird, den ich zur Seite schieben muss. Ich warte nicht darauf, dass der Bildschirm schwarz wird, sondern beerdige es sofort in der Schreibtischschublade.

Und dann breche ich auf.

21. KAPITEL

Eden

Vom Glas des Gewächshauses rinnt Wasser. Gestern waren darauf noch Eisblumen zu sehen, aber heute bricht endlich mal die Sonne durch und taut die gefrorenen Scheiben auf.

«Sollen wir uns aufteilen?», frage ich Rupert, der gerade die Tür zu dem Schuppen daneben aufgeschlossen hat und zwei Müllgreifer für uns heraussucht. Ich ziehe eine Rolle aus dem Regal und reiße gleich mehrere Beutel ab. «Du die Fläche und ich um die Gebäude herum? Oder umgekehrt? Ich habe keine Ahnung, was mehr Arbeit ist, aber ich bin motiviert.» Ich hebe etwas lahm meinen Arm, aber ich will vermeiden, dass er denkt, ich würde mich drücken wollen. Es ist Sonntag, und weil Rupert auch auf der Insel geblieben ist, haben wir uns spontan dazu entschlossen, den Müll im großen Park aufzusammeln, damit wir uns morgen ganz auf die Uni konzentrieren können.

«Lass uns den Park lieber in Abschnitte aufteilen. Das habe ich mit Jess immer so gemacht, und wir haben das in zweieinhalb Stunden hingekriegt. Wenn wir uns richtig reingekniet haben.» Er zieht seinen Mantel aus und schnappt sich einen der dicken Parkas vom Haken. Auf seinem weißen Sweatshirt steht fettgedruckt der Aufdruck AS SEEN IN YOUR PROSPECTUS.

«Was bedeutet das?», frage ich ihn.

Er verzieht einen Mundwinkel und schlüpft in die Arbeitsjacke. «Ich bin einer von den Typen, die nur hier sind, weil sie sich gut im Werbeprospekt machen – um zu zeigen, wie wahnsinnig divers Woodford ist. Dabei sind wir PoC hier krass unterrepräsentiert. Aber wenn sie ein Fotoshooting machen, kannst du davon ausgehen, dass sie mich in die erste Reihe schieben.»

Das weiße Sweatshirt, das einen starken Kontrast zu seiner dunkelbraunen Haut bildet, verschwindet, als er den Reißverschluss bis zum Kinn hochzieht.

«Oh, okay. Das mit den Fotos ... kann ich mir vorstellen. Das ist bestimmt ... scheiße. Aber dass du deinen Studienplatz deswegen bekommen hast? Denkst du das wirklich? Ich meine, nenn mich naiv, aber ich bin mir ziemlich sicher, dass deine Persönlichkeit sie einfach überzeugt hat.»

«Ich habe ein Stipendium. Als Einziger aus meiner Highschool. Und ich bin zwar ein Ass im Ruderteam, aber mein Notendurchschnitt war nicht überragend.»

«Ich auch.» Ich nicke nachdenklich. «Ich meine, ich habe auch ein Stipendium. Meine Noten waren zwar gut, aber ich war eine totale Niete im Rudern. Hast du nicht diesen Artikel für die Studentenzeitung geschrieben? Über den Druck im akademischen Umfeld und die Auswirkungen auf die mentale Gesundheit? Der war toll!» Ich habe erst ein Exemplar der *Lumen Academia* in die Finger bekommen, aber jeder, der dafür schreiben darf, hat in meinen Augen fast schon Geniestatus.

«Ja, aber ich habe hauptsächlich Interviews geführt und die Erfahrungen von anderen wiedergegeben.»

«Ich habe den Artikel ausgeschnitten und meinem Dad geschickt, weil du das so gut analysiert hast.»

«Was auch jeder andere so hingekriegt hätte.»

Okay, das ist eine dieser Antworten, die ich garantiert auch so geben würde, weil es einfach nicht sein kann, dass die anderen nicht kapieren, wie schlecht man eigentlich ist und dass man keine Ahnung hat von dem, was man da tut. «Das Impostor-Syndrom kickt hart, oder?»

«Scheiße, ja.» Er grinst und wirft mir eine der Jacken zu.

Der Stoff ist trotz der dicken Wattierung eiskalt. Als ich reingeschlüpft bin, hüpfe ich erst mal auf der Stelle, um wieder warm zu werden. «Wieso müssen die Klamotten eigentlich hier aufbewahrt werden?»

«Dir wird gleich noch warm genug, keine Sorge. Hast du Interesse daran, für die *Lumen* zu schreiben?»

«Daran habe ich ehrlich gesagt noch nicht gedacht.» Das ist so was von nicht wahr. Natürlich habe ich daran gedacht und es mir ausgemalt, aber das ist Wunschdenken. Völlig unerreichbares Wunschdenken.

«Bist du nicht im Creative-Writing-Kurs von Oliver Stirling?»

«Schon, aber der hat gerade erst angefangen, und ich habe noch nicht wirklich etwas vorzuweisen. Wann bist du zur *Lumen* gekommen und vor allem: Wie hast du das geschafft?»

«Ich bin erst im zweiten Jahr. Habe direkt nach der Einführung damit angefangen, für die Unizeitung zu arbeiten. Sie haben mich zum Sport geschickt, war ja klar. Aber nach kurzer Zeit ging es für mich zum Ressort Uni & Campus. Erst mal lassen sie dich die Recherchearbeit machen, später dann die Interviews. Wenn du eine Empfehlung von Cushing oder Stirling bekommst, bist du eigentlich sofort drin.»

Da-dummm. Ich höre den Sound förmlich in meinem Kopf abstürzen. Das war's für mich. Professor Stirling kennt mich kaum, und bei Cushing brauche ich mir keine Hoffnung machen. Ich bin absolut sicher, dass sie mich nicht für besonders vielversprechend hält. Milde formuliert für «Sie-hasst-mich-und-hält-mich-für-einen-Loser-der-ihr-nur-die-Zeit-stiehlt-und-einen-Platz-in-ihrem-Kurs-belegt-der-eigentlich-jemand-anderem-zustehen-würde-der-deutlich-gebildeter-ist-und-wenigstens-drei-Fremdsprachen-fließend-beherrscht-und-Kafka-auf-Deutsch-zum-Frühstück-liest». Sonst hätte sie mich wohl kaum vor den anderen so runtergemacht.

«Vielleicht klappt es ja irgendwann und du kommst in unser Team. Fänd ich cool.» Er hält mir seine Faust hin.

Ich reagiere viel zu langsam und bekomme einen heißen Kopf, bis ich endlich dagegen schlage. Ich bin einfach nicht locker genug für so was, und ich wünschte, das wäre anders. Vielleicht war das auch mal anders. Vor Larks Tod. Vor Devins Unfall.

Jeder von uns nimmt einen Greifer und stopft sich die Ersatzmüllbeutel in die Jackentasche. Rupert schließt die Tür zum Geräteschuppen ab und dreht sich zu mir um. «Bist du nicht mit dem Grantham-Erben zusammen? Ich habe euch mal zusammen gesehen. Muss zugeben, ich hatte dich deswegen echt anders eingeschätzt. Finde ich gut, dass du hier arbeitest.»

Mir ist schon beim ersten Satz das Herz in den Magen gerutscht, aber der zweite macht es nicht besser. Wir sind nicht mehr zusammen, liegt es mir auf der Zunge, aber das schreit nach einer Erklärung, die ich nicht geben und die Rupert garantiert auch nicht hören will.

«Wir sind nur Freunde.»

«Ah, okay. Fehlinformation.»

Ich nicke langsam. Das mit Will und mir ist eine Fehlinformation. Alles daran.

Wir haben uns geküsst. Am Freitag. Bevor er nach Hause gefahren ist. Aber das war kein Kuss, den er wollte. Die Erinnerung daran verursacht mir wahrscheinlich noch für die nächsten vier Jahre einen Schamanfall des Todes. Er war völlig am Ende, weil er sich so schuldig fühlt, was ich kaum ertragen konnte, und ich Idiotin – ich absolut schlimmste, unsensibelste Vollidiotin – küsse ihn auf den Mund. Er hat mich so abrupt von sich gestoßen, dass es die Schmetterlinge in meinem Bauch zum brutalen Kamikaze-Absturz gebracht hat.

Ja, Freunde.

Ich habe ihm das vorgeschlagen, um ihm einen Ausweg zu lassen, und er hat es dankbar aufgegriffen. Dabei bin ich mir absolut sicher, dass das nicht funktioniert. Nicht von meiner Seite. Freundschaft ist nicht genug. Ich will ... ihn. Unwillkürlich fasse ich mir an den Unterbauch. An die Stelle, an der ich seinen Atem gespürt habe und die in der Erinnerung daran Hitze in meinen ganzen Unterleib ausstrahlt. Okay, ich muss nicht mal anfangen zu arbeiten, mir ist auch jetzt schon warm genug.

«Lass uns loslegen. Umso schneller sind wir fertig.» Mit ausgestrecktem Arm deutet Rupert auf die Bereiche, die er übernehmen will, und wir machen einen Sammelplatz für die Müllsäcke aus.

«Wir holen das Zeug dann später mit dem Rasentraktor ab, der im Schuppen steht. Der hat einen Anhänger.»

«Glaubst du, es wird so viel, dass wir das nicht tragen können?»

Er lacht aus vollem Hals. «Okay, du bist wirklich neu dabei. Ja, es gibt einen Reinigungsdienst, der die großen Container hinter der Mensa leert und auch alle kleinen Mülleimer im Park. Die machen das normalerweise auch mehrmals die Woche, aber letzte Woche sind die von der Firma ausgefallen, ich war krank, und Jess und Nelson sind nach Hause zu ihren Eltern gefahren. Es hat sich bestimmt einiges angesammelt. Wir müssen den ganzen Müll, der nicht in den vorgesehenen Behältern gelandet ist, sondern im Gebüsch oder den Hecken, auflesen. Wir können froh sein, wenn wir nachher nur zweimal fahren müssen.»

Okay, ich habe offenbar gar keine Ahnung. Ich kann mir echt nicht vorstellen, dass ich mehr als einen Sack mit Müll zusammenkriege, so dreckig kam mir der Campus nie vor. Aber dass ich da eine völlig naive Vorstellung hatte, wird mir superschnell klar. Die Leute halten die aufgestellten Mülleimer offensichtlich nur für Deko. Anders kann ich es mir nicht erklären, dass gerade um die Mülleimer herum in einem Radius von fünf Metern der größte Scheiß rumliegt. Chipstüten, Sandwichbeutel, Papier, Trinkbecher, Strohhalme, Papiertaschentücher, Servietten, Plastikflaschen. Auf ziemlich vielen Verpackungen prangt das Logo eines der College-Cafés. Wenn sich das alles nur innerhalb einer Woche angesammelt hat – wow.

Irgendwie ist es aber befriedigend, das ganze Zeug einzusammeln und mit dem Greifer im Sack verschwinden zu lassen. Ekelig sind nur die ganzen Essensreste, die wir aber auf keinen Fall liegen lassen dürfen. Sie würden zwar mit der Zeit verrotten, aber auch Ratten, Opossums und Waschbären anziehen. Und nach der ersten halben Stunde habe ich schon einen grenzenlosen Hass auf Kaugummis. Man kriegt sie einfach nie ab, egal, wo sie kleben.

Erst war ich noch ganz froh, dass der Boden auf der Wiese gefroren ist. Zumindest bis ich gemerkt habe, dass der Müll daran festfriert. Ich habe vorhin allen Ernstes ein Kartenspiel gefunden, und mir ist jede zweite Karte beim Aufheben zerrissen.

«Guck gar nicht erst, was es ist», ruft Rupert zu mir rüber, als ich mich über etwas Undefinierbares beuge. «Das willst du gar nicht wissen. Ist besser, man steckt es in den Sack, ohne es identifiziert zu haben.»

«Okay.» Der Blob sieht widerlich aus und hat eine Farbe, die zwischen Grün und Gelb angesiedelt ist, und als ich ihn mit dem Greifer packen will, zerplatzt das hinterhältige Ding. Quietschend springe ich zurück, aber ich glaube, mich hat trotzdem etwas erwischt. Igitt. Ich lasse die zerplatzten Reste liegen in der Hoffnung, dass es weggewaschen wird, sobald es das nächste Mal regnet. Ich habe Grenzen.

«Das Waldstück hinter der Thayer Hall übernehme ich freiwillig, da brauchst du nicht hingehen.»

«Wieso, was ist da?»

Rupert kriegt sich vor Lachen gar nicht mehr ein. Er winkt ab, schleppt dann den ersten Sack zu unserem Sammelplatz.

Okay, bei genauerem Nachdenken war die Frage wohl überflüssig. Er meint das kleine Waldstück, an dessen Rand Will sich am Abend von Devins Trauerfeier übergeben hat. Wenn sich da jemand vergnügt hat und benutzte Kondome rumliegen – ganz ehrlich, ich kotze schon bei der Vorstellung, die einsammeln zu müssen. Ich halte mich einfach an Ruperts Ratschlag und mache im Park weiter. Nicht so genau hinsehen, den Müll greifen und weg damit. Für die großen Teile trage ich Gott sei Dank Handschuhe.

Meinen zweiten Sack fülle ich mit etlichen Bierflaschen, kleinteiligem Elektroschrott und ziemlich viel Papier. Mir war gar nicht bewusst, dass so viele Leute außer mir noch Speichersticks verwenden. Und sie offenbar nicht vermissen, wenn sie sie verlieren. Außerdem zerre ich aus einem Gestrüpp ein altes, völlig verblasstes und eingedrücktes Bobbycar. Es schimmert blassrot zwischen den dunkelgrünen Blättern hindurch. Das muss schon einige Monate übersehen worden sein, und ich frage mich echt, wie so was überhaupt auf den Campus gelangt. Aber okay. Mit einem Schulterzucken stecke ich das Riesenplastikteil in einen Sack und schleppe ihn zu den anderen.

Es sind nicht viele Leute unterwegs, weil am Wochenende grundsätzlich weniger Menschen auf der Insel sind, noch dazu ist es zu kalt, um sich freiwillig lange draußen aufzuhalten. Aber die letzte Fähre für heute wird in zwanzig Minuten anlegen, und die dürfte voll sein und alle zurückbringen, die auf dem Campus ein Zimmer haben. Sie wird Will zurückbringen. Hoffe ich.

Aus Saltonstall kommen ab und zu ein paar Leute raus, laufen über den sich schlängelnden Weg in Richtung des nächsten Cafés. Drei Typen mit Baseballcaps und einem Ball kommen an mir vorbei, ohne mich zu beachten, und ich gewöhne mich daran, sehe gar nicht mehr auf, wenn ich Stimmen höre. Nur dass irgendwann jemand richtig laut lacht, und der Unterschied zwischen einem freundlichen Auflachen und einem gehässigen Sich-lustig-Machen ist nicht zu überhören.

Ich hebe den Kopf, checke aber nicht sofort, dass es mir gilt. Drei Studentinnen in Begleitung eines Typen kommen vorbei. Eine davon richtet ihr Smartphone auf mich.

«Das nenn ich mal einen sozialen Abstieg», raunt sie ihren Freunden zu. «Erst Grantham abschleppen und dann Müll sammeln gehen, weil er sie fallengelassen hat.»

Das ... ist ... ich bin sprachlos. Selbst wenn ich reagieren wollte, wüsste ich nicht wie. Also ignoriere ich sie. Nicht hinhören. Einfach weiterarbeiten. Sie kennen mich überhaupt nicht. Trotzdem bohrt sich mir dieser Satz direkt ins Fleisch. *Fallengelassen.* Selbst wenn William und ich noch zusammen wären, würde überhaupt nichts dagegensprechen, dass ich hier arbeite. Ich definiere mich nicht über einen Mann, verdammt. Und ich arbeite für mein eigenes Geld. Das ist für mich ein Ausdruck von Würde.

«Hey, Eden!»

Wahrscheinlich schaue ich ungewollt grimmig, weil ich nicht damit rechne, dass es Kendra ist. Allerdings weiß ich nicht, ob ich erleichtert sein soll, dass sie direkt hinter der Vierergruppe auftaucht, oder ob es die Situation nur schlimmer macht.

«Du brauchst unbedingt ein neues Handy. Ich habe dich schon im Wohnheim überall gesucht.» Sie kommt zu mir auf die Wiese und erfasst die Situation mit einem Blick. «Ich wusste nicht, dass du hier arbeitest. Du hast gar nichts von einem Job erzählt.» Sie klingt gut gelaunt, als wäre die Sache bei Professor Pollard gar nicht passiert, und ich nehme es dankbar an, weil ich nicht an zwei Fronten gleichzeitig kämpfen kann.

«Erst seit ein paar Tagen.» Ich hebe den Greifer an, als wolle ich damit grüßen, was mehr als peinlich ist.

Wir haben uns seit der Philosophiestunde nicht gesehen, weil sie übers Wochenende auch nach Hause gefahren ist, und ich weiß nicht, ob sie inzwischen mit William geredet hat, geschweige denn, ob die beiden etwas geklärt haben. Ich will sie auch nicht noch mal darauf ansprechen, weil ... sie trägt wieder Devins Jackett unter der Jacke. Ich glaube einfach, dass es mir nicht zusteht, ihr Vorwürfe zu machen. Sie hat ihren Bruder verloren. Da reagiert man nicht rational.

Ihr Blick geht zwischen der Gruppe auf dem Weg und mir hin und her. «Alles okay?»

«Ja, klar.» Ich versuche, die vier zu ignorieren, aber es fällt mir schwer, weil sie auch im Weitergehen immer wieder zu uns hinsehen, und ich glaube, dass der Typ etwas über mich gesagt hat, bei dem das Wort *billig* gefallen ist, deshalb presse ich die Lippen zusammen.

«Ich bin gleich mit den anderen verabredet, wir wollten im *Public Domain* etwas essen. Hast du Lust mitzukommen?»

Wer sind die anderen? Garrett und Sun-young? Ist William auch dabei? «Würde ich gerne. Aber ich bin hier noch eine Weile beschäftigt.» Ich raschle demonstrativ mit dem Müllsack in meiner Hand, was die Vierergruppe zum Gackern bringt. Wie infantil kann man eigentlich sein?

«Du kannst ja vielleicht nachkommen? Wir können dir einen Platz freihalten.» Kendra dreht sich zu der Gruppe um, die nicht mal versucht, leise zu reden. «Ist das euer Müll oder warum guckt ihr so dermaßen penetrant hier rüber? Ihr könnt gerne mit anpacken und euren Scheiß selbst wegräumen!», faucht sie.

«Dafür gibt es Personal», sagt der Typ, der sich bei den Mädels eingehakt hat, und bringt sie damit wieder zum Lachen.

«Personal? Du kleiner ...»

«Lass sie», sage ich schnell und stupse Kendra mit dem Ellbogen an, weil ich sie nicht aus Versehen mit meinen schmutzigen Handschuhen berühren will. «Das macht mir nichts aus. Lass sie einfach reden. Seit wann bist du zurück, warst du ...?»

Kendra lässt sich aber nicht beschwichtigen, sie tritt erbost einen Schritt auf sie zu. «Kann sein, dass dich das intellektuell überfordert, aber was ist bitte schlimmer? Diesen ganzen Müll zu produzieren und hier einfach rumliegen zu lassen oder ihn wegzuräumen? Denk mal drüber nach, Arschloch!» Sie starrt der Gruppe böse hinterher, bis sie hinter der nächsten Abbiegung verschwinden. Dann erst dreht sie sich mit einem zufriedenen Grinsen wieder zu mir um und fegt imaginären Staub von ihren Schultern. «Das war Parsel, funktioniert bei mir immer.» Und als ich sie nur mit offenem Mund anstarre: «Was? Ich gehöre eigentlich nach Slytherin, wusstest du das nicht?»

Nein, bisher wusste ich das nicht. Aber ich hätte es ahnen können.

22. KAPITEL

Eden

Kendra grinst mich an, und auch an meinen Mundwinkeln zupft ein Lächeln. Sie wirkt so gut gelaunt. Vielleicht haben sie und William sich doch ausgesprochen. «Danke dir.»

«Da kommen die anderen. Sicher, dass du nicht nachkommen willst?»

Ich folge ihrem Blick. William verlässt mit Sun-young und Garrett gerade das Wohnheim. Ob es ihm besser geht? Die letzten beiden Tage habe ich ununterbrochen daran denken müssen, wie verzweifelt er auf der Treppe gewesen ist. Aber er sieht irgendwie erholt aus, und Kendra lässt sich auch nichts anmerken. Im Gegensatz zu mir. Denn mein Magen fährt sofort die Rolltreppe abwärts, als die drei näher kommen.

Ich gucke an mir runter und stöhne innerlich. Ich habe echt gedacht, es macht mir nichts aus, wenn mich jemand so sieht, das ist schließlich nur Arbeitskleidung, aber da habe ich mir selbst etwas vorgemacht. Es macht mir nur nichts aus, wenn es um solche versnobten Idioten von gerade eben geht. Bei William stört es mich sehr wohl.

Dabei sollte es das nicht. Wir sind nur Freunde. Doch es ist das erste Mal, dass wir uns nach dem grundverkehrten Kuss wiedersehen, und ich trage einen hässlichen grünen Arbeitsparka, Plastikhandschuhe und halte einen riesigen blauen Müllsack in der einen Hand und in der anderen einen Greifer, an dem immer noch Überreste des Blobs kleben. Ebenso wie an meiner Jeans.

Und William sieht im Gegensatz zu mir einfach wahnsinnig anziehend aus, er trägt einen dunkelgrauen Tweedmantel und einen Schal um den Hals, von dem ich wetten würde, dass es Kaschmir ist. Wahrscheinlich müsste ich einen ganzen Monat Müll sammeln, um ihn mir leisten zu können. Oder eher zwei.

Mein Gehirn wird von den unsinnigsten und vorurteilsvollsten Gedanken geflutet, weil ich mich in meinen verschmutzten Klamotten so unwohl fühle. Ich wünschte, ich würde seinen Kleidungsstil wenigstens spießig finden, aber in Wahrheit wirkt er auf mich einfach nur attraktiv. Er sieht so klassisch und perfekt unperfekt aus. Vor allem seine blonden Haare. Er hat sie nach hinten frisiert, aber eine widerspenstige Strähne fällt ihm immer in die Stirn. Ich sehe William von Weitem und weiß jetzt schon, dass er unfassbar gut riechen wird.

Willfragry. Das Wort habe ich für Williams süchtig machenden Geruch erfunden beziehungsweise für das Gefühl, das er in mir auslöst, diesen Hunger nach mehr.

Ich starre auf meine schmutzigen Schuhe und die dreckige Jeans, und mir schießt sofort eines dieser Würg-Memes durch den Kopf. Ich würde mich jetzt gerne einfach in einzelne Atome auflösen, bevor er mit den anderen hier ist.

«Was ist nun? Kommst du nach? Sollen wir dir einen Platz freihalten?» Kendra wartet immer noch auf eine Antwort.

Ich hebe ein Stück Papier auf. Einfach weitermachen und so tun, als wäre nichts. «Ich glaube, wir brauchen noch ungefähr eine Stunde, seid ihr dann noch da?» Ich puste mir das Haar aus dem Gesicht, weil es beim Bücken aus seinem angestammten Platz hinter meinem Ohr gerutscht ist.

«Ja, ganz sicher. Wir wollen in Ruhe was essen. Wenn du willst, bestell ich schon was für dich mit – wer ist dein Kollege?»

Der Themenwechsel kam zu schnell für mich, und ich reagiere erst, als Kendra zu Rupert nickt, der in diesem Moment den Weg in unsere Richtung einschlägt, um den nächsten Sack abzuladen.

«Rupert Martin. Er ist im zweiten Jahr und schreibt für die *Lumen Academia.*»

Will ich wirklich noch nachkommen? Wahrscheinlich sind alle längst mit Essen fertig, bevor ich auch nur einen Zeh unters Wasser halten konnte. Ich müsste nach dem Abladen zurück ins Wohnheim fliegen, unter die Dusche springen und mir eine halbe Flasche Duschgel über dem Körper verteilen, damit ich annähernd ausgleiche, was der Müll, vor allem der gelbgrüne Blob, mir, meinen Jeans und meinem Selbstwertgefühl angetan hat.

«Du kannst ihn mitbringen, wenn du willst.»

«W-was?» Ich bin so in Gedanken, dass ich an irgendeiner Gesprächskreuzung falsch abgebogen sein muss. Außerdem sind William, Sun-young und Garrett fast bei uns. Zu spät für einen geplanten Kernzerfall meiner Atome.

«Rupert, deinen Kollegen. Frag ihn doch, ob er mit ins *Public Domain* kommen will.»

Mir hängt das Haar immer noch im Gesicht, und ich habe keine saubere Hand frei, um es mir wieder hinter das Ohr zu streichen. «Ja, kann ich machen.»

Nur warum ...? Oh, okay. Mir fällt auf, wie interessiert Kendra Rupert mustert. Was ich voll verstehe, weil er ziemlich attraktiv ist, sogar mit hässlichem grünen Arbeitsparka. Garrett wird garantiert nicht begeistert sein, wenn ich ihn mitbringe. Falls er überhaupt mitkommen will. Rupert ist schon im zweiten Jahr und hat bestimmt Besseres zu tun, als sich mit Erstsemestern abzugeben.

«Gut.» Kendra sieht zufrieden aus und winkt den anderen zu. «Eden kommt gleich nach. Kommt, beeilen wir uns, sonst sind die letzten Plätze mit Meerblick wieder weg.» Sie drängt die anderen weiterzugehen.

Sun-young ruft mir ein «Bis gleich» zu. Garrett kramt in den Taschen seines Anoraks und fördert ein zerknülltes Papier zutage. «War so dein ganzes Wochenende?» Sein Kinn deutet auf meine Handschuhe.

«Nein, alles gut. Nur die letzten zwei Stunden.» Ich halte den Müllsack für ihn auf, und er deutet einen Slam Dunk an, der das Papier in meinen Sack befördert.

«Bämm!»

William formt ein neutrales «Hey» mit seinem Mund. Ich ziehe eine Grimasse und schiebe mir mit dem Unterarm das blöde Haar aus dem Gesicht.

«Brauchst du Hilfe?», fragt er.

Garrett rammt ihm den Ellbogen in die Seite. «Nicht dein Ernst, Alter.»

Um Gottes willen, nein.

«Nein, danke.» Ich schüttle den Kopf. Nicht nur, um das Nein zu unterstreichen, auch um die verdammt nervige Haarsträhne loszuwerden, die mir schon wieder ins Gesicht fällt. Ich hätte es mir zusammenbinden sollen.

«Ich meine hiermit.» William streckt die Hand aus und streicht mir das Haar hinters Ohr. Einmal, dann noch ein zweites Mal, um auf Nummer sicher zu gehen, bevor er die Hand wegzieht.

«Danke.» Mein Brustkorb wird sofort von Wärme geflutet. Nicht nur, weil das so unerwartet aufmerksam und nett ist. Sondern auch, weil ich recht hatte. Er riecht so gut wie immer. Seine Finger, die mein Ohr berührt haben, sind trotz der Kälte warm, und sie riechen nach Seife und Geborgenheit und nach etwas, in das man sein Gesicht pressen will. *Ich*. In das *ich* mein Gesicht pressen will.

«Wie war dein Wochenende?», flüstere ich. «Geht es dir besser?» Ich hab mir Sorgen gemacht, aber das sage ich nicht laut.

«Es ist alles in Ordnung.»

Wirklich? Ich wünschte, er würde normal mit mir reden. Ehrlich. Und nicht diesen Fake-Small-Talk machen, den er so gut beherrscht.

«Dann bis später», verabschiedet Will sich.

Als er mit den anderen weitergeht, kommt Rupert knatternd mit dem Rasentraktor angefahren. Ich habe nicht mal mitgekriegt, dass er den Park verlassen hat. Er hält neben mir an und nickt zu dem Sack, den ich gedankenverloren in der Hand halte. «Schmeiß drauf.»

Ich stopfe ihn hinter ihm in den Anhänger. «Warte, ich helfe dir, die anderen aufzuladen.»

Mit einer kreisenden Geste neben seinem Ohr gibt Rupert mir zu verstehen, dass er wegen des Motorengeräuschs kein Wort verstehen kann, deshalb laufe ich einfach hinter ihm her, als er zu den anderen Müllsäcken fährt. Gemeinsam laden wir alles in den Hänger, und Rupert fährt die Säcke zu den Müllcontainern, während ich am Sammelplatz darauf warte, dass er wieder zurückkommt.

«Wenn wir hier fertig sind, wollte ich gleich mit ein paar Freunden aus meinem Einführungskurs ins *Public Domain* gehen. Du hast nicht zufällig Lust, mitzukommen?» Oh Gott, hoffentlich denkt er nicht, dass ich ihn um ein Date bitte.

Er schüttelt den Kopf, die Lippen zusammengepresst. «Ich bin schon mit meinem Schreibtisch verabredet, sorry. Aber wenn du losmusst, ist es echt okay. Den Rest schaffe ich auch allein.»

Ich zögere keine Sekunde. «Ich lasse dich auf keinen Fall hängen. Es ist okay, wenn ich später nachkomme, sie halten mir einen Platz frei.»

«Komm schon, hau ab», sagt er großzügig. «Ich lade nur noch die letzten Säcke ab und mach das Werkzeug sauber.»

«Das ist supernett von dir. Aber wie wär's, wenn ich sauber mache, während du die Maschine zurückbringst?»

«Deal.» Er hält mir wieder die Faust hin, und diesmal reagiere ich schnell genug.

Rupert zieht die Schlüssel aus der Hosentasche und wirft sie mir zu. «Lass ihn dann einfach stecken, da kommt heute sowieso niemand mehr vorbei.»

Ich schnappe mir beide Greifer und den Eimer mit Schaufel und Kehrblech. «Danke!» Beim nächsten Schritt drehe ich mich noch einmal halb zu ihm um. «Du hast was gut bei mir.»

Er grinst. «Hey, du hast genauso hart gearbeitet wie ich. Aber wenn ich irgendwann wirklich mal was gut bei dir haben sollte, kannst du mich dafür bei Gelegenheit deiner Freundin vorstellen.»

«Du meinst Kendra?»

«Die, mit der du eben gesprochen hast.»

«Ja, das war Kendra. Wir wohnen zusammen im North Park House.»

Tja, Garrett. Ich schätze, du bekommst Konkurrenz.

23. KAPITEL

Eden

Ich habe mich geschminkt, mir etwas Concealer unter die Augen getupft, die Wimpern getuscht und meine Augenbrauen nachgezogen. Bloß nicht mehr machen als sonst auch. Wir gehen nur ins *Public Domain*. Es ist nur ein Essen mit *Freunden* und kein verdammter Abschlussball. Trotzdem habe ich das dringende Bedürfnis, meinen Aufzug von eben irgendwie auszugleichen.

Nur dass man sich neben Will automatisch schlecht angezogen fühlt, weil er so classy auftritt. Und ich habe nicht ein einziges elegantes Kleidungsstück. Ich reiße meine Klamotten aus dem Schrank, entscheide mich gegen meine Lieblingsjeans mit den Löchern am Knie und auch gegen den einzigen Rock, den ich habe. Zu kalt, zu untypisch für mich. Vielleicht die weite schwarze Stoffhose? Wenn ich dazu meine superenge Strickjacke anziehe und sie in die Hose stecke ...

Ich muss einen Knall haben, mir überhaupt solche Gedanken zu machen. Es ist nur ein stinknormales Essen! Das erste Essen seit Devins Unfall. Das Letzte, was jemanden interessiert, ist, wie ich aussehe. Ich knöpfe die Jacke mit dem Zopfmuster zu. Sie ist wirklich hauteng, ich habe sie irgendwann secondhand gekauft. Auch der Ausschnitt ist mir eigentlich viel zu weit. Testweise drücke ich die Schultern nach hinten, und zwischen den Knöpfen spannt es gewaltig. Das geht gar nicht. Ich würde den ganzen Abend mit hängenden Schultern rumsitzen müssen, damit man meinen BH nicht durchblitzen sieht. Verdammt.

Ich reiße mir die Jacke wieder runter. Neben Larks altem Jeanshemd habe ich auch noch ein weißes Hemd von ihm. Er hatte es in meinem Zimmer liegen lassen, und ich habe es nie seinem Dad zurückgegeben und aus irgendeinem Grund mit nach Woodford genommen. Nein, ich weiß genau, warum ich es mit hierhergebracht habe. Weil ich mich einfach nicht davon trennen konnte. Ich schlüpfe in das weiße Hemd, das nicht so eng anliegt und gemütlich ist, knöpfe es aber nur zu zwei Dritteln zu. Ganz unten im Schrank finde ich noch ein paar schwarze Hosenträger, die ich drüberziehe. Ich mag diesen minimalistischen, leicht altmodischen Look irgendwie.

Okay, wow, aber das ist eventuell etwas zu sexy. Die Hosenträger betonen eindeutig meine Brüste. Aber das hat definitiv etwas. Und besser wird's nicht.

Ich schlüpfe in meine Jacke, die leider so gar nicht zu meinem Outfit passt, und in schwarze Schuhe aus Fake-Leder. Meine nassen Haare verberge ich unter einer Schiebermütze, weil ich mich jetzt nicht auch noch mit Föhnen aufhalten will, dann werfe ich die Zimmertür hinter mir zu und laufe aus dem Wohnheim.

Ich bin supernervös wegen Will. Und wegen Kendra. Außerdem habe ich kaum Geld. Ich werde den ganzen Abend an einem Glas Cola nuckeln müssen und einfach nur hoffen, dass es niemandem auffällt.

Ich brauche nur wenige Minuten bis zum Café. Als ich die Tür zum Laden aufziehe, schlagen mir ein Schwall warmer Luft und lautstarke Unterhaltungen entgegen. Jedes Mal, wenn ich allein in so einen Laden gehe, spüre ich einen Anflug von Social Anxiety. Ausschau haltend schlängele ich mich durch die einzelnen Tische bis in den hinteren Bereich und atme erleichtert auf, als ich Kendra und die anderen im Wintergarten entdecke. Sie haben eine Sitzgruppe direkt am Fenster erobert. Eine Seite des Raums besteht vollständig aus Glas und lässt den Blick auf die Terrasse und das offene Meer dahinter frei, das im Augenblick still und fast unbeweglich wirkt im Sonnenuntergang. Ich könnte wahrscheinlich stundenlang hier sitzen und rausstarren, ohne mich zu langweilen.

Trotz des großen Fensters ist es angenehm warm, weil jemand den Kamin an der Innenwand angefeuert hat, der ein ultragemütliches Licht verbreitet. Kendra hat mit Garrett ein riesiges altes Ledersofa in Beschlag genommen und winkt mir zu. Sun-young und Will sitzen jeweils auf einem Einzelsessel, und ich zwinge mich dazu, nur ganz kurz zu William zu sehen. Freunde. Nur Freunde.

Sheela und Morris sind auch da. Sie lümmeln auf der zweiten Couch mit jemandem, den ich nicht kenne. Ich hasse es, dass ich bei solchen Gelegenheiten immer sofort Beklemmungen kriege. Es ist nur eine einzige Person, die du nicht kennst, krieg dich wieder ein! Der Typ in Sportklamotten und Sneakern scheint gerade einen Wurf pantomimisch nachzuspielen, den er beim Basketball gemacht hat, und ich frage mich, ob das irgendwie ein Pendant zu diesen Fotos ist, auf denen Männern mit ihren Jagdtrophäen posieren.

«Kannst du für Eden ein bisschen Platz machen?»

Kendra stößt Garrett an, der sofort zur Mitte und näher an sie heranrutscht. Danke, danke, danke! Damit wäre der nächste peinliche Moment auf meiner Anxiety-Skala überwunden: vor einer Gruppe Leute stehen und nicht wissen, wo man sich hinsetzen soll. Es gibt wohl kaum etwas, was einen sich mehr wie einen Außenseiter fühlen lässt als der Moment, wenn niemand für dich zur Seite rückt und man einfach stehen bleiben und vor Scham sterben muss.

Ich schlüpfe aus meiner Jacke und werfe sie hinter dem Sofa auf den Boden. Kann sein, dass ich meine Klamottenwahl sofort bereue, weil Garrett neben mir ein «Scheiße, Eden!» ausstößt.

«Ähm, wenn das nett gemeint war, dann danke, Garrett.»

«Das war *sehr* nett gemeint.»

Kendra verdreht die Augen, und mein verräterisches Gesicht glüht auf. Um das zu überspielen, ziehe ich die Mütze aus und kämme mir mit den Fingern durch das noch feuchte Haar. Wenigstens muss ich jetzt keine Angst mehr haben, zu müffeln, auch wenn ich den Müllgeruch immer noch in der Nase habe.

«Hi», sage ich in die Runde. Sheela stellt mir den Sportler als Griffin vor, fünftes Semester.

«Wir konnten leider nicht mehr warten, sorry.» Kendra deutet auf den Rest Pizza auf dem Tisch. «Willst du noch was zu essen bestellen?»

Ich schüttle den Kopf. «Habe eh keinen Hunger», sage ich schnell. «Und ich hab auch noch Brot zu Hause, das wegmuss.»

Oh. Mein. Gott.

Ich höre mich an wie mein Dad. Wer verzichtet bitte auf eine superleckere Pizza mit frischen Tomaten, Basilikum und Olivenöl, um zu Hause ein hartes Brot runterzuwürgen? Als wäre ich dreißig. Und abartig vernünftig. Ich gehe dann auch um halb neun mit einem Buch ohne Leserillen ins Bett. In einem Pyjama. Die Zähne geputzt und mit Zahnseide bearbeitet und eine Knirschschiene eingelegt.

Einfach nein.

«Echt?» Kendra beugt sich halb über Garrett. «Du musst doch

Megakohldampf haben nach der Arbeit. Also ich würde umkommen vor Hunger, wenn ich stundenlang draußen gewesen wäre. Sie haben auch neue Sachen auf der Karte.»

«So lange war es auch nicht. Vielleicht später», antworte ich ausweichend.

Der Kellner bringt Getränke an den Tisch, und ich bestelle bei ihm eine kleine Cola.

«Der Abend geht übrigens auf mich», sagt Will in diesem Moment, und ich schaue ruckartig zu ihm auf. Er guckt mich nicht mal an, sondern hat es schlicht in die Gruppe gesagt.

«Danke, Mann!», erwidert Griffin.

Aber warum? Okay, das ist offensichtlich. Ich zerbeiße mir die Unterlippe, während ich überlege, wie ich das ablehnen kann, ohne seltsam rüberzukommen. «Vielleicht legen wir am Ende lieber einfach alle zusammen?»

Bin ich wahnsinnig?

Der Abend fängt gerade erst an, und das wird richtig, richtig teuer für mich, wenn wir die Rechnung gleichmäßig durch acht teilen, nachdem die anderen schon Lebensmittel in Büfettmenge verspeist haben. Hoffentlich greift niemand meine Schnapsidee auf.

Ich fange einen verständnislosen Blick von Sheela auf und werde garantiert rot. «So was lehnt man doch nicht ab.» Sie lacht perlend. «Komm, Morris, bestellen wir noch was zu trinken.»

«Also wenn Will uns einlädt, müssen wir das auch ausnutzen.» Garrett zieht die Karte unter einem der Teller hervor. «Mir fällt bestimmt noch was ins Auge, was ich essen könnte.»

«Ich dachte, ihr seid schon satt?», frage ich.

«Für Nachtisch ist immer noch Platz.» Kendra zwinkert mir zu. «Griffin, bist du nicht schon einundzwanzig? Sie machen echt leckere Cocktails hier, und die meisten sind mit Alkohol.»

Sie zählt ihm eine ganze Liste mit Drinks auf, die er für uns bestellen soll.

«Diese Cocktails sind superteuer.» Warum kann ich nicht die Klappe halten? Aber die anderen achten sowieso nicht auf mich.

«Das kann ich mir nicht merken. Hast du was zum Aufschreiben?»

«Gib mir mal deinen Stift, Will.»

William hat sein Notizbuch auf den Knien aufgeschlagen, was mir in diesem Moment erst auffällt. Er schreibt ziemlich schnell und winkt ab, ohne den Kopf zu heben.

«Hey, hat einer von euch einen Stift?» Garrett quatscht die Leute vom Nachbartisch an, und ich nutze die Gelegenheit, um unauffällig aufzustehen.

«Ich gehe kurz auf die Toilette», forme ich lautlos mit den Lippen, als Kendra zu mir sieht, und wende mich ab. Ich will nicht noch mehr bestellen, und es macht mich wahnsinnig, dass die anderen so gar kein Problem damit haben, sich von William alles bezahlen zu lassen.

Vielleicht bin ich auch einfach das Problem.

Wenn Geld für mich keine Rolle spielen würde, würde ich wahrscheinlich auch davon ausgehen, dass es den anderen genauso geht. Ich wäre total gerne großzügig. Aber Großzügigkeit muss man sich leisten können. Das Einzige, bei dem ich großzügig sein kann, ist Zeit und ... und ... Liebe?

Oh Gott, wie kitschig sich das anhört.

Als ich mich auf den Weg mache und dabei an Will vorbeikomme, hält mich seine Hand auf. Seine Hand und das Notizbuch, das er mir unauffällig hinhält, ohne mich anzusehen. Er sagt etwas zu Sun-young. Meine Finger streifen seine Hand, als ich ganz automatisch nach dem Buch greife, und das schickt sofort Hitzeimpulse durch meinen Körper. William lächelt. Er lächelt nicht mich an, aber mein Herzschlag beschleunigt sich innerhalb einer Millisekunde und rast los. Ich drücke das Buch an mich, lasse mir nichts anmerken und gehe einfach weiter. Das Ganze hat vielleicht vier Sekunden gedauert, aber die reichen aus, um mich völlig zu verwirren. Williams Notizbuch. In mir drin flattert es. Als hätte man einen ganzen Schwarm blauer Morphofalter aufgeschreckt, die jetzt durch meinen Magen stieben.

Ich gehe langsam an den anderen Tischen vorbei zum Waschraum, lächle zwei Mädels an, die vor den Waschbecken stehen und ihr Make-up auffrischen.

Ich nehme die erstbeste Toilette. Privatsphäre wird hier nicht gerade großgeschrieben. Die Tür endet knapp unter meinen Knien, außerdem schließt sie nicht mal richtig, zwischen Tür und Rahmen bleibt ein kleiner Spalt offen, durch den man einen guten Blick auf den Vorraum hat. Und wahrscheinlich auch in die Toilette. Großartiges Toilettendesign.

Warum macht mich das Notizbuch so nervös? Mein Gott, er hat mir wahrscheinlich einfach nur eine kurze unbedeutende Nachricht geschrieben. Nichts Weltbewegendes. Trotzdem muss ich verdammt tief Luft holen, lehne mich an der Zwischenwand an und schlage das Buch auf. Natürlich auf der falschen Seite. Ich lese eine alte Nachricht, die Will mir geschrieben hat, als wir bei der Begrüßungszeremonie von Präsidentin Amory nebeneinander in der Thayer Hall saßen.

Gar keine gute Idee, sich die alten Einträge anzusehen. Das erinnert mich nur daran, was ich verloren habe. Schnell fasse ich nach dem Lesebändchen und schlage die damit markierte Seite auf. William hat seine Nachricht wieder als Theaterstück verfasst, und das ... oh Gott ... ich liebe das so sehr, dass mein Herz stolpert.

3. Akt, 1. Szene
Öffentliches Café, Sitzgruppe im Wintergarten.
Eden, William und Nebendarsteller.

WILLIAM
(Sieht, wie unwohl sie sich fühlt,
und will ihr aus der Verlegenheit helfen.)

Der Abend geht heute übrigens auf mich.

EDEN
(Wird rot und weicht seinem Blick aus.)

Vielleicht legen wir am Ende lieber
einfach alle zusammen?

WILLIAM
(Wird bewusst, dass er sich ungeschickt
angestellt hat, und hofft, sie nicht noch
mehr in Verlegenheit gebracht zu haben.)

Du weißt, dass ich in der glücklichen
Position bin, mir überhaupt keine Gedanken
um Geld machen zu müssen. Es ist nur
ein Essen, bitte nimm es einfach an. Du
bist mir deswegen nichts schuldig. Ich
hasse den Gedanken, dass du das so
sehen könntest. Wir sind Freunde, oder?

Will schafft es, dass mir innerhalb von Sekunden die widersprüchlichsten Gefühle durch den Körper jagen. *Nebendarsteller.* Er hat die anderen als Nebendarsteller abgetan, und das lässt etwas in meiner Brust eng werden. Hat er das nur getan, um sie nicht alle aufzählen zu müssen? Er kann schließlich nicht stundenlang schreiben. Trotzdem. Er hätte sie auch einfach weglassen können. Nebendarsteller bedeutet doch, dass wir beide die Hauptrollen spielen. Nur wir beide, oder? Oh Gott, ich hasse es, dass mein Gehirn wieder alles bis aufs Kleinste analysieren will. Ich muss dieses Overthinking abstellen, sofort. Er hat sich garantiert überhaupt nichts dabei gedacht, und ich drehe einfach nur durch.

Dass er mir persönlich wegen des Essens schreibt und es nicht vor den anderen thematisiert, ist wirklich nett von ihm. Und aufmerksam. Wieso muss er so unfassbar gentlemanlike sein und es mir damit absolut unmöglich machen, ihn nur als Freund zu sehen? Mein Herz schlägt für ihn. Er muss das doch spüren. Ich schlucke, weil sich in meiner Kehle ein Kloß gebildet hat.

Meine Finger fahren über das glatte Papier mit dem blassen Punktraster. Ich ziehe den Kugelschreiber aus der Schlaufe und überlege, was ich ihm antworten kann. Was ich ihm antworten will – die Gefühle, die ständig drohen, über meine Zunge zu entschlüpfen, all die ungesagten Worte –, kann ich ihm auf keinen Fall schreiben. Die Wahrheit ist, dass ich nicht nur befreundet sein will. Dass es ein Fehler war, es vorzuschlagen. Aber mir ist klar, dass Will einen Freund braucht und nichts anderes.

Ich kann das nicht, Will. Ich kann nicht nur mit dir befreundet sein. Deine Freundschaft bricht mir das Herz. Mir geht das Papier aus, noch ehe die Worte verrinnen, die beschreiben, was ich fühle. Ich will mit dir zusammen sein. Wenn du in meinen Gedanken lesen könntest, wüsstest du, dass sie sich alle um dich drehen. Das Echo deiner Stimme hallt in meinem Brustkorb nach.

Klar, Eden, großartig. Kein bisschen lächerlich. Du bist eine wahre Poetin, das wird ihn bestimmt überzeugen, und wenn du willst, dass er vor Lachen aus dem Sessel fällt, schreib ihm genau das! Ich stöhne auf, aber es klingt halb geschluchzt, und ich halte mir schnell die Hand vor den Mund, weil ich nicht allein hier bin und wirklich keine Show für die anderen liefern will. Ich horche. Jemand geht an meiner Kabine vorbei, die Tür wird geöffnet, für einen kurzen Augenblick schwappen Musik und Stimmen zu mir, dann schlägt sie wieder zu.

Konzentrieren. Atmen. Etwas Zustimmendes antworten, ohne mein Herz melodramatisch vor ihm in den Dreck zu werfen.

Ich hocke mich auf den Klodeckel und streiche die Seite glatt. Es dauert keine drei Sekunden, bis die Tür zur Toilette wieder aufgerissen wird und lachende Stimmen den Raum füllen. Ich schreibe mit zitternden Fingern und viel zu krakeliger Handschrift.

3. Akt, 2. Szene
Waschraum im Café.

EDEN
(Hockt in einer Kabine und überlegt, was sie ihm antworten soll.)

Ja, wir sind Freunde, aber ich habe wirklich keinen Hunger.

Mein Gott, das ist so dumm von mir. Ich streiche den Satz durch und fange darunter neu an.

Freunde, ja. Und ich habe wirklich Hunger. Danke für die Einladung. Aber es fällt mir echt schwer, das anzunehmen, wenn ich keine Gelegenheit habe, mich bei dir zu revanchieren. Wie kann ich das wiedergutmachen? ~~Wenn du das nächste Mal meinetwegen eine Hausarbeit von 8 Seiten aufgebrummt bekommst, lass mich das bitte für dich schreiben~~.

Ich überlege, ob ich den Satz, den ich mehrmals durchgestrichen habe, nicht lieber komplett unleserlich mache. Selten habe ich etwas von mir gegeben, dass so bescheuert ist. Als hätte er es nötig, sich von mir helfen zu lassen. Aber dann zucke ich mit den Schultern. So oft, wie ich drübergekritzelt habe, braucht William einen Forensiker, um es zu entziffern. Immerhin habe ich seine Nachricht sachlich und das Freundschaftsthema nur knapp beantwortet. Ich ziehe das Gummiband über den Buchdeckel und stecke den Stift wieder in die Schlaufe.

Als ich zurück an den Tisch komme, hat der Kellner meine Cola gebracht, und der ganze Tisch steht voll mit bunten Cocktails. Direkt vor meinem Platz türmt sich ein Berg von Essen, den ich nicht bestellt habe. Ich erkenne schon von Weitem, dass es lauter vegetarische Sachen sind, deshalb bin ich mir sicher, dass ich das William verdanke. Tut mir leid, Brot-zu-Hause-in-meinem-Schrank.

Der Lärmpegel hat sich deutlich reduziert, und als ich mich umsehe, entdecke ich den Grund. Offenbar ist heute Trivia Night, denn ein Angestellter des *Public Domain* steht gerade vorne und erklärt kurz die Spielregeln.

Ich komme an Williams Sessel vorbei und sehe bewusst nicht zu ihm runter. Meine Hand mit dem Notizbuch streift seinen Arm, den supersoften Pullover, der mir ein Prickeln über die Haut jagt. Das Gewicht wird mir abgenommen, ohne dass unsere Finger sich berühren, und kurz bin ich enttäuscht.

Obwohl jeder diese Nachrichten lesen könnte, obwohl ich nichts Wichtiges, nichts von dem geschrieben habe, was ich wirklich denke, habe ich doch das Gefühl, dass wir hier etwas Verbotenes machen. Etwas Geheimes. Etwas, das nur uns gehört.

Und etwas, das Kendra ganz und gar nicht gefallen würde.

24. KAPITEL

William

~~Wenn du das nächste Mal meinetwegen eine Hausarbeit von 8 Seiten aufgebrummt bekommst, lass mich das bitte für dich schreiben.~~

Hat sie das mit Absicht so stehen lassen, dass ich es noch lesen kann? Okay, das muss ich erst mal einordnen. Denkt sie ernsthaft, das hätte mir etwas ausgemacht? Oder dass ich bereut hätte, ihr bei Cushing geholfen zu haben? Nur wegen acht beschissenen Seiten Text?

Den anderen gegenüber habe ich behauptet, dass ich mal kurz telefonieren muss und im Flur vor den Toiletten ein Telefon hängt. Das stimmt sogar, aber das Gerät ist so alt, dass es nicht so aussieht, als wäre es noch in Betrieb.

Mit der Schulter an die Wand gelehnt, lese ich Edens Nachricht. Ihre 2. Szene. Es macht mich fertig, dass sie zuerst geschrieben hat, sie hätte keinen Hunger. Es geht nur um ein verdammtes Essen, und das Geld ist mir scheißegal. Natürlich verstehe ich, dass es für sie anders ist, aber wenn ich dürfte … Gott, sie könnte alles von mir haben, was sie will. Sie muss sich nicht revanchieren.

Ich werfe einen kurzen Blick auf meine Uhr, dann stelle ich das Glas, das ich mitgenommen habe, auf dem Telefon ab und ziehe die Tabletten aus der Hosentasche. Würde ich das verdammte iPhone benutzen, hätte ich mir eine Erinnerung gestellt, aber wenn ich ehrlich zu mir selbst bin, braucht es weiß Gott keinen Erinnerungsalarm, um an meinen Medikamentenplan zu denken. Schon bevor es so weit ist, startet mein ganzer Körper einen Alarm, den ich unmöglich überhören kann. Das Gespräch mit Reisman war augenöffnend genug.

Wie viele Tabletten haben Sie pro Tag eingenommen? Zwei? Und damit sind Sie ausgekommen? Sicher? Ich bin nicht Ihr Feind, Mr. Grantham, und alles, was Sie mir sagen, wird vertraulich behandelt. Ich bin an meine Schweigepflicht gebunden und werde nur mit Ihren Eltern sprechen, wenn ich von Ihnen grünes Licht habe. Drei Tabletten also. Und damit haben Sie sich wohlgefühlt, ohne dass Sie Entzugssymptome entwickelt haben? Gut. Ist es auch vorgekommen, dass Sie mehr als diese drei Tabletten genommen haben? An Tagen, die besonders stressig oder emotional belastend waren? Also das eine oder andere Mal fünf Tabletten. Aber nicht täglich, nicht wahr? Nun gut, das erleichtert mich zugegebenermaßen. Es ist nicht so schlimm, wie ich nach unserem Telefonat befürchtet hatte, und auch nichts, was wir nicht in den Griff bekommen werden. Machen Sie sich keine Sorgen. Ich stelle Ihnen ein neues Rezept aus, aber wir werden das Medikament langsam ausschleichen und die Tagesdosis alle zwei Wochen um 0,5 mg verringern. Wenn sich die Symptome verschlimmern, kommen Sie in meine Praxis, oder rufen Sie mich an, dann verringern wir nur um 0,25 mg. Aber ich bin mir sicher, dass Sie das gut verkraften. Sie nehmen dreimal täglich eine Tablette, die gleichmäßige Einnahme ist wichtig, um die gewünschte Wirkung zu erzielen und die Tabletten langfristig abzusetzen. Die Abenddosis reduzieren wir zuerst. Ich verlasse mich darauf, dass Sie sich an diesen Plan halten. Wenn es Ihnen schwerfällt, sprechen Sie mit Ihren Eltern oder bitten Sie einen guten Freund um Hilfe.

Manchmal kann es sinnvoll sein, sich die Tagesdosis von jemandem aushändigen zu lassen, um nicht in Versuchung zu geraten. Wenn das nicht umsetzbar ist, besteht jederzeit die Möglichkeit, dass wir Sie stationär aufnehmen.

Diese Aussicht ist mein persönlicher Horror. Stationär in eine Klinik zu müssen, war der Weckruf, den ich brauchte. Ich schaffe das. Das erste Mal habe ich wirklich das Gefühl, dass ich da rauskomme. Ich habe mit ihm noch einmal lange über Devins Unfall und auch über Kendra gesprochen. Über die unterschiedlichen Bewältigungsstrategien, wenn es um einen Unfalltod geht. Und dass es Menschen gibt, die anderen die Schuld zuweisen, wenn sie selbst mit Schuldgefühlen und einem Gefühl der Hilflosigkeit konfrontiert werden. Was ein Abwehrmechanismus ist, um das eigene Selbstwertgefühl zu schützen.

Intellektuell ist das nicht schwer zu verstehen. Das Problem ist nur, das mit den eigenen Gefühlen auf die Reihe zu bekommen. Ich breche die Hälfte der Tablette ab und drücke sie zurück in den Blister, bevor ich die erlaubte Abenddosis mit Wasser runterspüle. Kein Alkohol für mich.

Ich blättere die Seite im Notizbuch um und schreibe meine Antwort an Eden.

3. Akt, 3. Szene
Öffentliches Café. Flur vor den Toiletten.

WILLIAM
(Dem es schwerfällt, ihre Nachricht einzuordnen, und der deswegen lange überlegen muss, was er ihr antwortet.)

Denkst du wirklich, es hätte mir etwas ausgemacht, den Aufsatz für Cushing zu schreiben? Ich wollte dir helfen, weil ich Cushings Reaktion überzogen und nicht gerecht fand. Ich erwarte dafür keine Entschädigung und auch keine Dankbarkeit. Genauso wenig wie für das verdammte Essen. Ich will einfach nur, dass du dir nicht ständig Gedanken um so was machen musst. Ich weiß, es gibt Männer, die für ihren «Einsatz» eine Gegenleistung erwarten – ich gehöre definitiv nicht dazu. Ich will nichts von dir.

Es würde mich umbringen, wenn sie das von mir denkt. Sie hat zwar nur von *revanchieren* gesprochen, aber mein Kopfkino spult dabei einen Film ab, der so gar nichts mit der Friendzone zu tun hat, in der wir uns befinden, gottverdammt. Männer, die Frauen einladen und dann denken, sie hätten damit so etwas wie ein Recht auf sexuelle Handlungen eingekauft, widern mich an. Vielleicht war meine Antwort hart formuliert, aber ich muss klarstellen, dass das zwischen uns anders ist.

Zumal es noch etwas gibt, das ich für sie getan habe. Ich habe Edens Handy von zu Hause mitgebracht. Es wurde nach der Reparatur zu meinen Eltern nach Boston geschickt, und jetzt steckt es in meiner Manteltasche. Womöglich rechnet Eden gar nicht mehr damit, es zurückzubekommen. Der Techniker konnte alle Daten retten, und bis eben habe ich gedacht, dass sie sich darüber freuen wird. Aber wenn sie sich wirklich so unwohl damit fühlt, etwas von mir anzunehmen – scheiße, soll ich es ihr dann noch geben?

Sie ist mir ständig dankbar. Dafür, dass ich sie aus dem Wasser gezogen habe. Dafür, dass ich sie vor Cushing verteidigt habe. Für das Scheißessen.

Das leere Wasserglas halte ich zwischen drei Fingern fest

und stelle es im Vorbeigehen an der Theke ab. Okay, ich steigere mich da gerade rein, und ich würde jetzt verdammt gerne einen Drink haben. Aber wenn ich Alkohol trinke, dann riskiere ich einen Filmriss wie beim letzten Mal. Also nein.

Auf dem Weg zurück zu unserem Tisch nehme ich alles überdeutlich wahr. Die Geräusche, die Gerüche stürmen überwältigend auf meine Sinne ein. Es ist wirklich ein Scheißgefühl, wenn der Körper nach den verfluchten Benzos lechzt. Noch eine halbe Stunde und ich bin wieder entspannt. Gott, ich möchte lachen bei dem Gedanken, dass ich Eden ausnutzen könnte. Wenn sie wollte, könnte sie *mich* ausnutzen, und es würde mir nicht mal was ausmachen. Es würde mich anmachen.

«Worüber lachst du?», will Garrett wissen.

Okay, mir war nicht bewusst, dass das nicht bloß innerlich war. Ich winke ab, lasse mich auf meinen Platz fallen und werfe das Notizbuch Eden direkt in den Schoß, ohne an die anderen zu denken. Was so ziemlich das Gegenteil von subtil ist. Das Buch rutscht von ihren Knien, bevor sie danach greifen kann, und landet auf dem Fußboden. Alle starren mich an, als hätte ich gerade einem Vogelküken die Flügel ausgerissen.

«A-alles okay?» Eden hangelt nach dem Notizbuch, ihr ganzer Gesichtsausdruck ein Fragezeichen.

Nein, nicht wirklich, wenn du denkst, du müsstest dich bei mir *revanchieren*.

«Wie machen wir das jetzt mit dem Quiz?», nimmt Kendra offenbar das vorherige Thema wieder auf. «Bildet ihr beide ein Team?» Sie deutet auf mich und Garrett.

«Ich habe heute echt keine Lust auf ein Quiz.» Ich strecke meine Hand aus und nehme etwas von Edens Teller, ohne zu fragen. Weil Männer das Recht dazu haben, wenn sie etwas bezahlt haben, oder? Verdammt, ich weiß gar nicht, warum ich auf einmal so wütend bin. Bitte lass das nicht zu den beschissenen Entzugssymptomen gehören. Ich habe die halbe Tablette genommen, noch ein paar Minuten und die Welt ist wieder in Ordnung. Ich weiß nicht mal, worauf ich da jetzt rumkaue.

«Komm schon, Will, ich zähle auf dich. Kendra hat gesagt, dass du jede Trivia Night rockst.» Garrett prostet mir zu.

Vielleicht weil ich mein ganzes Leben lang Zeug in mein Gehirn gestopft habe, was ich eigentlich nicht brauche?

Eden steht auf, mit meinem Notizbuch in der Hand. Gott, sie sieht einfach nur heiß aus mit diesen verdammten Hosenträgern. Ich hätte eine Warnung gebraucht, dass Hosenträger und ein halb aufgeknöpftes weißes Männerhemd – und es sieht definitiv aus wie ein Männerhemd – an Edens Körper etwas mit meiner Blutzirkulation machen. Wenn ich die Tablette früher genommen hätte, würde ich das nicht spüren.

Wir sind Freunde.

Ich habe das so entschieden, weil ich nicht über Devins Tod hinwegkomme und weil ich mir selbst keinen weiteren Grund liefern wollte, mich schuldig zu fühlen.

Eden zieht die Terrassentür auf, die sich unmittelbar neben unserer Sitzgruppe befindet. «Können wir bitte kurz reden?» Sie geht raus, und ich folge ihr natürlich. Sie hat es zwar wie eine Bitte formuliert, aber das Gesicht dazu muss sie von ihrem Dad haben, der bei der Air Force war. Mir ist klar, dass die anderen uns beobachten, doch jetzt in diesem Moment ist es mir egal. Gott, ich hoffe, das heißt, dass die Xanax zu wirken anfängt.

Ich ziehe die Tür von außen zu und folge ihr bis zum Rand der Terrasse. Es ist inzwischen stockdunkel, das Meer eine plätschernde schwarze Masse und der Himmel übersät von Sternen, wie man es eigentlich nur bei dieser ungewohnt klirrenden Kälte sieht, wenn keine Wolke am Himmel steht.

Die Terrasse ist nur minimal beleuchtet, und Eden muss sich dicht über das Buch beugen, um bei dem wenigen Licht etwas lesen zu können. Als sie wieder hochkommt, sieht sie verwirrt aus. «Ich habe nie gedacht … nicht ein einziges Mal dachte ich, dass du etwas von mir erwartest. Ich hatte einfach nur Angst, dass du denkst, ich könnte dich ausnutzen.»

Tu es einfach. Nutz mich aus. In allem. Benutz mich. Benutz mich hart.

Gott, wird mir heiß. Die Tablette wirkt noch nicht, sonst hätte ich nicht solche Gedanken. Mir bricht der Schweiß aus, und ich wische mir das Haar aus dem Gesicht. «Offenbar muss ich dir dieses Gefühl vermittelt haben, wenn du nichts von mir annehmen kannst. Nicht mal ein Abendessen.»

«Das hast du garantiert nicht. Und vielleicht ist dir aufgefallen, dass ich gegessen habe. Danke. Das war … supernett. Es ist mir nur unangenehm.» Ihr Atem ist sichtbar, weil es so kalt ist, und sie tritt auf der Stelle. Sie muss frieren in diesem dünnen Hemd. Ich ziehe mir den Pullover über den Kopf und halte ihn ihr hin, weil ich sowieso innerlich glühe.

«Danke, es geht schon.» Sie wehrt meine Geste ab, aber ich sehe die Gänsehaut an ihrem Hals und unter den hochgekrempelten Ärmeln, deshalb ziehe ich den Arm nicht zurück. Er wird mir nur irgendwann abfallen, wenn sie den Pullover nicht nimmt.

«Okay.» Sie seufzt und zieht ihn endlich an. «Der riecht gut.»

Er riecht nach mir.

Scheiße.

Und gleich wird er nach ihr riechen.

«Geht es dir besser? Ich habe mir das ganze Wochenende Sorgen gemacht, und am liebsten hätte ich dich angerufen.»

«Warum hast du es nicht gemacht?»

«Weil ich dachte, du bist nicht gut auf mich zu sprechen, weil ich vielleicht … übergriffig war?» Sie lässt es wie eine Frage klingen.

«Da war jemand im Flur. Es hätte Kendra sein können oder

Garrett. Das wäre nach der Philosophiestunde bei Pollard nicht so gut gekommen.»

Ihre Augenbrauen gehen fragend in die Höhe. Natürlich tun sie das. Ich weiß ja nicht mal selbst, was ich damit sagen will. *Wäre niemand gekommen, hätte ich dich weiter geküsst? Oder mehr?* Ich war völlig fertig. Ich hätte garantiert nichts dergleichen gemacht. Es geht nicht. Ich kann das nicht. Was nicht bedeutet, dass ich es nicht will. Gott, ich will. Sie. Aber ich habe Devin ihretwegen nicht geholfen. Ich habe nicht mal an Devin gedacht. Nicht eine Sekunde. Wie schuldig kann man sein?

«Ich habe das nicht gemerkt, tut mir leid.»

Was? Ich habe den Faden verloren.

«Also noch mal danke für alles. Ich ... ich kenne das einfach nicht, dass jemand in allem so großzügig ist. Nur so. Und es fällt mir schwer, das anzunehmen, weil ... Bei uns zu Hause ist immer alles ein Geben und Nehmen. Man hilft dem Nachbarn dabei, die Veranda auszubessern, dafür leiht er einem den Rasenmäher, wenn der eigene kaputt ist.»

Ich will wirklich nicht belustigt klingen, aber ... «Du kannst mir gerne euren Rasenmäher ausleihen.»

«Wenn du ihn gebrauchen kannst.» Sie hebt die Schultern an und lässt sie gleich wieder sinken, aber sie lächelt. «Ich wusste nicht, dass es so schwer ist, mit jemandem befreundet zu sein, der so anders lebt als ich.»

Wie meint sie das? «Wir sind nicht so anders. Wir sind uns sogar sehr ähnlich.»

«Es gibt einfach Dinge, über die musstest du nie nachdenken, für mich sind sie aber ein existenzielles Thema. Und ich habe einfach Angst, dass du denken könntest, ich wäre irgendwie an deinem Geld interessiert.»

«Wir sind doch Freunde.» Ja, bohr doch immer weiter in der Wunde.

«Auch unter vermeintlichen Freunden kann man sich ausnutzen.»

«Hast du das Gefühl, dass ich dich ausnutze?»

«W-was?» Sie starrt mich fassungslos an. «Wieso du?»

Ich lege den Kopf schief. Weil ich ein privilegierter weißer Mann bin, der alles haben kann, was er will?

«Wieso hast du solche Sorge, dass man dich für einen schlechten Menschen halten könnte? Nur, weil deine Familie so ... na ja ... reich ist? Wieso denkst du, dass du andere unter Druck setzen könntest? Oder dass andere nicht Nein zu dir sagen könnten deiner Familie wegen? Wieso darf man dir eigentlich nie für etwas dankbar sein?»

«Weil ich es nicht verdiene.»

«Wieso denkst du das? Du bist ein guter Mensch. Deine Familie hat so viel Gutes getan. Ja, du wirst irgendwann erben. Ja, du musst wahrscheinlich niemals in deinem Leben arbeiten, wenn du das nicht möchtest. Ja, das ist wahrscheinlich ein Geschenk, für das du nichts getan hast, und ganz sicher fällt dir dadurch vieles leichter und du hast einen Startvorsprung. Aber du hast so hart gearbeitet, um hierher zu kommen. Das wurde dir nicht geschenkt. Und dein Großvater hat so viel Gutes getan. Er hat für dieses College gespendet und für einen Haufen andere gute Zwecke, von denen ich nicht mal eine Ahnung habe.»

«Was ihm nicht wehgetan hat.»

«Er war ein Philanthrop, oder?»

«Ja, das stimmt», gebe ich zu. «Und er war ein Arschloch.»

25. KAPITEL

Eden

Okay, das habe ich nicht erwartet. Ohne nachzudenken, greife ich nach Williams Arm und ziehe ihn tiefer in die Dunkelheit, weil ... Ich weiß auch nicht. Damit uns niemand belauschen kann? Durch die geschlossene Terrassentür? Klar, Eden. Ich lasse ihn direkt wieder los, weil er mir bereits zur Genüge klargemacht hat, dass er keinen Körperkontakt will.

Ja, da war jemand auf dem Flur. Aber ich bilde mir nicht ein, dass er anders reagiert hätte, wenn niemand die Treppe hochgekommen wäre. Ich habe in dem Moment nicht nachgedacht. Eigentlich wollte ich ihn nur trösten, für ihn da sein. Der Kuss war ein Fehler.

Diese Situation erinnert mich an Lark. Bei Larks Kuss damals konnte ich nicht Nein sagen, um ihn nicht zu verletzen. Williams Kuss hingegen wollte ich, ich wollte ihn so sehr. Aber er war genauso falsch. Vielleicht wollte William mich nicht verletzen und hat mich nur deshalb nicht sofort von sich gestoßen. Oh Gott. Mir wird schlecht bei dem Gedanken, dass er das so empfinden könnte.

«Hast du Angst, dass jemand von meinen Lippen abliest?»

Ich muss meine wirren Gedanken erst einsammeln. Sein Großvater. Wir reden von seinem Großvater. «Nein. Ja.» Unsicher lache ich auf. Wie kann er so etwas sagen und gleichzeitig den Mund zu einem Grinsen verziehen? Doch es hält nur kurz, dann wirkt er resigniert.

Sieht er seinen Grandpa wirklich so? *War* er wirklich so? Nur weil sich die Woodfordbroschüre über die Leistungen seines Grandpas auslässt, heißt das nicht, dass er ein guter Mensch war. Ich habe ihn nicht gegoogelt, mir haben die wenigen Artikel, die ich über William gelesen habe, schon gereicht. Mal abgesehen davon, dass in den meisten ohnehin nur Müll steht. Solche Storys sagen nichts über seinen Charakter aus oder darüber, wie er als Vater und Großvater gewesen ist.

«Ich dachte ...» Okay, das ist blöd, aber ich sage es trotzdem. «Ich bin davon ausgegangen, dass du ihn sehr gern hattest, weil du seine Uhr trägst. Und du bist nach vorne gegangen, als wir beim Einführungskurs diese Fragerunde gemacht haben.»

«Weil ich einen wichtigen Menschen verloren habe, ja, aber was heißt das schon? Nur weil jemand wichtig für dich ist und er dein Leben stark beeinflusst, heißt das nicht, dass du alles an ihm lieben musst.» Will lehnt sich an das Geländer hinter ihm, die linke Hand ins Haar vergraben.

Das stimmt. Ich weiß auch nicht, warum ich davon ausgegangen bin, dass sein Großvater so was wie ein Vorbild für ihn ist. Ich überlege, wie ich nachfragen kann, ohne zu aufdringlich zu sein, aber im Grunde ... Frag einfach! «War er wirklich so schlimm?»

«Kein Mensch ist so gut wie sein Nachruf, oder? Aber auch nicht so schlecht wie sein Ruf. Bei meinem Grandpa trifft definitiv beides zu.» William schiebt beide Hände in die Hosentaschen und zieht sie sofort wieder heraus. Er wirkt nervös, fahrig. Vielleicht wollte er das gar nicht sagen. Vielleicht ist es ihm nur rausgerutscht, und er bereut es jetzt, weil er das nicht so stehen lassen kann, ohne es zu erklären.

«Du musst nicht mit mir darüber reden, wenn du nicht willst», sage ich. *Bitte rede mit mir!* Ich rubble mir über die Arme, weil es mich trotz des warmen Pullovers fröstelt. Aber das ist eher innerlich. William hat nur ein schwarzes Hemd an, das mit der Dunkelheit fast verschmilzt. Wir sollten wieder reingehen, ins Warme, aber ich will das Gespräch auf keinen Fall unterbrechen. «Ich verstehe vollkommen, wenn du es lieber für dich behalten willst.»

«Ich weiß viel mehr über dich als du über mich. Wahrscheinlich ist es nur fair, wenn ich dir davon erzähle. Aber ich gebe zu, das ist fast intimer als Sex.» Er lacht heiser auf.

Wow, okay, das trifft mich unerwartet. «W-wieso denkst du das?»

«Weil ich das, was ich dir sage, nicht zurücknehmen kann.»

Aber er kann auch nicht zurücknehmen, dass wir miteinander geschlafen haben. Soll ich seine Aussage so interpretieren, dass ihm das zwischen uns nicht mehr bedeutet hat als Worte? Ich muss schlucken, sehe zu Boden und schlinge die Arme so fest um mich, dass sich meine eigenen Finger schmerzhaft in mein Fleisch bohren.

«Hey. Ich habe *fast* gesagt, Eden.»

«Okay.» Nicht okay. Für mich hat es sehr viel bedeutet. Ich kann nicht mit jemandem intim werden, dem ich nicht zu hundert Prozent vertraue. Und ich hatte gedacht, dass er genauso ist.

«Nein, im Ernst, das war ein beschissener Vergleich, tut mir leid. Es fällt mir einfach schwer, darüber zu reden.»

«Das ist verständlich. Ich meine, ich muss schließlich keine Angst haben, dass das, was ich jemandem anvertraue, am nächsten Tag in der Zeitung landen könnte, oder?»

Ich musste nur damit leben, dass meine Highschoolfreunde mich fallengelassen und verurteilt haben und ich mich selbst dafür verantwortlich gemacht habe, was mit Lark passiert ist.

Und hier in Woodford bin ich das billige Flittchen, das von William Grantham dem Dritten abgeschossen wurde, weil ich Mitschuld trage am Tod seines besten Freundes.

Ich lehne mich neben William ans Geländer, damit ich ihn nicht mehr direkt ansehen muss. Meine Hände schließen sich um das raue Holz.

William verlagert sein Gewicht, und seine Finger streifen meine, aber ich bin mir sicher, dass das keine Absicht war. Er hat sich nur verschätzt. Er wird seine Hand sofort wieder wegziehen. Er wird ... Ich halte die Luft an, als sich seine Finger auf einmal sanft auf meine legen. «Ich vertraue dir.»

Nur drei Worte, aber es sind locker drei Grad, die meine Körpertemperatur ansteigt, weil Will mich berührt. Seine Augen, die sich nie entscheiden können, ob sie grün oder blau sein wollen, und in der Dunkelheit schwarz wirken, haken sich in mir fest. Ich drehe meine Hand um, verschränke unsere Finger, und er stößt geräuschvoll den Atem aus.

«Mein Grandpa war ein richtiges Arschloch, als er jung war.» Er dreht den Kopf weg, starrt nach oben in den Nachthimmel und holt tief Luft. «Zu viel Geld, zu viel Einfluss. Ich kann gar nicht zählen, wie oft die unausgesprochene Frage im Raum stand, ob ich genauso wäre wie er.» Er fährt sich wieder durch die Haare und flucht leise. «Die Leute haben nur darauf gewartet, dass ich meine Privilegien genauso ausnutze. Denn er hat sie definitiv ausgenutzt. Er konnte machen, was er wollte, und es hatte keine Konsequenzen für ihn, weil das Geld der Familie Grantham immer alles geregelt hat.»

Es fällt mir schwer, mich da reinzuversetzen. Bei uns hat Geld nie etwas geregelt. Geld war immer ein Problem, nie die Lösung.

William hält mir die Hand hin, die, an der er die Armbanduhr seines Großvaters trägt. «Die Uhr erinnert mich daran, dass ich auf keinen Fall so sein will. Er hat sie getragen, als er noch zur

Uni ging. Es gab damals einen Skandal in Woodford. Hast du davon gehört?»

Ich schüttele den Kopf. «Ich habe nur diese Woodfordbroschüre über deinen Grandpa gelesen. Mehr nicht.»

«Kennst du das alte Schwimmbad?»

«Das Gebäude, das sie zum Gewächshaus umgebaut haben? Ja, klar.» Es besteht aus hellem Sandstein und hat eine riesige Glaskuppel. Als es noch in Betrieb war, muss es wunderschön ausgesehen haben, wenn das Licht durch die Scheiben auf das Wasser gefallen ist.

«Bei einer Poolparty ist damals eine Studentin verunglückt. Offiziell ein tragischer Unfall unter Alkohol, bei dem mein Grandpa nicht involviert war. Aber inoffiziell wusste jeder, dass die beiden einen Streit hatten. Es muss eine schwierige Beziehung gewesen sein, weil mein Grandpa ... er war nicht besonders loyal zu der Zeit. Oder treu. Und an diesem Abend – Drogen, Medikamente, Alkohol und ein Pool, das passt nicht so richtig gut zusammen, oder?»

Oh mein Gott. Das heißt, sie ist ertrunken. Wie Devin. Hat Will mit Kendra darüber gesprochen? Weiß sie das?

Mir wird bewusst, dass ich seine Hand fast zerquetsche, und ich zwinge mich, meine Finger zu lockern. «Das muss furchtbar gewesen sein. Für ihre Familie. Und auch für deinen Grandpa, oder?»

«Mein Grandpa hat sich offiziell nie dazu geäußert. Er hat einfach weitergemacht wie bisher. Zwei Jahre später hatte er an der Westküste einen Autounfall. Die Freundin seines besten Freundes saß neben ihm auf dem Beifahrersitz. Er muss sich damals echt für unsterblich gehalten haben. Für jemanden, dem alles zusteht, auch die Freundin seines besten Freundes. Der Wagen ist auf einer kurvenreichen Küstenstraße in den Gegenverkehr geraten, Grandpa hat die Kontrolle verloren, der Wagen hat sich gedreht. Der entgegenkommende Fahrer konnte nicht mehr ausweichen und ist ihm in die Seite gekracht. In die Beifahrerseite. Die Frau hat überlebt, war aber lange im Krankenhaus. Irgendein Journalist hat im Anschluss daran auch die Geschichte aus Woodford wieder ausgegraben, und die Schlagzeile vom Fluch des Geldes wurde geboren.»

«Fährt deshalb niemand aus deiner Familie selbst Auto?» Die Frage verlässt meinen Mund, bevor mir bewusst wird, dass sich das völlig daneben anhören muss. Ich weiß doch gar nicht, ob das stimmt. «Also, ihr habt einen Chauffeur, und du hast nie etwas anderes erwähnt ...» Toll, Eden, damit machst du es gleich besser.

«Ich habe keinen Führerschein. Mich interessieren Autos einfach nicht so. Aber wenn ich ehrlich bin, hatte ich auch Angst davor, dass es mir gefällt, deshalb habe ich gar nicht erst damit angefangen.»

Er hat keinen Führerschein, damit er nicht in Versuchung kommt, mit einem Sportwagen rücksichtslos durch die Gegend zu rasen. Das ist irgendwie typisch für ihn. Und gleichzeitig etwas, was ihn völlig unterscheidet von den Jungs, mit denen ich die Highschool besucht habe. Selbst Lark hat sein Auto abgöttisch geliebt. «Mein Dad wird weinen, wenn er dich nie zu Mario Kart herausfordern kann.»

Shit. Ich beiße mir auf die Lippe. Als ob die Realität mit einem dämlichen Videospiel vergleichbar wäre. Als ob es jemals dazu kommen würde, dass mein Dad und er sich begegnen, geschweige denn irgendwas miteinander machen. Shit, shit, shit. «Sorry, das war ein blöder Scherz.» Ich ziehe eine Grimasse, die er nicht sieht, weil er in den Himmel starrt, und sterbe innerlich.

«Ich könnte vorher üben.»

Oh Gott. Ich lache auf, um zu überspielen, dass ich einen

heißen Kopf habe. «Also falls du zufällig mal in die Situation kommen solltest, mit meinem Dad zu spielen, müsstest du auf jeden Fall trainieren.» Wieso habe ich das eigentlich angesprochen, wir waren doch bei einem ganz anderen Thema. Also komme ich wieder auf seinen Großvater zurück. «Hat dein Grandpa sich durch den Unfall verändert?»

«Ich denke schon. Die Leute, die mit ihm zu tun hatten, müssen ihn damals so verachtet haben, auch wenn sie durch Non-Disclosure-Agreements nicht darüber reden durften. Mein Großvater war egoistisch, rücksichtslos und hat sich selbst in allem vollkommen überschätzt. Bis zu dem Tag jedenfalls.»

«Lebt deine Grandma eigentlich noch?»

«Sie ist vor zwölf Jahren gestorben. Bauchspeicheldrüsenkrebs. Nichts, wo dir Geld irgendwie weiterhelfen könnte. Das erdet.»

«Das tut mir leid.»

«Für meinen Dad war es besonders schlimm.»

«Und für dich nicht?»

Er zuckt mit den Schultern. «Nicht auf die gleiche Art. Ich hatte kein so enges Verhältnis zu ihr.»

«Dein Grandpa hat versucht, sein Verhalten wiedergutzumachen, oder? Mit seinen ganzen Spenden?»

«Ja.» William neigt den Kopf, als überlege er, ob er noch mehr dazu sagen soll. Nach einem Moment tut er es. «Seit vierzig Jahren ist er ein Wohltäter. Und der Eindruck, den du von unserer Beziehung bekommen hast, war auch nicht falsch: Ich *habe* ihn geliebt, er war ein toller Großvater. Ich kenne ihn nur großzügig, hilfsbereit, wertschätzend. Er war kunstbegeistert, er hat viele Menschen unterstützt. Er hat mich immer unterstützt. In allem. Aber das ändert nichts daran, dass er zwei Existenzen zerstört hat. Mehr noch, wenn man ihre Familien mitdenkt. Und das ist eine Diskrepanz, die mich manchmal überfordert. Weil ich ihn bewundere, aber gleichzeitig auch verachte und nicht kapiere, wie das gehen kann.»

«Ich wäre wahrscheinlich auch hin- und hergerissen. Hast du je mit ihm darüber geredet?»

«Ja, oft. Er hat mich immer davor gewarnt, wie schnell man die Bodenhaftung verlieren kann. Er wollte verhindern, dass ich ein Arschloch werde.»

«Hat ganz gut funktioniert, würde ich sagen», erwidere ich sanft und drücke seine Hand. Meine ist total verschwitzt.

«Glück gehabt.» Er seufzt leise. «Aber die Vorstellung, dass in Menschen, sogar in denen, die man gut kennt, sogar in einem selbst, solche Untiefen lauern können, macht mich manchmal fertig.»

Seine Finger spielen mit meinen. Ich spüre, wie sein Daumen über meinen Handrücken streicht. Unsere Handflächen kleben förmlich aneinander, aber das ist mir egal. Ich kann ihn nicht loslassen, auch wenn ich da nicht so viel hineininterpretieren sollte, weil ... wir nur Freunde sind. Es ist ein Gespräch unter Freunden. Er hält meine Hand, so, wie er das wahrscheinlich auch bei jedem anderen Freund machen würde.

«Das verstehe ich ...» Ich verstumme schlagartig, als plötzlich die Terrassentür aufgeschoben wird. William zieht in derselben Sekunde seine Hand weg und stößt sich vom Geländer ab.

Garrett.

«Hey, Leute.»

Ich hasse den Gedanken, dass ich erleichtert bin. Erleichtert, dass es nicht Kendra ist. Weil das bedeutet, dass meine Freundschaft zu ihr einen totalen Knacks hat. Einen Knacks, den man nicht kitten kann.

«Ihr seid ja immer noch hier draußen.»

«Dachtest du, wir wären einfach abgehauen?», fragt William fast gelangweilt und geht auf ihn zu. Weg von mir.

Warum fühle ich mich eigentlich ertappt? Wir haben uns nur unterhalten, trotzdem ist mein Puls sofort in die Höhe geschossen. Ich schließe meine Finger zur Faust, weil die Kälte mich unerwartet trifft. Dort, wo gerade noch Williams Hand war, überzieht mich eine Gänsehaut.

«Ich habe die erste Runde verkackt», sagt Garrett. «Und das waren nur die Musikfragen! Scheiße, ich bin echt auf dich angewiesen, um meine Ehre zu retten.»

«Wir wollten gerade wieder reinkommen.»

Nein, wollten wir nicht. *Ich* wollte das nicht. Und ich bin auch nicht scharf darauf, bei einem Quiz vor allen Leuten zu zeigen, welche Wissensdefizite ich habe. Bei Musik hätte ich ja vielleicht noch eine Chance gehabt, aber was kommt jetzt?

«Du kannst zu Kendra ins Team, Eden, dann sind wir gleich viele.» Garrett verschränkt die Finger ineinander und lässt seine Fingerknöchel knacken, und ich frage mich unwillkürlich, ob er nur rausgekommen ist, weil Kendra ihn vielleicht geschickt hat. Der Gedanke macht mir Magenschmerzen.

Schnell ziehe ich mir Williams Pullover über den Kopf. «Danke noch mal.»

William schnappt ihn mit einer Hand und lässt mich mit Garrett vorgehen. Dabei hält er so viel Abstand, dass ich ihn nicht mal aus Versehen berühren könnte.

26. KAPITEL

William

Ich will hier weg. Wenn ich das Verlangen spüren würde, ein Risiko einzugehen, könnte ich auch einfach in acht Metern Höhe auf einer Slackline von North Park bis Saltonstall balancieren. Das kann sich auch nicht gefährlicher anfühlen, als mit Kendra und Eden in einem Raum zu sein und ein dummes Quiz zu spielen.

«*Es gibt Finsternisse im Leben und es gibt Lichter; Du bist eines der Lichter, das Licht aller Lichter.*»

Hannah schlägt sofort auf den Buzzer. «Bram Stoker», sagt sie atemlos. «Dracula.» Von den anderen beiden Gruppen kommt ein genervtes Stöhnen, weil es die dritte Frage in Folge ist, die sie beantwortet. Hannah hält mir strahlend ihre Hand hin, um einzuschlagen, und ich schaffe es nicht, auch nur einen Anschein von Begeisterung zu heucheln. Ich kann nur daran denken, dass ich hier raus will. Sie lässt den Arm irritiert sinken. Scheiße, das war echt mies von mir, sie so hängen zu lassen. Ich lächle gezwungen, auch wenn es mir schwerfällt, und im Augenwinkel sehe ich, wie Eden schnell den Kopf wegdreht.

Wir sind sechs Leute, die sich um den kleinen Stehtisch drängen, auf dem unser Buzzer platziert wurde. Gott sei Dank sind Eden und ich nicht im selben Team. Sie steht mit Kendra und Griffin am Nebentisch mit den Leuten von Saltonstall, und ich kann Kendras Blicke, die jede meiner Handlungen beobachten, förmlich spüren. Nach der Stunde bei Pollard ist es noch schlimmer geworden.

Seitdem Eden und ich wieder reingekommen sind, habe ich sie nicht ein einziges Mal angesehen. Für Außenstehende muss es so aussehen, als würden wir uns kaum kennen.

Wenn ich nicht angeboten hätte, heute Abend die Rechnung zu übernehmen, wäre ich längst gegangen. Aber so bin ich dazu verdammt, bis zum Ende auszuharren und die Trivia Night durchzuziehen. Auch wenn das hier die Nerd-Variante ist, was mir eigentlich liegt, genieße ich das gerade in etwa so, als würde man mir mit einer Zange die Fingernägel ziehen. Einzeln. Langsam und ohne Betäubung.

Wenn Garrett uns eben auf der Terrasse nicht unterbrochen hätte, weiß ich nicht, was ich Eden noch alles gestanden hätte. Ich kann also von Glück reden. Auch, weil die Xanax mich inzwischen so weit entspannt hat, dass ich normal atmen, reden und agieren kann. Wie ein Mensch und nicht wie Frankensteins wiederbelebtes Monster, das vor sich hinbrabbelt. Und sich an Edens Hand klammert.

Ich hatte recht – der Pullover riecht jetzt nach ihr, und vielleicht behalte ich ihn an, bis die Wirkung der Tablette nachlässt. Vielleicht lasse ich sogar die nächste Dosis am Morgen weg, damit es mich noch mehr quält und daran erinnert, was ich nicht haben kann.

Nicht haben will.

Nicht verdient habe.

Verdammt, ich habe nicht zugehört, und Moritz stößt mich in die Seite, weil Hannah schon wieder einen Punkt gemacht hat. Sie ist in unserem Team, was also stört ihn daran?

Hannah ist schnell. Sie ist clever. Sie ist sogar hübsch. Und sie könnte mich nicht weniger interessieren. Genau wie alle anderen Frauen auf diesem verdammten Campus, die nicht Eden Collins heißen. Ich halte einen Daumen hoch, weil ich kein Arsch sein will. Aber weil sie danach meine Nähe sucht, mich immer wieder anfasst und ich das toleriere, bin ich wahrscheinlich doch ein Arsch.

Ein Typ namens Nate aus Saltonstall macht den nächsten Punkt, weil ich zu langsam bin und wahrscheinlich auch zu genervt. Wenn ich dieses ausgelutschte und an Banalität nicht zu toppende Zitat vom kleinen Prinzen noch einmal in meinem Leben hören muss, kotze ich. *Das Wesentliche ist für die Augen unsichtbar.* Jemand, der Antoine de Saint-Exupéry als Lieblingsautor nennt, wäre vermutlich imstande, mich durch Stumpfsinnigkeit umzubringen.

«Team 1 führt mit vier Punkten Vorsprung. Leute, konzentriert euch!» Finnegan, der heutige Quizmaster, erinnert uns noch mal an den Gutschein, den es zu gewinnen gibt. Was mich null interessiert. «Also aus welchem Buch», er hebt mehrmals die Augenbrauen an, «stammt folgendes Zitat: *Welche Rolle spielt das Gehirn im Vergleich zum Herzen?*»

Bevor Finn den Satz vollständig ins Mikro raunen kann, schlägt Hannah schon auf den Buzzer. «Mrs. Dalloway. Von Virginia Woolf.»

«Aah, Fuck!» Griffin stellt seine Bierflasche mit so viel Schwung ab, dass Schaum über den Hals nach unten rinnt. Anscheinend wollen sie uns wirklich schlagen. Was nicht leicht werden dürfte, weil Hannah offenbar ein Zitate-Buch auswendig gelernt hat. Ich kann mir nicht vorstellen, dass sie die Bücher alle gelesen hat. Wahrscheinlicher ist, sie sammelt Quotes auf Goodreads, die in den meisten Fällen nicht mal korrekt sind. Was genau genommen auch wieder ein Arschloch-Gedanke ist.

Die Situation überfordert mich. Die geringere Dosis betäubt mich nicht so, wie ich das brauche. Wie ich das in diesem Moment *ganz dringend* brauche, weil Griffin den Arm um Edens Schulter legt, während er ihr etwas ins Ohr flüstert, sein Gesicht viel zu nah an ihrem. Er ist durchtrainiert, man sieht ihm an, dass er viel Sport macht. Mir hingegen sieht man an, dass ich viele Bücher lese. Gott, ich verfluche meine Gedanken, weil Sun-young mich beobachtet und grüblerisch auf ihrer Unterlippe kaut, als könnte sie in meinen Kopf schauen. Wenn es ihr aufgefallen ist, dann Kendra erst recht.

Ich lache über einen Spruch von Garrett, um vorzugeben, dass ich mich amüsiere und dass mich dieses Spiel irgendwie fesselt. Was es nicht tut. Was mich fesselt, sind die Finger, die einen von Edens Hosenträgern wieder über ihre Schulter schieben, nachdem er runtergerutscht ist. Griffin macht das definitiv langsamer, als es nötig wäre. *Guck nicht hin, es geht dich nichts an.* Selbst wenn wir noch zusammen wären, wäre es okay, oder? Eden kann für sich selbst sprechen. Vielleicht gefällt er ihr sogar. Wenn es so ist, wäre ich der Letzte, der etwas dagegen sagen dürfte. Gott, sie soll einfach nur glücklich sein. Und weil ich das nicht kann, weil ich sie nicht glücklich machen und ihr definitiv nicht geben kann, was sie braucht, kann ich nur hoffen, dass es jemand anders tut. Und es aushalten. *Ubi amor, ibi dolor.* Wo Liebe ist, ist Schmerz. Niemand hat je etwas anderes behauptet.

«Ladys und Gentlemen, das war das Ende von Runde zwei.» Finn gibt den Punktestand durch, was wahrscheinlich die letzte sinnvolle Gelegenheit ist, diese Veranstaltung zu verlassen. Doch ich bin zu träge, der Moment verstreicht.

«Um das Ganze interessanter zu machen, ändern wir die Aufgabe für die dritte Runde. Wrighley hier», er klopft einem Typen mit Karohemd und braunroten Locken auf die Schulter, «wird euch allen ein paar Deep-Talk-Fragen stellen, und ihr müsst sie mit einem Zitat beantworten. Es gibt kein richtig oder falsch. Der Applaus entscheidet darüber, ob ihr einen Punkt bekommt.»

Deep Talk klingt in etwa so angenehm wie der Zusammenstoß mit einem Pick-up-Truck. Es reicht, dass ich Eden meine Probleme erzählt habe, ich muss das garantiert nicht öffentlich in einer Bar wiederholen. Aber die Zuschauer feuern Wrighley mit Pfiffen an, als er von Finn das Mikrofon übernimmt.

«Okay, Leute. Die einzige Vorgabe lautet nun: Filmzitate, keine Bücher, keine Sprüche von irgendwelchen Pinterest-Bildchen, okay? Also, Garrett, du kannst maximal einmal ‹Yippie-Ya-Yeah, Schweinebacke› anbringen, dann ist das Ding durch.»

Unsere Runde fängt an zu lachen.

«Warum?», ruft Garrett. «Das passt eigentlich auf alles im Leben.»

«Jede Antwort darf nur einmal gegeben werden. Und sie muss aus einem Film oder von mir aus auch aus einem Theaterstück stammen. Nicht nur Klassiker, alles ist erlaubt. Wir starten auch mit was Harmlosem, zum Warmwerden. Also, die erste Frage lautet: An welchem ungewöhnlichen Ort würdest du gerne Sex haben?»

Okay, wenn das der Maßstab für harmlos ist, bin ich raus. Das laute «Uhhhh», das durch den gesamten Raum brandet, heißt wohl, dass da noch mehr zu erwarten ist. Und Garrett rammt mich fast zur Seite, so schnell haut er auf den Buzzer. «*Wer immer in Hogwarts um Hilfe bittet, wird sie auch bekommen.*»

Für einen kurzen Moment herrscht Stille, dann folgen Pfiffe, und Moritz kriegt sich nicht mehr ein vor Lachen. Nur Kendra verzieht angewidert das Gesicht. «Sex in Hogwarts? Dein Ernst? Du bist so eklig, Garrett!»

«Mir ist so schnell nichts anderes eingefallen! Außerdem gibt es Millionen von Fan-Fiction-Lesern, die sich das wünschen.»

«Ein Punkt für Team 1. Nächste Frage: Glaubst du an Freundschaft mit jemandem, der das Geschlecht hat, auf das du stehst? Kann man mit jemandem befreundet sein, ohne an Sex zu denken?»

Ganz falsche Frage. Ich darf Eden jetzt nicht ansehen, nicht mal an sie denken, aber es ist fast unmöglich, diesen Drang zu unterdrücken. Mein Blick haftet sich fest an meine Hände, die verkrampft den Rand des Stehtischs umklammern, als wäre das der letzte Halt, bevor ich in die Tiefe gerissen werde.

Griffin ist der Erste am Buzzer. «*Ich glaube, du bist die erste attraktive Frau in meinem Leben, mit der ich nicht schlafen will.*»

Die Leute feiern ihn, und ich hasse es, dass er Eden dabei angrinst und damit klarmacht, dass das Zitat auf ihn ganz und gar nicht zutrifft. Garrett stößt neben mir ein «Fuck» aus.

«Das ist aus *Harry und Sally*. Warum bin ich nicht darauf gekommen? Ich habe den Scheißfilm bestimmt zwanzigmal gesehen.» Mit einem Seitenblick zu Griffin raunt er dann: «Außerdem kann ich den Wichser nicht leiden.»

Danke, Garrett. Vielleicht werden wir doch noch richtig gute Freunde.

Wrighley lässt einen Jingle einspielen, nachdem er den Punktestand verkündet hat, und am Nebentisch wird so lange weitergejubelt. «Was für ein Scheißspiel», murmelt Garrett.

«Du sagst es», bestätige ich ihm knapp. Devin würde spätestens jetzt einen Senior dazu überreden, ihm eine Flasche Aviation Gin zu besorgen, und sich damit zum Kamin zurückziehen. Gott, ich vermisse ihn.

«Wie ist es aktuell um euer Liebesleben bestellt?», fragt Wrighley als Nächstes.

«Scheiße», stöhnt Moritz. «Leute, ich schwöre, alles, was mir einfällt, stammt aus irgendeiner Netflixserie. Zählt das auch?»

Hannah bekommt einen roten Kopf, während sie nachdenkt. Kendra drückt den Buzzer, überlegt und bricht dann doch wieder ab. «...ach Mist, mir liegt es auf der Zunge, aber ... vergesst es.»

Finn schüttelt bedauernd den Kopf. «Niemand? Ach, kommt schon, Leute!»

«Ich bin halb Schmerz, halb Hoffnung.» Eden hat den Buzzer nicht gedrückt, das Zitat aber laut ausgesprochen. Den Film habe ich nie gesehen, aber ich weiß, dass es aus einem Brief von Frederick Wentworth an Anne Elliott stammt. Und ich wünschte, sie hätte das nicht gesagt. Es gibt Schmerz, ja, aber es gibt keine Hoffnung. Hoffnung ist ein Irrtum. Hoffnung ist genauso tot wie Devin. Hör auf zu hoffen.

«Das ist aus *Persuasion.*» Sie räuspert sich. *«Du durchdringst meine Seele. Ich bin halb Qual, halb Hoffnung.»*

Eden dreht verlegen das Glas in ihren Händen. Was ich auch gerne machen würde, um mich an irgendetwas festzuhalten, aber das leere Glas vor mir hat inzwischen jemand weggenommen.

«Sag mir nicht, dass ich zu spät komme, dass solch kostbare Gefühle für immer verschwunden sind», murmle ich. Ich brauche mindestens zehn Sekunden, bis mir bewusst wird, dass ich das nicht nur gedacht habe. Ich fange Kendras Blick auf. Keine Ahnung, wann ich das letzte Mal in meinem Leben rot geworden bin. Mit zwölf? Aber jetzt spüre ich Hitze in meinen Wangen aufsteigen.

«Okay, Leute. Die zwei haben wohl alle Jane-Austen-Liebesfilme nachgespielt.»

Lautes Gelächter. Finn gibt Wrighley ein Zeichen, und es wird wieder ein Jingle eingespielt.

«Wie stellst du dir die perfekte Zukunft vor?», lautet die nächste Frage.

Gar nicht? Mir kommt nur ein Satz aus *Fight Club* in den Sinn: *Erst nachdem wir alles verloren haben, haben wir die Frei-*

heit, alles zu tun. Aber ich halte den Mund. Weil das nicht mal mehr Deep Talk wäre, sondern schon ein kompletter Seelenstriptease. Meine perfekte Zukunft ist die Vorstellung, alles zu verlieren? Großartig. So was kann auch nur ein privilegierter Erbe denken.

Du kannst mir gerne was von deinen Millionen abgeben. Keine Ahnung, wie oft ich diesen Kommentar schon gehört habe, sobald ich auch nur andeute, dass es nicht einfach nur sagenhaft ist, ein Vermögen zu erben. Immer begleitet von nervösem Halblachen, in dem die Hoffnung mitschwingt, dass ich doch bitte darüber nachdenken möge.

Ich höre bei der Antwort nicht zu. Und auch nicht bei der nächsten Frage, bei der Kendra einen Punkt holt. Stattdessen stoße ich Garrett an. «Kann ich dir meine Kreditkarte geben und du regelst das nachher für mich?»

«Aber das Spiel ist doch noch nicht vorbei, lass mich jetzt nicht hängen.»

«Ich bin wirklich durch für heute.» Ich muss hier raus. Noch eine halbe Stunde länger so zu tun, als wäre ich ein Mensch und nicht die personifizierte Verzweiflung, bringe ich nicht fertig. Entweder ich gehe, oder ich besorge mir was zu trinken, weil sich das hier nicht länger ohne Alkohol ertragen lässt.

Garrett nickt abwesend, der Großteil seiner Aufmerksamkeit ist auf die nächste Frage gerichtet. Ich greife nach seinem Whiskeyglas, das er bisher kaum angerührt hat.

«Was macht dich beim Sex so richtig an? Was ist das Erotischste, das man dir dabei sagen kann?»

Schon bei der Frage wird laut gelacht, aber niemand meldet sich. Ich will nicht darüber nachdenken, welche Wirkung Edens Stöhnen auf mich hat, aber natürlich denke ich doch daran und schließe die Augen. Für zwei Sekunden. Dann stößt Garrett ein lautes «Ach, was soll's» aus, bevor er die Hand nach dem Buzzer ausstreckt. «*Ich schlafe nie mit jemandem. Ich ficke. Hart.*» Er räuspert sich in die Stille hinein, die sekundenlang anhält. «Ist nicht von mir, okay? Nur ein Zitat.»

Lachen dröhnt durch den Raum.

Und ich kippe den Whiskey hinunter.

27. KAPITEL

Eden

Oh Gott, Garrett. Er hat wirklich *Fifty Shades of Grey* gesehen? Und was sagt das über mich aus, dass ich es sofort erkannt habe? Kendra starrt ihn für mindestens dreißig Sekunden an, als hätte sich ihr Blickwinkel auf Garrett mit einem Mal komplett verschoben. Schließlich dreht sie mit einem entgeisterten Gesichtsausdruck den Kopf zu mir, und ich muss meine Mundwinkel zwingen, nicht zu zucken. «Jetzt habe ich Kopfkino. Ganz schlimmes Kopfkino. Und ich will keine Bilder von Garrett in meinem Kopf haben. Das muss wieder weggehen, sofort.» Aber dann prustet sie los und fällt in das Gelächter der anderen mit ein.

Es ist das erste Mal seit Devins Tod, dass ich sie so lachen höre, und diesen Moment, dieses Stück Normalität möchte ich mit aller Kraft festhalten. Mein Blick geht automatisch zu William, der mich über den Rand eines Glases ansieht, das er gerade geleert hat. Ich muss an die Nacht denken, als wir uns das erste Mal geküsst und miteinander gefeilscht haben, wie lange wir das tun dürfen, bevor es zu heiß wird.

Nur zehn Sekunden, Will. Okay?

Zwanzig Sekunden.

Ja, zwanzig Sekunden.

Zwanzig Sekunden, in denen seine Hände über meinen Po

gestreichelt haben und seine Erektion sich gegen mich gepresst hat. Zwanzig Sekunden, in denen sein Stöhnen sich mit meinem vermischt hat, bis er plötzlich gesagt hat: *Zeit ist abgelaufen.*

Ich schlucke. Unsere Zeit ist abgelaufen.

Mein Blickkontakt mit William wird jäh unterbrochen, als sich eine Hand auf meine Hüfte legt und ich mich überrascht umdrehe.

«Pech im Spiel ...» Griffin zuckt grinsend mit den Schultern. «Jetzt, wo wir offiziell abgelost haben – hast du noch Lust auf einen Drink?» Er hält mir ein volles Cocktailglas hin.

Ich weiche ein kleines Stück zurück, um seine Hand von meiner Hüfte abzuschütteln, und überlege, was ich sagen kann, ohne zu abweisend zu sein.

Ich muss noch arbeiten.

Ich muss in mein Zimmer, weil ...?

Was Besseres fällt mir nicht ein. Ich könnte auch einfach sagen: Sorry, ich habe kein Interesse. Aber dann lacht er mich vermutlich aus, weil er ganz sicher nichts anderes gemeint hat als das, was er tatsächlich gefragt hat. Es ist nur ein Drink. Er hält mir immer noch das Glas hin, und ich reiße mich zusammen und nehme ihm den Cocktail mit einem dankbaren Nicken ab. Wir haben einen netten Abend. Wir haben Spaß. Das ist alles.

Außer dass Hannah in diesem Moment William einen Arm um den Hals legt und ihm etwas zuflüstert, was ihn zum Lachen bringt. Und das lässt etwas Dunkles in mir aufbrechen. Etwas Hässliches. Etwas Schmerzhaftes. Mit ihr kann er ganz unbefangen sein. Er muss nicht befürchten, dass ihn jemand für diese Beziehung verurteilt. Ihretwegen ist Devin schließlich nicht ertrunken. Die beiden haben sich vorher nicht mal gekannt, glaube ich.

«Also?» Griffin sieht mich erwartungsvoll an, und ich habe

keine Ahnung, was er gefragt hat. Also greife ich auf die bewährte Taktik von Nicken und Lächeln zurück, in der Hoffnung, dass ich meine Unaufmerksamkeit damit kaschieren kann.

«Cool. Freut mich echt. Hätte nicht gedacht, dass du Ja sagst, weil ... Na ja, es ging das Gerücht, dass zwischen dir und Grantham was läuft.»

Was? Wovon reden wir hier gerade?

«Für welches Thema hast du eigentlich abgestimmt?»

Thema? Was für ein Thema? Oh Gott, wozu habe ich Ja gesagt? Habe ich ihm jetzt irgendwas versprochen? «Ich weiß es nicht mehr», antworte ich ausweichend.

«Ich war für Gremlins, aber Dark Christmas geht auch klar.»

Die Weihnachtsfeier in zehn Tagen. Das Motto, für das wir abstimmen durften. Daran habe ich überhaupt nicht mehr gedacht, obwohl ich sogar doppelt damit zu tun habe. Wir werden in dieser Woche mit Mr. Barney etliche Kränze und Girlanden vorbereiten, hat Rupert heute noch gesagt. Habe ich Griffin etwa versprochen, mit ihm da hinzugehen? Ich muss ihn wohl oder übel fragen, sonst wird das später nur noch peinlicher. Shit, shit, shit.

«Entschuldige», fange ich an. «Ich ... ähm ... ich hatte heute einen echt anstrengenden Tag und bin nicht mehr so richtig aufnahmefähig. Was hast du mich gefragt?»

«Für welches Motto du abgestimmt hast.»

«Nein, ich meine davor.»

«Ob du mit mir hingehen willst. Du willst doch, oder?»

«Nein. Ja. Ich meine, natürlich habe ich Lust, hinzugehen.»

«Mit mir?» Er grinst herausfordernd, nicht im Geringsten verunsichert von meinem Herumgeeiere. Es wirkt ansteckend. Griffin scheint wirklich nett zu sein und in diesem Moment auch ziemlich flirty. Ich habe mir um die Weihnachtsfeier noch überhaupt keine Gedanken gemacht, und es könnte schlimmer laufen, als mit jemandem wie Griffin zusammen dorthin zu gehen. Zum Beispiel ganz allein hinzugehen. Aber ich weiß nichts über ihn, außer dass er Basketball spielt und *Harry und Sally* gesehen haben muss. Und dass er ein guter Verlierer ist. Es scheint ihm völlig egal zu sein, dass wir bei der Trivia Night gerade gemeinschaftlich versagt haben. Er nimmt sich selbst offenbar nicht zu ernst – eine Eigenschaft, die zweifelsohne sympathisch ist.

Hannah stößt mit ihrem Glas an Williams leeres – was soll das denn? – und lächelt ihn an. Den ganzen Abend hat sie keinen Zweifel daran gelassen, dass sie William mag. Und ich hasse es, dass ich sie darum beneide, wie eloquent sie bei Cushing aufgetreten und wie belesen sie ist. Im Gegensatz zu mir. «Okay. Das wird bestimmt nett.»

«Du wohnst im North Park, richtig? Dann hole ich dich da ab.» Er zieht sein Handy aus der Tasche. «Gib mir deine Nummer, dann können wir noch wegen der Uhrzeit texten.»

«Ich ... mein Handy ist ...» Kaputt? Was technisch gesehen stimmt, aber ich will weder darüber reden, was mit meinem alten passiert ist, noch darüber, warum ich mir nicht einfach ein neues kaufe. «Ich hab es gerade nicht dabei.»

«Aber deine Nummer weißt du doch auswendig? Oder ist das eine Abfuhr, und ich bin nur zu blöd, das zu kapieren?»

«Nein. Ich ... ich speichere sie dir ein.» Ich nehme ihm das Telefon ab und tippe meine alte Nummer ein. Hoffentlich macht er keinen Testanruf. Ich schaue nachher noch mal nach den gebrauchten Handys. Vielleicht finde ich ja noch ein preiswerteres und kriege das in den nächsten Tagen geregelt. Als ich Griffin sein Telefon zurückgebe und hochgucke, fange ich Williams hochgezogene Braue ein und schlucke. Ich überlege, Griffin noch etwas zu sagen, wie: *Wenn du mich nicht erreichst, kannst du auch im Wohnheim anrufen. Ich schalte das Handy zum Lernen öfter aus.* Aber das würde mich dastehen lassen wie ein Freak.

«Okay, ich rufe dich an. Wie lange muss ich warten, bis es nicht so rüberkommt, als hätte ich es echt nötig?» Er lacht und sieht kurz zur Decke. «Sind zwei Tage lang genug?»

«Zwei Tage lassen dich nicht allzu verzweifelt wirken.» Jetzt muss ich auch lachen. Und gleichzeitig kriecht mir ein schlechtes Gewissen den Nacken hoch, weil ich wegen des Handys lüge. Und genau genommen auch wegen dieses Dates. Er ist wirklich nett, aber ich weiß genau, dass ich auf keine weiteren Annäherungsversuche eingehen werde. Ich stelle den halb vollen Drink ab. «Ich muss jetzt leider los. Wir seh'n uns, ja?» Ich nicke ihm zu, sage Kendra und Sun-young Bescheid, dass ich müde bin und ins Wohnheim zurückgehe, bevor ich verschwinde.

Es war ein netter Abend. Oder vielleicht auch eine riesige Dummheit.

• • •

Zurück in meinem Zimmer kreisen meine Gedanken immer noch um den Abend.

Als ich gegangen bin, habe ich William nicht einmal angesehen, und seitdem spule ich gedanklich jede Interaktion zwischen uns immer wieder ab. Wir haben geredet, ja, aber da ist so viel Unausgesprochenes zwischen uns. Und auch wenn er verbal mehr als deutlich klargemacht hat, dass er nicht mit mir zusammen sein will, bringe ich das nicht mit seinem Verhalten zusammen. Damit, dass er bei Cushing für mich den Kopf hingehalten hat. Dass er heute Abend auf der Terrasse meine Hand gehalten hat. Dass er mir seinen Pullover gegeben hat. Vielleicht ist er einfach nur dazu erzogen, freundlich und aufmerksam zu sein. Aber vielleicht auch nicht.

Das verdammte Zitat, das ich ausgewählt hatte, trifft wirklich perfekt auf mich zu. Ich *bin* halb Schmerz, halb Hoffnung. Und beides verstärkt sich gegenseitig.

Während ich das Klamottenchaos in meinem Zimmer beseitige und mich umziehe, fällt mir ein, dass ich auf dem Laptop immer noch in Kendras Netflix-Account eingeloggt bin, und nur in Unterwäsche starte ich die erstbeste Serie, die mir angezeigt wird. Völlig egal, was es ist, ich brauche nur die Geräusche, um den Lärm in meinem Kopf auszublenden. Brauche Musik, Stimmen, irgendetwas, um die schreienden Fragen in mir zu übertönen. Das Intro läuft noch, als ich Slip und BH in den kleinen Korb in meinem Schrank werfe, in dem ich die schmutzige Wäsche sammle, und mir etwas Frisches aus dem Fach hole. Ein einfaches weißes Trägertop und zu weite, aber ultrakurze Shorts, die mein Dad irgendwann in der falschen Größe für mich gekauft hat, die aber perfekt zum Schlafen sind. Damit werfe ich mich aufs Bett und ziehe den Laptop auf meine Knie.

Die Flurtür geht mehrmals, und jedes Mal fällt sie geräuschvoll zu, weil sie niemand festhält. Deshalb war dieses Zimmer wohl noch frei, aber ich habe mich inzwischen echt daran gewöhnt. Und ich habe angefangen, die unterschiedlichen Gangarten zuzuordnen. Ich bin mir zum Beispiel sicher, dass die quietschenden Sneaker zu Morris gehören und dass Sheelas High Heels dieses klackernde Geräusch machen, das ich nur am Wochenende höre, weil sie den Rest der Woche lautlose Stan Smiths trägt. Ich drehe den Ton vom Laptop lauter, als das vierte Mal die Flurtür geht. Diesmal fällt sie aber nicht zu, zumindest höre ich es nicht. Dafür nehme ich wahr, dass die Schritte nicht direkt vorbeigehen, sondern kurz stehen bleiben. Klingt nach Ledersohlen. Und kaum habe ich das registriert, stockt mein Herz für den Bruchteil einer Sekunde, nur um anschließend in doppelter Geschwindigkeit wieder loszustolpern.

Mit einem Fingertipp schalte ich den Ton aus. Die Schritte laufen fast in derselben Sekunde weiter, aber ich bin mir sicher, dass sie direkt vor meiner Tür angehalten haben müssen. Außerdem ... hat es eben leise geknistert oder bin ich jetzt komplett durchgedreht? Womöglich brauche ich einen Hirnscan. Oder eine verdammte Therapie.

Nach einer halben Minute geht der schmale Streifen Licht aus, den ich unter der Tür sehe, und es ist still.

Dieses Knistern ... Als hätte jemand etwas vor meiner Tür abgelegt. Ich klappe den Laptop zu, schwinge die Beine aus dem Bett und gehe zur Tür. Bevor ich sie aufziehe, horche ich für mehrere Sekunden, aber mein verdammter Puls rauscht so laut in meinen Ohren, dass es sinnlos ist. Ich ziehe die Tür nur einen kleinen Spalt weit auf. Auf dem Flur ist es stockdunkel, aber vor meiner Tür liegt etwas.

Ein Luftpolsterumschlag.

Ich habe also doch richtig gehört. Schnell hebe ich das Päckchen auf und drücke die Tür zu. Es steht etwas auf dem Umschlag geschrieben, über einer Bostoner Adresse.

Es ist gestern bei mir angekommen.
Sie konnten deine Daten retten,
und ich schätze, du kannst
es jetzt gut gebrauchen.

Williams Handschrift.

Er hat gesehen, dass ich Griffin meine Nummer gegeben habe, und er kann zwei und zwei zusammenzählen. Nur dass er dabei auf fünf kommt. Meine Finger verkrampfen sich um das Päckchen.

Ich dachte, er hat es vergessen. Dass ich ihm mein Handy überlassen habe, ist Wochen her. Damals war es mir noch so wichtig, meine ganzen Fotos, die alten Nachrichten von Lark retten zu können, aber durch Devins Tod ist das alles verblasst. Doch jetzt flammt die Hoffnung wieder auf. Hoffnung und Verzweiflung. Ich knibble den Umschlag auf und lasse das Telefon in meine Hand gleiten. Es sieht aus wie neu. Das Glas ist spiegelglatt, nicht mal Fingerabdrücke sind zu sehen. Aber an der Seite finde ich an zwei Stellen die kleinen Macken, wo es mir auf den Boden geknallt ist. Es ist wirklich mein Handy. Ich habe es wieder.

Innerhalb von Sekunden habe ich meine alte SIM-Karte eingelegt und es gestartet. Der Akku zeigt achtundneunzig Prozent. Oh Gott, es ist alles da. Meine ganzen Fotos, meine Chatverläufe. Larks Nachrichten. Wahrscheinlich auch alle seine als gelöscht markierten Nachrichten, deretwegen ich nie wissen werde, was er mir nur Minuten vor seinem Suizid geschrieben hat.

Das ist etwas, das William und ich gemeinsam haben. Er hatte auch keine Möglichkeit, mit Devin zu reden oder sich von seinem besten Freund zu verabschieden. Sein Verlust war genau wie bei mir ein Ereignis, das seine Welt in zwei Teile gerissen hat. In ein Davor und ein Danach. Und ich gehöre zum Davor. Ich kann ihm kaum einen Vorwurf machen, dass er das nicht mehr kann. Das mit uns. Ich verstehe ihn.

Ich schlucke, lege das Handy auf den Schreibtisch, greife mir stattdessen meine Schlüsselkarte und tapse barfuß aus dem Zimmer über den Flur, ohne das Licht einzuschalten.

Sicher ist William noch wach. Ich will ihm nur danken und ... verdammt, ich will so viel mehr als das, auch wenn ich weiß, dass ich es nicht bekommen werde. Es nur zu wollen, ist schon ein Fehler. Weil ich mehr als alles andere will, dass er irgendwann wieder glücklich werden kann.

Ich klopfe leise. Dann klopfe ich noch einmal lauter, höre, wie sich eine Schranktür schließt. William zieht die Zimmertür auf und gleichzeitig mit der anderen Hand ein schwarzes Shirt über seinen flachen Bauch nach unten. Dazu trägt er bequeme Jogginghosen, die so untypisch für ihn sind, dass ich ihn für einen Moment nur anstarren kann.

Verdammt, hör auf. Sieh nicht hin. Denk nicht daran, dass es dir die Kehle austrocknet vor lauter beschissener Sehnsucht nach ihm.

Weil ich noch damit beschäftigt bin, seinen Anblick zu verdauen, kommt er mir zuvor. «Du hast es gefunden, oder? Ich dachte, du schläfst schon. Ich wollte dich nicht wecken.» Sein Blick wandert für eine Millisekunde über meine Shorts, mein weißes Top bis hoch zu meinem Gesicht. So kurz, dass es nichts bedeutet, aber trotzdem greift er sich mit der Hand im gleichen Moment in sein Haar. In einer typischen William-Verlegenheitsgeste lässt er die Strähnen halb über seine Stirn und das Feuermal um sein Auge fallen.

Shit, ich hätte mir schnell noch was überziehen sollen, das ist mir jetzt klar. Eine Gänsehaut überzieht mich. Wahrscheinlich sieht man meine Brustwarzen unter dem dünnen Stoff, und ich hasse es, dass man sich als Frau über so was immer Gedanken machen muss. Ich hatte es nur eilig, zu ihm zu kommen. Ich habe nicht daran gedacht, dass es vielleicht aufdringlich wirken könnte, und jetzt wünsche ich mir sehnlichst eine dicke, übergroße Strickjacke herbei.

«Ich wollte nur schnell Danke sagen.» Deshalb laufe ich so rum, füge ich in Gedanken hinzu. Nicht, um dich auf eine billige Art anzumachen. Ich lächle gequält und verschränke die Arme vor der Brust. «Das Handy sieht aus wie neu. Es ist perfekt. Alles ist noch da, meine ganzen Fotos, die alten Nachrichten. Danke, Will.» Ich hebe die Schultern an, denn jetzt kommt der unangenehme Part, von dem ich befürchte, dass er sauer werden könnte. «Aber ich würde gern wissen, was es gekostet hat. Es lag keine Rechnung im Umschlag.»

Williams Kiefermuskeln spannen sich an. «Es ist mir scheißegal, was es gekostet hat.»

Tief durchatmen. Wir haben darüber gesprochen. Ich verstehe sein Problem mit meiner Dankbarkeit und auch, dass das Geld für ihn keine große Sache ist, weil es ihm nicht wehtut. Aber er muss mich auch verstehen. «Es ist mir aber nicht egal. Ich will nicht, dass du das für mich bezahlst. Vor ein paar Wochen, als ...» *Wir noch zusammen waren, war das etwas anderes, aber jetzt sind wir nicht mehr zusammen.* Ich beende den Satz nur in Gedanken, aber ich bin sicher, dass die ungesagten Worte William dennoch in den Ohren dröhnen.

«Okay.» Er stößt heiser den Atem aus, dann nickt er langsam. «Also wenn du es genau wissen willst: Für den Preis hättest du auch ein neues bekommen.»

«Oh. Wirklich?» Das kann ich ihm nie zurückzahlen. Zumindest nicht auf einmal. Maximal in monatlichen Raten. Oh Gott, er muss mich für irre naiv halten.

«Ja, wirklich. Du hättest ein nagelneues haben können mit doppelt so großem Speicher und Pro-Kamera. Und es ist mir immer noch scheißegal, Eden.» In seinen grünblauen Augen blitzt es auf.

«Aber ...»

«Ich hätte auch das Zehnfache bezahlt, ohne eine Sekunde darüber nachzudenken.»

Verdammt, William Grantham! Wie kann er das sagen, wenn es ihm doch nichts bedeutet? «Du hättest mich vorher fragen können, ob es mir das wert ist.»

«Und was hättest du dann gesagt? Dass sie es verschrotten sollen? Mit den Fotos deines toten besten Freundes? Mir war es das wert, also lass es einfach, Eden.»

«Will, du ...» Ich suche noch nach einer passenden Antwort, als das Licht im Hausflur angeht. Die Flurtür prallt gegen die

Wand, dann erklingen laute Schritte. Wer auch immer da kommt, wird gleich um die Ecke biegen.

William stößt einen leisen Fluch aus, dann zieht er mich am Arm in sein Zimmer und drückt die Tür zu. So vorsichtig, dass man es kaum hören kann. Er legt warnend einen Finger an seinen Mund. Und nur eine Sekunde später schaltet er das Licht in seinem Zimmer aus, und wir stehen im Dunkeln.

28. KAPITEL

Eden

Okay, er muss es nicht aussprechen. Mir ist selber klar, wie es wirken muss, wenn man mich halb nackt vor seiner Tür sieht. Kendra wohnt zwar eine Etage über uns, aber es könnte Garrett sein oder irgendjemand anders, der Kendra gegenüber eine Bemerkung fallen lassen würde. Aber warum macht William das Licht aus?

«Warum ...»

Er legt mir sofort eine Hand auf den Mund, damit ich still bin. Und ich halte still, weil sie nach Seife und nach ihm riecht. Weil die Berührung fest und bestimmt ist und ich mich frage, wie es sein kann, dass mich das so anmacht und es direkt in meinem Schoß zu pochen beginnt.

Als hätte William es geahnt, halten die Schritte genau vor seiner Zimmertür inne, und es klopft.

«Hey, bist du noch wach?»

Es ist wirklich Garrett. Typisch!

Mein Atem geht schneller, und der Druck von Williams Hand wird stärker. Er presst mich gegen die Wand, damit ich keinen Laut von mir gebe. Dabei würde ich jetzt nicht mal was sagen, selbst wenn mein Leben davon abhinge.

«Will?», fragt Garrett.

Williams Oberkörper drückt sich gegen mich. Meine Finger

krallen sich in seinem Rücken in das Shirt. Er ist mir so nah, dass es mir einen Hitzeschauer über den Körper jagt. Meine Brustwarzen ziehen sich zusammen. Sein Puls geht mindestens so schnell wie meiner. Wir halten beide den Atem an, und ich hoffe, Garrett wartet die ganze Nacht vor der verdammten Tür, damit wir so stehen bleiben müssen, genau so.

Garrett klopft nicht noch mal, und nach einigen Sekunden geht er weiter in Richtung seines Zimmers. Enttäuschung durchflutet mich. Oh Gott, ich bin so erbärmlich. Alles in mir schreit nach Wills Berührung. Wie lange dürfen wir so stehen bleiben, als würden wir nur darauf warten, dass die Luft rein ist? Sind drei Stunden realistisch?

Williams Hand löst sich langsam von meinem Mund. «Tut mir leid», sagte er fast schroff, und das klingt kein bisschen danach, als meinte er es so.

Ich schlucke. Mir tut es nicht leid.

William weicht nicht zurück. Sein Körper drängt sich immer noch an meinen, sein Kopf direkt neben mir. «Hör auf, Eden. Hör auf, mir dankbar zu sein.» Seine Stimme klingt eigentlich immer rau, so als müsste sie sich gerade aus dem Tiefschlaf kämpfen, aber jetzt ist sie geradezu brüchig.

Ich kann meine Finger nicht lösen, so fest haben sie sich in sein Shirt gekrallt. Ich nicke. Die minimale Bewegung reicht aus, dass meine Haut über seine streift. «Okay», flüstere ich. «Okay, ich bin nicht mehr dankbar.» Ich weiß zwar nicht, wie ich das anstellen soll, aber es ist mir egal, wenn meine Worte nur dafür sorgen, dass wir für immer so stehen bleiben und das Blut auf diese Art durch meinen Unterleib rauscht und alles in mir zum Vibrieren bringt. Ich erschauere.

«Ist dir kalt?», fragte er, und da liegt etwas in seinem Ton, das mich direkt noch einmal erzittern lässt.

«Nein.»

William fühlt sich so gut an, alles an ihm fühlt sich warm und richtig an, und vor Sehnsucht zieht sich mein Unterleib zusammen. Ich sollte ihn loslassen, das weiß ich, aber ich kann nicht. Ich küsse ihn nicht, ich darf nicht, aber wenn mein Mund die kleine Stelle vor seinem Ohr berührt, wo die Haut ganz weich ist, und dann seinen Kiefer entlangfährt, ist das kein Küssen, oder? Er riecht so unglaublich gut. Ich seufze und dränge ihm meine Hüfte entgegen. Spüre den Druck von seinem Oberkörper an meinen Brüsten und seine Hand, die mir eben noch den Mund zugehalten hat und nun in mein Haar greift und meinen Kopf zurückzieht.

«Sicher, dass dir nicht kalt ist?», keucht er heiser. «Du hast so verflucht wenig an, Eden.» Seine Nase streift meinen Hals, und ich frage mich, ob er das absichtlich gemacht hat, weil es mich schon wieder zum Erschauern bringt.

«A-absolut sicher.» Ich versuche einen klaren Gedanken zu fassen, aber mein Körper ist eindeutig dagegen. Und als Will sich revanchiert und seine Lippen über meine Haut gleiten, gebe ich die Hoffnung, mich zusammenzureißen, komplett auf. Unter seinem Mund bahnt sich ein tiefes Stöhnen den Weg durch meine Kehle.

Ich spüre sofort, wie Williams Körper sich anspannt, und verfluche mich dafür.

Es tut mir leid, aber ich kann nichts dagegen tun, und wenn du nicht willst, dass ich stöhne, darfst du mir einfach nicht so nah kommen.

Ich habe es laut gesagt. Oh mein Gott.

Ich. Habe. Das. Laut. Gesagt.

Ich habe praktisch zugegeben, wie sehr er mich erregt. Dass ich ihm hilflos ausgeliefert bin. Dass er alles von mir haben kann. Mein Gesicht fängt an zu glühen.

«Gott, Eden», keucht William auf.

Und das zieht mir den Boden unter den Füßen weg, weil ich dafür sterben könnte, wie er das sagt. Gott-Eden. Als wäre es ein Wort. Als würde er mich gleichzeitig verfluchen und vergöttern. Hassen und lieben. Gott-Eden.

«Bitte», flüstere ich, und damit meine ich alles. Bitte hör nicht auf. Bitte lass mich nicht los. Bitte stoß mich nicht von dir weg.

Und das tut er nicht.

Als seine Hand über meinen Hals nach unten fährt bis zum Rand meines Tops, als seine Finger sich so nachdrücklich in den Stoff haken, als hätte er selbst gar keine Kontrolle mehr darüber, als er ihn über meiner Brustwarze nach unten zieht, stöhne ich wieder auf. Seine Hand packt meine nackte Brust und drückt sie. Erst fest, dann ganz sanft. Mit dem Daumen reizt er meine empfindliche Spitze.

«So?», fragt er keuchend. «Ist es das, was du brauchst?»

«Ja. Mehr.»

Oh Gott, ich muss den Mund halten, aber ich kann nicht.

Ich schließe die Augen, weil sie brennen. Tränen sammeln sich hinter meinen Lidern, wie immer, wenn meine Gefühle so durchdrehen.

Williams Atem strömt warm über meine Brust. Und dann umkreist seine Zunge meine Brustspitze, seine Lippen umschließen sie sanft. Sein Mund ist so heiß, dass ich es kaum aushalte. Meine Finger lösen sich endlich von seinem Shirt, fahren in seine Haare, halten seinen Kopf fest, damit er ja nicht aufhört. Überrascht sauge ich den Atem ein, als sich seine Hand plötzlich zwischen meine Schenkel schiebt. Sanft streichelt er über die Innenseite nach oben, und ich spreize die Beine, mache ihm Platz, schnappe nach Luft, als sein Daumen unter den lockeren Stoff gleitet und mich zwischen den Beinen berührt.

All die Gedanken, die sich seit Wochen in einer Endlosschleife aus Schmerz und Hoffnung bewegen, verstummen vollständig. Mein ganzes Sein konzentriert sich nur noch auf seine Berührung.

William presst die Stirn gegen meinen Brustkorb. Ich spüre seinen heißen Atem auf meiner nackten Haut und seine Hand, die sich weiter in meine Shorts schiebt und meine Mitte streichelt. Mit einem Finger dringt er unvermittelt in mich ein, und ich stöhne auf. Das ist keine Welle, die mich durchströmt, sondern ein Schlag, der so plötzlich kommt, dass er durch meinen ganzen Körper widerhallt. «Oh Gott, Will.»

Er wiederholt es. Dringt wieder in mich ein, diesmal mit zwei Fingern, und lässt sie dann so langsam hinausgleiten, dass ich wimmere. Er hebt den Kopf, flüstert, raunt mir ins Ohr. «Ich gebe dir, was du brauchst, Eden. Sag mir nur, was du willst.»

«Genau das.» Oh Gott, ich brauche ihn. In mir.

Tief stößt er mit den Fingern in mich, und jedes Mal zieht er sie noch langsamer heraus. So unendlich langsam und bedächtig, dass ich am ganzen Körper anfange zu zittern und mich an ihm festkrallen muss.

Ich will ihn auch anfassen, will ihn auch dazu bringen, sich so überwältigt zu fühlen, aber bevor ich die Chance dazu bekomme, geht Will in die Knie und presst seinen Mund gegen meinen Schoß.

Die feuchte Hitze seines Atems, seine Finger, die immer noch in mir sind – oh Gott. Mein Kopf stößt gegen die Wand. William küsst mich durch den Stoff, dann schiebt er ihn zur Seite. Die erste Berührung seiner Zunge schießt wie ein Stromschlag durch mich hindurch. Er hebt mein Bein an, legt es über seine Schulter, um mehr Platz zu haben. Im nächsten Moment dringt er mit der Zunge in mich ein, spielt mit mir, lässt sie nach oben gleiten, trifft genau den richtigen Punkt, umkreist ihn so lang, reizt ihn, dass mir das nächste verzweifelte «Bitte» entschlüpft. *Bitte hör auf. Bitte mach weiter.* Ich weiß es nicht. *Bitte.*

Er fängt an, an mir zu saugen, während seine Finger sich tief in mir bewegen. Mein Atem geht hektisch, meine Beine zittern. Das Pochen, das sich in mir ausbreitet, baut sich zu einem Druck auf, dem ich nicht standhalten kann. Als ich komme, ist es wie Sterben. Mein Unterleib zuckt, die Beine drohen, unter mir wegzuknicken, und ich fühle mich auf eine Art schwach wie noch nie zuvor in meinem Leben.

William lässt mein Bein vorsichtig von seiner Schulter gleiten, aber er hält mich weiter fest. So lange, bis das Beben in mir nachlässt und ich sicher stehe. Dann gleitet er an mir hoch, küsst meinen Bauch, meine Brüste, meinen Hals. Vergräbt sein Gesicht in meinem Haar, aber er küsst mich nicht auf den Mund.

Ich versuche, meinen Atem wieder in den Griff zu bekommen, und streichle über seinen Rücken nach unten. Oh Gott, ich liebe ihn so bedingungslos. Ich will, dass er dasselbe fühlt wie ich. Wünsche mir, dass er genau dieselben überwältigenden Gefühle durch mich spürt wie ich durch ihn. Meine Hände fahren über seinen Po, schieben sich nach vorn und suchen seine Erektion. William wirkt benommen. Einige Sekunden lässt er mich gewähren, doch dann hält er plötzlich meine Hände fest. «Nicht, Eden.»

Sein Nein katapultiert mich mit einem Ruck zurück in die Wirklichkeit. Die Wirklichkeit, in der wir nicht mehr zusammen sind. In der wir nur wegen Garrett in diese Situation geraten sind, eine Situation, die eskaliert ist. Er will nicht, dass ich ihn anfasse.

«Ich kann das nicht.»

Mir bleibt die Luft weg, so sehr schmerzt dieser Satz. Ich gebe dir, was du brauchst, hat er zu mir gesagt. Und nicht: Ich nehme mir, was ich will. Es ist nicht nur die verbale Abfuhr, die sich wie ein Schlag ins Gesicht anfühlt, sondern auch seine körperliche Reaktion. Ich war mir so sicher, dass er ebenfalls erregt war, dass er ebenso viel Lust empfunden hat. Er hat gekeucht, sein Puls ist genauso gerast wie meiner, oder? Aber wenn ich darauf geachtet hätte, hätte ich es längst gespürt. Er ist nicht hart geworden. Keine Erektion.

Das sollte okay sein, aber ... nein. Vielleicht, wenn man zusammen ist, wenn man sich voll vertraut, wenn man darüber reden kann. Aber nicht so. Es fühlt sich in diesem Moment einfach nur demütigend an. «Wolltest du es nicht?», bricht es aus mir heraus, und ich kämpfe gegen die Tränen an. «H-habe ich dich dazu gedrängt? Habe ich ...»

«Gott, nein.» Er wirkt fassungslos. «Ich wollte es. Aber ich kann dir nicht mehr geben als das, Eden. Ich habe ...» Er bricht ab. Und ich wünschte so sehr, er würde mir sagen, was in ihm vorgeht. Doch sein Gesicht verschließt sich. «Ich kann das jetzt nicht», wiederholt er.

Jetzt? Was heißt das, er kann das *jetzt* nicht?

Vermutlich sieht er die Frage auf meinem Gesicht, denn er fühlt sich anscheinend genötigt, dieses Gespräch mit einem gequälten «Es geht nicht, Eden» abzuwürgen.

Ich halte mir beide Hände vors Gesicht, weil ich mich so schäme. Ich verstehe gar nichts mehr. Wie konnte ich die Situation nur so falsch einschätzen?

William zieht den Träger meines Tops nach oben, was eine absurd fürsorgliche Geste ist, nachdem er mich gerade abgewiesen hat.

Ich muss hier weg. Nur noch weg. Aber meine Beine sind immer noch zittrig. Mein Körper fühlt sich völlig schwach und willenlos an. Egal. «Ich muss ... gehen.»

«Warte.» Er hält einen Arm vor die Tür, um mich daran zu hindern, zu verschwinden. «Es hat nichts mit dir zu tun.»

Nein, natürlich nicht. «Bitte hör auf, Will. Du machst es nur schlimmer. Oh Gott, ich schäme mich so.» Ich wische mir die Tränen weg, die mir über das Gesicht laufen.

«Du hast keinen Grund, dich zu schämen. Im Gegensatz zu mir. Ich ...» Er setzt an, mir irgendeine blödsinnige Erklärung aufzutischen, damit ich mich besser fühle. Aber ich kann mir das jetzt nicht anhören.

«Bitte entschuldige, dass ich gekommen bin.» Oh mein Gott. Mein Auflachen klingt völlig überreizt. «Bitte entschuldige, dass ich hierhergekommen bin. Ich wusste, dass du mich nicht sehen willst, und es tut mir unendlich leid, Will. Ich weiß einfach nicht, wie ich aufhören soll, dich zu lieben. Aber ich bekomme das irgendwann und irgendwie hin. Ich will nicht, dass du deswegen Mitleid mit mir hast.»

«Weißt du eigentlich, was du da redest? Gott, Eden!»

Gott, Eden. Er hat es wieder gesagt, aber jetzt klingt es ganz anders.

Ich schiebe ihn zur Seite, reiße die Tür auf und flüchte über den Flur. Ich weiß nicht, wie ich William jemals wieder ins Gesicht sehen soll.

29. KAPITEL

William

Eden ist schon seit mehreren Minuten weg, und ich halte immer noch die Türklinke in der Hand. Die Tabletten haben mich in diese Situation gebracht. Ich habe vorhin die andere Hälfte genommen. Im *Public Domain*. Als Eden Griffins Handy in der Hand hatte und ihm ihre Telefonnummer eingespeichert hat, habe ich meinen Medikamentenplan über den Haufen geworfen.

Ich will, dass sie glücklich ist, und Griffin scheint in Ordnung zu sein, aber ... Gott, ich kann nicht dabei zusehen. Wenn ich mich betäube, ertrage ich es vielleicht. Aber wie gefühllos und entseelt kann man sein beschissenes Leben leben? Wird es irgendwann aufhören wehzutun?

Die Packung Xanax liegt auf meinem Schreibtisch, und ich brauche mehr. Damit ich leblos überlebe. Ich dürfte eine weitere Tablette nehmen. Weil das hier definitiv eine besonders emotionale Situation ist und Doc Reisman mir versichert hat, dann sei es okay. Aber wenn ich jetzt wieder nachgebe, werde ich nie davon loskommen. Nur frage ich mich langsam, ob dieser Kampf überhaupt einen Sinn hat.

Hast du auch nur versucht, Devin zu finden?

Du hast Eden doch auch gefunden.

Bist du zuerst zu ihr geschwommen?

Wieso hast du Eden aus dem Wasser gezogen und nicht Devin?

Du musst ...

Du musst ...

Was habe ich mir nur dabei gedacht, sie anzurühren? Gar nichts. Mein Gehirn war nicht mehr fähig, irgendeine kognitive Leistung zu erbringen. Und sie denkt, es ging um Mitleid? Ernsthaft? Ich stoße ein abfälliges Lachen aus.

Ich kann nichts dagegen tun, und wenn du nicht willst, dass ich stöhne, darfst du mir einfach nicht so nah kommen.

Das war der Satz, bei dem mein Gehirn ausgesetzt ist und der Rest Xanax-Gelassenheit, den ich noch gespürt habe, weggespült wurde. Ich sage ihr bei jeder Gelegenheit, dass ich sie gehenlassen will, nur um sie dann noch mehr festzuhalten. Und jetzt verachte ich mich dafür.

Ich wollte, dass sie die Kontrolle verliert. Dass sie stöhnt, dass sie kommt. Und ich war mir sicher, dass ich das kann. Ihr geben, was sie braucht, ohne mich hinterher schlecht zu fühlen. Schuldig. Voller Selbsthass. Voller Reue. Weil ich dabei doch nicht an mich gedacht habe, sondern nur an sie. Weil es nicht darum ging, dass sie mich glücklich macht.

Nennt man wohl Selbstbetrug.

Gott, ihre Stimme, ihr Stöhnen, das hat mich so angemacht. Es ist ein Wunder, dass mein Herz nicht explodiert ist. Ich kann sie immer noch schmecken, ihr Geschmack brennt sich wahrscheinlich in meine DNA. Wenn ich könnte, würde ich mir wenigstens einen runterholen.

Bitter lachend stoße ich den Atem aus. Die Ironie ist, dass die verfluchten Xanax mich gerade gerettet haben. Sie haben mich davor bewahrt, einen weiteren Fehler zu begehen. Aber meine ausbleibende körperliche Reaktion hat Eden verletzt, und mein Kopf platzt bei der Vorstellung, wie sie sich jetzt fühlen muss. Sie hat sich so sehr geschämt – völlig grundlos. Ich kann ihr das

Gefühl nur nehmen, wenn ich ihr alles sage. Aber das bringe ich nicht.

Sie kann nicht aufhören, mich zu lieben. Ihre Worte. Als ob es das wäre, was ich will. Was ich will, ist, nicht mehr von dieser alles erdrückenden Schuld zerquetscht zu werden. Sie schnürt mir den Hals zu, saugt jeden Atemzug ab, bevor er in meinen Lungen ankommt, zertrümmert meinen Brustkorb. Damit kann ich nicht leben. Und das Wissen, dass sie mich liebt, erhöht den Druck nur noch, weil es mich dazu bringt, mich einer absurden Hoffnung hinzugeben. Weil es mich scheißglücklich macht, wie sie fühlt, und es im selben Moment in noch mehr Schuldgefühle umschlägt. Weil ich das nicht kann. Glücklich sein, wenn Devin tot ist.

Verzweifelt presse ich mir beide Handballen gegen die Schläfen, weil es dahinter pocht. Aber es hilft nicht. Ich gehe zum Schreibtisch, stülpe mir die Kopfhörer über die Ohren und schalte den Walkman ein. *The Smiths* sind die Einzigen, die meine beschissenen Gefühle verstehen und diesem schmerzhaften Pochen etwas entgegensetzen können.

Sing me to sleep
Sing me to sleep
And then leave me alone
Don't try to wake me in the morning
'Cause I will be gone

Kann es nicht einfach vorbei sein? Aufhören?

Mein Gott. Das ist nicht wirklich das, was ich will, aber der Gedanke lässt sich nicht verdrängen, reizt mich, als müsste ich zwanghaft die Kruste einer Wunde abkratzen.

Don't feel bad for me
I want you to know
Deep in the cell of my heart
I will feel so glad to go

Ob Lark sich exakt so gefühlt hat, bevor er gegangen ist? Edens bester Freund. Gott, ich habe einfach nur Scheißgedanken. Es ist nur ein Aufblitzen, eine Möglichkeit. Noch dazu eine, die mir den Magen umdreht. Das bin nicht ich. Aber dass diese Gedanken mir Angst machen, ist wohl ein gutes Zeichen. Keuchend ziehe ich Luft in meine Lungen, was sich anfühlt wie beschissenes Tauziehen.

Was sehe ich? Was höre ich? Was rieche ich? Was schmecke ich? Doc Reisman hat mir diese Methode vorgeschlagen, um die Panik zurückzudrängen, aber alles, was ich sehe, höre, schmecke und fühle, ist Eden. Und Schuld. Mein Puls rast dagegen an. Ich fange an zu zählen, eine weitere Methode, die helfen soll. Ich zähle die Gegenstände um mich herum. Sinnlose Zahlenreihen. Minutenlang. Und das hilft tatsächlich. Es sorgt dafür, dass ich mich beruhige und mein Brustkorb nicht mehr von innen zerfetzt wird, als wäre es das Kolosseum, in dem Raubkatzen eine Hinrichtung vollziehen. Dann fällt mir die Karte ins Auge, die auf dem Boden liegt.

Edens Schlüsselkarte.

Scheiße.

Scheiße.

Sie muss die Karte fallen gelassen haben und ist dann aus dem Zimmer gestürzt, ohne daran zu denken. Wieder zurückzukommen und bei mir zu klopfen, muss der Horror für sie sein. Und für mich ist es der Horror, sie ihr zu bringen und ihr in die Augen zu sehen, wenn ich ihr beichte, dass ich ein Problem habe. Dass ich abhängig bin. Dass ich Hilfe brauche.

Ich habe Angst, und das Einzige, was sie eindämmen kann, sind die Tabletten. Also genau das, was mein Problem ist. Was für eine beschissene Ironie.

Ich gehe zum Schreibtisch, reiße den Beipackzettel aus der

Packung. Ich könnte ihn Eden geben, damit sie weiß, was mit mir los ist, und schwarz auf weiß die Nebenwirkungen nachlesen kann. Aber was genau soll ihr das sagen? Dass ich zwar gewollt hätte, es aber körperlich nicht kann? Das wäre nur eine Hälfte der Wahrheit und nicht mal die entscheidende. Mit einem Fluch auf den Lippen zerknülle ich den Wisch in meiner Hand. Eden hat ein Recht auf die ganze Wahrheit, nur bringe ich es nicht über mich, offen mit ihr zu reden.

Aber vielleicht muss ich das gar nicht. Ich kann ihr alles gestehen, ohne es auszusprechen.

Ich klappe mein Notizbuch auf, ohne zu wissen, wie ich es formulieren soll. Aber es wie eine Theaterszene aufzubauen gibt mir einen Rahmen. Das macht es leichter.

4. Akt, 1. Szene
North Park House, Williams Zimmer.
Eden und William.

WILLIAM
(Ringt mit sich, bringt es aber nicht über sich, ihr die Wahrheit zu sagen.)

Es hat nichts mit dir zu tun.

EDEN
(Verletzt, wütend und am ganzen Körper zitternd.)

Hör auf, du machst es nur schlimmer.
Oh Gott, ich schäme mich so.
(Geht.)

WILLIAM

(Folgt ihr, innerlich zerrissen.)

Du hast nicht den geringsten Grund, dich zu schämen. Ich wollte, dass du an meinem Mund kommst. Gott, Eden, in meinen Gedanken, in meinen Träumen ficke ich dich jede Nacht. Aber ich nehme Tabletten, weil ich seit Devins Tod nicht mehr mit meinem Leben klarkomme. Xanax. Zu viele davon. Und die sorgen dafür, dass ich es nicht kann. Aber selbst wenn: Wie könnte ich jemals wieder mit dir zusammen sein, wenn mein Scheißglück darauf beruht, dass Devin ertrunken ist? Meine Schuld vergeht nicht. Sie wird jeden Tag größer.

Weil Devin gewusst hat, dass ich sie wählen würde, wenn es darauf ankommt.

Ich lese noch mal, was ich geschrieben habe, und lache dunkel auf. Gott, das klingt schlimmer als von Ian McEwan. Schlimmer als der Brief von Robbie Turner an Cecilia Tallis. *In my dreams I kiss your cunt, your sweet wet cunt.* Und ich kann nicht mal so tun, als würde ich diese Nachricht nur aus Versehen an sie weitergeben.

Mit dem Notizbuch in der Hand trete ich auf den Flur, wohl wissend, dass ich es ihr nicht geben werde. Sie braucht nur ihre Karte. Ohne die kommt sie nicht in ihr Zimmer. Eden ist nicht im Flur, auch nicht in der Küche. Ich finde sie im Aufenthaltsraum.

In eine Decke gehüllt sitzt sie an einem Tisch am Fenster, die Beine angezogen. Die grüne Tischleuchte scheint auf ein Schachbrett vor ihr, und sie hebt den Kopf, noch bevor ich die

Tür hinter mir zugezogen habe. Sofort starrt sie wieder auf das Brett vor sich. «Ich kann jetzt nicht mit dir reden, Will.»

Ich nicke, erleichtert, dass sie mich nicht sofort rauswirft. «Wir müssen nicht reden.» Sand. Meine Stimme zerbröselt wie ein Klumpen Sand. «Ich wollte dir nur das hier bringen. Du hast deine Karte verloren.»

Ich lege sie auf ein freies Feld des Schachbretts. Trete zwei Schritte zurück, um ihr Raum zu lassen, auch wenn mein Körper das Gegenteil will.

«Ist mir aufgefallen.» Sie seufzt, sieht mich aber nicht an. Mit zwei Fingern schiebt sie die Karte über das Brett zur Seite. «Danke. Ich hätte bei dir geklopft, sobald ... sobald sich mein Selbstwertgefühl erholt hat. Aber ich glaube, das dauert noch eine Weile.» Ihr Gesichtsausdruck ist gequält, ihre Stimme hört sich an, als würde sie aus einzelnen Splittern zusammengesetzt, und ich frage mich, wie das sein kann; dass man sich so nah ist und zwischen einem ein Universum an Zweifeln.

Wenn sie wüsste, wie es in mir aussieht, wäre ihr klar, dass sie keinen Grund hat, sich so schlecht zu fühlen. Dass ich das Problem bin. Der Schuldige. «Schach hat noch nie mein Selbstwertgefühl gesteigert.»

Sie schluckt, nickt langsam und streckt dann ihren nackten Arm aus der Decke. Mit ihrem Springer schlägt sie den weißen Bauern ihres imaginären Gegners und stellt ihn neben dem Spielfeld ab. «Im Gegensatz zum echten Leben spiele ich gegen mich selbst, also kann ich nur gewinnen.»

Und im echten Leben verliert sie? Gegen wen? Gegen das verfluchte Schicksal, das uns in diese Lage gebracht hat?

Immerhin redet sie mit mir. Es ist verdammt verlockend, einfach hierzubleiben. Mit ihr zu spielen und nichts davon anzusprechen, was zwischen uns steht und eine Dimension angenommen hat, größer als das beschissene Sonnensystem.

Ich räuspere mich. «Ich wusste nicht, dass du Schach spielen kannst. Darf ich mich setzen?»

Sie nickt und zieht die Wolldecke enger um ihre Schultern. Mit dem Kopf deutet sie zum Spielbrett, und ich setze mich auf den Stuhl ihr gegenüber.

Sie will nicht mit mir reden, und sie hat allen Grund, verletzt und wütend zu sein, aber sie ist bereit, mit mir zu spielen. Wie sehr kann man eine Frau eigentlich lieben? Lass uns einfach so tun, als gäbe es kein Morgen. Als würde nichts anderes als diese Schachpartie eine Rolle spielen. Das kriege ich hin. Für eine Stunde kriege ich das hin. Aber ich muss mich konzentrieren, weil meine Schachfähigkeiten ähnlich gut sind wie die von Dorie aus *Findet Nemo*, sich an etwas zu erinnern. Mit anderen Worten: defizitär.

Sieht nach der italienischen Eröffnung aus. Eden muss mit meinen weißen Steinen eben schon eine kleine Rochade ausgeführt haben, daher kann ich den Turm neben die Dame auf e1 schieben, um ihren Springer zu ärgern. «Wo hast du das gelernt?» Weiter so. Reden wir über Trivialitäten, das kann ich definitiv besser, als die Wahrheit auszusprechen.

«Von meinem Dad.» Sie kaut auf ihrer Unterlippe und spricht weiter. «Er hat lange in der *First Line Maintenance* gearbeitet. Das ist die Wartung. Und Wartung hat auch viel mit Warten zu tun.» Mit jedem Wort wird ihre Stimme sicherer. Ich kenne das, geht mir auch so.

«Und aus Langeweile hat er Schach gespielt?»

Sie nickt mit gesenktem Blick. «Schach, Darts, manchmal auch Kicker. Die Mechaniker können erst mit ihrer Arbeit loslegen, sobald die Maschine gelandet ist. Luftfilter austauschen, Öl nachfüllen, Reifen und Bremsen kontrollieren. Aber solange eine Maschine in der Luft ist, müssen sie warten, und das kann ziemlich langweilig sein.»

«Ich dachte, dein Vater steht auf Mario Kart?» Ich hoffe, das war nicht der falsche Kommentar. Falls sich das überheblich angehört hat, war das auf keinen Fall meine Absicht. «Du hast erzählt, dass er das gerne spielt.» Und ich habe mir das gemerkt, weil ich einfach alles über sie wissen will.

«Internetfähige Konsolen sind aus Sicherheitsgründen nicht erlaubt.» Sie hebt den Kopf und sieht mich das erste Mal an. Und der Schmerz in ihrem Blick rammt sich mir in den Magen. «Er ist klug und der beste Mann, den ich kenne. Warum sollte er nicht Schachspielen?»

«Sicher. Du hast es nur nie erwähnt.»

«Stimmt», stößt sie hervor und schluckt. «Weil ... ist ja auch egal. Inzwischen ist er in der *Second Line Maintenance*, das sind komplexere Arbeiten und Reparaturen, da hat er nicht mehr so viel Zeit. Aber manchmal spielen wir zu Hause noch.» Sie schiebt ihren schwarzen Springer auf d6.

Ich bin ein Idiot. Damit hat sie meinem Turm, ergo mir, praktisch den Mittelfinger ins Gesicht gestreckt. Habe ich verdient. Durch den Zug zwingt sie mich, ihren Bauern auf e5 mit meinem Springer zu schlagen.

Ich muss es ihr sagen. Was mit mir los ist. Warum ich das mit uns nicht kann. Warum ich es aber dennoch will. Nein, warum ich es wollen würde, wenn meine Schuldgefühle nicht alles unter sich begraben würden. Aber scheiße, ich bringe es einfach nicht. Nicht so. Nicht verbal.

«Du bist gleich schachmatt, weil du nicht aufpasst.» Mit ihrem Läufer stellt sie sich vor ihren König. Sie lächelt zaghaft. Ein wundes Lächeln, das in meinen Eingeweiden rührt.

Mir ist kotzschlecht vor Angst. Wir haben abgemacht, nicht darüber zu reden. Also muss es das Notizbuch tun, auch wenn es mich umbringt. Mich bloßstellt.

«Hier.»

Ich reiche ihr das Buch über den Tisch, als würde ich ihr mein rausgerissenes Herz auf einem blutverschmierten Samtkissen hinhalten. Lächerliche Vorstellung.

Sie sieht mich fragend an, bevor sie das Gummi abzieht und das Buch mithilfe des Lesebändchens aufklappt. Ihre Hand streicht das Papier glatt, als wäre es eine harmlose Seite aus irgendeinem belanglosen Buch und nicht meine größte Scham. Und dann beginnt sie zu lesen.

30. KAPITEL

William

In meinen Gedanken, in meinen Träumen ficke ich dich jede Nacht. Aber ich nehme Tabletten ... Xanax ... Zu viele ... die sorgen dafür, dass ich nicht kann ... Wie könnte ich jemals wieder mit dir zusammen sein? Meine Schuld wird jeden Tag größer ...

Gott, sie kann nichts verbergen. Aus Edens Gesicht springen mir die Emotionen entgegen. Es ist wie Roulette. Ihre Gefühle wechseln sich ab, drehen sich im Kreis, und ich habe keine Ahnung, wo die verdammte Kugel hängen bleiben wird. Um die Angst vor ihrer Reaktion zu überspielen, halte ich den Blick starr auf das Brett gerichtet und bewege meinen Läufer zurück auf f1. Rückzug. Rückzug, brüllt es in mir.

Eden sagt nichts, aber sie müsste jetzt ihren Springer bewegen. Nur dass ihre Finger immer noch die Seite festhalten. So fest, dass sie vermutlich gleich einreißt. Mein Brustkorb wird zusammengeschnürt, und mein Herz hämmert dagegen. Wie in Zeitlupe zieht Eden den Stift aus der Schlaufe und schreibt.

Sie unterbricht sich, zieht ihren Springer auf e5, schreibt weiter. Warum sagt sie nichts? Als ich mit meinem Turm ihren Springer einkassiere, ist meine Hand so angespannt, dass die Sehnen hervortreten. Ich habe kein Interesse daran, zu gewinnen, aber ich kann auch nicht offensichtlich mies spielen. Eden ist so oder so besser als ich.

Sie schreibt wieder und rochiert dann. Aber sie sieht mich immer noch nicht an. Ich presse die Kiefer zusammen. Sie wollte nicht reden, das hätte ich akzeptieren sollen, aber stattdessen habe ich ihr mein Leben, meine Sorgen, meine ganze Schuld aufgedrängt. Auch wenn ich damit nur bezweckt habe, dass sie sich besser fühlt.

Gott, ist es zu viel verlangt, erlöst zu werden? Ich bewege meinen Bauer auf d4, während Eden schreibt.

«William?», fragt sie schließlich. Endlich sieht sie mir ins Gesicht, und ihr Blick kriecht mir unter die Haut. «Danke, dass du mir das anvertraust.»

Ich presse so ruckartig den Atem aus meinen Lungen, dass ich selbst nicht weiß, ob es Erleichterung oder Verzweiflung ist, die ich damit ausstoße. Sie macht mir keine Vorwürfe. Kein: Wieso? Kein: Warum hast du mir das nicht früher gesagt? Nur ein Danke. Gott, ich hoffe, dass es das wert war und es ihr jetzt besser geht.

Die Decke rutscht ihr von der Schulter, als sie ihren linken Arm auf den Tisch legt, die Innenseite nach oben, wo die beiden blauen Morphofalter eintätowiert sind. Ihr Erinnerungstattoo an Lark. Dann macht sie einen Zug mit ihrem Springer und bedroht meinen Läufer, und ich fasse es nicht, dass wir immer noch spielen.

Keine Ahnung, was ich jetzt machen soll, also schlage ich einfach ihren Bauern. Was ein Fehler ist, wie ich sofort merke. Eden reagiert, indem sie meinen Läufer auf b5 mit ihrem Springer schlägt, und das hätte ich kommen sehen müssen. Wenn ich noch klarsehen könnte.

Sie klemmt nachdenklich die Unterlippe zwischen den Zähnen ein. «Ich biete dir ein Remis an.»

Ich lache auf. «Du gewinnst gerade.»

Sie blinzelt. Sie blinzelt gegen Tränen an. «Als ob ich jetzt noch gewinnen wollte. Wie kann ich …» Sie schluckt hart und reißt sich zusammen. Wofür ich dankbar bin. «Was kann ich tun, um dir zu helfen?»

Ich wünschte, wir würden nur über das Spiel reden. «Nichts.» Und das ist die absolute Wahrheit. Sie kann nichts tun. Ich muss lernen, damit zu leben. Oder eben mit den Tabletten nicht zu leben. «Ich habe dir das nicht erzählt, damit du etwas für mich tust. Ich wollte nur, dass du weißt, es hat nicht an dir gelegen.»

«Soll ich mit Kendra reden? Ich meine, darf ich mit Kendra reden? Nicht darüber», sie nickt zu meinem Notizbuch, «sondern über Devins Unfall und wie ungerecht es ist, dass sie dir solche Vorwürfe macht.»

Ich schüttle den Kopf. «Ich brauche ihre Absolution nicht.» Blödsinn. Ich sage das nur, weil es völlig sinnlos ist, mit Kendra zu reden. Außerdem weiß Eden nichts von Devins Sprachnachricht auf Kendras Handy. Wenn sie es wüsste, würde sie das Ganze womöglich anders bewerten. Dann fände sie Kendras Vorwürfe längst nicht so ungerecht.

«Okay, wenn du das nicht willst, muss ich das akzeptieren», sagt sie und sieht dabei ziemlich unzufrieden aus. «Aber hast du … Gehst du zum Arzt?»

«Natürlich. Er sagt, wir bekommen das hin. Dass es besser werden wird. Ich habe einen Medikamentenplan.» An den ich mich noch nicht einen Tag gehalten habe, aber hey, warum sollte ich sie beunruhigen?

«Es tut mir leid, dass ich das nicht gemerkt habe.»

«Ich wollte nicht, dass du es merkst.»

«Ich hätte es merken müssen.»

«Spielen wir jetzt dieses Spiel, wer sich am besten selbst niedermachen kann? Glaub mir, das werde ich zweifellos gewinnen.»

Mir fällt auf, dass ihr Arm immer noch ausgestreckt auf dem

Tisch liegt, die Hand geöffnet. Perfekt, um meine Hand hineinzulegen. Was garantiert genau der Grund ist, warum sie es getan hat. Ihre Hand wartet auf meine. Und als ich nachgebe, hält sie mich fest, sicher und warm.

«Aber die Tabletten helfen dir?» Ihr Daumen streichelt über meinen Handrücken.

«Sie sorgen dafür, dass ich mich entspannen kann. Sie beruhigen mich, lösen meine Angst und die Panikattacken, die ich manchmal habe. Devin hätte sie gut gebrauchen können, sie helfen auch bei Epilepsie.» Ich hasse es, wie spöttisch meine Stimme klingt.

«Hast du das häufig? Diese Panikattacken?»

«Gelegentlich.»

«Du hast aber ...» Sie holt so tief Luft, als müsste sie Energie aus dem verdammten Erdkern hochholen. «Ich muss das wissen, Will, und ich möchte dich damit nicht verletzen. Aber ... hast du manchmal Gedanken, die du niemals jemandem erzählen würdest? Hoffnungslose Gedanken, meine ich.»

Send me to sleep. Send me to sleep.

«Nein.»

«Wirklich nicht?»

«Ich habe keine Depressionen, Eden. Es ist womöglich eine PTBS, aber das ist auch nicht sicher. Es wird besser. Aber ich ... manchmal überlege ich, was passieren könnte. Als würdest du vor einem Abgrund stehen, und dir wird auf einmal bewusst, dass du nur einen Schritt machen musst. Aber das hat nichts damit zu tun, dass ich ernsthaft darüber nachdenken würde. Es ist ein *L'appel du vide*. Ein Ruf der Leere.»

Doc Reisman hat mir erklärt, dass das im Gegenteil den Willen zu leben ausdrückt und man diesen Ruf eher spürt, wenn man angstvoll ist. Ein Hinweis des Gehirns, vorsichtig zu sein.

«Okay.» Sie atmet hörbar aus, aber das Misstrauen in ihrem

Blick verschwindet nicht vollständig. «Ich kenne das auch. Zum Beispiel beim Autofahren. Dass man plötzlich darüber nachdenkt, was passieren würde, wenn man das Lenkrad zur Seite reißt. Das Gefühl ist ekelhaft.»

Ich lächle und weiß nicht mal warum. «Genau so würde ich es auch bezeichnen.»

«Aber wenn du solche Gedanken haben solltest, die anderen, hoffnungslosen Gedanken, egal wann, egal wie flüchtig sie sind, dann musst du es mir sagen. Oder deinen Eltern. Egal wem, nur bitte sprich darüber.»

Lark hat es ihr versprochen, und er hat sein Versprechen nicht gehalten. Ich habe nicht vergessen, was sie mir von ihm erzählt hat. «Ich bin mir absolut sicher, dass ich nicht suizidgefährdet bin, Eden. Ich muss nur mit diesen Schuldgefühlen klarkommen.»

«Die du nur hast, weil du für andere immer das Richtige tun willst.»

«Das glaube ich eher nicht, nein.» Ich habe die verdammten Schuldgefühle, weil ich schuldig bin. Und ganz egal, welches Argument Eden auch dagegen anführt, ich werde es nicht annehmen können.

«Wenn dir die anderen nicht wichtiger wären als du selbst, würde es dich nicht so massiv belasten. Du fühlst dich schuldig, weil du besonders gut sein willst. Nein, du darfst mich jetzt nicht unterbrechen», sagt sie, als ich den Mund öffne. «Lass mich das aussprechen. Du kannst dir selbst schlecht Fehler verzeihen, Will. Du bist immer um das Wohlergehen der anderen besorgt und fühlst dich schuldig, wenn du glaubst, versagt zu haben. Aber du hast nicht versagt. An diesem Abend ... Du bist der Einzige gewesen, der reagiert hat. Und es ist nicht fair, dass du dich jetzt so fühlst. Hättest du nichts getan ... dann ... niemand hätte dir einen Vorwurf gemacht. Niemand! Dann wärst du einfach einer der anderen gewesen, die auch nichts getan haben. Aber du hast etwas gemacht, du hast dein Leben riskiert und ein Leben gerettet, *mein* Leben gerettet, und deshalb wirst du mit einer Verantwortung belastet, die sich eigentlich auf uns alle aufteilen sollte.»

«Danke für den Pep-Talk.»

«Ich meine das ernst, Will! Das ist nicht gerecht. Du verdienst alles Gute dieser Welt, verdammt!» Sie schüttelt frustriert den Kopf, eine Haarsträhne fällt ihr ins Gesicht, und sie versucht hilflos, sie sich aus dem Gesicht zu pusten, weil sie mit der Rechten immer noch krampfhaft das Buch festhält und mit der Linken meine Hand. Und ich bin nicht bereit, sie loszulassen.

«Ich habe schon viel mehr bekommen, als ich verdiene.» Ich habe die perfekte Familie. Meine Schwester, meine Eltern, sie sind großartig. Wegen ihnen werde ich niemals zum Therapeuten rennen müssen. Wir sind alle gesund. *Grantham & Tracy Press* schreibt durchgehend schwarze Zahlen, und selbst wenn nicht, haben wir so viel Geld, dass wir das Verlagshaus aus reiner Liebhaberei führen könnten. Meine größte Sorge war bisher, was ich mit dem verdammten Erbe anstellen soll. Was lächerlich ist. Selbst wenn ich alles verschenken würde, wäre ich immer noch eingebettet in ein Leben voller fucking Privilegien. Wenn ich falle, dann in einen Berg von Daunen. Ganz im Gegensatz zu Eden. Wenn sie fällt, wenn sie auch nur stolpert, wird sie hart aufschlagen.

Gott, ich liebe Eden.

Aber sie hat unrecht. In jeder Hinsicht habe ich von allem zu viel bekommen. Es war vermutlich nur eine Frage der Zeit, bis mir dafür die Rechnung präsentiert wird.

Eden holt Luft und lässt den Atem langsam entweichen. Den Kampf gegen die widerspenstige Haarsträhne hat sie aufgegeben. Wahrscheinlich überlegt sie sich jetzt, welche Beschimpfung sie mir an den Kopf werfen kann, weil ich ihr immer widerspreche.

«*J'adoube*», kündige ich an. Was bedeutet, dass ich eine Schachfigur berühren werde, ohne die Absicht, einen Zug auszuführen. Aber anstatt einen Stein geradezurücken, streiche ich Eden die Haarsträhne aus dem Gesicht. Sie presst die Lippen fest aufeinander. Ich umfasse ihr Gesicht, mein Daumen streicht über ihre Wange, bis sich ihre Anspannung löst. Sie schenkt mir ein Lächeln, ein trauriges, aber immerhin.

«Du verdienst alles, Will.»

Sie schiebt das aufgeschlagene Notizbuch zu mir hinüber und zieht damit eine Schneise durch die Figuren auf dem Brett. Sie dreht es so, dass ich es lesen kann.

4. Akt, 2. Szene
Aufenthaltsraum, North Park House.
Eden und William beim Schachspiel.

EDEN
(Wissend, dass William keine Schuld hat und es nichts gibt, was ihre Gefühle ändern kann, und dass sie alles dafür tun wird, dass es ihm besser geht und er auf diese Tabletten nicht mehr angewiesen ist.)

Paratus ad omnia.
Ich bin bereit für alles.
Mit dir.

31. KAPITEL

Eden

Drei Stunden Schlaf sind einfach zu wenig. Schon mehrmals habe ich ein Gähnen unterdrückt, und Professor Cushing hat es gesehen. Zumindest hat sie mich in etwa so wohlwollend angeguckt wie eine Bettwanze, die man auf seinem Hotelbett findet. Nicht dass ich schon oft in einem Hotel gewesen wäre, egal ob mit oder ohne Bettwanzen. Nur einmal in einem Motel, als ich mit Dad im Sommer auf dem Motorrad mitgefahren bin und mein Hintern irgendwann so wehgetan hat, dass ich darum gebettelt habe, mich irgendwo hinlegen zu dürfen, obwohl wir nicht mehr weit von zu Hause entfernt waren.

Mein Herzschlag hat heute einen anderen Rhythmus, geht viel zu schnell. Der Schmerz ist kleiner geworden. So viel kleiner. Williams Tabletten, die Sorgen, die ich mir deswegen mache, sind zwar real, trotzdem habe ich wieder Hoffnung und bin ... berauscht. Von ihm.

Gestern Nacht habe ich ihn allein gelassen, nachdem ich das Notizbuch zu ihm geschoben habe. Danach habe ich noch lange an einem Blackout Poetry gesessen und William das Buch heute Morgen im Treppenhaus zugesteckt. Im Vorbeigehen, als wir alle zusammen zum Kurs von Ms. Colegrove gegangen sind. Niemand hat es mitbekommen. Wir haben nicht miteinander geredet, uns nicht berührt. Ich habe das Buch in der Hand gehalten, habe William auf der Treppe überholt, um zu Sun-young aufzuschließen, und dann hat es den Besitzer gewechselt. Das Ganze hat keine zwei Sekunden gedauert.

Zwei Schachfiguren füllen die Seite aus. Meine schwarze Dame und sein weißer König. Und die freigelassenen Wörter ergeben einen Gedanken, den ich schon seit der Philosophiestunde mit William teilen will. Seit wir uns auf der Treppe geküsst haben.

Nobody has to know.

Bevor ich gestern gegangen bin, hat William meine Fingerknöchel an seine Lippen gepresst. Und ich will genau das. Jeden Abend. Es muss niemand davon wissen, wir könnten uns heimlich treffen, um den Blicken der anderen zu entgehen und zu verhindern, dass William mit Vorwürfen konfrontiert wird. Solange es William mit der Heimlichtuerei gut geht. Solange er sich dabei nicht schuldig fühlt. Niemand muss es wissen. Zuerst wollte ich schreiben: *What if nobody knows?* Aber ich habe kein *if* auf der Seite gefunden, und eigentlich ist es ohnehin besser, es nicht als Frage zu formulieren. Wenn ich ihn frage, hat er die Chance, Nein zu sagen. Und niemand muss von uns wissen. Punkt.

Mein Handy vibriert.

Ich habe vollkommen vergessen, wie das ist, ständig erreichbar zu sein. Und jetzt vibriert es in meiner Hosentasche. Wegen Cushing kann ich aber nicht nachsehen. Wahrscheinlich ist es ohnehin nur irgendeine nervige Push-Mitteilung von meinem Mobilfunkanbieter. Oder eine SPAM-Nachricht, dass ich einen Airfryer gewonnen habe. Dad habe ich erst kurz vor dem Kurs eine Nachricht geschrieben, aber da war er schon längst bei der Arbeit. Er wird sich frühestens heute Nachmittag melden. Wenn ich wiederum arbeite. Das ganze Tannengrün muss für die Feier

My heartbeat has a different rhythm today, it's way too fast. The pain has diminished. So much smaller. William's tablets, the worries I have about this are real, but I still have hope again and am ... intoxicated. By him.

Last night I left him alone after pushing the notebook towards him. Afterwards I sat for a long time with a blackout poetry and passed the book to William in the stairwell this morning. In passing, as we all walked to Ms. Colegrove's class together. Nobody noticed.

We didn't talk to each other; we didn't touch each other. I held the book in my hand, passed William on the stairs to catch up with Sun-young, and then it changed hands. The whole thing took less than two seconds.

Two chess pieces fill the page. My black queen and his white king.

And the words released form an idea that I've wanted to share with William since philosophy class. Ever since we kissed on the stairs.

(I'm glad nobody's seen us there by the way.)

Before I left yesterday, William pressed my knuckles to his lips. And that's exactly what I want. Every night. No one must know, we continue to meet secretly, has avoid others' eyes and avoid William being accused of anything. As long as William is okay with the secrecy. As long as he doesn't feel guilty about it. At first, I wanted to write: What if nobody knows? But I didn't find an if on the page, and it's actually better not to phrase it as a question anyway. If I ask him, he has the chance to say no. I can't stand a no. And no one should be able to know. Period.

My phone vibrates.

I completely forgot what it was like to be constantly available. And now it's vibrating in my pocket. But I can't check because of Cushing.

zu Girlanden gebunden werden, und ich weiß jetzt schon, dass ich mir die Finger abfrieren werde, weil ich mit Handschuhen nicht arbeiten kann.

Hannah hat sich wieder neben William gesetzt, und ich sehe bewusst nicht in ihre Richtung. Und wenn ich es doch tue, dann halte ich meinen Blick zumindest auf ihren Händen. Sie stößt ihn am Handgelenk an. Sie berührt seine Sachen. Seinen Füller, wenn er ihn ablegt. Seine Notizen, um sie mit ihren abzugleichen. Ihre ganze Körperhaltung drückt aus, dass sie ihn mag. William geht nicht darauf ein, aber es macht mir bewusst, dass «Nobody has to know» nicht einfach durchzuhalten sein wird. Wenn er überhaupt damit einverstanden ist.

Nach der Stunde packe ich meine Sachen so schnell ein, dass ich vor ihnen den Raum verlassen kann. Ich ziehe das Handy aus der Hosentasche und bin kurz verwundert, dass ich nicht in ein Spinnennetz gucke, Face-ID wieder funktioniert und ich nicht mehr jedes Mal die PIN eingeben muss. Das Vibrieren von eben war die Nachricht einer unbekannten Nummer.

> **Unbekannt:** Hey, Eden. Fand den Abend gestern echt nett mit dir. Griffin

Shit, shit, shit.

Griffin habe ich völlig verdrängt. Und vor allem habe ich verdrängt, dass ich mit ihm verabredet bin. Ich weigere mich, es ein Date zu nennen, aber wahrscheinlich sieht er es als Date an. Ich hätte nicht zusagen sollen, das war ein Fehler. Aber ihm jetzt direkt wieder abzusagen, wäre auch nicht in Ordnung. Ich überlege, wie ich möglichst neutral antworten kann. Ich fand den Abend mit *euch allen* auch sehr schön. Wäre das neutral genug?

«Hey!»

Ich bekomme fast einen Herzanfall, als Kendra plötzlich mit einem Schlag gegen meine Schulter an meiner Seite auftaucht. «Hast du endlich ein neues Handy?», sprudelt es aus ihr heraus. «Geht deine alte Nummer noch oder hast du eine neue?»

«Kendra, du hast gerade definitiv ein paar Hirnzellen von mir geschädigt.»

Ihr Outfit passt zu ihrem fröhlichen Ton. Sie hat das schwarze Haarband gegen ihr Lieblingsband in Gelb ausgetauscht, und unter ihrer Jacke blitzt ein orangeroter Hoodie hervor. Viel Farbe ist ein gutes Zeichen, oder?

«Hirn oder Herz?», hakt sie nach, weil ich mir an die Brust gefasst habe.

«Beides.» Ich atme flach ein und aus. «Ich glaube, bei Adrenalin-Überschuss kann in extremen Fällen Gewebe absterben oder so.»

Sie zieht die Nase kraus und wirft einen Seitenblick auf mein Handy. «Leute, die so schreckhaft sind, haben meist etwas zu verbergen.»

Ich werde schlagartig rot. Aber Kendra missinterpretiert es, weil sie immer noch auf mein leuchtendes Display guckt. «Griffin also?» Ihre Mundwinkel heben sich zu einem Grinsen. «Er sieht verdammt gut aus, finde ich.»

«Ja, schon.» Aber er interessiert mich nicht auf diese Weise.

«Hast du seinen Bizeps gesehen? Ich wette, sein Arm ist dicker als meine Oberschenkel. Garantiert ist er stark genug, um dich hochzuheben und im Stehen zu vögeln. Unter der Dusche.» Sie seufzt.

«Kendra!» Ich schnaube. «Hältst du das ernsthaft für ein ausschlaggebendes Kriterium bei der Wahl deines Freundes?»

Sie zuckt mit den Schultern. «Warum nicht? Ist auf jeden Fall ein Grund, ihn besser kennenzulernen.»

Ein Grinsen schleicht sich in mein Gesicht. «Ich habe nicht vor, ihn *so* gut kennenzulernen.» Ihre Stimmung überträgt sich auf mich. Aber vielleicht ist das auch bloß die Euphorie, die ich wegen William spüre. Wie Seifenblasen, die innen gegen meine Bauchwand platzen.

«Warum nicht?»

«Weil ...» Mein Herz vergeben ist? Weil William und ich offiziell erst seit wenigen Wochen getrennt sind und ich nicht so schnell was Neues anfangen könnte, selbst wenn es endgültig wäre? «Ich finde so viele Muskeln nicht mal attraktiv. Griffin ist wirklich nett. Und witzig. Aber ich glaube, ich bin eher sapiosexuell.» Das rutscht mir so heraus, weil das Wort ganz neu in meinem Notizbuch steht und ich den Begriff sofort mochte. *Sapiosexual.* Nur hätte ich das Kendra gegenüber nicht erwähnen sollen.

«Was bedeutet das?»

Es bedeutet, dass man vom Intellekt eines Menschen erotisch angezogen wird. Aber das könnte auch auf Griffin zutreffen. Er ist clever. Wenn ich mich recht erinnere, hat er vor, nach dem Grundstudium nach Yale zu gehen. Wahrscheinlich ist er viel cleverer als ich. Ich schätze, ich bin ausschließlich *william*-sapiosexuell. Ich fühle mich wahnsinnig angezogen von Williams Intellekt. Von seiner Klugheit, seinen Gedanken. Seinen Ideen. Von allem, was er sagt.

«Ach, egal. Ich bin einfach noch nicht so weit.»

Kendra runzelt die Stirn. «Weiß Griffin das auch?»

«Wir gehen nur zusammen zur Dark-Christmas-Party. Mehr nicht.»

«Mehr nicht, aha.»

«Ich habe ihm nicht die Ehe versprochen, Kendra, oder meine Spotify-Playlists mit ihm geteilt. Und ich habe übrigens noch meine alte Nummer», sage ich, um das Thema damit in eine andere Richtung zu lenken. «Es ist sogar mein altes Handy. Es … wurde repariert.»

«Ernsthaft? Ist das nicht viel teurer, als gleich ein Neues zu kaufen?»

Anscheinend weiß das jeder außer mir.

«Nicht unbedingt. Außerdem ist es nachhaltiger.» Ich kaue auf meiner Wange, weil es so gar nicht nach mir klingt. Diese Art Nachhaltigkeit kann ich mir nicht leisten, und Kendra weiß das.

Ich hätte auch das Zehnfache bezahlt.

Sofort habe ich wieder Williams Stimme im Ohr, und mein Herz nimmt das als begeisterten Anlass für einige Extrasystolen.

«Sollen wir zusammen was essen gehen? Hast du Zeit?»

Ich lasse das Telefon wieder in meiner Hosentasche verschwinden, ohne Griffin geantwortet zu haben, und schüttele bedauernd den Kopf. «Ich habe in zehn Minuten meinen Creative-Writing-Kurs bei Stirling. Hast du nicht zeitgleich Philosophie?» Ich unterdrücke ein Schaudern, als ich daran denken muss, wie sehr sie und Professor Pollard William mit seinen Gedankenexperimenten gequält haben.

«Ich wollte schwänzen und mir stattdessen *Zwei an einem Tag* auf Netflix ansehen. Sun-young hat gesagt, die Serie wäre so viel besser als die alte Verfilmung. Unter uns, das sagt sie bestimmt nur wegen Anne Hathaways fake Yorkshire-Akzent. Aber ich könnte jemanden gebrauchen, der mit mir schwänzt, alle Folgen bingewatched und am Ende heult.» Sie zuckt mit den Schultern.

Ich frage mich, ob Kendras Stimmung wirklich so gut ist oder ob sie das nur vortäuscht. Aber ich weiß, dass ich für sie da sein sollte, um es herauszufinden. Nur dass der Kurs echt wichtig für mich ist.

«Tut mir leid», sage ich. «Ich muss da unbedingt hin. Von Rupert weiß ich, dass Stirling Empfehlungen schreibt, wenn man für die *Lumen Academia* arbeiten will, und ich darf mir das nicht verbauen.»

«Rupert. Stimmt. Du hast erzählt, dass er für die *Lumen* arbeitet.»

Seit Rupert mir davon erzählt hat, habe ich endlich ein Ziel vor Augen. Wenigstens ein kleines Ziel. Etwas, was nicht völlig unerreichbar scheint, wenn es nicht an Cushing hängt. Denn dann hätte ich verloren.

«Ich treffe ihn nachher bei der Arbeit. Wir müssen in den nächsten Tagen ungefähr eine Tonne Tannengrün zu Weihnachtsdekoration verarbeiten. Hast du Lust, mich danach abzuholen?» Mir fällt ein, dass Rupert Kendra gerne kennenlernen wollte, und das wäre die perfekte Gelegenheit und könnte sie ablenken, sie auf andere Gedanken bringen oder einfach nur für ein gutes Gefühl sorgen. «Um sechs machen wir Feierabend, dann können wir immer noch zusammen kochen und bingewatchen.»

Und währenddessen werde ich jeden Gedanken an William verdrängen, um Kendra eine gute Freundin zu sein. Auch wenn ich vor Sehnsucht nach ihm umkomme. «Wir könnten Sunyoung fragen, ob sie es noch mal mitgucken will.»

Kendra legt ihren Kopf nachdenklich in den Nacken. «Hm. Ich bin viel zu faul zum Kochen. Aber ich hole dich ab, und wir besorgen auf dem Rückweg etwas zu essen im *Public Domain*. Diesmal bin ich dran mit Einladen. Und Sun-young darf mitgucken, wenn sie hoch und heilig verspricht, nicht zu spoilern.»

«Es weiß doch sowieso jeder, dass es kein Happy ...»

«Lalalala.» Kendra hält sich die Ohren zu und läuft lachend vor mir weg.

Okay, dann habe ich doch einen Plan für den Tag.

Erst eine Musterstudentin im Creative-Writing-Kurs sein. Dann eine fleißige Angestellte beim Kranzbinden. Und schließlich eine gute Freundin für Kendra. Indem ich ihr Rupert vorstelle. Und nicht an William denke.

Unmöglich.

32. KAPITEL

Eden

Das schaffen wir niemals bis zur Party.»

Meine Schultern schmerzen, meine Finger sind steif von der Kälte, und meine Muskeln sind vom Gewicht, das ich in den letzten zwei Stunden durch die Gegend geschleppt habe, so zittrig, dass ich meine Arme nur noch bis auf Bauchnabelhöhe anheben kann. Alles an mir riecht nach Harz. Es kleben so viele Nadeln an mir, als hätte man mich geteert und gefedert. Rupert und ich haben einen ganzen Berg Tannenzweige abgeschnitten und sie mit Draht büschelweise um ein Seil gebunden, und die erste meterlange Girlande ist fertig. Für das Aufhängen sind wir Gott sei Dank nicht zuständig, aber wenn ich daran denke, wie viele wir noch machen sollen ...

«Morgen sind Jess und Nelson wieder hier, dann sind wir doppelt so schnell.» Rupert zieht die Girlande hinter sich her, als hätte er eine Anaconda erlegt, und wuchtet sie nach und nach zu einer Rolle auf den Anhänger.

Woher nimmt er bloß seinen Optimismus? «Morgen kann ich mir vor lauter Muskelkater nicht mal mehr einen Peanut Butter Cup in den Mund stecken.»

Er grinst. «Dann hoffe ich für dich, dass du jemanden findest, der dich füttert. Wie wär's, wenn du morgen nur schneidest und ich binde? Mir macht das nichts aus.»

Natürlich macht ihm das nichts aus. Er hat ja auch den Body eines Spitzensportlers. «Einverstanden», sage ich schnell, bevor er es sich noch anders überlegt.

Meine Hände sind total verfärbt. Dabei hatte ich sogar Handschuhe an, weil der Draht mir ohne sofort in die Haut geschnitten hat. Durch das Schwitzen hat aber das Leder abgefärbt, und meine Hände sehen jetzt so fleckig aus, als hätte ich in einer Gerberei gearbeitet.

«Ich füttere dich, kein Problem.»

Ich zucke zusammen, weil Kendra sich schon wieder unbemerkt an mich rangeschlichen hat. «Kendra, Gott sei Dank.» Wenn sie schon da ist, heißt das, dass es bereits sechs ist. «Rupert, Kendra. Kendra, Rupert», stelle ich die beiden unbeholfen vor. «Kendra und ich sind zusammen im Einführungskurs. Sie wohnt auch im North Park House. Und Rupert schreibt für die *Lumen*, wenn er nicht gerade Tannenbäume bezwingt.» Oh Gott! Ich hoffe, das Ganze ist nicht so peinlich, wie es auf mich gerade wirkt. Ich wiederhole nur Sachen, die beide eh schon wissen, um zu vertuschen, dass ich Kendra eigentlich schon alles über Rupert erzählt habe.

«Hey.»

«Hey.»

«Ich habe deinen letzten Artikel gelesen. Hat mir gut gefallen.» Kendra lächelt auf eine Art, die mir neu ist. Sie ist eindeutig im Flirtmodus, und mir blutet ein wenig das Herz für Garrett.

«Eden hat erzählt, dass du im Phil-Kurs bei Pollard bist.»

Die beiden reden weiter, und ich wende mich ab, um das Werkzeug einzusammeln. Rupert lehnt sich lässig an den Hänger, während Kendra an ihrem Haarband zupft. Ich werfe Scheren und Draht in den Eimer, rolle den Rest des Seils über meinen Unterarm auf und räume alles auf die Ladefläche.

«Das muss nicht so ordentlich sein», sagt Rupert zu mir. «Wir machen morgen sowieso weiter, es reicht, wenn wir den Hänger in den Schuppen fahren. Ich fege noch die Nadeln auf, ihr könnt ruhig schon gehen.»

«Du hast mich beim letzten Mal schon früher nach Hause geschickt. Lass mich diesmal fegen, sonst habe ich ein schlechtes Gewissen.»

«Und ich kriege ein schlechtes Gewissen, wenn ich euch beiden zugucken muss», sagt Kendra. Sie nimmt dem überraschten Rupert den Besen ab, und zusammen sind wir nach wenigen Minuten fertig. Rupert verabschiedet uns mit einem Grinsen, und auf dem Weg zum *Public Domain* ist Kendra total aufgekratzt.

«Hätte ich geahnt, dass Gartenarbeit diese Wirkung auf dich hat, hätte ich dich früher herbestellt. Wir suchen übrigens noch Hilfe.»

«Haha.» Sie verdreht die Augen, plappert danach aber weiter über die Weihnachtsfeier und welche Deko ihr Team eingekauft hat. «Denkst du, Rupert geht mit jemandem hin?»

«Keine Ahnung. Soll ich ihn fragen?»

«Ne, lass mal. William geht übrigens mit Hannah hin», sagt sie beiläufig. «Zumindest wollte sie ihn nach dem Kurs heute Morgen fragen.»

Ich sage nichts dazu. Ich wusste gar nicht, dass Kendra Hannah so gut kennt, dass die beiden sich über so was unterhalten. Und ich hasse es, wie sich Eifersucht in mir ausbreitet. Ich bin nicht eifersüchtig. Normalerweise. Aber was ist schon normal, wenn Devins Tod uns alle so erschüttert hat? Nichts ist mehr normal.

Wieso erzählt sie mir das? Denkt sie, dass es mir nichts ausmacht? Sie weiß doch, dass William mit mir Schluss gemacht hat. Macht sie das mit Absicht? Will sie mir unbedingt noch mal klarmachen, dass es wirklich aus ist?

Ich rufe mir in Erinnerung, dass sie immer noch trauert und dass sie das wahrscheinlich nicht so unsensibel meinte, wie es klang. Trotzdem tut es weh. «Nur weil ich mit Griffin zu der Party gehe, heißt das nicht, dass ich über die Trennung hinweg bin», sage ich.

«Was?» Sie bleibt ruckartig stehen.

«Ich möchte so was nicht hören. Von William. Das verletzt mich, okay?»

«Okay.» Sie nickt langsam. «Tut mir leid. Ich habe mir echt nichts dabei gedacht.»

Das Schlimme ist, dass ich ihr das nicht glaube. Nicht nach der Nummer bei Pollard. Nicht nach dem, was William mir erzählt hat. «Schon okay», sage ich, weil ich keinen Streit anfangen will, aber wenn ich ehrlich bin, ist es ganz und gar nicht okay für mich.

Den Rest des Weges schweigen wir.

Kendra hat das Essen vorbestellt, und wir können es sofort mitnehmen. Meine Arme sind bleischwer, als wir die Pizzakartons die Treppe hochtragen. Meine Stimmung ist gedrückt. Ich kriege bestimmt meine Tage. Am liebsten würde ich mich nur noch in mein Bett verkriechen und schlafen. Aber ich habe Kendra versprochen, mir die Serie mit ihr anzusehen, sie hat mich extra abgeholt und sogar noch beim Aufräumen geholfen. Nur fühle ich mich schmutzig, klebrig und durchgefroren. «Ist es okay, wenn ich nachkomme? Ich muss erst unter die Dusche.»

«Aber die Pizza wird kalt, und Sun-young kommt auch gleich.»

«Ich bin überall voll Harz, so will ich mich echt nicht auf dein Bett setzen. Außerdem mag ich kalte Pizza. Hauptsache, ihr lasst mir was übrig.» Eigentlich mag ich alles kalt, das macht mir nichts aus. Muss daran liegen, dass Dad zwar echt gut Kochen gelernt hat, aber sein Zeitmanagement nie gepasst hat.

Das Gemüse war oft schon gar, bevor er die Kartoffeln fertig geschnippelt hatte, und wenn wir nicht in Etappen essen wollten, dann eben kalt.

Gott, ich vermisse meinen Dad. Er hat sich noch nicht gemeldet, und ich frage mich, ob er heute länger arbeiten musste und meine Nachricht vielleicht noch gar nicht gesehen hat.

«Nimm Butter», sagt Kendra, als wir in der zweiten Etage ankommen. «Damit kriegst du das Harz von den Händen und den Klamotten ab. Das funktioniert noch besser als Olivenöl.»

«Echt?»

«Ich hab mal Handball gespielt. Das Zeug, das wir uns auf die Hände schmieren mussten, hatten wir nachher überall. In den Klamotten, in den Haaren. Wir mussten nach dem Spiel die Trikots einfrieren, damit das Harz porös wird. Aber am besten geht eigentlich Butter wegen der Buttersäure. Damit kriegst du alles weg, was klebt.»

«Okay, ich werde es ausprobieren. Gib mir eine halbe Stunde.»

Sie zieht die Tür zu ihrem Flur auf. «Wenn du länger brauchst, fangen wir ohne dich an», droht sie mir mit einem Lachen. «Und ich esse deine Sugar Momma mit diesen Karamellstückchen. Warum bin ich nicht auf die Idee gekommen, die zu nehmen? Wieso bestelle ich immer das Falsche?»

«Du kannst meinen Cookie gerne haben, dann nehme ich deinen Nutty Bunch.» Ich lächle, um zu überspielen, wie unmotiviert ich bin, und wahrscheinlich wirkt es gequält.

Ich verspreche noch mal, mich zu beeilen, bevor ich nach oben in den dritten Stock gehe. In meinem Zimmer wasche ich mir erst exzessiv die Hände, rubble mit etwas Körperöl und einem Handtuch über meine klebrigen Hände, bis ein Großteil des Harzes und der Farbe weg ist, weil ich nicht in die Küche laufen und nach Butter suchen will, um sie dann – wem auch immer sie gehört – zu klauen. Ich schlüpfe aus den dreckigen

Klamotten, stelle fest, dass der Korb in meinem Schrank schon überfüllt ist und ich dringend Wäsche waschen muss.

Dad hat immer noch nicht geantwortet, und langsam macht mir das Sorgen. Wir haben in den letzten Wochen mangels Handy nicht täglich miteinander gesprochen, aber jetzt, wo ich ihm geschrieben habe, dass ich wieder erreichbar bin, habe ich damit gerechnet, dass er schnell antwortet. Vielleicht hat er ein Date, überlege ich. Dad war schon ewig nicht aus, und ... Okay, ich will mir das nicht wirklich bildhaft vorstellen, aber er hat auch seine Bedürfnisse. Er ist noch jung, gerade Mitte vierzig und nicht achtzig. Und selbst, wenn er achtzig wäre ... oh Gott, egal. Ich würde mich freuen, wenn er jemanden datet. Er sieht gut aus, er ist topfit, er hat einen krisensicheren Job und muss sich nicht mehr um mich kümmern. Eigentlich ein Wunder, dass er bisher so wenig Dates hatte. Oder er hat das nur gut vor mir verborgen. Trotzdem sieht es ihm nicht ähnlich, nicht wenigstens kurz eine Antwort zu schreiben. Er müsste seit gut zwei Stunden Feierabend haben.

Ich kontrolliere noch mal den Chat. Meine Nachricht wurde zugestellt, daran kann es nicht liegen. *Entspann dich!* Ich schüttle das blöde Gefühl ab und tippe eine Antwort an Griffin, weil ich ein schlechtes Gewissen habe.

Eden: Hi Griffin, danke, ich fand den Abend auch echt nett.

Ich hoffe, das ist okay so. «Echt nett» ist positiver als «ganz nett», aber nicht so übertrieben wie «unheimlich nett». Oh Gott, ich sollte aufhören, alles zu zerdenken und so ein People-Pleaser zu sein. Vor allem muss ich ihm noch irgendwie vermitteln, dass ich nur rein freundschaftlich mit ihm auf diese Party gehen möchte, doch das kann ich schlecht per Chat machen.

Ich werfe das Handy aufs Bett und schlinge mir ein Handtuch um den Körper, bevor ich mir die Shampooflasche unter den Arm klemme.

Draußen fällt die Flurtür ins Schloss.

Ich höre Stimmen, deshalb warte ich einen Moment, bis die Schritte sich entfernen, bevor ich in Dads alte Adiletten schlüpfe, die mir vier Nummern zu groß sind und an den Zehen nur noch mit Panzertape zusammengehalten werden. Als ich die Zimmertür öffne und den Kopf rausstrecke, sehe ich noch, wie Garrett und William sich entfernen. Sie sind kurz vor der Stelle, wo der Flur abbiegt, deshalb trete ich vorsichtig in den Flur.

«Hi, Eden.»

Ich erstarre. Wieso muss Garrett sich ausgerechnet jetzt umdrehen? Kann er irgendwie wittern, wenn jemand im Umkreis von einem Kilometer nur mit einem Handtuch bekleidet rumläuft? Ist er ein Werwolf, oder was?

«Hi.» Ich hebe die Hand und bin mit ein paar schnellen Schritten an der Tür zur Dusche. Ich spüre Williams Blick. Als ich hochgucke, grüßt er teilnahmslos mit einem kurzen Nicken und wendet sich sofort wieder ab. Er ist einfach so viel besser darin als ich, seine Gefühle zu verbergen. Ich kann das nicht. Mein Herzschlag stolpert, dann gehen die beiden weiter und verschwinden um die Ecke, während ich wie paralysiert vor dem Badezimmer verharre. Es ist lächerlich einfach, mich zu durchschauen.

Das muss ich in den Griff kriegen. Ich kann nicht jedes Mal, wenn wir uns über den Weg laufen, rot anlaufen und Herzrasen bekommen. Das ist auch einfach nicht gesund. Es kann doch nicht so schwer sein, seine Gefühle glaubhaft zu überspielen, verdammt.

Ich atme tief durch. Die mittlere Kabine erküre ich zu meiner.

Ich schließe ab, werfe mein Handtuch über die Tür, weil es innen am Haken hängend immer nass wird, und lasse das heiße Wasser seine Arbeit machen. Es tut gut. So gut, dass ich seufze, weil meine malträtierten Schultern es wirklich zu schätzen wissen, vom Wasserstrahl massiert zu werden. Außerdem wird mir endlich wieder richtig warm. Aber Kendra und Sun-young warten, und inzwischen habe ich solchen Hunger, dass ich selbst zum Werwolf werden und Garrett Konkurrenz machen könnte.

Mit fliegenden Händen wasche und trockne ich mich anschließend ab. Mit noch nassen Füßen schlüpfe ich in die Adiletten, wickle das Handtuch um mich und stecke den losen Zipfel zwischen meinen Brüsten fest. In dem Moment, in dem ich die Hand nach der Tür zum Flur ausstrecke, kommt sie mir von selbst entgegen. Drei Sekunden und ein Atemzug später spüre ich Williams Arme um meinen Körper.

33. KAPITEL

Eden

William wirft die Tür hinter sich zu und zieht mich an sich. Er ist vollständig bekleidet und hat nicht mal ein Handtuch zur Tarnung mitgebracht. Es ist also mehr als unwahrscheinlich, dass er vorhatte zu duschen, und wenn jemand reinkommt ... Okay, vielleicht ist er doch nicht so gut darin, seine Gefühle zu überspielen, wie ich dachte.

«Ich bin gleich mit Kendra verabredet», murmele ich an seiner Brust, während ich mich gleichzeitig an ihn schmiege.

«Kommt sie hierher?»

«Nein, wir treffen uns in ihrem Zimmer.»

«Gut», sagt er und zieht sich ein Stück zurück, um mein Gesicht in beide Hände zu nehmen und seine Stirn an meine zu legen.

«Wie geht es dir?» Wir wissen beide, dass ich seine Angstgefühle und die Tabletten meine, das muss ich nicht aussprechen.

«Ich habe heute alles ganz gut im Griff. Aber du sollst wissen, dass ich das nicht kann.»

«Was kannst du nicht?»

«Das Blackout Poetry. Ich kann nicht so tun, als wäre da nichts zwischen uns, als würde ich nicht zu dir stehen. Gott, damit fühle ich mich nur noch mieser. Es ändert nichts an ... an Devin. Und ich kann dir das auch nicht antun.»

Mein Herz zieht sich zusammen. Er fühlt sich nach wie vor schuldig, will sich nicht erlauben, glücklich zu sein. Ich habe kein Argument dagegen, ich kann nichts tun, um ihm diese Schuldgefühle zu nehmen, und auch nicht von ihm verlangen, dass er einfach nicht daran denkt. Dass er es verdrängt. Das ist doch genau das, was ihn krank macht. Aber beim zweiten Punkt muss ich einhaken.

«Du tust mir gar nichts an, wenn es für mich okay ist.»

Er stößt die Luft mit einem heiseren Lachen aus. «Das denkst du jetzt, aber ...»

«Versuch es», flüstere ich. «Ich will es.»

«Eden.» Er schluckt, öffnet den Mund, schließt ihn wieder. «Das meinst du nicht ernst.» Er schluckt noch einmal. Atmet. Dann legt er den Kopf schräg. Seine Nase fährt an meiner Wange nach unten. Seine Lippen streifen meinen Mundwinkel, und ich halte die Luft an. «So?»

«Ja.» Mein Hals ist trocken. «Genau so.» Als ich wieder wage, zu atmen, lasse ich meine Zunge sanft gegen seine Unterlippe stoßen, seinen Mund öffnen. Die Hitze, die mich empfängt, zuckt sofort wie ein Stromschlag bis in meinen Schoß. Sein Mund ist feucht und süß, und als er anfängt, den Kuss zu erwidern, setzt das etwas in mir in Gang, was ich nicht mehr stoppen kann. Sein rauer Atem, die Hitze, die von ihm ausgeht und jede Zelle von mir erfasst – ich kann nicht aufhören. Unmöglich. Genauso gut könnte ich versuchen, die Augen offen zu halten, wenn mein Körper in den Schlaf gerissen wird. Auf dieselbe Art werde ich in William gerissen. Unaufhaltsam.

Mit einer Hand fährt er an meinem Handtuch nach unten, streift meinen nackten Oberschenkel, umfasst meinen Po. Ich dränge mich an ihn, und mit einem Stöhnen zieht er seine Hand wieder weg, als wäre ihm erst jetzt bewusst geworden, was wir hier tun.

«Eden. Ich kann ... das ... nicht.» Er keucht. Ich halte mich an seinem Hemd fest. Mein Handtuch ist nass, und wenn er sich gleich von mir löst, wird er mit einem feuchten Abdruck meines Körpers durch die Gegend laufen müssen. Aber er löst sich nicht von mir. Egal, was er sagt, egal, was er eigentlich will, er hört nicht auf. Er knabbert an meiner Unterlippe, hält sie sanft gefangen, stöhnt leise. Oder bin ich das?

William atmet schwer, vergräbt seine Finger in meinem nassen Haar, streichelt mit seinen Daumen über meine Schläfen. Er küsst mich. Tief und intensiv, was Impulse über meinen Körper jagt und mich dazu bringt, dass ich ihm unter die Haut kriechen will.

«Hey, Will?»

Nein, nein, nein. Nicht jetzt.

Ich habe keine Schritte gehört, aber Garrett muss direkt vor der Tür stehen. William rückt schwer atmend von mir ab, fasst sich an den Mund. Seine grünblauen Augen sind dunkel, undurchdringlich. Er räuspert sich. «Ist Chord schon da?», fragt er. Rau. Seine Stimme ist so rau, dass sie mich mit Gänsehaut überzieht.

«Ja, Mann. Wo bleibst du?»

«Ich komme. Sekunde.»

Für einen Moment flackert sein Blick zwischen der Tür und mir hin und her. Dann presst er hastig seinen Mund auf meinen. Atmet dabei ein halb verzweifeltes Lächeln aus, das ich aufschnappe und das meine Knie weich werden lässt. «Sehen wir uns ... morgen?», fragt er flüsternd.

«Ja», antworte ich ebenso leise. Ich wünschte, es wäre noch heute Nacht.

William haucht einen Kuss auf meine Knöchel, bevor er mich loslässt und durch die Tür tritt, nachdem ich mich so hingestellt habe, dass ich nicht zu sehen bin.

In meinem Kopf summt es. Ein Herzschlagsong. Ich warte, bis ich mir sicher bin, dass sie gegangen sind, dann husche ich zurück über den Flur in mein Zimmer. *Nobody has to know.* Ich bin berauscht. Als hätte ich gerade Wodka auf ex getrunken und der Alkohol wäre schlagartig in meinem Kopf angekommen. Vermischt mit einem schuldbewussten Beigeschmack.

Akrasia. So nennt man eine Handlung, die man gegen sein Gewissen ausführt. William will sich nicht verstecken, er hat nur seine Selbstbeherrschung verloren. Etwas getan, von dem er weiß, dass er das nicht tun sollte oder will. Etwas, das er nicht für richtig hält. Und ich fühle mich berauscht und schuldig zugleich. Es geht ihm nicht gut damit, und ich hätte das nicht zu ihm sagen sollen. *Ich will es.*

Ich will es so sehr und schäme mich zugleich dafür, so egoistisch zu sein. Frustriert presse ich die Stirn gegen die kalte Tür. Es geht nicht nur darum, was ich will. Aber ich will, verdammt.

Was mache ich jetzt?

Kendra und Sun-young warten. Mein rotes Gesicht kann ich vielleicht damit erklären, zu heiß geduscht zu haben. Meine zitternden Finger allerdings nicht. Ich brauche fast zehn Minuten, um mich anzuziehen, weil mir alles aus den Händen gleitet. Buchstäblich wie metaphorisch. Mein ganzes Leben entgleitet mir.

Schnell das nasse Haar durchkämmen, dabei zweimal die Bürste fallen lassen, fluchen, hysterisch auflachen, weil mein Herz fast aus meinem Brustkorb springt. Mit dem Handy in der Hand und wackligen Knien die Treppe runterlaufen und an Kendras Zimmertür klopfen. Und mein verdammtes Herz bei William im dritten Stock zurücklassen.

Sun-young öffnet mir die Tür, den Blick auf ihr Smartphone geheftet. «Kann ich dir eine Frage stellen, und du sagst das Erste, was dir dazu einfällt?»

«O-okay. Ja, klar.» Ich bin immer noch völlig neben der Spur und werfe einen hilflosen Blick zu Kendra, die einen Pappbecher in der Hand hält und geräuschvoll Cola durch einen Strohhalm saugt. «Tut mir leid, dass ich so spät komme. Ich glaube, meine Muskeln haben sich für heute verabschiedet. Oder eher für die nächsten drei Tage.» Mein Gehirn allerdings auch, sonst hätte ich William eben nicht ... ach, verdammt!

Kendras Zimmer ist fast so groß wie Williams Erkerzimmer. Sie hat ein kleines Sofa an der Wand, gegenüber eine Kommode mit Fernseher darauf und eine Monstera-Topfpflanze, die allein so viel Platz wie mein Schreibtisch einnimmt. Es hängen Comicprints an der Wand, und der alte Hoodie mit den Peanuts liegt auf einem Stuhl.

«Um was für eine Frage geht es denn? Wird das irgendein Test?», wende ich mich wieder an Sun-young.

Kendra stößt in diesem Moment einen kleinen Rülpser aus. Erschrocken reißt sie eine Hand vor ihren Mund, und wir fangen beide an zu lachen. «Sorry. Und ja, es ist ein Persönlichkeitstest. Du darfst nur ein Wort sagen, und am Ende erklärt Sun-young dir, dass du zwanghaft-dominant bist oder so was. Ach nein, das bin ja ich. Ich habe mal diesen Myers-Briggs-Test gemacht, und es kam raus, dass ich ein Kommandeur bin.»

«Kommandeur Kendra, du hast mir nicht zugehört», erwidert Sun-young. «Ich sammle Impressionen für ein Kunstprojekt. Es wird eine Collage in Mixed-Media. Und es wird den Zeitgeist unserer Generation widerspiegeln, weißt du?»

«Okay, schieß los.» Das Lachen hat meine Anspannung entladen, zumindest zum Teil. Ich klettere neben Kendra aufs Sofa und hangle mir ein käsefädenziehendes Stück Pizza aus dem Karton. Mein Magen wird sonst in den nächsten dreißig Sekunden so laut knurren, dass die beiden auf die Idee kommen könnten, einen Exorzisten zu rufen.

«Was fällt dir zu Social Media ein?», fragt Sun-young. «Ich brauche nur ein Wort. Was bedeutet es für dich?»

Dass ich seit Wochen nicht reingesehen habe? Dass ich früher ständig online war und danach niemals glücklicher als vorher? Wahrscheinlich soll das jetzt nicht so deep werden, oder? Ich überlege.

«Keine Ahnung, aktuell am ehesten ‹Werbung›», antworte ich ziemlich planlos, und ich hoffe, Sun-young kann etwas damit anfangen. «Ich habe das Gefühl, jeder versucht nur noch, sich selbst oder irgendein Zeug zu vermarkten.»

Sie nickt. «Das hat Garrett auch zuerst gesagt. Und dann ‹Fake›. Fake-Leben, Fake-Gesichter, Fake-News, Fake-Was-auch-immer.»

«Du hast diesen bescheuerten Test auch mit Garrett gemacht?», stößt Kendra aus.

«Ich habe ihn mit William vor dem Haus getroffen und sie haben meine Frage beantwortet.» Sie unterstreicht ihre Worte mit einem genervten Blick, deshalb gehe ich davon aus, dass Kendra ihr keine vernünftige Antwort gegeben hat. «Und es ist nicht bescheuert. Ich fand ihre Antworten sehr aufschlussreich.»

«Okay, sorry. Was ist bei Garrett rausgekommen?», hakt sie nach. «Dass er ein Narzisst ist und seine Bilder mit tausend Filtern aufpoliert? So perfekt, wie er darauf aussieht, würde es mich nicht wundern.»

«Es ist kein Test, Kendra. Ich habe doch erklärt, es ist für ein Kunstprojekt.»

Kendra hört ihr gar nicht richtig zu. «Neuerdings teilt er ständig Fotos vom Sport. Garrett mit Eiweißshake vor dem Training. Garrett auf dem Weg zum Training. Garrett im Tanktop während des Trainings. Garrett verschwitzt nach dem Training ...»

«Du hast seinen Account ziemlich genau verfolgt, hm?» Ich stupse Kendra mit dem Ellbogen an, und sie schnappt nach Luft.

«Ja, so, wie man einen Auffahrunfall verfolgt. Oder den Wahlkampf von Donald Trump zum Beispiel. Gebannt, aber angewidert.»

Ich kann das Grinsen nicht unterdrücken, das mein Gesicht erobert. Vielleicht hat Garrett doch noch eine Chance. «Und was hat William zu Social Media gesagt?», frage ich Sun-young, lasse mich mit meinem Pizzastück betont lässig gegen das Kissen sinken und beiße ein großes Stück ab, als wäre ich nicht sonderlich an der Antwort interessiert.

«Er hat gesagt ...» Sun-young schiebt die Unterlippe vor. Das macht sie immer, wenn sie nachdenkt. Dann scrollt sie durch ihre Notizen. «Terror.»

«Okay, das passt zu ihm», meint Kendra und stellt ihren leeren Becher neben dem Pizzakarton ab. «Ist auch nicht verwunderlich, wenn man bedenkt, was früher bei ihm abgegangen ist, als er noch seine Accounts hatte.»

Ich schlucke hastig runter. «Wieso, was denn?»

«Er hat nur ein harmloses Urlaubsfoto gepostet oder so, und dann kam von der einen Hälfte Hate, weil er ein reiches Arschloch wäre, und von der anderen ‹Angebote›.» Sie malt Anführungszeichen in die Luft. «Er hat mir mal seine Nachrichtenanfragen bei Insta gezeigt, bevor er sie gesperrt hat. Du kannst dir nicht vorstellen, wie viele Nacktbilder da drin waren. Und da waren wir erst fünfzehn. Ekelhaft.»

Ich habe das Pizzastück zum Glück schon bis zum Rand abgeknabbert, denn jetzt ist mir der Appetit vergangen.

«Dabei wusste damals noch niemand von seinem Erbe. Es hat schon gereicht, dass er William Grantham der Dritte heißt und sein Opa einer der reichsten Menschen der ganzen beschissenen Ostküste ist.»

«Wieso hatte Devin eigentlich keinen Account?», fragt Sun-young. «Zumindest habe ich keinen gefunden.»

«Er ...» Kendra presst die Lippen zusammen. Nach einigen Sekunden zuckt sie mit den Schultern. «Er hat seine Accounts damals gelöscht, als William das auch gemacht hat. Frag mich nicht, warum. Mein Wort ist übrigens ‹Austausch›, falls du das noch gebrauchen kannst», wechselt Kendra schnell das Thema. «Ja, ich weiß, es ist manchmal nervig, aber ganz ehrlich, ich habe schon echt viele Menschen darüber kennengelernt, die ich wirklich interessant und nett finde.»

Sun-young tippt nickend in ihr Handy. «Du bist eine der wenigen, die das eher positiv sehen.»

«Was bedeutet es denn für dich?», will ich von ihr wissen.

«Kreativität», sagt Sun-young sofort. «Ich finde es cool, wie viele Ideen die Leute haben. Aber ich folge auch nur Künstlern und Video-Creatorinnen.»

«Zeigst du uns deine Collage, wenn sie fertig ist?»

Sie wird ein bisschen rot. «Wenn es schlecht wird, werdet ihr sie nie zu sehen bekommen. Aber wenn es gut wird, stellen sie sie mit den anderen in der Thayer Hall aus.»

«Wirklich?» Wow, eine richtige Ausstellung.

«Es wird dazu einen Artikel in der *Lumen* geben. Auch online auf der Website. Das ist toll, weil meine Eomma das dann auch sehen könnte, wisst ihr? Drückt mir einfach die Daumen.»

Kendra beugt sich vor. «Brauchst du noch was anderes? Können wir dich sonst irgendwie supporten? Also außer Daumendrücken? Für dich abstimmen, wenn es so weit ist? Ein Brainstorming zu anderen Themen machen, um dich zu inspirieren? Sex? Dem Partyleben auf der Ivy Island?» Sie verzieht das Gesicht. «Dem nicht vorhandenen Partyleben auf der Ivy Island, meine ich.» Sie seufzt und lässt sich zurück ins Sofakissen fallen.

Sun-young schiebt das Handy in ihre Hosentasche. Ich rutsche ein Stück zur Seite, um ihr Platz zu machen, und hole mein eigenes Handy heraus, um zu kontrollieren, ob endlich eine Nachricht von Dad eingegangen ist. «Nächste Woche gibt es immerhin die Weihnachtsparty. Du könntest Rupert fragen, ob er mit dir hingeht.»

«Mal sehen. Wartest du auf eine Nachricht?» Sie schielt auf mein Display. «Von Griffin?»

Ich schüttle den Kopf. «Von meinem Dad. Ich habe ihm heute Morgen geschrieben, und er hat mir den ganzen Tag noch nicht geantwortet. Das ist eigentlich nicht seine Art.» Seufzend lege ich das Telefon auf den Tisch, wo ich es sofort sehen kann, falls das Display aufleuchtet.

«Wollen wir weitergucken?» Mit einem Ächzen hangelt Kendra die Fernbedienung vom Tisch. «Wir haben die ersten zehn Minuten schon gesehen. Emma hat ihn gerade gefragt, was er mit vierzig sein will, und Dex hat geantwortet, er will reich sein. Oder berühmt.» Sie lacht. «Der ist am Anfang so ein Idiot. Ein sexy Idiot, aber ein Idiot. Soll ich noch mal zurückspulen?»

Weil mir so viel durch den Kopf geht, werde ich sowieso nicht viel von der Serie mitbekommen. «Brauchst du nicht. Ich kenne das Buch ja schon.»

Kendra lässt die Folge laufen, und Emma kommt auf dem Bildschirm aus dem Badezimmer nur mit einem offenen schwarzen Morgenmantel und einer Brille auf der Nase und sagt: «*We call this look ‹Academia by Night›.*»

«Ich finde Emma voll heiß.» Sun-young streicht ihre Haare nach hinten, und mir steigt der Geruch nach Apfelshampoo in die Nase. «Vor allem mit dieser Brille.»

Ich nicke. «Ja, fühle ich.» Mir geht es auch so, wenn ich William mit seiner Brille sehe, und ich habe immer noch nicht verstanden, warum das so ist. Wahrscheinlich hat das mit meiner

Williamsapiosexualität zu tun. Ich ziehe mir selbst eine Grimasse.

Sun-young seufzt, rutscht auf dem Sofa nach vorn und ... «Autsch. Was ...» Sie beugt sich nach unten und zieht etwas unter dem Couchtisch hervor, an dem sie sich anscheinend gerade gestoßen hat. «Was ist das?»

«Oh, das ist nur ein Fotoalbum.» Kendra nimmt ihr das Buch schnell ab und schiebt es in die Sofaritze neben sich. «Ich habe eben noch ein paar Bilder von Devin eingeklebt. Die hatte ich bisher nur auf dem Handy, mein Stiefvater hat sie drucken lassen und mir geschickt.»

Ich kann so gut verstehen, wie sehr sie ihren Bruder vermisst. Nachdem Lark gestorben ist, habe ich ganze Tage damit zugebracht, die Fotos auf meinem Handy anzusehen und seine Nachrichten zu lesen. Immer und immer wieder. Ich nehme ihr die Fernbedienung ab und drücke auf den Pausenknopf. «Wenn du willst ... Wir könnten sie zusammen ansehen.»

«Lieber nicht. Ich will grad einfach nicht dran denken, Eden.»

«Okay. Verstehe ich. Aber wenn du es irgendwann möchtest – ich würde sie mir wirklich gerne mit dir ansehen.»

«Danke.» Sie drückt mir einen Kuss auf die Wange, und das fühlt sich wie früher an, wie vor dem Unfall, und mir wird für einen Moment ganz leicht ums Herz.

«Hier liegt noch eins. Ist wohl rausgefallen. Sorry, ich hoffe, dass mit dem Riss an der Ecke war ich jetzt nicht.» Sun-young hebt ein Foto vom Boden auf. Ich will es weiterreichen an Kendra, halte aber inne, weil nicht nur Devin darauf abgebildet ist, sondern auch William. Ein Schnappschuss, bei dem die beiden vor einem Bett auf dem Boden sitzen und lauthals lachen.

Oh Gott. Kein Wunder, dass Kendra sich das jetzt nicht mit uns ansehen kann. Devin so lachen zu sehen, zerreißt einem das Herz.

«Das ist schon echt alt.» Kendra reißt mir das Foto aus der Hand und stopft es in das Album. Sie steht auf, wirft das Buch in ihren Kleiderschrank und nickt zum Fernseher. «Drück auf Play.»

34. KAPITEL

William

Deine Argumentation war gut durchdacht, William.» Professor Cushing hat sich halb auf meinen Tisch gesetzt. Der Kurs ist seit fünf Minuten vorbei, und sie hat mich gebeten, länger zu bleiben. Um mir das zu sagen?

Eden wirkte die ganze Stunde über angespannt. Sie hat den Raum sofort verlassen, als der Kurs beendet wurde, ohne dass ich herausfinden konnte, was los ist. Das zerrt an meinen Nerven, und ich kann Cushing kaum folgen.

«Im Gegensatz zu den meisten anderen paraphrasierst du nicht bloß, was ich bereits gesagt habe. Deine Argumente sind originell und gut formuliert. Viele Studierende verlieren sich in ihrer Beliebigkeit. Du nicht. Du widersprichst mir. Teilweise e contrario.» Sie lacht auf. «Das ist amüsant. Und ich hatte den Eindruck, dass es noch einige Punkte gibt, die wir gemeinsam durchgehen können. Vielleicht nur nicht hier im Kurs. Sondern woanders.»

Sie sagt *woanders,* und es klingt nach *privat*. Doch dann schüttele ich innerlich den Kopf über mich selbst. Vermutlich sollte ich in ihre Worte nicht zu viel reininterpretieren. Sie ist zwar einige Jahre jünger als meine Mutter, aber immer noch eine ihrer Freundinnen. «Ich habe keine offenen Fragen», antworte ich. «Nicht aktuell.»

Sie drückt meinen Arm, und es muss daran liegen, dass ich die Medikamentendosis weiter reduziert habe, dass ich das überdeutlich wahrnehme. Meine Sinne sind schlicht überreizt.

«Du wirst in Zukunft herausragende Leistungen erbringen. Du tust es bereits jetzt. Sobald du mit *Practice of Literary Translation* durch bist, hätte ich dich deshalb gerne in weiteren Kursen. Antike, Mittelalter, Renaissance, 17. bis 18. Jahrhundert und Moderne. Zwei von diesen fünf Kursen musst du ohnehin belegen, wenn du in meinem Fachbereich bleibst. Ich möchte dich in allen fünf haben.» Sie schlägt die Beine übereinander und streift dabei mein Knie. Ihr Parfum kriecht mir in die Nase.

Warum fühlt sich das für mich an wie ein beschissenes unmoralisches Angebot? Sie hält immer noch meinen Arm fest, und mein Muskel zuckt unter ihrer Hand. Mir ist klar, dass das Entzugssymptome sind, weil ich es mit der Medikamentenreduzierung übertrieben habe. Ich hätte mich an den Plan halten und nicht daran denken sollen, wie es wäre, mit Eden zusammen zu sein, was unter Xanax nicht geht. Ich hätte nicht jede einzelne Nacht wach liegen und daran denken sollen, sie zu vögeln. *Gottverdammt, konzentrier dich.* «Ich denke darüber nach. Falls ich in deinem Fachbereich bleibe.»

«Natürlich bleibst du. Meine Güte, Will, jeder andere würde sich geehrt fühlen und die Chance sofort ergreifen, wenn er eine derartige Förderung von mir angeboten bekommt.»

«Ich fühle mich geehrt, Moira.» Die nächste Lüge auf meiner Liste. Das Einzige, was ich fühle, ist das dringende Bedürfnis, aus diesem Gespräch rauszukommen, und die Art, wie ich ihren Namen betont habe, macht das eigentlich klar.

Sie lacht und lässt endlich meinen Arm los. «Vergeude dein Talent nicht, William. Du kannst etwas erreichen, wenn du deine Zeit nicht an etwas verschwendest, was keine Zukunft hat.»

Ich bezweifle, dass sie wirklich so begeistert von meiner Arbeit ist. Hier geht es um etwas anderes. Aber ich kann nicht den Finger darauflegen, worauf sie genau abzielt. Nachdem sie Eden vor den anderen so bloßgestellt hat, habe ich eine Ahnung, jedoch keine Gewissheit.

Cushing nickt in diesem Moment zur Tür, rutscht vom Tisch herunter und zieht ihren engen Rock glatt. «Da wartet jemand auf dich.»

Es ist nicht Eden, Gott sei Dank. Ich will sie zwar sehen, aber es dürfte mehr als nur befremdlich wirken, wie Cushing jetzt die Hand ausstreckt und den Kragen von meinem Hemd richtet. Ich stehe auf, entziehe mich damit ihrer Berührung und hole meine Tasche unter dem Tisch hervor.

«Denk einfach darüber nach. Wir können jederzeit ... reden.»

Okay, diese Pause – der leichte Nebel in meinem Hirn lässt nicht zu, dass ich das korrekt einordne. Aber ich komme klar, habe das im Griff, auch mit der geringeren Medikamentendosis. «Danke für das Angebot.» Das ich nicht annehmen werde. «Ich werde meine Mutter von dir grüßen.»

Sie zuckt nicht mal zusammen, also bilde ich mir das Ganze womöglich doch nur ein. Nur dass sich das hier falsch anfühlt. Gott, ich hasse es, wenn ich meinen Gefühlen nicht trauen kann.

Ich gehe zur Tür, ohne mich noch einmal umzudrehen. «Sorry, ich habe nicht gesehen, dass du auf mich wartest», sage ich zu Garrett, der mit einer Flasche in der Hand an der Wand gelehnt hat und diese jetzt in seinem Rucksack verstaut.

«Klar, Mann, ist schon okay. Du hättest so oder so nicht eher gehen können.» Er wirft einen Blick zurück und flüstert dann: «Was zur Hölle war das gerade? Cushing hat es doch voll auf dich abgesehen.»

«Sie ist eine Freundin meiner Mutter.» Was auch immer ich

damit sagen will. Dass wir uns schon lange kennen? Dass ich verdammt noch mal tabu für sie bin? Bullshit.

«Fuck, weiß sie das auch? Sah mir nämlich nicht danach aus. Ich meine, sie ist heiß und so, aber ... Scheiße, Will, pass bloß auf.»

«Mach dir keine Sorgen.» Wir treten gemeinsam auf den Flur, über den nur noch vereinzelt Leute rennen. «Musst du nicht eigentlich schon beim Training sein?»

«Ist ausgefallen. Ich wollte jetzt ins Wohnheim, was essen.»

«Dann komm ich mit.» Ich habe eine halbe Stunde bis zum nächsten Kurs. Zeit genug, um zu essen und darüber nachzudenken, ob ich das Brennen auf meiner Haut ertragen will, wenn ich stattdessen einfach das abgebrochene Viertel einnehmen könnte. Das Brennen, das Herzklopfen, der Druck in meiner Brust ... Es ist scheiße, aber ich will von den Tabletten weg.

«Du siehst echt wieder verdammt müde aus», meint Garrett.

Ich lache auf. Wenn es nur das wäre. «Und du siehst verdammt fit aus. Machen Eiweißshakes das mit dir?»

«Fick dich, Grantham.»

«Nein, danke.»

«Weißt du was von Kendra?», will er plötzlich wissen. «Was läuft da mit ihr und diesem Rupert? Dem Typen, der mit Eden arbeitet?»

Ah, das ist also der Grund, warum er auf mich gewartet hat. «Keine Ahnung. Aber wenn du mich fragst, sie steht auf ihn ...»

Garrett stößt einen Fluch aus.

«... weil sie von sich erwartet, auf ihn zu stehen.»

«Was soll das jetzt wieder bedeuten?»

«Ich bin mir ziemlich sicher, dass das nichts wird. Ich kenne Kendra, seit sie fünf ist. Er ist genau ihr Typ, aber ... nein.»

«Wie nein? Fuck, Will, können wir mit diesem Spiel aufhören? Sag mir einfach, was du denkst.»

«Sie würde gern was mit ihm anfangen, weil es leicht wäre. Er ist ihr Typ, arbeitet für die Studentenzeitung, ist aktivistisch. Sie würde gerne was von ihm wollen, weil er perfekt ist. In der Theorie. Aber sie steht nicht wirklich auf ihn.»

Wir haben das Wohnheim erreicht, und Garrett stößt mit zu viel Kraft die Tür auf. «Okay, also meinst du, dass ich noch eine Chance habe?»

«Das musst du sie selbst fragen.»

«Will», knurrt er.

«Ich denke schon, aber ich bin auch nicht allwissend.»

«Du würdest es mir sagen, wenn ich mich komplett lächerlich mache, oder?»

Ich grinse. «Du machst dich komplett lächerlich.» So wie ich. Ganz genauso wie ich. «Aber das ist okay.»

Edens Zimmertür steht offen, als wir auf unserer Etage ankommen, und mein Körper ist offensichtlich der Meinung, dass ich deshalb keine Luft brauche, denn mein Brustkorb zieht sich eng zusammen. Wie gesagt: lächerlich.

Doch dann sehe ich Eden.

Sie packt.

Sie packt bei geöffneter Tür, stopft hektisch Sachen in ihren Rucksack und rennt durch ihr Zimmer.

Und aus meiner atemlosen Vorfreude wird Sorge.

«Was ist los?» Garrett lehnt sich in ihren Türrahmen.

Als Eden hochguckt, sieht man ihr an, dass sie geweint hat. Scheiße, scheiße, scheiße. «Was ist passiert?» Ich gehe alle möglichen Szenarien durch. Ein Streit mit Kendra, Probleme mit ihrem Nebenjob, und lande beim Naheliegendsten. «Ist etwas mit deinem Dad?»

Sie nickt, wischt sich das verschwitzte Haar aus der Stirn. «Ich weiß nicht, was passiert ist. Er hatte einen Arbeitsunfall. Gestern. Ich ...» Sie hebt hilflos die Arme an. «Ich habe mir den ganzen Tag schon Sorgen gemacht, weil ich ihn nicht erreichen konnte. Eben hat er mir endlich geantwortet, aber er wollte mir nicht erzählen, was genau passiert ist. Er hat es runtergespielt und gesagt, dass er heute schon wieder entlassen wird, dass es nicht so schlimm ist, aber ...»

Okay, nachdenken. Edens Dad ist Mechaniker, und das bedeutet, es gibt jede Menge ungute Möglichkeiten. «Weißt du, in welchem Krankenhaus er ist?»

Sie nickt. «Er meinte, dass es sich nicht lohnt, vorbeizukommen. Es hat sich so angehört, als wollte er auf eigene Verantwortung gehen, und ich befürchte, da ist etwas nicht in Ordnung mit seiner Krankenversicherung. Tut mir leid, ich kann jetzt nicht ...» Sie klappt den geöffneten Laptop zu, der auf ihrem Schreibtisch steht, und schiebt ihn in ihren Rucksack. «Ich habe schon eine Busverbindung rausgesucht. Bin vermutlich in ein, zwei Tagen wieder da.»

«Können wir dir irgendwie helfen?»

«Danke, Garrett, das ist nett, aber ... ich muss mich jetzt beeilen, die Fähre geht in dreißig Minuten.»

«Okay, gute Besserung an deinen Dad», sagt Garrett.

Ich kriege die verdammten Zähne nicht auseinander, und Eden drückt ihre Zimmertür zu, um ohne weitere Unterbrechung zu Ende zu packen.

Auf keinen Fall lasse ich sie mit einem Bus vier Stunden nach Hause fahren, wenn sie so aufgelöst ist. Ich muss telefonieren und entschuldige mich bei Garrett. In meinem Zimmer reiße ich das verhasste iPhone aus der Schreibtischschublade. Gott sei Dank klebt der Zettel mit der PIN noch auf der Rückseite.

Der Akku reicht maximal noch für ein Gespräch, und ich gebe Wesleys Nummer ein.

35. KAPITEL

Eden

Hey.»

Ich stocke für eine Sekunde, als ich die Tür öffne und Will dort steht. Aber ich schüttele die Überraschung ab. «Tut mir leid, Will. Ich muss zur Fähre.» Ich schiebe mich an ihm vorbei und ziehe die Zimmertür zu, meinen Rucksack über einer Schulter und in der Hand Handy, Portemonnaie und meine Zimmerkarte.

«Wesley ist schon auf dem Weg hierher.»

«Was?» Mit der freien Hand streiche ich mir das Haar aus dem Gesicht. Ich muss Dad gleich noch einmal anrufen und ihm sagen, wann ich ungefähr da bin. Vielleicht braucht er was zu essen und Hilfe zu Hause, dann muss ich auf dem Weg noch einkaufen. Außerdem muss ich Rupert Bescheid geben, dass ich heute nicht arbeiten kann. Wofür er hoffentlich Verständnis hat. Meine Gedanken preschen vorwärts und springen dann wieder zurück zu dem, was Will gerade gesagt hat. «Wesley?» Der Fahrer seiner Familie?

«Es sind etwa vier Stunden Fahrt mit dem Bus», erklärt er. «Mit der Limousine bist du deutlich schneller. Keine Zwischenstopps. Und es ist deutlich angenehmer, wenn du Raum für dich allein hast.»

Dass er sich diese Gedanken macht, lässt mich tief Luft holen.

Und dann erinnere ich mich an das letzte Mal, als ich mit ihm in der Limousine gefahren bin, als wir mit Devin und den anderen in Boston waren. An seinem Geburtstag. «Aber ...»

«Er ist schon unterwegs.» Will beißt die Kiefer aufeinander. Er wirkt angespannt. Als rechne er damit, dass ich widerspreche. Hoffentlich geht es ihm gut. Nach gestern Abend hatte ich Angst, dass er wieder zu den Tabletten greift, weil ich ihn unter Druck gesetzt habe, weil ich nicht loslassen kann. Aber er wirkt nicht abwesend, nicht so gleichgültig, wie die Xanax ihn gemacht haben. Ich verstehe jetzt in der Rückschau so vieles anders. Sein Verhalten bei Devins Trauerfeier, seine vermeintliche Gefühllosigkeit, die nicht echt war. Er war wie betäubt. Aber jetzt ist er das nicht. Er ist wach und konzentriert.

Trotzdem kann ich das nicht annehmen.

«Hast du ihn gefragt, ob er heute Zeit hat? Ich meine, ob Wesley das überhaupt will?»

Um Williams Mundwinkel zuckt es. «Ich verstehe die Frage nicht.»

Er meint das nicht wirklich ernst, oder? Ich kann mich unmöglich von seinem Fahrer bis nach Hause kutschieren lassen. Zumal Wesley ja die ganze Strecke auch wieder zurück muss. Ich kann wohl kaum von ihm verlangen, dass er so lange arbeitet.

«Das ist sein Job, Eden.»

Shit, kann er meine Gedanken lesen? «Ja, aber er arbeitet nicht für mich. Und er wäre den ganzen Tag unterwegs. Ich weiß nicht mal ...» Ich ziehe den Rucksack über meine Schulter nach vorn und stopfe meine Geldbörse rein. «Der Bus ist okay. Und bestimmt ist es gar nicht so schlimm. Ich meine, Dad hat gesagt, dass er heute wieder nach Hause kann. Ich mache mir wahrscheinlich nur unnötig Sorgen, und wenn Wesley mitkriegt, wie harmlos alles ist, dann hält er mich für verrückt.

Dann musste er nur wegen mir völlig umsonst den ganzen Tag durch die Gegend fahren.»

«Wie gesagt: Das ist sein Job. Du machst dir Sorgen um deinen Dad und willst sehen, ob es ihm gut geht. Also fährt Wesley dich hin.»

«Aber was, wenn er gar keine Zeit hat? Ich meine, wenn deine Eltern ihn brauchen? Er ist ihr Fahrer, er ist doch nicht nur für dich da, oder?» Sein überraschter Gesichtsausdruck verrät mir, dass ich mit dieser Annahme offensichtlich falschliege, und ich habe ein unnatürlich hohes Kieksen in der Stimme, als ich nachhake. «Er ist nur für dich da?»

William lächelt. «Das habe ich Grandpa zu verdanken. Glaub mir, Wesley hat genug Freizeit, um jede unnötige Fahrt wieder auszugleichen. Er langweilt sich zu Tode, seit ich hier am College bin. Mach dir deswegen also keinen Kopf. Er ist froh, wenn er einen Auftrag hat. Und sein Auftrag lautet: Eden zu ihrem Dad fahren. Oder wohin auch immer sie will.»

Wohin auch immer ich will? Das klingt zu schön, um wahr zu sein.

Oh Gott, das würde es so viel einfacher machen. So viel leichter. Ich müsste mir nur noch Gedanken um den Rückweg machen. Nicht um Wartezeiten, Verspätungen oder darum, wie ich vom Busbahnhof nach Hause komme. Oder falls Dad doch noch im Krankenhaus ist, wie ich mit seinem Auto dorthin komme. Was für eine Erleichterung das wäre, wenn ich das Angebot annehme. Ich muss es annehmen.

«Danke, Will. Das ... Danke.» Ich beiße mir direkt auf die Zunge.

Hör auf, mir dankbar zu sein.

William verzieht wie erwartet das Gesicht, aber ich würde ihm jetzt am liebsten um den Hals fallen. Was ich vermutlich auch tun würde, wenn nicht gerade Sheela mit Morris aus ihrem Zimmer kommen würde und William zwei Schritte zurückmachte, um sie vorbeizulassen.

«Oh, fahrt ihr weg?», fragt Sheela, als sie meinen Rucksack sieht.

«Nicht ich. Eden fährt nach Hause.» William nickt mir kurz zu. «Gute Besserung für deinen Dad.»

Er lässt seine Hände lässig in den Hosentaschen verschwinden, und ich schlucke. «Danke, richte ich ihm aus.»

Ich wünschte, ich könnte das so gut wie er. So unbeteiligt wirken. Dagegen müssen meine Gefühle für alle total offensichtlich sein. Jedenfalls komme ich mir so vor. Bloßgestellt. Nackt.

Das Mädchen, das den Jungen immer noch anhimmelt, der sie nicht mehr will. Das Mädchen, das panische Angst um ihren Vater hat, obwohl der heute schon wieder aus dem Krankenhaus kommt. Das Mädchen, das nicht genug Geld hat, um schnell in ebendieses Krankenhaus zu kommen. Ich sollte froh sein, dass William mir hilft, auch wenn der kleine Teufel auf meiner Schulter meint, mir vorrechnen zu müssen, wie hoch der Stundenlohn für seinen Fahrer wohl ist. Sehr hoch.

Bekommt Wesley überhaupt einen Stundenlohn? Er ist sicher fest angestellt. Sollte ich ihm Trinkgeld geben? Ach, verdammt. Ich ziehe mir den zweiten Gurt meines Rucksacks über die Schulter, erwidere Williams Nicken zum Abschied und mache mich auf den Weg. Sheela und Morris begleiten mich. Morris fragt mich im Treppenhaus, was mit meinem Dad ist, und ich gebe eine völlig konfuse Antwort, die ich nicht mal selbst richtig kapiere.

Sheela hält mir unten die Tür auf. «Dann bist du zur Dark-Christmas-Party gar nicht hier?»

«Ich weiß es nicht. Nein, doch, ja, ich denke schon.» Wenn nicht, hätte ich die perfekte Ausrede, um Griffin abzusagen. Was ... echt mies ist. Einfach den Unfall meines Vaters vorzuschieben. Sonst bin ich doch auch kein Feigling. Und außerdem wollte ich ja mit ihm hingehen. Spaß haben, mich ablenken. Rein freundschaftlich. Unverbindlich. Ich muss einfach nur darauf achten, mit ihm nicht irgendwann unter einem verdammten Mistelzweig zu landen, und sicherstellen, dass er keine falschen Erwartungen hat. Und ich selbst auch nicht: Ich werde jede Sekunde hassen, die William mit jemand anderem verbringt.

Auf die Fähre warte ich keine fünf Minuten, trotzdem fange ich am Anleger sofort an zu frieren. Ich ziehe den Reißverschluss meiner Jacke bis zum Hals hoch und lasse meine Hände in den Ärmeln verschwinden. Auf dem Schiff suche ich mir einen windgeschützten Platz, von dem aus ich das andere Ufer im Blick habe. Mit mir fahren nur eine Handvoll anderer Leute ans Festland. Drei davon kenne ich zumindest vom Sehen. Es dauert aber auch noch ein paar Minuten, bis wir ablegen.

Ich trete die ganze Zeit von einem Fuß auf den anderen. Vor Kälte, aber auch vor Nervosität. Wegen Dad, weil ich nicht weiß, was mich erwartet, und auch wegen Wesley. Womöglich hasst er mich, weil er meinetwegen keinen freien Tag hat. Williams Beteuerung, dass er sich zu Tode langweilt, glaube ich keine Sekunde. Ich quäle eine Hand wieder aus dem warmen Ärmel raus und schreibe eine Nachricht an meinen Dad.

Eden: Bin jetzt auf der Fähre. Melde mich, sobald ich abschätzen kann, wie lange ich brauche. Mache mir aber Sorgen. Kannst du nicht doch im Krankenhaus bleiben?

Als ich wieder hochgucke, kommen zwei Nachzügler über den Steg. Oh, shit, das ist Hannah mit einer Freundin. Ich nicke ihr freundlich zu und hoffe, dass mein Lächeln nicht so gequält aussieht, wie es sich anfühlt. Aber sie dreht sofort das Gesicht weg, ohne mich zu grüßen. Okay, unhöflich. Wir haben bisher trotz zwei gemeinsamer Kurse nicht miteinander gesprochen, aber sie weiß mit Sicherheit, wer ich bin. Also was soll das?

Es fängt an zu nieseln, und ich ziehe gerade die Kapuze über meinen Kopf, als sich eine weitere Gestalt in einem langen schwarzen Mantel zu Hannah und ihrer Freundin gesellt.

Oh.

Mein Blick wandert langsam von den cognacfarbenen Schuhen über den eleganten Wollmantel hoch zu seinem Gesicht. Blonde Haare und eine dunkle Sonnenbrille, die, das weiß ich nur zu gut, ein rotes Feuermal über dem linken Auge verdeckt.

Basorexie. Das Wort schießt mir unvermittelt durch den Kopf. Das ist die plötzliche und unbändige Lust, jemanden zu küssen, und damit exakt das, was ich gerade fühle. Ich wende schnell den Blick ab, bevor mein dämliches Grinsen mich noch in Schwierigkeiten bringt.

Ich höre, wie er mit Hannah spricht, wie sie und ihre Freundin lachen, als hätte er etwas total Witziges gesagt, und es ist mir egal. Weil ich weiß, dass es Will nichts bedeutet. Ich zwinge mich dazu, den Blick gesenkt zu halten, aber meine Mundwinkel klettern noch eine Spur höher, allein weil er da ist. Als die Fähre endlich ablegt, atme ich auf, weil er nun ganz sicher mitfährt und es nur noch ein paar Minuten dauert, bis ich damit aufhören kann, mich zu verstellen.

Nur ein paar Minuten, in denen mir feiner Regen ins Gesicht sprüht, der Fährmann den Motor aufdreht und die Geräusche verhindern, dass ich noch etwas von den anderen höre.

Als wir uns dem Festland nähern, kommen die drei in meine Richtung. Sie unterhalten sich über irgendeinen Kurs, der mir so was von egal ist. Dann über Cushing, über die Bücher von ihrer Liste, die sie in den Weihnachtsferien lesen wollen. Hannah ignoriert mich wieder.

Auf Williams Mantel glitzern feine Wassertropfen. Eine Haarsträhne fällt ihm feucht ins Gesicht. Er zieht seine Brille aus, und die Augen, die zum Vorschein kommen, wirken superwach. So wach wie seit Wochen nicht. Als sich unsere Blicke für eine Sekunde kreuzen, blitzt es darin auf.

Verdammt, ich muss ihn wirklich jetzt ganz dringend küssen.

Dieses Glitzern in seinem Blick – das habe ich das erste Mal in der Thayer Hall wahrgenommen, als er mir sein Notizbuch gegeben hat. In den letzten Wochen war es einfach weg. Ausgelöscht. Jetzt leuchtet es wieder auf, und das pumpt Adrenalin durch meinen Körper. Mein Herz hämmert fest und unerwartet schnell los.

«Weiß ich noch nicht», höre ich William gerade sagen.

Was zum Teufel hat Hannah ihn gefragt? Wann er zurückkommt?

«Heute mit Sicherheit nicht.»

Okay, sie muss etwas anderes gefragt haben. Er wird doch sicher nicht die ganze Zeit bei mir bleiben wollen, sondern direkt mit Wesley wieder zurückfahren, oder?

«Willst du nach Hause?»

«Nein, nicht nach Hause. Ich besuche jemanden. Kann sein, dass ich über Nacht in einem Hotel bleibe.»

Oh Gott, mir wird heiß. Nur durch dieses Wort. William und ein Hotelzimmer spulen in meinem Kopfkino eine Filmrolle ab, die auf jeden Fall ein X-Rating verdient hätte. Aber er hat nichts dabei. Keine Tasche, keine Klamotten, gar nichts. Hat Wesley notfallmäßig einen Koffer mit Wechselsachen für ihn im Auto? Hat er vor, von unserem Zuhause direkt zu sich nach Boston weiterzufahren? Oder zieht er es wirklich in Betracht, in einem Hotel zu übernachten? Die Vorstellung, ihm mein schmales Bett zu Hause anzubieten, erscheint mir absurd. Dort passt Will nicht hinein. Nicht körperlich, nicht ...

Nicht was?

Es ist nicht so, dass ich mich für mein Zuhause schämen würde, aber verglichen mit dem Haus seiner Eltern, in dem echte Kunst an den Wänden hängt, teure Teppiche auf dem Parkett liegen und sich überall Bücher ausgebreitet haben, sehen wir buchstäblich arm aus. Wills Eltern blenden nicht. Sie stapeln keine dekorativen Coffee Table Books auf Glastischen, nur weil es gut aussieht. Sie haben nicht mal Glastische. Überall findet man klassische Literatur, Gedichtbände, Bücher über Geschichte, Kunst, Philosophie. Und sie sehen auch noch gelesen aus. Sie sind beide so verflucht gebildet. Ich habe nur Hunderte Liebesromane in meinem Regal, und Dad liebt Thriller und Mystery. Keine Ahnung, wie das auf William wirken wird. Außerdem weiß ich nicht, wie es Dad geht. Wenn es ihm doch schlechter geht, als er behauptet hat, ist Besuch womöglich das Letzte, wonach ihm der Sinn steht.

Hannah quasselt etwas über Hotels an der Küste, und mir rast das Herz, weil die Fähre jetzt anlegt. Die Limousine steht bereits vor dem Anleger, Wesley muss entweder schon unterwegs gewesen sein, als Will anrief, oder es war so gut wie kein Verkehr. Er ist ausgestiegen und hält einen Schirm hoch, kommt damit auf uns zu. Das ist so anders als alles, was ich gewöhnt bin, und ich merke, wie sehr mich das verunsichert. Keine Ahnung, was ich jetzt machen soll. Wie selbstverständlich zur Limousine gehen und einsteigen? Oder einfach weitergehen? Vortäuschen, dass ich nichts damit zu tun habe, und mich in der nächsten Seitenstraße heimlich von Wesley einsammeln lassen?

William lässt mir mit einer Handbewegung den Vortritt, als wir die Fähre verlassen. Ich glaube, ich kann Hannahs Gedanken hören. Sie fragt sich, warum er ausgerechnet mich vorlässt. Mich, Eden Collins, die im Gegensatz zu ihr nicht gerade brilliert in Cushings Kurs. Ich gehe über den Steg.

Shit, shit, shit. Wesley ist ganz offensichtlich nicht eingeweiht in unser verdammtes Versteckspiel. Er lächelt mich an und tritt an meine Seite.

«Ma'am.» Mit einer zuvorkommenden Geste weist er mir den Weg zur Limousine. Ich bekomme keinen einzigen Regentropfen mehr ab, weil er mich komplett abschirmt, und ich bin mir plötzlich sicher, dass es ihm nichts ausmacht, sonst würde er nicht so vor sich hin grinsen.

Ich entspanne mich – bis zu dem Moment, wo ich William sagen höre: «Sorry, Hannah» und «Bye» und er im Vorbeigehen meine Hand ergreift. Er zieht mich mit sich, läuft einfach los und fängt an zu lachen, weil Wesley Probleme hat, mit uns mitzuhalten und gleichzeitig den Schirm über uns zu halten. Als wir das Auto erreichen, reißt William die hintere Tür auf.

«William», sagt Wesley mit hörbarer Missbilligung in der Stimme. «Es hätte so gut werden können, aber du hast mir meinen Auftritt ruiniert.»

Williams Grübchen verstärkt sich nur noch. «Ach, komm schon, Wes.»

Und das erinnert mich an den Will, der gelacht hat, als wir die Küche im Wohnheim aus Versehen unter Wasser gesetzt haben. Der Will, der das einfach nur aufregend fand.

36. KAPITEL

William

Was, wenn Hannah das jemandem erzählt?»

«Was, wenn morgen ein Meteorit in der westlichen Hemisphäre einschlägt?»

Eden sieht mich an, als wäre ich nicht ganz dicht, und vermutlich stimmt das sogar. Wahrscheinlich habe ich zu viel Sauerstoff auf einmal abbekommen. Seit Wochen zwingt mich meine Schuld in die Knie, presst mir den Brustkorb zusammen, sodass jeder Atemzug einem Kampf gleichkommt, und eben ist diese verfluchte Eisenklammer plötzlich aufgebrochen. Eden braucht mich, und das ist alles, was zählt.

Für einen Moment habe ich nicht an Kendra gedacht oder an die Vorwürfe, die sie und ihre Eltern mir machen. Nicht an das, was ich hätte tun müssen, an das «du musst». Für einen Moment waren da nicht dieser Selbsthass und die ganze Reue und der Gedanke, dass ich nicht glücklich sein kann, wenn Devin tot ist. Sondern die antinomische Vorstellung, dass Devin genau das will.

Scheiße, wahrscheinlich belüge ich mich gerade so was von selbst. Ich fühle mich immer noch schuldig, aber ich bekomme Luft. Hole Luft. Giere nach Luft. Wie man Luft holt, bevor man untertaucht. Und wenn ich nur diesen einen Tag mit Eden habe und wir zu ihrem Dad fahren, dann sind das ein paar Stunden, in denen ich atmen kann. Stunden, in denen ich auf Vorrat Luft hole, bevor ich wieder nach unten gedrückt werde.

Und das ist es wert.

Ich lasse mich freiwillig bis zum beschissenen Meeresgrund drücken, wenn ich noch einmal, nur ein einziges Mal, mit ihr frei atmen kann. Gott, bitte lass mich noch einmal fühlen, wie das ist.

«Ich hoffe nur, das war kein Fehler und du bereust das nicht.»

«Niemals.» Wie könnte ich bereuen, zu atmen?

Ich habe die Tabletten in meiner Manteltasche. Meine Sonnenbrille, meinen Walkman mit neuen Batterien und Edens Buch, in das ich heute Morgen noch meine Antwort auf ihr Blackout Poetry formuliert habe. Über den Textblock habe ich geschrieben: *All I know is ...*

Und darunter die Wörter umrahmt, die zuerst keinen Sinn ergeben haben, bis am Ende alles passte.

I want to rest on your lips constantly entirely eternally.

Ich war mir noch nie so sicher wie in diesem Moment, dass ich die Konsequenzen aushalte, wenn ich nur diesen einen Tag habe. Dass ich alles durchstehe, was da noch kommt. Gott, gib mir einfach nur diesen einen Augenblick. Nur ein paar Stunden Freiheit von diesem Druck.

Eden schält sich aus der dicken Jacke, ohne sich abzuschnallen, und legt sie in den Fußraum.

«Hat dein Dad sich noch mal gemeldet?»

Sie hebt das Handy an, nickt und öffnet eine Nachricht. «Er ist zu Hause. Er schreibt, dass er von der Tragfläche gestürzt ist. Sein Schlüsselbein ist angeknackst, und er hat Schürfwunden, aber sonst sei alles okay.»

Sie glaubt ihm nicht, das ist offensichtlich. Ich sehe es daran, wie die kleine Narbe an ihrer Stirn weiß hervortritt, als sie die Stirn runzelt. «Du denkst, er will dich nur beschwichtigen.»

All I know is...

I want

to rest

on

your

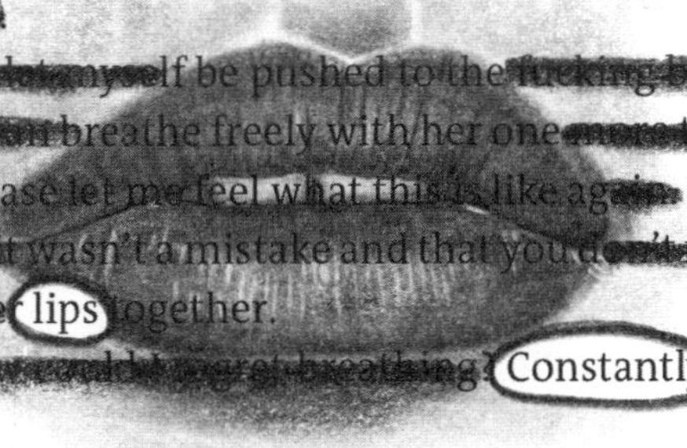

myself be pushed to the

breathe freely with her one

please let me feel what this is like ag

it wasn't a mistake and that you

lips together.

Constantly

entirely

eternally.

«Ich traue es ihm zu. Als ich zwölf war, wollten wir zusammen eine Motorradtour machen. Eine Woche, wir hatten ziemlich lange dafür gespart. Aber er ist total krank geworden. Er meinte, der Husten wäre nicht so schlimm, und am Ende hat sich rausgestellt, dass er schon während der Fahrt eine Lungenentzündung hatte. Er wollte mir nur nicht die Ferien verderben. Und jetzt ... Er will nicht, dass ich was verpasse. Nur noch eine Woche bis zu den Semesterferien, wenn ich eh nach Hause kommen wollte, und ich glaube, dass er das deshalb herunterspielt.»

Wesley räuspert sich. «Die Straßen sind frei, Ma'am, wir sind voraussichtlich in knapp drei Stunden da.»

«Danke, Wesley.» Sie drückt meine Hand. «Und danke, dass du mitkommst.»

Sie soll endlich damit aufhören, mir ständig zu danken. Vor allem für die falschen Dinge. Es kostet mich weniger als nichts, mit ihr nach Hause zu fahren. «Es ist nur eine Autofahrt.»

«Es geht nicht nur um die Autofahrt, Will.»

Klar, es geht um die emotionale Unterstützung. Die sie von mir bisher nicht bekommen hat, weil ich nur mit mir selbst beschäftigt bin. Dafür kann ich mir nun wirklich keine Lobeshymne abholen.

«Wäre dir ein Hubschrauber lieber gewesen?» Ich weiß nicht, warum ich das sage. Vielleicht, weil ich ihr klarmachen will, wie wenig es bedeutet, etwas zu geben, wenn man so viel hat.

«W-was?»

«Ich habe darüber nachgedacht. Ein Heli fliegt 240 bis 300 Stundenkilometer. Wenn man den Transfer zum Landeplatz dazurechnet ...»

«Ist das dein fucking Ernst?», bricht es aus ihr heraus. Sofort presst sie die Lippen zusammen und wirft einen schuldbewussten Blick auf den Rückspiegel. Ich kann sehen, dass Wesley grinst. Er tut nicht mal so, als würde er unserem Gespräch nicht folgen.

«Das war ein Witz, Eden. Wir haben keinen Helikopter.» Was nicht die volle Wahrheit ist. Ich habe tatsächlich darüber nachgedacht, aber damit gerechnet, dass Eden so ablehnend reagiert.

«Okay.» Sie atmet geräuschvoll aus und lehnt sich im Sitz zurück.

«Nicht mehr», gebe ich zu, um der Wahrheit näher zu kommen, und Eden schnappt nach Luft. «Mein Dad hat nach Grandpas Tod fast alles verkaufen lassen. Den Privatjet, ich weiß nicht wie viele Autos. Kein Mensch braucht das, wenn er nicht gerade Staatspräsident ist. Und er war froh, sich darüber keine Gedanken mehr machen zu müssen.»

Sie öffnet den Mund, schließt ihn wieder, schluckt. «Ich mag deinen Dad.»

Es zieht so stark an meinen Mundwinkeln, dass ich nachgeben muss und sie breit angrinse. «Das habe ich gehofft.» Ich hole das Buch aus der Manteltasche. «Das wollte ich dir noch geben. Die Antwort auf deine Frage. Die richtige Antwort.»

Eden hält das Buch fest. Ich habe ein Lesezeichen reingelegt, sie müsste es nur aufklappen, aber sie macht es nicht.

«Ich weiß nicht, ob ... Wird mir die Antwort gefallen?»

«Kommt drauf an.»

«Will, du ...» Sie fängt mein Lächeln auf und verstummt. Mit zusammengepressten Lippen schlägt sie das Buch auf. Gott, wieder dieses Gefühlsroulette in ihrem Gesicht. Zu viele Emotionen, um sie alle zu benennen. Sie starrt eine geschätzte Ewigkeit auf die Seite, dann schlägt sie das Buch wieder zu und legt es neben sich auf die Rückbank.

Sie dreht sich zur Seite, sieht mich an. Nein, nicht mich, sie blickt auf meinen Mund, und das lässt mich schlucken. Ihre ausgestreckte Hand streicht mir das Haar aus dem Gesicht. Ihre

Finger fahren sanft um mein Auge, und ich weiß, dass sie die Konturen von meinem Feuermal nachzeichnet, weil sie das schon oft gemacht hat. Sie ist die Einzige, die das jemals gemacht hat. Die Einzige, bei der ich das zulassen würde.

Schade, dass der Junge damit so verunstaltet ist.

Dass er nichts dagegen unternimmt, dafür gibt es doch Behandlungsmöglichkeiten.

Ohne dieses Feuermal sähe er richtig gut aus.

Ich habe schon alles gehört, was man sich vorstellen kann. Aber Eden hat das nie interessiert, und jetzt streichelt sie mein Gesicht, als wäre es ihr kostbar. Streicht mit ihrem Daumen sanft über meine Wange und dann über meinen Mund, mein Kinn, was sich kratzig anfühlt, obwohl ich mich rasiert habe.

Wesley räuspert sich. «Soll ich die Trennwand hochfahren, Sir?»

Sonst nennt er mich nicht Sir, aber offenbar hat Wesley gerade Spaß daran, den Vorbild-Chauffeur raushängen zu lassen. «Das wird nicht nötig ...»

«Ja, bitte», fällt Eden mir ins Wort, den Blick auf den Rückspiegel gerichtet.

Innerhalb der nächsten fünf Sekunden schiebt sich die schwarz getönte Glaswand nach oben, und auf der Anzeige leuchtet das Symbol auf, dass keine Kommunikation mit dem Fahrer möglich ist.

«Hast du gerade über den Rückspiegel mit meinem Fahrer konspirative Blicke ausgetauscht?», frage ich amüsiert.

«Und wenn?» Eden schnallt sich ab und kniet sich auf die Bank, klettert über mich und setzt sich auf meinen Schoß. Der Mantel lässt mir nicht viel Bewegungsfreiheit, aber ihr Gewicht auf mir zu spüren – Gott, das kann sie gerne öfter machen.

«Kann Wesley uns hören?», flüstert sie, ihre Arme liegen um meine Schultern. Ihr Mund streift meine Wange.

Ich halte ihre Hüfte fest. «Das kommt drauf an, wie laut du bist ... sprichst», verbessere ich mich.

Sie beißt mir sanft in die Lippe.

«Nein, er hört uns nicht», sage ich rau und schlucke. «Aber er hat gesehen, dass du dich abgeschnallt hast. Die Warnleuchte am Armaturenbrett.»

«Mist.» Sie lacht leise, und das verursacht kleine heiße Atemstöße gegen meine Haut. Sie überlegt kurz, dann beugt sie sich zur Seite, zerrt hektisch am Gurt des leeren Sitzes und steckt ihn in den zugehörigen Schlitz.

«Gewichtserkennung», erkläre ich. «Aber es hat sicher nur die ersten Sekunden gepiept.»

«Du sagst das nur, um mich zu ärgern.»

«Ja», gebe ich zu. Und um sie abzulenken. Davon, dass sie sich Sorgen macht. Davon, dass das hier nur eine weitere Insel der Realitätsflucht ist. Die ich noch so viel mehr brauche als sie.

Nobody has to know.

Sie küsst mich, und ich stoße mit meiner Zunge in ihren Mund. Alles ist so intensiv ohne die Tabletten. So klar. Rau. Hell. Ihr Gewicht auf mir, die leichte Bewegung, mit der sie sich an mir reibt, ihre Finger auf meiner Kopfhaut. Ihr Geruch. Ihre Zunge, die meine umkreist.

Ich werde hart.

Eden muss das auch spüren, aber das ist nicht der richtige Moment. Ich löse mich von ihr und atme tief durch. «Schnall dich wieder an», sage ich fast schroff.

«Ja, Sir», antwortet sie spöttisch, und ich bereue es sofort, will sie festhalten, aber jetzt ist es zu spät. Sie gleitet von mir runter, macht den Gurt los und schnallt sich vorschriftsmäßig an.

Nur noch drei Stunden Fahrt, in denen ich sie nicht wieder an mich ziehen darf.

37. KAPITEL

William

Ich warte im Wagen, während Eden ins Haus geht, um nach ihrem Dad zu sehen. Wesley hat die Trennscheibe wieder runtergefahren und mich gefragt, ob er ein Hotelzimmer buchen soll, aber ich habe keine Ahnung, wie es weitergeht. Ob Eden hier bei ihrem Dad bleiben oder direkt wieder zurück zum Campus fahren will. Eins weiß ich allerdings sicher: dass ich noch nicht bereit bin, in die Realität zurückzukehren.

Ich höre Musik über den Walkman, und Wes scrollt auf seinem Smartphone, aber dann stellt er im Rückspiegel Blickkontakt her, und ich schiebe die Kopfhörer in den Nacken.

«Ich will dich nicht beunruhigen, aber es gibt da etwas, das du wissen solltest.»

«Nein.» Mein Kopf schlägt gegen die Rückbank. Wenn Wes so anfängt, ist mir klar, dass es unangenehm wird. «Wie groß ist die Wahrscheinlichkeit, dass ich es nicht hören will?»

«Schätzungsweise einhundert Prozent. Aber du musst dir das trotzdem ansehen.» Er dreht sich auf dem Sitz um, reicht mir sein Smartphone, doch ich greife nicht danach. Ich bin definitiv nicht bereit, mich damit auseinanderzusetzen. Weil wir gerade erst aus Woodford weg sind. Weil ich gerade erst seit drei Stunden unbeobachtet bin. Weil das noch nicht reicht, um genug Luft zu holen.

«Sie haben ein Foto von dir, Will. Und ich will wissen, wie sie da rangekommen sind», sagt er. «Erst habe ich es für bearbeitet gehalten oder KI-generiert, aber das ist dein Zimmer. Zu viele richtige Details für ein manipuliertes Foto.»

Ich nehme ihm das Mobiltelefon nun doch aus der Hand. Versuche, nichts vom Text zu erfassen, und scrolle nach unten zum Bild.

«Ich muss deinen Vater darüber informieren. Wenn wir Glück haben, dauert es nur ein paar Stunden, bis es offline ist. Wenn die Anwälte damit durch sind. Du kennst das Spiel.»

Ich kenne dieses Scheißspiel zur Genüge. Die einstweiligen Verfügungen wegen verdammter Fotos, die irgendwelche Schmierfinken benutzen, um ihre Spekulationen zu unterfüttern, ob ich endlich einen Fehler gemacht, meine wahre Seite gezeigt habe. Weil ich durch meinen Namen grundsätzlich dazu verdammt bin, in meinem Alter ein dekadentes, verwöhntes Riesenarschloch zu sein. Aber das ...

Scheiße.

Wes hat recht, es ist eine Aufnahme aus meinem Zimmer in Boston. Es lag in der Schachtel auf meinem Schreibtisch im Wohnheim, es ist das Bild, auf dem Devin und ich auf dem Boden vor meinem Bett sitzen. Das Bild, das Kendra mit meiner Kamera aufgenommen hat. Und jetzt ist es online, kann von jedem Menschen gesehen werden. Das fühlt sich einfach nur ekelhaft an. Gott, es sollte mich nicht so fertigmachen, die meisten Menschen machen so was freiwillig, sie laden andauernd private Fotos ins Netz. Und Videos. Von sich, sogar von ihren völlig hilflosen Kindern. Aber sie haben keine Ahnung, was das anrichten kann. Für sie ist ihre Privatsphäre nicht so wichtig, weil sie sie noch haben. Erst wenn sie weg ist, wenn jeder versucht, intime Informationen über dich rauszukriegen, über dich redet, spekuliert, dir Dinge unterstellt, realisiert man, wie verdammt kostbar gewesen ist, was man verloren hat.

Und das ganze Interesse nur, weil ich reich bin. Hätte ich kein Geld, würde es keinen Schwanz interessieren. Aber wegen meines Grandpas, wegen meines Erbes, wird mein gesamtes Leben an die Öffentlichkeit gezerrt. Ich hasse es. Hasse alles, was damit verbunden ist.

«Woher haben sie das, Will? Wie zum Teufel haben sie ein privates Foto in die Finger bekommen?»

Das kann ich ihm genau sagen. Sie haben es direkt aus meinem Zimmer im North Park House. Es wurde eingescannt und nicht mal die eingerissene Ecke wurde retuschiert. Devin und ich, wie wir uns mit halb geschlossenen Augen totlachen. Eine meiner besten Erinnerungen, und jetzt haben sie sie entweiht, zerstört, in den Dreck gezogen. In der Caption unter dem Foto steht: *Photocredits: private.* Als hätten sie es von mir persönlich bekommen.

Ich habe nicht vor, den Artikel zu lesen, diese Lektion habe ich gelernt. Niemals lesen, was sie über dich phantasieren. Aber leider *kann* ich lesen. Leider hat mein Gehirn sofort die Überschrift gescannt, und dann tut es eben das, was frontaler und temporaler Kortex von Gehirnen so machen. Informationen verarbeiten. Schwarze Striche zu Buchstaben bilden, zu Worten, zu Sätzen, zu Inhalt.

Neue Fragen nach tragischem Unfalltod im Freundeskreis von Millionenerbe William Grantham III. Musste sein bester Freund sterben, weil er seiner Liebe im Weg war? Wiederholt sich die Geschichte, die Woodford in den 70ern schon einmal erschüttert hat?

Ich kotze gleich.

Umgehend ist die Enge zurück. Der Druck auf meinem Brustkorb, der es mir schwer macht, normal Luft zu holen. Ich bin nicht bereit dafür. Noch nicht. Gib mir noch ein paar Stunden Zeit, verdammt.

«Jemand war in meinem Zimmer», erkläre ich. «Am ersten Tag, als ich zurückgekommen bin. Ich habe einen Fehler gemacht und mich betrunken. Und dann hatte ich einen Filmriss.»

«Scheiße.» Wesley lässt seinen Kopf gegen die Lehne sinken. «Ich wusste, ich hätte dich eigenhändig ins Wohnheim bringen sollen. Woher hattest du den verdammten Alkohol? Du bist nicht mal einundzwanzig.»

Das wird ihn jetzt treffen, aber ich will ihn auch nicht anlügen. Schlimm genug, dass ich das mit den Tabletten unterschlage, um ihn nicht noch mehr zu beunruhigen. «Hier aus der Minibar.»

Wesley erstarrt. «Also ist es meine Schuld.»

«Du hättest es nicht verhindern können. Es ist doch noch nie ein Problem gewesen, an Alkohol zu kommen. Und es ist meine eigene Schuld. Ich habe getrunken. Ich war nicht mehr zurechnungsfähig. Meine Tasche war weg. Meine Zimmerkarte auch. Und damit kommt man überall rein. Ich dachte zuerst, ich hätte sie verloren, aber offensichtlich war das nicht der Fall.»

«Du hättest mich anrufen können. Und warum hast du es nicht wenigstens der Campus-Police gemeldet?»

«Was hätte das geändert? Es war Devins Trauerfeier, und ich wollte nichts davon mitkriegen. Ich konnte nicht mehr denken, Wes. Eden hat mich in ihrem Zimmer untergebracht. Garrett hat meine Tasche gefunden und sie mir am nächsten Tag gegeben. Zu dem Zeitpunkt hatte schon jemand mein Zimmer durchwühlt, einen alten Film aus meiner Kamera genommen und ein paar andere Fotos mitgehen lassen, unter anderem auch dieses. Keine Wertgegenstände, nur Fotos. Hätte ich deswegen die Campus-Police informieren sollen? Die hätten mir einen Vogel gezeigt.»

«Nicht nach dem, was passiert ist. Die Campus-Police ist angewiesen, auf dich ein Auge zu haben. Letzte Woche hat schon wieder jemand versucht, auf den Uni-Server zuzugreifen. Es wurde explizit nach deiner Akte gesucht.»

Großartig. Wollte ich das wissen? Nein.

«Wie vertrauenswürdig ist Garrett Endicott?»

Dass Wesley seinen vollen Namen kennt, beweist mir, dass sie nicht nur mich kontrollieren, sondern auch jeden Menschen, mit dem ich zu tun habe. Gott, lass sie nicht auch Eden so hinterherspioniert haben. «Garrett ist in Ordnung. Ich traue ihm nicht zu, dass er mein Zimmer durchwühlt. Und erst recht nicht, dass er Fotos mitgehen lässt und sie an die Presse weitergibt. Wozu auch?»

«Geld?»

«Hat er nicht nötig.»

«Kannst du es hundertprozentig ausschließen? Das Interesse an Devins Unfall hat nicht nachgelassen. Und in jedem verfluchten Beitrag wird die Frage aufgeworfen, wieso bei dem Bootsunglück eine andere Studentin gerettet werden konnte, Devin aber nicht.»

«Es war ein Unfall. Selbst die Polizei hat Stunden das Meer nach ihm abgesucht. Wie hätte ich ihn finden sollen?» Verteidige ich mich gerade selbst? Das ist neu. Gott, ich kriege keine Luft, wenn ich weiter darüber reden muss.

Wieso konntest du Eden so schnell finden und Devin nicht?

Sie hat doch auch nicht um Hilfe gerufen.

Sie war doch bewusstlos, oder nicht?

War Devin auch bewusstlos?

Du hast das nicht mitgekriegt?

Wieso nicht?

Aber du warst der Erste bei ihnen im Wasser.

Wenn es einer wissen muss, dann du.

Ich halte mich krampfhaft am Sitz fest, als würde mich der Wagen sonst durch die Gegend schleudern, dabei stehen wir still vor Edens Haus.

«Ich weiß das, Will. Du hättest nichts tun können. Leider ändert es nichts an den Spekulationen, die sie wie Wahrheiten darstellen. Wir versuchen nur, dich zu schützen.»

«Ist doch nichts Neues.» Gott, wieso keuche ich so? «Das haben sie ... immer schon ... so gemacht. Dad gibt aus diesem Grund ... seit Jahren keine Statements mehr ab.»

«Stimmt. Und normalerweise hätte ich dir den Artikel auch nicht gezeigt, aber wenn sie an dermaßen private Informationen und Fotos kommen, muss die Quelle aus deinem direkten Umfeld stammen. Du solltest vorsichtig sein. Wenn ich deinem Dad diesen Artikel zeige, wird er wissen wollen, wem aus Woodford zuzutrauen ist, dass er den Kontakt zu dir zu Geld macht. Was soll ich ihm antworten?»

Wenn er jetzt Eden ins Spiel bringt, drehe ich durch.

Was siehst du, was hörst du, was schmeckst du, was riechst du?

Ich sehe den Rücksitz vor mir, das Licht, das die Straßenlaterne auf den Weg wirft. Ich höre meinen eigenen Atem. Ich schmecke Metall. Ich rieche Leder.

Wesley dreht sich auf dem Sitz zu mir herum. «Ich glaube keine Sekunde, dass es Eden ist, falls du das denken solltest. Aber kannst du dir vorstellen, wer in deinem Zimmer war?»

«Nein.»

Es klopft in diesem Moment an meine Scheibe, und ich zucke zusammen, weil ich nicht damit gerechnet habe und mein Körper ausschließlich damit beschäftigt ist, die Panik zurückzudrängen, die sich immer weiter in mir aufbaut. Wesley erkennt sofort, dass es Eden ist, und fährt das Fenster runter.

«Mein Dad hat mir gerade eine Standpauke gehalten, dass ich euch nicht direkt mit reingebracht habe.»

Konzentrieren, atmen, verdrängen. Ich danke Gott für Edens Unterbrechung, die die sich zuziehende Schlinge durchreißt. «Ist alles in Ordnung?» Wieso frage ich das, obwohl ich genau weiß, dass nichts in Ordnung ist? Nie sein wird. Wie komme ich eigentlich auf den Gedanken, Eden in mein Leben zu holen, sie in all das reinzuziehen, wäre okay? «Geht es ihm gut?» Ich rede, und es klingt überraschend normal.

Eden zieht die Tür auf. «Es geht ihm einigermaßen gut, ja.» Sie wirkt einerseits erleichtert, andererseits auch nervös. Wenn sie lieber nicht möchte, dass ihr Dad mich kennenlernt, sollte ich ihr einen Ausweg bieten. Ich weiß selbst nicht, ob ich dafür bereit bin. Ob ich es schaffe, mich wie ein normaler Mensch zu verhalten und nicht wie jemand, der auf einem verfluchten Tablettenentzug ist, dessen Hände zittern und dessen Brustkorb brennt, als würde man ein glühendes Bügeleisen dagegen pressen.

«Wir wollen deinem Dad nicht zur Last fallen. Braucht er etwas? Wir könnten einkaufen und ihm das abnehmen.»

«Er möchte dich gerne kennenlernen. Außerdem hat er die Limousine gesehen und ... na ja ... er ist halt mein Dad.»

Er will sich vergewissern, was das für ein Kerl ist, der meint, seine Tochter in einer Luxuslimousine rumkutschieren zu müssen. Kann ich ihm nicht verübeln.

«Wes?», frage ich im Aussteigen, obwohl mir klar ist, dass er nicht mit reinkommen wird. Es ist eine Sache, wenn wir unter uns sind, aber vor anderen würde er niemals die Grenze zwischen Job und Privatleben übertreten.

«Ich warte hier, Sir. Ich habe noch etwas zu erledigen.»

Mit meinem Dad telefonieren. Die wenigen Informationen, die er hat, an unsere Anwälte weiterleiten und an irgendein beschissenes Security-Team, das dann alle meine Freunde genau unter die Lupe nimmt, Eden inbegriffen.

Ich werfe einen Blick auf meine Armbanduhr. «Ich bin frühestens in einer Stunde zurück», sage ich, damit er nicht die ganze Zeit hier vor der Tür warten muss.

Auf dem Weg zum Haus sauge ich gierig die kalte Luft ein. Gott, ich muss mich zusammenreißen. Das mit dem Foto verdrängen, sonst bringe ich vor Edens Dad keinen zusammenhängenden Satz raus. Von meiner Umgebung nehme ich nicht mehr wahr, als dass es ein ganz normaler, wenn auch winziger Vorgarten ist, durch den Eden mich führt. Ein ganz normales Zuhause. Eine Flurwand voller Fotos hinter der Tür. Sehr einfach, aber auf eine erleichternde Art gemütlich, und das bringt mich wieder runter.

Auf den Fotos an der Wand sieht man Eden im Kindergarten mit einem selbstgemalten Bild in der Hand. Eden auf einem Motorrad, bei dem sie noch nicht mal die Füße auf den Boden bekommt. Eden mit ihrem Dad vor einer Armada an Knöpfen, was aussieht wie ein Flugzeugcockpit. Eden und ihr bester Freund Lark beim Barbecue, sie trägt die viel zu große Grillschürze ihres Dads. Eden und Lark bäuchlings auf einem Bett liegend. Ein Dutzend Fotos von Eden und Lark, und ich versuche, nicht an mich ranzulassen, wie intensiv diese Freundschaft gewesen ist, versuche, nicht eifersüchtig zu sein ... weil mein Gott, er ist tot. Er war nur ihr Freund. Der einzige Kuss, den sie sich jemals gegeben haben, war kurz vor seinem Suizid und hat sie traumatisiert zurückgelassen. Okay, ich muss diese Gedanken jetzt wegdrücken. Das letzte Foto, das ich mir ansehe, ist von ihrem Abschlussball. Sie steht allein im Flur und ringt sich ein Lächeln ab, ihre Augen wirken fast schwarz.

«Ich bin nicht hingegangen», sagt sie neben mir. «Zum Abschlussball, meine ich. Wegen Lark. Ich konnte es einfach nicht. Sie hätten sowieso nur schlecht über mich geredet. Ich habe nur das Kleid angezogen, damit Dad ein Foto machen kann.»

Ich bin hingegangen und habe es bereut. Gott, wenn Eden wüsste, wie viel wir gemeinsam haben.

«Also guck dir das nicht so genau an», verlangt sie und zieht mich weg.

«Hey, die Fotos gefallen mir. Ich lerne gerade ganz viel Neues über dich. Diese Grillschürze ...»

«Ich wünschte, Dad würde sie mal austauschen. Das ist peinlich.»

«Wir haben auch so eine Fotowand bei uns. Falls dir das nicht aufgefallen ist, im Wohnzimmer hängt ein Bild von mir, auf dem ich Spaghetti mit den Fingern esse. Ich bin ein Jahr alt, und man erkennt nicht mal mehr, wo mein Feuermal aufhört und die Tomatensoße anfängt.»

«Mist, wieso habe ich das nicht gesehen? Hast du auch eins, wo du mit einem Playmobilboot in der Badewanne sitzt?»

Ich nicke erst, schüttle dann aber den Kopf. «Nacktfotos zeige ich immer erst nach dem dritten Date.»

Eden lacht, und ich vergöttere dieses Geräusch, vor allem diesen kleinen Hickser, den sie macht, wenn sie dabei Luft holt. Nächstes Mal bekommt sie eine richtige Führung durch unser Haus, inklusive aller peinlichen Fotos. Nicht nur eine, bei der ich an jeder Zimmertür vorbeirenne, weil ich nicht schnell genug mit ihr in mein Schlafzimmer kommen konnte. Aber ... *nächstes Mal?* Das klingt nach Normalität. Nach Zukunft.

«Dad?»

Ihr Vater steht in der einfachen Küche und kämpft mit einem Flaschenverschluss. Sein rechtes Bein ist unter den Shorts bis zum Knöchel verbunden. Sein rechter Arm von der Schulter an ebenfalls. Anatomie beziehungsweise Diagnostik ist jetzt nicht mein Spezialgebiet, aber nach einem Schlüsselbeinbruch sieht das nicht aus.

«Das ist William. William, mein Dad.»

Gott sei Dank lässt sie den Rest meines Namens weg. Natürlich weiß er, wer ich bin, aber seine Augen weiten sich nicht, wenn mein voller Name genannt wird, der Name, den er vermutlich schon Dutzende Male in der Zeitung gelesen hat, weil es um meinen Grandpa ging. Das passiert bei ziemlich vielen Leuten, und ich hasse es. «Freut mich sehr, Mr. Collins.»

«Arthur», korrigiert er mich, als sei ihm der Mister lästig. «Freut mich auch.» Er hält mir seine gesunde linke Faust hin, aber weil ich meine rechte Hand bereits ausgestreckt habe, wird daraus eine seltsame Hand-um-Faust-Begrüßung.

Er lacht und winkt ab, und ich versuche, nicht zu viel darum zu geben, dass er dabei nicht gerade unauffällig mein Gesicht anstarrt. Daran bin ich seit meiner Geburt gewöhnt. Ich kann schlecht mit Sonnenbrille hier rumlaufen. Aber ich hätte was anderes anziehen können, mir wenigstens eine verdammte Jeans zulegen können, auch wenn ich sie nicht besonders mag. Edens Dad trägt Sportklamotten und eine Cap und sieht aus wie jemand, der diese Sportklamotten auch regelmäßig benutzt. Ich hingegen, als würde ich in meiner Freizeit in der Bibliothek über den zwölftausend Versen von Vergil brüten. In den Sechzigern des vergangenen Jahrhunderts. Aber ich kann nicht ändern, wer ich bin. Der Typ, der Bücher liebt und Regen.

Eden legt einen Arm um meine Seite und lächelt mich an. Die Brauen ihres Dads gehen für eine Sekunde nach oben.

Gott, die beiden sehen sich wirklich ähnlich. Dieselben Augen, die Haarfarbe, und den Ausdruck im Gesicht, wenn Eden mir eine Ansage macht, hat sie auch von ihm.

Ich halte die Flasche für ihn fest, weil ihr Dad wegen des

Verbands seinen Arm nicht richtig anwinkeln kann, und er schraubt den Deckel ab.

«Meine Schulter ist nur angeknackst», erklärt er. «Wollt ihr auch was trinken?» Er holt nacheinander drei Gläser aus dem Küchenschrank, ohne die Antwort abzuwarten. «Sollen wir deinem Fahrer nicht lieber auch etwas anbieten?» Er nickt Richtung Straße.

«Wesley versorgt sich selbst», sage ich. «Es würde ihn in seiner Berufsehre kränken, sollte ich das auch nur versuchen.»

«Dann habe ich nichts gesagt. Aber wie kommt man in deinem Alter zu einer Limousine mit Chauffeur?»

«Dad!»

Okay, jetzt beginnt also die Inquisition. Ich überlege nicht lange, was ich darauf antworten soll, sondern sage einfach, was ich denke. «Indem man nichts leistet, außer in die richtige Familie hineingeboren zu werden. Darf ich?» Ich nehme ihm die Flasche ab und schenke das Wasser für uns ein. «Und wenn Sie es genau wissen wollen, das macht mir ein schlechtes Gewissen. Jeden Tag, Sir.» Jeden gottverdammten Tag.

Er sieht aus, als hätte er schätzungsweise eintausend Fragen, zumindest lässt seine gerunzelte Stirn mich das vermuten, aber er stellt keine einzige davon, sondern entschuldigt sich. «Sorry, Junge. Das war wirklich ganz schlechtes Benehmen von mir. Eden redet von nichts anderem als von dir. Und manchmal auch noch vom College, aber das nur in Nebensätzen. Ich muss zugeben, ich habe mir ein bisschen Sorgen gemacht deswegen.»

Eden gibt ein Stöhnen von sich.

«Nachvollziehbar.»

«Ich hatte nicht vor, einer *dieser* Dads zu werden.»

«Du hättest dir lieber deswegen Sorgen machen sollen.» Eden deutet auf seinen Verband. «Und du hättest mir direkt die Wahrheit sagen müssen.»

Ihr Dad schüttelt den Kopf. «Damit meine Tochter alles stehen und liegen lässt und nach Hause fährt, als wäre ihr Vater nicht fähig, sich um sich selbst zu kümmern?»

«Ich weiß, dass du alles alleine schaffst. Aber es geht um Vertrauen, Dad.» Sie schluckt und wirft mir einen entschuldigenden Blick zu. Wahrscheinlich hatten sie diese Diskussion eben schon und sie wollte das nicht noch mal vor mir aufwärmen.

Ihr Vater schiebt sich die Cap einige Zentimeter aus der Stirn. «Es sind nur leichte Verbrennungen. Ich kann das ambulant behandeln lassen, also alles gut.» Trotzdem entgeht mir nicht, dass er Schmerzen hat. Seine Haltung, wie er das Gesicht verzieht, wenn er den Kopf wegdreht.

«Eden hat gesagt, dass es ein Arbeitsunfall war.»

Er schiebt mir ein Glas Wasser entgegen. «Der normalerweise nicht passieren kann. Dafür muss man sich schon richtig dämlich anstellen. Ich bin in den Abgasstrahl einer F-22 Raptor geraten.»

Ich trinke, obwohl ich keinen Durst habe. «Okay, ich habe keine Ahnung von Flugzeugen, aber Abgasstrahl klingt nicht nach Streicheleinheiten.»

Edens Dad grinst. «Nicht wirklich, nein.»

«Was war nur mit dem verdammten Piloten los?» Eden presst die Lippen zusammen.

«Er hat sich nicht an die Order vom Tower gehalten», erklärt ihr Dad mir. «Ein Fehler, der nicht hätte passieren dürfen, aber er ist noch jung. Ja, ich weiß», sagt er schnell, bevor Eden protestieren kann. «Es ist nicht so, dass man nicht mitkriegen würde, wenn die Maschine startet. Selbst im Idle, also im Leerlauf, ist das Flugzeug ohrenbetäubend laut. Aber er hatte die Anweisung, nach rechts abzubiegen, deshalb war ich eigentlich sicher. Leider hat er sich anders entschieden.»

«Wie weit waren Sie entfernt?»

«Der Mindestabstand, den man einhalten muss, sind hundert Meter. Bei mir waren es etwas weniger als zwanzig.»

Ich ziehe die Luft ein. «Und das ist dann immer noch so heiß?», frage ich. Das Thema interessiert mich jetzt wirklich.

«Heiß genug, um dich auf die Entfernung noch gut durchzugaren. In den Triebwerken selbst herrschen unter Volllast bis zu zweitausend Grad. Wenn der Pilot im Leerlauf nur ein bisschen Schub gibt, immer noch locker achthundert. Das Einzige, was man in so einem Fall machen kann, ist, sich hinwerfen und beten, dass der Strahl über einen hinwegfegt. Ich hab nur nicht schnell genug reagiert, es hat mich erwischt und umgeblasen.» Er deutet auf seinen Arm und den Verband an seinem Bein.

«Das hätte dich umbringen können, Dad.»

«Es ist gut gegangen. Und ihm wird das garantiert nie wieder passieren.»

«Na großartig.» Eden schnaubt. «Und die Versicherung?», fragt sie. «Er hat diesen Unfall verschuldet, und es kann nicht sein, dass du ...»

«Stopp, stopp, stopp, stopp! Das kläre ich alles mit meinem Arbeitgeber.» Weil Eden noch etwas sagen will, hebt er die Hand. «Wir haben das Thema jetzt durch, Honeybun.»

Sie verzieht gequält das Gesicht.

«Honeybun?», forme ich lautlos mit dem Mund und fange an zu grinsen.

«Wehe, du erwähnst das irgendwann», raunt sie mir zu, und dann lächelt sie mich plötzlich an. Ihre Augen leuchten, als müsste sie damit gegen die verdammte Sonne antreten, und ich wette, Eden würde gewinnen. Für Sekunden kann ich nichts anderes tun, als mich an diesem Leuchten festzuhalten, dann räuspert sich ihr Dad.

«Habt ihr vor, über Nacht hierzubleiben?»

38. KAPITEL

Eden

Wir sind auf dem Rückweg nach Woodford. William hat meinem Dad gesagt, dass er heute noch zurückfahren muss, aber ich hatte das Gefühl, es ist das Letzte, was er wirklich will. Meinem Dad habe ich das Versprechen abgenommen, sich zu melden, wenn er Hilfe braucht. Ich habe ein schlechtes Gewissen, ihn allein zu lassen. Er hat zwar gesagt, dass die Schmerzen auszuhalten sind, aber er ist auch geübt darin, so was vor mir runterzuspielen.

William ist völlig fertig. Er hat zwar nichts gesagt, aber ich glaube, dass er seine Tabletten nicht genommen hat. Er hat die Augen halb geschlossen, seine Stirn ist schweißnass, und er hält meine Hand viel zu fest. Der Druck seiner Finger scheint jede Minute stärker zu werden, die wir uns Woodford nähern.

«Ich wusste nicht, dass du so gut kochen kannst», sage ich, um ihn abzulenken.

William öffnet nicht mal seine Augen. «Genau drei Angebergerichte, die meine Eltern mir beigebracht haben», sagt er. «Nichts Besonderes.»

«Doch, die Pastasoße war richtig gut. Du weißt schon, dass Liebe durch den Magen geht? Ich befürchte, mein Dad will dich jetzt heiraten.»

«Geht in Ordnung», murmelt er.

Ich fange an zu grinsen und treffe im Rückspiegel Wesleys Blick, um seine Augen haben sich kleine Fältchen eingegraben. William sagt nichts mehr, aber seine Finger lockern sich endlich, und er zerquetscht mir nicht länger die Hand. Als wir eingestiegen sind, hat er die Sitzheizung für uns angestellt. Es ist angenehm warm im Auto, und ich merke, dass ich auch müde werde.

Wesley räuspert sich. «Ich fahre jetzt die Trennwand hoch, Ma'am. Sollte etwas sein, können Sie über das Intercom-System mit mir sprechen.»

«Klar, mach ich.» Wo um Himmels willen ist das Intercom-System? Die Scheibe schiebt sich schwarz in mein Sichtfeld, und jetzt ist kaum noch etwas zu hören. Nicht mal ein Blinken oder das Geräusch des automatischen Gangwechsels.

«William?»

Keine Reaktion. Seine Hand ist nun so schlaff, dass ich meine Finger einfach aus seinen ziehen könnte. Er hat sein Gesicht zu mir gedreht, und seine Wimpern werfen dunkle Schatten auf das Feuermal um sein Auge. Wir haben nicht darüber gesprochen, wie wir uns in Woodford verhalten sollen. Ob wir dieses Versteckspiel vor den anderen weiter durchziehen. Ob William das mit seinem Gewissen vereinbaren kann. Wenn er darunter leidet, will ich es ihm nicht antun. Aber ihn nicht zu sehen, nicht mit ihm zusammen zu sein, ist auch keine Lösung. Auf der Hinfahrt war Will das alles egal, aber das war nur ein Moment, und meine Gedanken kreisen unaufhörlich darum, wie es sein wird, wenn wir zurück sind.

«Ich will noch nicht zurück nach Woodford», flüstere ich mehr zu mir selbst, aber William gibt ein zustimmendes Gemurmel von sich.

«Ich auch nicht.»

Er ist kurz davor, einzuschlafen. Sein Kopf ist zur Seite gefallen, jede Anspannung ist aus seinen Muskeln gewichen. Ich ziehe meine verschwitzte Hand auf meinen Schoß, stoße ein tiefes Seufzen aus und lehne den Kopf zurück. Wesley fährt angenehm ruhig, und das wirkt wirklich einschläfernd. Aber wenn William auch noch nicht zurückwill, dann müssen wir das auch nicht, oder? Die letzte Fähre werden wir vermutlich sowieso nicht erreichen.

Ich beuge mich nach vorn, um einen Blick auf das Display zu werfen. Wie bedient man das? Ich nehme an, es ist ein einfaches Touch-Display, das erwacht, sobald man es antippt, also berühre ich das Glas. Mehrere Symbole leuchten auf, darunter auch ein grünes Mikrofon. Ich aktiviere es, ohne genau zu wissen, was ich Wesley sagen soll.

«Wesley?» Okay, wenn ich den Finger nicht runternehme, kann er mir auch nicht antworten. Ich werde rot, obwohl mich niemand sehen kann und William neben mir völlig weggetreten ist. Schnell lasse ich das Mikrofon los.

«Ja, Ma'am?»

«Können wir ...» Ach, verdammt, erst drücken, dann reden. Ich halte das Mikro gedrückt. «Ich glaube, Will ist eingeschlafen», flüstere ich. «Und eigentlich möchten wir beide noch nicht zurück zum Campus. Die Fähre erreichen wir wahrscheinlich auch nicht mehr. Können wir vielleicht woandershin fahren?» Ich ziehe die Hand zurück und drehe mich hilfesuchend zu Will um, der völlig zusammengesunken ist und gar nichts mehr mitkriegt.

Klar, einfach woandershin fahren. Etwas Bescheuerteres konnte mir auch nicht einfallen. Soll Wesley sich jetzt was ausdenken, oder wie habe ich mir das vorgestellt?

Zwei Sekunden später höre ich Wesleys Antwort über das Mikrofon. «Ich kümmere mich um ein Hotel, Ma'am. Wenn Sie einen besonderen Wunsch haben, lassen Sie es mich wissen.»

Ich habe definitiv keinen besonderen Wunsch. Einfach nur

ein Hotel klingt toll. Aber wenn ich Wesley das überlasse, dann sucht er wahrscheinlich etwas aus, was ein Vermögen kostet, und das will ich nicht allein entscheiden. «Will?», flüstere ich. Keine Reaktion.

Okay, ich muss das jetzt alleine regeln, wenn ich ihn nicht aus dem Tiefschlaf reißen will. Ich drücke erneut auf das Display. «Keinen besonderen Wunsch, einfach nur irgendein Hotel. Vielleicht ... also ... ein nicht so teures?»

Es dauert diesmal ein paar Sekunden länger, bis Wesley antwortet, und ich schwöre, dass er ein Lachen unterdrückt, weil seine Stimme seltsam gepresst klingt. «In Ordnung, Ma'am.» Oh Gott, das scheint ihm echt Spaß zu machen. Ich höre das verdammte Grinsen in seiner Stimme! Aber Wesley ist noch nicht fertig. Das Mikrofon leuchtet noch auf. «Das halte ich für einen ausgezeichneten Plan, Ma'am. Ich glaube, Will braucht eine Pause.»

Wenn Wesley das so deutlich sagt, muss er mit Will darüber gesprochen haben. Weiß er von den Tabletten und den Panikattacken? Wahrscheinlich schon, aber ich möchte lieber nicht mit ihm über William reden. Hinter seinem Rücken.

Das Handy drückt in meiner Hosentasche, und ich ziehe es heraus, weil es vibriert. Dad hat mir geschrieben. Mit einem Daumen-hoch-Emoji und einem roten Herz.

Dad: Er ist einer von den Guten, Sweetheart. 👍♥

Mein Herz macht einen kleinen Hüpfer, weil er William mag. Richtig mag. Ich antworte ihm mit einem Danke und schließe die Augen mit einem Lächeln. Das macht mich mehr als nur glücklich. Ich habe noch eine weitere ungelesene SMS, aber die stammt von einer unbekannten Nummer. Ich lese sie nachher. Ist garantiert nur eine Spam-Nachricht.

Etwa eine halbe Stunde später fährt Wesley von der Interstate ab. Ich habe überhaupt keine Idee, wo wir sind, und eigentlich ist es auch egal. Ich erkenne nur, dass wir direkt in eine Tiefgarage fahren. Es geht steil bergab. Als der Wagen hält, gibt William ein Ächzen von sich.

«Sag mir bitte, dass wir noch nicht da sind.»

«Wir sind noch nicht da.»

«Du sollst mich nicht anlügen.»

«Wir sind wirklich nicht in Woodford, Will. Wesley hat uns zu einem Hotel gebracht.»

Er räuspert sich, aber seine Stimme klingt weiterhin rau und kratzig. «Sicher, dass das nicht nur ein Wunschtraum von mir ist?»

«Ganz sicher.» Ich streiche ihm das verschwitzte Haar aus dem Gesicht, stupse ihn sanft an, und er öffnet endlich die Augen.

«Wo sind wir?»

«Ich weiß es nicht.»

«Okay, ist auch egal, solange es nicht Ivy Island ist und ich ein Bett bekomme, in dem ich mich ausstrecken kann.» Er quält sich aus dem Auto und hält die Tür für mich auf.

Wesley ist superprofessionell. Er hat alles perfekt organisiert, holt meinen Rucksack und eine Ledertasche aus dem Kofferraum und übergibt das Gepäck einem Hotelboy, der schon auf uns gewartet hat und uns an der Aufzugtür in Empfang nimmt. Wir müssen nicht mal durch die Lobby.

Wir treten aus dem Fahrstuhl in einen dezent beleuchteten breiten Flur. Der Teppichboden ist so dick, dass unsere Schritte keinen Laut verursachen. Ich achte nicht auf das Hotellogo, es ist wirklich egal, wo wir sind. Hauptsache, wir sind zusammen. Der Hotelboy öffnet uns die Tür. «Die Residential-Suite. Sir. Madam.»

Wenn der Typ sich gleich noch verbeugt, sterbe ich. Und wieso eine Suite? Was ist aus dem Plan geworden, ein günstiges Hotelzimmer zu buchen? Wesley weicht meinem vorwurfsvollen Blick aus. Er geht vor, durchquert einmal alle Räume, als müsste er kontrollieren, dass sonst niemand hier ist und wir gefahrlos reinkönnen, dann kommt er zu uns zurück. Vielleicht macht er das immer so. Vielleicht muss man das machen, wenn man einen Millionenerben betreut.

«Das Zimmer neben euch war schon besetzt, aber ich bleibe auf derselben Etage in der 264.» Er schreibt die Nummer auf eine Karte, die sich Will in die Hosentasche schiebt, ohne einen Blick drauf zu werfen. «Wenn etwas nicht in Ordnung sein sollte, meldet euch. Der Concierge ist informiert, dass ihr nicht gestört werden wollt, nimmt sich aber selbstverständlich jederzeit eurer Wünsche an. Falls ihr etwas zu essen möchtet, bestellt das bei ihm. Keinen Alkohol, Will.» Er hat beide Augenbrauen angehoben.

«Hast du das tatsächlich angewiesen?», fragt er spöttisch.

«Du kannst ja versuchen, ihn zu bestechen», gibt Wesley gnadenlos zurück und drückt dem Hotelboy einen blass-orangegelben Schein in die Hand. «Gute Nacht, ihr beiden.» Wesley zieht die Tür hinter sich zu, und William atmet erleichtert aus.

Während ich noch auf der Stelle stehen bleibe und versuche, mich zu orientieren, geht Will ins Schlafzimmer, streift sich die Schuhe ab und wirft sich mit seinen Klamotten aufs Bett. «Du kannst zuerst duschen gehen, wenn du möchtest», murmelt er, als ich ihm folge.

Die Suite ist riesig. Im Grunde ist es eine vollständige Wohnung. Ein Schlafzimmer mit King-Size-Bett, an das das Bad angrenzt. Und ein Wohnzimmer mit einer kleinen Küche. Ich kann nicht fassen, dass Wesley das unter «nicht so teuer» versteht.

Ich schlüpfe ebenfalls aus meinen Schuhen und verschwinde mit meinem Rucksack ins Bad. Hier ist alles aus Marmor. Eine frei stehende Badewanne beherrscht den Raum. Oh Gott, wie gerne würde ich mich jetzt da reinlegen. Einmal in meinem Leben in so einer Wanne baden. Aber stattdessen binde ich mir die Haare hoch, damit sie nicht nass werden, und stelle mich schnell unter die Dusche. Keine fünf Minuten später tapse ich mit frischer Unterwäsche und einem T-Shirt bekleidet ins Schlafzimmer, wo William sich nur mit Boxershorts auf einer Seite ausgebreitet hat und tief und fest schläft. Seine Klamotten liegen vor dem Bett verteilt auf dem Teppich. Er wacht nicht mal auf, als ich die Decke unter ihm hervorzerre und sie über ihm ausbreite, bevor ich daneben unter das Laken krieche.

Ich kann ewig nicht einschlafen. Die Vorhänge sind nicht zugezogen, das habe ich vergessen, aber ich bin zu faul, um noch einmal aufzustehen. Das Mondlicht fällt durch die bodentiefen Fenster bis vor das Bett. William atmet leise. Irgendwann schreckt er auf und geht ins Bad. Ich höre die Dusche rauschen, kurz darauf schlüpft er wieder zu mir unter die Decke, schlingt einen Arm um meine Mitte, zieht mich an sich. Ich spüre seinen warmen Atem in meinem Nacken und bekomme Gänsehaut. Sanft greife ich nach seiner Hand, ziehe sie nach oben an meinen Mund, drücke einen Kuss auf den weichen Handballen. William schläft aber sofort wieder ein. Als ich ihn anspreche, antwortet er nicht, und dann fallen auch mir die Augen zu.

Ich weiß nicht, wann sich mein Bewusstsein wieder an die Oberfläche kämpft und ich bemerke, dass William auch nicht mehr fest schläft. Eine Stunde später? Zwei Stunden später? Es fühlt sich an, als wäre ich nur Minuten weggenickt. Aber irgendwann bewegt Will sich an mir. Oder vielleicht bin ich es auch, die sich an ihm bewegt. Seine Lenden pressen sich gegen meinen Po. Sein Atem wird flacher und schneller. Seine Hand, die gerade noch vor mir auf dem Laken gelegen hat, schiebt sich unter mein Shirt, streichelt die Unterseite meiner Brüste und entlockt mir ein Seufzen.

«Eden? Bist du wach?»

Ich bin noch nicht fähig zu antworten und nicke nur. Seine Hand streichelt über meinen Bauch, hält mich fest, während er von hinten ein Knie zwischen meine Beine schiebt. Ich fasse nach hinten in sein Haar und dränge mich an ihn. Plötzlich gleitet seine Hand weiter nach unten, streicht über meinen Slip zwischen meine Beine. Ich keuche überrascht auf, und seine Finger ertasten den Saum, bevor er ohne zu zögern unter den Stoff fährt. Okay, jetzt bin ich wach. «Will», keuche ich auf.

«Nicht ... okay?», fragt er rau und zieht seinen Finger ganz langsam zurück, womit er die Feuchtigkeit verteilt und Schauer der Erregung durch meinen Unterleib jagt. Er hält in der Bewegung inne. «Doch okay?»

Oh Gott, seine Stimme. Rau. Sexy. Er fragt nach, aber hört sich dabei so bestimmend an, fast schon dominant, als hätte ich keine Wahl. «Ja.»

Ich hebe den Po an, und er streift mir den Slip über die Hüfte nach unten. Das geht alles furchtbar schnell, aber egal. Ich bin so was von bereit dazu.

«Zieh dein T-Shirt aus», befiehlt er schroff. Seine Stimme, sein rauer Tonfall reibt über meine Haut und hinterlässt überall Gänsehaut. Ich komme dem sofort nach und schiebe das Shirt über meinen Kopf, wo William ungeduldig danach greift, es nach oben zerrt und neben das Bett wirft. Wahrscheinlich macht es das noch intensiver als alles andere. Seine Ungeduld, dass er mich so unbedingt will. Dass er so schroff ist, weil er es genau wie ich nicht aushält zu warten. Ich will ihn auch. Sofort.

William hebt sein Knie noch weiter an, spreizt damit meine Beine, und ich weiß jetzt schon, dass ich seine Berührungen nicht lange aushalten werde, wenn sein Atem dabei in kurzen heißen Stößen über meinen Nacken fährt.

Mit der anderen Hand fasst er in mein Haar und zieht meinen Kopf zurück. Sein Mund gleitet über meinen Hals, die empfindliche Haut unterhalb meines Kinns. Er muss wirklich die Tabletten weggelassen haben, denn ich spüre genau, wie hart er an meinem Po ist. Mit der Hand taste ich nach hinten, während ich nach vorne rutsche, um meine Hand zwischen unsere Körper schieben zu können. Ich umfasse seine Erektion durch den dünnen Stoff, und William hilft nach. Er lässt mich los, streift die Shorts nach unten und greift nach meiner Hand, dirigiert sie zu seinem Penis, lässt mich ihn fest umschließen.

Er stößt in meine Faust.

Wie weich er sich anfühlt. Samtweich und hart.

«Eden, du ...» William keucht. Und erst jetzt begreife ich, dass ich schon wieder meine Gedanken laut ausgesprochen habe, ohne sie zu filtern. Aber warum auch? Warum soll er nicht wissen, dass er mir gefällt?

«Du fühlst dich so gut an, Will. Unglaublich weich und hart.» Ich rolle mich auf dem Bett zu ihm herum, gleite nach unten, küsse seinen flachen Bauch, berühre ihn mit dem Mund und will mit der Zunge an seinem Schaft entlangstreichen, aber Will hält mich auf. «Auf keinen Fall», lacht er rau auf.

«Warum?»

«Weil ich das heute nicht packe und nach zehn Sekunden in deinem Mund kommen würde.»

«Wäre das so schlimm?»

Er öffnet den Mund, schließt ihn wieder. Öffnet ihn erneut. «Ich habe wochenlang keinen hochgekriegt, und jetzt will ich in dir sein.»

«Genau genommen würdest du dann auch in mir sein.» Ich muss lachen und lasse mich nach hinten fallen. William stößt ebenfalls ein Lachen aus, aber er ist in der nächsten Sekunde über mir, hält meine Arme neben meinem Kopf gefangen, schiebt sich über meinen Körper. Sieht mich an. Im schwachen Mondlicht kann ich seine Augenfarbe nicht erkennen, sie scheinen fast schwarz, ebenso wie sein Feuermal, das wie ein dunkler Schatten sein linkes Auge bedeckt. Sein Oberkörper drückt mich in die Matratze. Er fühlt sich so viel wärmer an als ich. Die Hitze, die er ausstrahlt, ist wie ein Magnet. Ich will ihm unter die Haut kriechen, eins mit ihm sein. Er senkt seinen Mund auf meinen. Küsst mich, leckt mit der Zunge meine Oberlippe entlang, was kleine Stromstöße durch meinen Körper schickt, und ich öffne den Mund, lasse seine Zunge herein, umtanze sie mit meiner, bis mir der Atem fehlt, weil mein Herz so rast vor Aufregung.

Alles von mir will alles von ihm spüren. Ich spreize die Beine und winkle sie an. Oh Gott. Ich habe nicht damit gerechnet, dass er direkt so perfekt in der richtigen Position landen würde. Sein Penis drückt gegen mich, und ich hebe aus Reflex die Hüfte an, um ihn aufzunehmen.

«Stopp, Eden. Gott. Du. Stopp.» Williams Keuchen geht in meinem Ächzen unter, als ich die Hüfte erneut bewege und seine Erektion meine Lippen teilt und dabei diesen einen Punkt reizt. William schließt die Augen und gibt ein lang gezogenes Stöhnen von sich, den Kopf in den Nacken gelegt. Sein Adamsapfel bewegt sich, als er schluckt. Seine Bewegungen nehmen einen Rhythmus an, der mich immer weiter erregt. Der Druck, der sich in mir aufbaut, ist jetzt schon kaum noch auszuhalten. Wie er sich an mir reibt ... Ich spüre, wie sich mein Unterleib zusammenzieht, und es macht mich wahnsinnig, dass er nicht in mich eindringt.

«Ich habe kein Kondom, Eden. Es sind bestimmt welche im Nachttisch, aber ich kann gerade ...» Seine Stimme bricht ab.

Nicht aufhören? «Ich auch nicht.» Kann er nicht einfach weitermachen, bitte? Nur ein einziges Mal in mich eindringen? Einmal ist nichts. Einmal ... oh Gott, meine Gedanken drehen gerade durch. Aber das würde sich so gut anfühlen. Und es wäre gefährlich. Verdammt gefährlich. Das können wir auf keinen Fall tun. Aber auch wenn ich das weiß, will ich ihn jetzt sofort in mir spüren und dränge mich ihm entgegen. Will stöhnt tief und rau, als ich mich an ihm reibe, und zieht sich zurück. «Hör sofort auf damit, wenn du nicht willst, dass mir gleich alles egal ist.»

Das Schlimme ist, dass mir jetzt schon alles egal ist. «Will ...»

Ich spüre seine Erektion direkt an meinem Eingang und könnte frustriert aufschreien, als er sich mir entzieht.

«Bitte», wimmere ich. «Ich will dich in mir spüren. Wir können vorher aufhören.» Was rede ich denn da? Versuche ich gerade wirklich, ihn zu überreden?

«Gott, Eden.» Er keucht. «Ich hatte ... noch nie ... ungeschützten Sex.»

«Ich auch nicht. Und ich bin gesund.»

«Ich auch. Aber du nimmst nicht die Pille, oder?»

«Nein.» Die Frustration in meiner Stimme ist unüberhörbar. Dieses Gespräch hätten wir früher führen müssen. So viel früher. Jetzt kann ich nicht mehr denken, nur noch fühlen, und ich will ihn jetzt sofort fühlen. Da ist kein Funken Verstand mehr in mir übrig.

«Fuck», stöhnt er auf. Und ich muss plötzlich lachen, weil ich William noch nie so fluchen gehört habe. Okay, wir müssen jetzt vernünftig sein, ich muss vor allem vernünftig sein, auch wenn gerade alles in mir danach schreit, es einfach zu tun. Sanft schiebe ich ihn von mir runter, und William gibt nach. Ich robbe über ihn, beuge mich über seinen Brustkorb, um nach dem Nachttisch zu tasten, der hier irgendwo sein muss. Ich werfe etwas runter, was auf dem Tisch gestanden hat, weil er plötzlich meine Brüste umfasst und einen Nippel in seinen Mund saugt. Oh Gott. Ich bekomme den Griff zu fassen und reiße die Schublade auf. Taste darin herum, aber sie scheint leer zu sein. Ich beuge mich noch weiter nach vorn, um auch den letzten Winkel zu erwischen, als William zeitgleich mit den Schultern unter mir nach unten rutscht und meine Hüfte packt.

Ich kann mich gerade noch rechtzeitig abstützen, während Wills Kopf sich zwischen meine Beine drängt. Sein heißer Atem strömt gegen meine Mitte, seine Zunge berührt mich, und ich bin gefangen. Ich kann mich nicht nach vorne bewegen, aber auch nicht zurück, und William hält meine Oberschenkel umklammert. Ich gebe ein raues, abgehacktes Stöhnen von mir, als er mit der Zunge in mich eindringt. Vielleicht ist das etwas, das Will gefällt, aber ich kann mich so nicht entspannen. Er ist direkt unter mir, ich sitze fast auf ihm. Es fühlt sich an, als würde ich ihn irgendwie benutzen, und das kann ich einfach nicht. Ich greife nach seinen Händen, halte sie fest, und William lässt sofort los. Mit schwerem Atem rutsche ich tiefer und fange an, ihn zu küssen. Presse meinen Mund auf ihn, teile seine Lippen mit meiner Zunge und bringe ihn zum Stöhnen, weil ich mich dabei mit meinem ganzen Körper an ihn schmiege. Mit der Hand greife ich zwischen meine Beine, finde seine Erektion und bringe sie in die richtige Position.

«Eden, du ... musst ... aufhören.»

«Ich will dich jetzt spüren, Will. Nur ganz kurz.»

«Kurz», keucht er. «Unsinn.» Er lacht frustriert auf.

«Nur ganz kurz», beteuere ich noch einmal. Oh Gott, was für eine schlechte Lügnerin ich bin. Ich will mich auf ihn senken, aber er hält meine Hüfte gepackt. Doch dann gibt er plötzlich nach, zieht mich näher und dringt in der nächsten Sekunde stöhnend in mich ein. Das Gefühl ist überwältigend. Ein vollkommenes Gefühl, das sich erst klein andeutet, mich ausdehnt und dann plötzlich mit einem lustvollen Stoß komplett ausfüllt und durchflutet. Er fühlt sich immer so viel größer an, als ich zuerst erwarte. Ich vergehe vor Lust, bewege mich ganz leicht auf ihm. Wie lange ist *ganz kurz*? Will hält mich fest, und meine Muskeln ziehen sich so fest zusammen, dass ich glaube, in der nächsten Sekunde zu kommen. Aber dann rollt er mich auf den Rücken, ist plötzlich über mir und doch immer noch in mir. Aber er will jetzt aufhören, sonst hätte er mich nicht in diese Position gebracht, wo er allein die Kontrolle hat, oder? Das frustriert mich so sehr, dass ich heulen könnte.

«Gott, Eden, ich hätte lieber nicht gewusst, wie ... gut ... sich ... das anfühlt.» Er zieht sich langsam aus mir zurück, und jetzt schießen mir wirklich die Tränen in die Augen, weil er mir dieses unbeschreibliche Gefühl wegnimmt.

«Noch nicht, Will. Noch nicht, bitte.» Mit beiden Händen halte ich seinen Hintern fest, drücke ihn an mich.

«Ich muss wahnsinnig sein», raunt er, bevor er langsam und genussvoll in mich stößt und sich erneut in mir versenkt. Will presst sein Gesicht an meinen Hals. Und dann tut er es noch mal. Und noch mal. Ich seufze, wenn er sich zurückzieht, und gebe ein lautes Stöhnen von mir, wenn Will wieder in mich stößt.

«Bring mich dazu, aufzuhören», keucht er zwischen zwei Stößen. «Eden, du musst mir sagen, dass ich sofort aufhören soll.»

«Ja.» Aber das kann ich nicht. «Hör nicht auf.»

39. KAPITEL

William

Ich schaffe es nicht. Ich weiß, dass ich es nicht schaffe, den Moment abzupassen. Eden fühlt sich so perfekt an. So heiß und feucht und eng und unglaublich. Da sind tausend neue Empfindungen in mir, als ihre Muskeln sich um mich zusammenziehen und sie kommt. Ihre Stimme, ihr Stöhnen gibt mir den Rest, und ich muss ihn jetzt sofort rausziehen, aber ich schaffe es nicht. Stattdessen drücke ich sie mit jedem Stoß tiefer in die Matratze. Und der verdammte Point of no Return ist da. Ich kann es nicht zurückhalten, ihn aber auch nicht rausziehen, weil Edens Beine meine Hüfte umklammern und mich nicht gehen lassen. Im nächsten Moment ist es zu spät, weil sich alles entlädt, sich in sie ergießt. Gott, Eden! Das Herz hämmert in meiner Brust. Ich stoße weiter in sie, bis das Gefühl verebbt und ich innehalte. Und dann warte ich auf die verdammten Schuldgefühle, die jetzt über mich hereinbrechen werden.

Ein Dutzend Herzschläge lang sind wir beide wie erstarrt.

Eden löst schließlich ihre Umklammerung, und ich finde meine Stimme zuerst wieder. «Es tut mir leid. Scheiße, Eden, es tut mir leid.» Langsam gleite ich aus ihr heraus, auch wenn ich am liebsten für immer in ihr bleiben würde – oder zumindest so lange, bis ich wieder hart werde und sie noch einmal ficken kann. Wow, mir war nicht bewusst, mit was für einem primitiven Vokabular ich denken kann, aber ich will ihre Pussy noch einmal lecken und sie die ganze Nacht ficken, und das sind Wörter, die etwas mit mir machen. Mich überläuft es heiß. Ich schlucke. Vorsichtig schiebe ich mich von ihr runter.

«Es ist meine Schuld», sagt sie sofort.

Ein unartikulierter Laut entkommt mir, der sich nicht entscheiden kann, ob er Lachen oder Fluch sein will. «Ganz sicher nicht. Ich hätte Nein sagen können.»

«Wirklich?»

Nein, hätte ich nicht. Ich konnte nicht mehr denken, geschweige denn reden. Wir liegen nun nebeneinander, ich taste nach ihrer Hand. «Wir müssen Tabletten besorgen. Sofort morgen früh. Heute», verbessere ich mich.

Eden verschränkt die Arme über ihrem Gesicht, und für einen Moment verunsichert mich das. «Hey.» Ich streichle über ihren Arm. «Du bist wütend auf mich. Zu Recht.»

«Nicht auf dich.» Sie schüttelt den Kopf. «Nur auf mich selbst. Ich habe dich überredet, Will. Ich weiß nicht, was mit mir los gewesen ist. Mir war doch klar, dass dieses ‹nur ganz kurz› der größte Bullshit ist. Und selbst wenn wir uns daran gehalten hätten, wäre es ein Risiko gewesen. Das war so unglaublich dumm von mir.»

Ihr Oberkörper bebt. Bitte lass sie jetzt nicht anfangen zu weinen. «Hey», sage ich wieder sanft. «Es ist scheiße, aber auch keine Katastrophe, okay? Es ist nicht zu spät, vernünftig zu sein. Wir fahren nachher als Erstes zum Drugstore. Es tut mir leid, dass du meinetwegen jetzt diese Hormone nehmen musst, aber mehr ist es auch nicht. Du nimmst die Pille danach. Wir sind beide gesund. Das Schlimmste, was wir aushalten müssen, ist ...»

«Ewige Scham?» Sie weint nicht, sie lacht. Sie lacht wirklich.

«Ja», gebe ich zu und fange an, breit zu grinsen, weil die verfluchte Anspannung sich gerade auflöst. «Ewige Scham, weil Wesley uns dorthin fährt und er kein Idiot ist.»

«Oh Gott», stöhnt sie. «Lass uns bitte ein Uber nehmen.» Sie lässt die Arme sinken. «Oder wir kaufen Tampons, Will. Ich bekomme sowieso jetzt irgendwann meine Tage. Wir kaufen Tampons zur Tarnung.»

«Sicher. Wir können vor ihm auch laut darüber reden, dass wir nur Tampons gekauft haben», schlage ich vor und breche in Gelächter aus. Eden reißt das Kissen unter ihrem Kopf hervor und schlägt damit nach mir. Dann hält sie in der Bewegung inne.

«Oh. Kannst du mir schnell ein Handtuch bringen, Will?»

Okay. Sofort. Ich springe aus dem Bett und reiße im Bad das erstbeste Handtuch vom Haken, damit Eden es unter sich ausbreiten kann.

• • •

Wir haben noch mal miteinander geschlafen. Keine zwei Stunden später. Eden hat gesagt, dass es jetzt auch egal ist und wir sowieso die Pille besorgen müssen, und ich fand ihre Logik bestechend. Wenn man schon einen Fehler macht, dann richtig. Und es war unglaublich. Wenn ich jetzt sterbe, dann ist es okay. Wenn ich jetzt wieder nach Woodford muss und es mir die Luft abschnürt, dann war es das wert.

Im Morgengrauen trinken wir den Kaffee, den wir uns aufs Zimmer bestellen, haben aber beide noch keinen Hunger. Eine halbe Stunde, bevor wir Woodford erreichen, bitte ich Wesley, zu Walgreens oder Rite Aid zu fahren, je nachdem, was näher ist und schon geöffnet hat. Eden muss der Apothekerin nur zwei Fragen beantworten, dann bekommt sie eine Packung Plan-B. Gott sei Dank haben die verdammten Republikaner zumindest das noch nicht unmöglich gemacht. Ich lege noch eine Schachtel Kondome dazu und zahle die fünfzig Dollar mit der Kreditkarte.

«Es müsste Soda in der Minibar sein», sage ich auf dem Weg zur Limousine.

Ich sage das nicht, weil ich unbedingt zusehen will, wie sie die Pille schluckt, aber sie muss sie innerhalb von 72 Stunden nehmen, je früher, desto besser. Aber es kommt mir so vor, als würde Eden glauben, dass ich dabei sein will. Dabei vertraue ich ihr.

Wesley hat noch in der Nacht tatsächlich die ganze Bar ausgeräumt und jeden Tropfen Alkohol entsorgt. Dafür haben wir jetzt außer Soda noch eine erlesene Auswahl an ekelhaftesten Softdrinks vor uns. Wir lesen zusammen den Beipackzettel, und ich fühle mich mies, wenn ich an die potenziellen Nebenwirkungen denke, die nur sie ausbaden muss. Eden nimmt einen Schluck Wasser und spült die Tablette runter.

Sie lächelt mich danach vorsichtig an, und etwas an diesem Ausdruck lässt Galle in mir aufsteigen.

«Willst du mir jetzt noch beweisen, dass dein Mund leer ist?» Gott, ich klinge so bitter, und Eden zuckt zusammen.

«Ich will nicht, dass du denkst, ich hätte mir etwas dabei gedacht.»

Sie müsste nur von mir schwanger werden und hätte zumindest finanziell für alle Zeit ausgesorgt. Keine Frage, dass ich freiwillig für sie sorgen würde. Keine Frage, dass ich einfach alles bezahlen würde, was nötig ist, aber das macht verdammt noch mal keinen Vater aus. Wir sind zu jung dafür. Das ist der einzige Grund, warum ich mir Sorgen mache. Nicht weil ich ihr nicht vollkommen vertrauen würde.

«Ich weiß das. Du hättest viel mehr zu verlieren als ich», gebe ich zurück. Bei mir wäre es nur Geld. Ich könnte mich aus der

Verantwortung rauskaufen, wie es Männer überall auf der Welt machen, die kein Gewissen haben. Und kein verdammtes Herz. Okay, die meisten zahlen nicht mal. Aber sie würde ihren Körper einer massiven Veränderung aussetzen und ihr gesamtes Leben umkrempeln müssen.

«Danke, dass du mitgekommen bist.»

«Verdammt», stoße ich hervor. «Es ist doch genauso meine Sache. Und es tut mir leid, dass das jetzt an dir hängen bleibt. Wenn dir schlecht wird oder du Kopfschmerzen bekommst, dann ... schlag mich.» Um ihre Mundwinkel zuckt es, und ich antworte mit einem Grinsen darauf. «Richtig fest, okay?»

Sie lächelt. «Ich werde darauf zurückkommen.»

Wir schweigen, bis Wesley auf die Harbour Road fährt. Ich habe keine Ahnung, wie es jetzt weitergehen soll. Ich will mich nicht verstecken, aber mir ist klar, dass alles gleich wieder auf mich einstürzen wird. Die Schuld, die Reue, der ganze Selbsthass. Gott, wie konnte ich in der vergangenen Nacht auch nur eine Minute nicht daran denken? Anstatt an Devin zu denken, habe ich das Leben gefeiert, als gäbe es kein Morgen. Und gleich betreten wir die Fähre, überqueren den Nordatlantik, in dem er ertrunken ist, weil ich ihn nicht gefunden habe. Gott, das ist hart zu ertragen. Diese Schuld kann mir keiner nehmen. Und jetzt bricht die ganze Hoffnungslosigkeit wieder über mir zusammen.

Das ist nichts, woran man wächst, nichts, was mich irgendwann stärker machen wird, es ist nur sinnloser Schmerz. Ich werde unruhig, überlege, wo ich die verdammten Tabletten gelassen habe und dass ich die gleich als Erstes schlucken werde, sobald wir im Wohnheim sind. Es war zu früh. Sie wegzulassen, war ein Riesenfehler, das merke ich jetzt, wo sich alles in mir verkrampft und die Panik in mir hochkocht. Ich brauche eine Dosis. Weil ich das sonst nicht packe. Noch nicht. Vielleicht nie.

Eden guckt auf ihr Handy, und etwas an ihrer Haltung gibt mir das Gefühl, dass etwas nicht stimmt. Dass ich das überhaupt wahrnehme, ist ein Wunder. Sie liest und scrollt eine ganze Weile nach unten. Nur mit Mühe kann ich meine Gedanken zusammenkratzen und mich auf sie konzentrieren. Meine Stimme scheint direkt aus dem Tal des Todes zu kommen, so rau und krächzend klingt sie. «Eine Nachricht von deinem Dad?»

Sie schüttelt den Kopf, nickt, runzelt die Stirn. «Mhm. Aber es ist alles okay. Er ist nur gerade beim Arzt zum Verbandswechsel.»

Wenn sie mich anlügt, dann sollte sie das geschickter anstellen. Ich bin unendlich müde, hoffnungslos, völlig fertig, aber nicht dumm. Mein Herz fängt wie verrückt an zu pumpen.

Wesley fährt in diesem Augenblick ein scharfes U, und mir ist klar, dass unsere Pause jetzt vorbei ist, dass wir da sind, direkt vor dem Anleger. Und mein Körper weiß das auch, sonst würde er sich nicht in Alarmbereitschaft versetzen und alles auffahren, was geht. Das Herzrasen, das Brennen in meinem Brustkorb, das Zucken in meinen Muskeln. «Was ist wirklich los?»

Will ich das tatsächlich wissen? Eden sieht mich an, als würde sie mir in der nächsten Sekunde das Herz brechen müssen. Und ich kann nur daran denken, dass man nicht stirbt, wenn einem das Herz bricht, auch wenn es besser wäre.

Gottverdammt, wenn du es tust, dann tu es schnell.

Mach es jetzt, bevor wir zurück in Woodford sind.

Brich es mir.

40. KAPITEL

Eden

> **Unbekannt:** Der Artikel ist keine 24 h alt. Lies ihn nicht, das ist Müll. Es geht nur um das Foto. Es wurde aus Williams Zimmer gestohlen, und er kann oder will mir nicht sagen, wer das gewesen sein könnte. Wenn du eine Ahnung hast, und sei sie auch noch so vage, lass es mich wissen. Wesley

Das ist die SMS, die ich gestern Abend schon bekommen, aber nicht gelesen habe. Eine Spam-Nachricht wäre mir tausendmal lieber. Ich klicke den Link an, und der Browser führt mich zu einer Seite, auf der ich erst einmal einen ganzen Stapel Pop-ups und Werbebanner wegklicken muss, bis ich zum Artikel vordringe. Ich kann ihn nicht *nicht* lesen, das geht einfach nicht. Aber schon bei der Überschrift wird mir schlecht. Weiter unten ist ein Foto von William und Devin, und ich erkenne es sofort. Ich hatte es erst vor zwei Tagen in der Hand, als es aus Kendras Album rausgerutscht ist.

> 1978 kam es im direkten Umfeld von William Grantham sen. zu einer Tragödie, dem Unfalltod seiner Freundin Emily B. Nun hat sich das damalige Unglück auf dramatische Weise wiederholt. Diesmal hat es den besten Freund des Millionenerben William Grantham III. getroffen. Wie

sein Großvater führt er ein Luxusleben an einem der renommiertesten Colleges der Welt. Partys, Drogen, exklusive Reisen mit Privatjets und Luxuslimousinen stehen an der Tagesordnung ...

«Eine Nachricht von deinem Dad?», fragt Will.

Ich schrecke auf, schüttle erst den Kopf, dann nicke ich schnell. «Mhm. Aber es ist alles okay. Er ist nur gerade beim Arzt zum Verbandswechsel.» Meine Gedanken rasen, und mein Blick klebt sofort wieder am Artikel.

Aus dem Freundeskreis der Familie heißt es, dass eine unerkannte Epilepsie-Erkrankung die Ursache gewesen sein könnte. Aber es gibt Hinweise auf eine Beziehung zwischen Devin E. und dem Millionenerben William Grantham III. Dem *StarBuzz* liegt eine Nachricht vor, die darlegt, dass zwischen den beiden mehr gewesen sein muss als reine Freundschaft ...

Was für eine Nachricht soll das bitte sein? Devin und William waren nur Freunde. Wie kommen diese Leute auf die Idee, aus einem tragischen Unfall eine Beziehungstat zu machen? Selbst wenn da mehr gewesen wäre, sind diese Spekulationen über Devins Tod einfach nur widerlich. Und ich kann mir nicht vorstellen, dass Kendra das Foto weitergegeben hat und gleichzeitig solche persönlichen Dinge über Will und ihren Bruder erzählt. Das würde sie niemals tun. Sie weiß doch genau, wie sehr William unter dieser Berichterstattung leidet. Sie weiß, wie schuldig er sich fühlt. Ich kann einfach nicht glauben, dass sie so weit gehen würde, nur um Antworten aus ihm herauszupressen, die er ihr einfach nicht geben kann. Es muss noch einen Abzug geben. Sie sind so lange befreundet, garantiert hat jeder von ihnen dieses Foto in irgendeinem Album kleben. Aber mit demselben Riss an der Ecke? Das wäre schon mehr als ein Zufall.

Ich muss es William sagen, doch ich habe Angst, was ich damit vielleicht anrichte. Und erst recht nicht möchte ich hinter Wills Rücken mit Wesley darüber reden. Deshalb schicke ich ihm nur eine kurze Antwort.

Eden: Ich kenne das Foto. Aber ich muss erst mit Will darüber sprechen.

Wesley dreht den Wagen direkt vor dem Fähranleger, und wir sind da. Ich will das Handy schon in meiner Tasche verstauen, da kommt Wesleys Antwort.

Wesley: Warte nicht damit. Das macht es nur schlimmer. Der Artikel dürfte innerhalb der nächsten Stunden offline gehen, aber William soll vorsichtig sein, wem er vertraut.

«Was ist wirklich los?», fragt Will.

Sie kennen ihn nicht, die Leute, die so einen Schund schreiben. Kennen ihn kein bisschen. Das Letzte, was Will interessiert, ist das Luxusleben, das sie ihm andichten. Das macht sich vielleicht gut in ihrer Story, aber es hat nichts mit der Wahrheit zu tun. Hoffentlich verschwindet der Artikel schnell wieder. Ich mache mehrere Screenshots, auf dem das Foto und die Überschrift dokumentiert sind, und wische die App nach oben weg, um es nicht mehr sehen zu müssen.

Ich habe keine Ahnung, wie ich anfangen soll.

William wirkt gehetzt, und ich weiß nicht, ob es so eine gute Idee ist, ihm davon zu erzählen. Er hat schon seinen besten Freund verloren, ich will ihm nicht auch noch die Freundschaft mit Kendra kaputtmachen. Die beiden werden sich irgendwann aussprechen und sich verzeihen. Alles, was vorgefallen ist. Sie trauern doch gemeinsam, verdammt. Ich habe Angst, dass ich es nur schlimmer mache, wenn ich Will von dem Foto berichte.

«Wesley hat mir einen Link geschickt.»

«Was?»

Er scheint immer angespannter, immer nervöser zu werden. Am liebsten würde ich Wesley bitten, einfach wieder wegzufahren, irgendwohin. Aber das würde nichts ändern. Es wäre nur wieder ein Weglaufen. «Das Foto in dem Artikel. Wesley hat mich gefragt, ob ich mir vorstellen kann, wer es dieser Zeitung gegeben hat, und ich weiß es nicht. Ich traue es wirklich niemandem zu. Aber vorgestern Abend war ich mit Sun-young bei Kendra, wir haben einen Netflix-Abend gemacht. Sie hatte ein Fotoalbum unter dem Couchtisch liegen, und als Sun-young es hochgehoben hat, ist ein Bild rausgefallen und ...»

«Nicht», fällt er mir ins Wort und presst die Lippen zusammen. «Ich will es nicht wissen.» Er starrt nach vorne auf die schwarze Trennscheibe, die Kiefermuskeln angespannt, seine Hände, die neben ihm auf dem Sitz aufliegen, ballen sich zu Fäusten.

«Okay, es tut mir leid.» Ich fühle mich schrecklich, weil ich davon angefangen habe. Ich hätte einfach den Mund halten und Kendra direkt darauf ansprechen sollen, ohne Will damit zu belasten. Es geht ihm nicht gut, und ich mache alles nur schlimmer.

Er atmet flach, und ich mache mir Sorgen, dass er vielleicht eine Panikattacke bekommt. Will schnallt sich ab, beugt sich nach vorn, als würde er dann besser atmen können. «Es ist also dasselbe Foto», sagt er tonlos.

«Ja.»

Mir liegen tausend Erklärungen auf der Zunge. *Ja, es ist dasselbe Bild wie in diesem widerlichen Artikel. Kendra wollte es uns nicht zeigen und hat es sofort in ihrem Kleiderschrank versteckt. Ich habe gedacht, es tut ihr einfach nur weh, weil ihr beide darauf so glücklich ausseht. Aber vielleicht wollte sie nicht, dass ich es sehe, weil sie von diesem Artikel wusste.*

Aber ich sage nichts davon. Ich schlucke.

«Wer könnte es sonst noch haben? Hatte Devin vielleicht einen Abzug und hat es irgendwann mal online gepostet?»

«Nein.» Er presst sich die Handballen gegen die Augen, als würde ihn das Licht der gerade erst aufgehenden Sonne blenden. «Es spielt keine Rolle. Dieses Foto bedeutet nichts. Es ist nur ein verdammtes Bild, es ist scheißegal, Eden.» Er gibt ein frustriertes Schnauben von sich, das seine Verletztheit überspielen soll, aber ich weiß, wie nah ihm das geht. William wartet nicht darauf, dass Wesley die Tür öffnet, sondern drückt sie auf und klettert nach draußen ins Morgenlicht.

Kurze Zeit später stehen wir beide auf der Fähre nebeneinander am Geländer und sehen aufs Meer. Unsere Finger verflechten sich. Weil es so kalt ist, stecken wir unsere Hände zusammen in seine Manteltasche. William hält meine Hand, bis wir am anderen Ufer ankommen, dann heben wir unser Gepäck auf und gehen von der Fähre runter auf den Campus. Im North Park House rennen die Ersten durchs Treppenhaus zu ihren Kursen, und als wir für uns im Flur unbeobachtet fühlen, küssen wir uns. Schnell, heimlich. Williams Mund verzieht sich zu einem traurigen Lächeln.

Ich zweifle nicht. Nicht eine Minute. Aber trotzdem schreibe ich am selben Abend drei neue Wörter in mein Notizbuch.

Lypophrenia.

Das vage Gefühl von Trauer oder Kummer, das scheinbar ohne Grund auftaucht.

Dysphoria.

Das Gegenteil von Euphorie, eine ängstlich-bedrückte und traurige Stimmung.

Thanatophobia.

Die Angst, jemanden zu verlieren, den du liebst.

41. KAPITEL

William

An besonders emotionalen und stressigen Tagen ist es akzeptabel, einmalig vom Medikamentenplan abzuweichen, Mr. Grantham. Aber die Betonung liegt auf einmalig. Ich verlasse mich darauf, dass Sie sich grundsätzlich an unseren Plan halten. Im Zweifelsfall lassen Sie sich die Tagesdosis von jemandem zusammenstellen, um nicht in Versuchung zu geraten.

Versuchung.

Niemand muss mich in Versuchung führen, ich habe den Weg von allein gefunden. Bin reingestolpert, reingefallen, habe mich darin verloren. Aber mein Gott, diese Erleichterung, wenn der eigene Körper auf alles so gelassen reagiert! Ich heiße den Anflug von Nebel in meinem Gehirn willkommen, als ich auf dem Weg zum Veritas-Raum bin. Die Schwere, die Trägheit, die Schläfrigkeit. Ich hole normal Luft und nicht mehr wie jemand, der gegen das Ersticken ankämpft, weil das Schicksal ihm eine Plastiktüte über den Kopf gezogen hat.

Unsere Kursleiterin Ms. Colegrove treffe ich schon auf dem Flur, wo sie mehrmals gegen den Kaffeeautomaten tritt und einen roten Kopf bekommt, als sie mich bemerkt. «Beachte mich gar nicht. Ich war gestern Abend noch mit meinem Freund Thomas bei meinem Onkel, und mein alter Buick hat Theater gemacht, deshalb konnte ich heute Morgen erst auf die Insel zurückkommen. Himmel, warum erzähle ich das?» Sie lacht und schiebt ihre Brille mit zwei Fingern nach oben. «Ich wollte schon immer mal einen Automaten treten, und gerade hat es sich angeboten, weil das verdammte Ding ...» Sie hält inne, hämmert dann noch mit der Faust dagegen. «Echt wie in einem Highschool-Film. Oder in einer Krankenhausszene», ächzt sie.

Ich quäle meine Mundwinkel zu einem müden Lächeln nach oben, bin aber nicht sicher, ob das funktioniert. «Bringt das normalerweise etwas? In den Filmen, meine ich.» Reden. Einfach nur reden, damit ich mein Gehirn irgendwie am Laufen halte und es nicht ganz den Betrieb einstellt.

«Meistens ja, aber im echten Leben anscheinend nicht.» Sie verpasst dem Automaten noch einen weiteren Tritt mit ihrem rechten Stiefel und gibt dann auf. «Das verdammte Ding hat meine letzten Vierteldollar gefressen.»

«Kann ich Ihnen aushelfen?»

«Oh Gott, nein, danke, William. Ich bekomme schon noch einen Kaffee.» Sie winkt mich weiter und eilt vor mir in den Kursraum.

Ich bin dankbar für meine Sonnenbrille, die mich zwar überheblich wirken lässt, aber immerhin dafür sorgt, dass mich nicht jeder Zweite anspricht, um mir zu erzählen, wie müde ich aussehe.

Im Kurs suche ich mir möglichst weit hinten einen Platz. Ich merke selbst, wie lethargisch ich bin, dass ich Schwierigkeiten habe, meine Bewegungen zu koordinieren, aber dafür sind meine überreizten Sinne endlich abgestumpft. Als wäre mit einem Mal der Schmerz betäubt, über Kendra und das Foto. Sie hasst mich, aber jetzt kann ich das ertragen, es beinahe ausblenden, vielleicht sogar akzeptieren.

Okay, besser nicht an Kendra denken. Nicht an das Foto. Nicht an Devin. Nicht an das verfluchte Meer. Nicht an meine

Schuld. Nicht an Eden oder die Nacht, die wir zusammen verbracht haben, oder daran, was hätte sein können. Was hätte sein sollen. Mein Herz pocht gegen die Dumpfheit an, aber sie breitet sich weiter in mir aus, auch noch als Eden hereinkommt. Sie flüstert ein «Guten Morgen», um ihre Lippen spielt ein kaum wahrnehmbares Lächeln. Sie sucht sich einen Platz ein Stück von mir entfernt. Ich weiß, dass da Wärme in mir sein muss, nur dass ich sie nicht spüre, weil das Medikament mich apathisch macht, als wäre ich gar nicht wirklich lebendig. Kendra und Sun-young kommen nach Eden herein und setzen sich ganz nach vorn.

«Hey, Grantham.» Garrett rutscht auf den Stuhl neben mir, und ich frage mich, ob er Kendra geholfen hat. Er hat meine Tasche gefunden. Je länger ich darüber nachdenke, umso sicherer bin ich mir, dass meine Schlüsselkarte in der Tasche gewesen sein muss. Und er steht auf Kendra. Wie wahrscheinlich ist es, dass er sie ihr gegeben hat? Oder dass er sogar dabei war und mein Zimmer mit ihr durchwühlt hat?

Ich nicke ihm nur zu. «Endicott.» Gott, das macht mich fertig, nicht zu wissen, wem ich vertrauen kann. Und was hatten sie gehofft, in meinem Zimmer zu finden? Irgendwelche verräterischen Notizen? Persönliche Nachrichten von Devin? Was? Ging es ihnen nur um die Fotos? Darum, mich unter Druck zu setzen, damit ich Kendra gegenüber so was wie eine Beichte ablege?

Die Tabletten sind in der Innentasche meines Mantels. Ich denke ernsthaft darüber nach, noch eine zu nehmen, weil die Stunde lang ist und ich nicht abwarten will, bis sich die Wirkung abschwächt. Allerdings bekomme ich auch so schon kaum etwas mit. Ms. Colegrove startet eine Diskussionsrunde. Es geht irgendwie um soziale Gerechtigkeit, und ich bin der Letzte, der seine Meinung dazu äußern sollte. Weil ich nicht betroffen bin, weil ich nicht beurteilen kann, wie die verdammte Welt für die meisten Menschen aussieht.

Jemand bringt das Beispiel Studiengebühren an und die Milliardenspende einer früheren Professorin, die es an einem New Yorker College ab sofort jedem ermöglicht, ohne Gebühren sein Medizinstudium durchzuziehen. Ich kann der Diskussion kaum folgen. Mir ist schwindelig, meine Augen brennen, ich hätte die Kontaktlinsen weglassen sollen. Ich ziehe die Sonnenbrille aus und reibe mir mit beiden Händen übers Gesicht, um das Brennen zu vertreiben, nur dass es nicht bloß Müdigkeit ist, die mich so fertigmacht. Das ist nicht nur körperlich, mein Geist ist müde. Das ist nichts, was sich mit ein paar Stunden Schlaf ausgleichen lässt.

Ich hätte im Wohnheim bleiben und nicht versuchen sollen, eine Normalität aufrechtzuerhalten, die es nicht gibt. Nicht hier. Vielleicht auf einem anderen Planeten.

Ms. Colegrove fragt, wer aus dem Kurs ein Stipendium hat, und nur Eden und Amartya heben die Hand, mit dem ich bisher keine drei Sätze gewechselt habe.

«Wie gerecht findet ihr es, wenn an manchen Colleges die Studiengebühren wegfallen und an anderen nicht?»

«Na, scheiße ungerecht», sagt Samir. «Das sollte unsere Regierung regeln und nicht davon abhängen, dass sich jemand erbarmt und Geld spendet.»

«Wie siehst du das, William?»

Fragt sie ernsthaft mich?

Natürlich habe ich eine Meinung dazu. Aber keine, die ich mit den anderen teilen will und kann. In meinem Kopf schwimmen einzelne Worte, die ich unmöglich zu einem vernünftigen Satz zusammengepuzzelt bekomme.

Garrett tritt mich unter dem Tisch. «Grantham, du bist gefragt.»

Ich reagiere viel zu langsam, realisiere erst nach einer Ewigkeit, dass mich alle anstarren und immer noch warten und Ms. Colegrove die Brauen angehoben hat.

«Ich sehe das wie Samir», nuschele ich. Habe ich wieder einen verfluchten Waschlappen im Mund? Die Blicke der anderen verraten mir, dass mich keiner verstanden hat. Oder dass sie noch mehr erwarten. Ich räuspere mich, kratze mühsam etwas zusammen. Gott, das ist ein Thema, über das ich schon oft genug nachgedacht habe, ich werde wohl etwas halbwegs Gehaltvolles dazu sagen können. Ich räuspere mich, aber das raue Gefühl in meinem Hals verschwindet nicht. «Menschen mit viel Geld beeinflussen durch ihre Spenden, wie die Welt für andere aussieht, und das ist ein politisches Eingreifen. Ohne Mandat», füge ich hinzu, ernte aber nur verständnislose Blicke. «Das ist in jedem Fall undemokratisch.»

«Kannst du das genauer erklären?»

Können ja, wollen nein. Gott, Colegrove muss doch merken, dass ich nicht bei der Sache bin. Eden sieht nach vorne auf ihren Tisch, aber sie verkrampft ihre Hand so fest um einen Stift, dass sie ihn gleich durchbrechen wird, und mein Herz pumpt trotz Tablette viel zu schnell.

«Ja, William Grantham der Dritte, erkläre uns, was genau du meinst.»

Keine Ahnung, wer das gesagt hat, aber die Stimme klang mehr als nur spöttisch. Ich habe mich nicht darum gerissen, in diesem Leben Geld oder Macht zu haben oder darüber zu reden. Eden rutscht auf ihrem Stuhl nach vorne, und ich hoffe, sie versucht nicht, mich zu verteidigen. Wenn ich das aushalten kann, muss sie das doch auch können. *Halt es aus.*

«Leute mit Vermögen wurden nicht in diese Position gewählt und haben keinen Regierungsauftrag.» Reden. Nur weiterreden.

«Hast du ein Beispiel für die Auswirkungen, die das haben könnte?»

Eins? Wie wäre es mit Tausenden? Aber fangen wir gleich groß an. «Bill Gates und seine Frau Melinda mit ihrer Foundation. Sie sind nach unserer Regierung die größten Geldgeber der Weltgesundheitsorganisation und unterstützen unter anderem Forschung zu Impfstoffen.» Das fließt relativ flüssig aus mir raus, was ich nicht erwartet habe und mir Sicherheit gibt. Zumindest klinge ich nicht wie der letzte Idiot. Sicherlich zu langsam, aber nicht komplett daneben. «Was wäre, wenn beide plötzlich der Meinung wären, dass zum Beispiel Malaria-Impfungen verzichtbar sind? Würde die WHO dann ihre Empfehlungen noch nach dem aktuellen Stand der Wissenschaft ausrichten oder danach, was ihr zweitgrößter Geldgeber für richtig hält?»

«Das ist ein guter Punkt, danke, William.»

Gott sei Dank. Ich hoffe, das war's jetzt.

«Das heißt, du würdest nichts spenden?», fragt Kendra. Sie hat sich nicht mal zu mir umgedreht. Ich sehe nur ihren Rücken, auf dem in Weiß die Worte F*CK PATRIARCHY stehen. *Was zum Teufel soll das, Kendra? Warum tust du mir das an?* Wir reden hier nicht von mir, verdammt. Gott, ich muss mich konzentrieren, aber mein Herz versucht gerade, aus meinem Brustkorb auszubrechen. Das dürfte ich doch gar nicht merken, wenn die Xanax wirkt. Wieso spüre ich das noch? «Das habe ich nicht gesagt.»

«Also würdest du spenden? So als Mann, der alles hat. Seine Familie, Gesundheit, ein Wahnsinnsvermögen. Der im Vergleich zu anderen alles bekommt, was er will.» Jetzt dreht sie sich zu mir um, und ich kann nicht mal sagen, dass ihr Gesichtsausdruck provokant wäre. Eher schmerzverzerrt.

Mir bricht der Schweiß aus. Jemand, der alles hat? Im Vergleich zu wem? Zu dem, der nichts hat, nicht mal mehr sein Leben? Devin?

«Du kannst gerne mir etwas spenden, ich bin auch bedürftig», sagt jemand, und der halbe Kurs lacht.

Ja, superwitzig, höre ich heute zum ersten Mal.

«Könnt ihr bitte damit aufhören? Niemandem in diesem College geht es so schlecht, dass er sich beschweren muss, mich eingeschlossen. Was also habt ihr für ein Problem? William hat doch recht mit dem, was er sagt.»

Gott, Eden, sag einfach nichts. Es ist nett, dass sie mich in Schutz nehmen möchte, aber das ist unnötig. Und zwecklos. Solche Bemerkungen werden immer wieder kommen.

«Ja, lasst uns bitte zum Thema zurückkommen.» Ms. Colegrove steht auf. «Es geht hier nicht um einzelne Personen aus unserem Kurs, sondern um unsere Gesellschaft. Was findet ihr gerecht oder ungerecht, wenn es um die Verteilung von Steuergeldern geht?»

«Da fängt es schon an», sage ich, weil ich das einfach nicht so stehen lassen kann. «Ich will einfach normal besteuert werden wie jeder andere Mensch auch. Aber das wird nicht passieren.»

Es ist in Ordnung, durch seine Arbeit ein Vermögen zu erwirtschaften, aber von einem Erbe, für das man nichts geleistet hat, so gut wie nichts abgeben zu müssen? Das ist doch scheiße. Tax me now.

Gott, warum halte ich nicht den Mund? Es geht niemanden etwas an, was ich für Probleme habe oder welche Scham über meine Herkunft mich begleitet.

«Es steht dir doch frei, Steuern zu zahlen», sagt Chord. «Wenn du mit dem System ein Problem hast, dann zahle einfach freiwillig mehr ein. Soweit ich weiß, kannst du so viel Geld an die IRS überweisen, wie du Bock hast. Die werden es nicht ablehnen.»

«Sicher kann ich das machen, aber das ändert nichts an der

Ungerechtigkeit des Systems. Milliardäre von heute werden zu Dynastien von morgen. Reichtum ist gleichbedeutend mit Macht, die unsere Politik, Wirtschaft und Medien dominiert. Hat ziemlich viele Parallelen zum Feudalismus, wenn du mich fragst, und der war im Mittelalter schon beschissen.»

Okay, ich habe mich hinreißen lassen. Warum? Es interessiert mich doch nicht, was sie von mir denken.

Chord verschränkt die Arme vor der Brust. «Wir leben immer noch in einer Demokratie.»

«Kommt auf die Definition an. Weißt du, wie teuer ein US-Wahlkampf ist? Geschätzt eine Milliarde Dollar. Das bedeutet, dass unser Präsident fähig sein muss, eine Milliarde Dollar zu beschaffen. Bei einem Senatsmitglied sind es zehn Millionen, die jeder zusammenkratzen muss, um die Möglichkeit zu bekommen, überhaupt gewählt zu werden. Wie demokratisch findest du das? Von unseren Kongressabgeordneten sind etwa die Hälfte Millionäre. Und glaub mir, die andere Hälfte ist auch nicht arm. Wie sollen sie Realpolitik für alle machen, wenn sie das Leben und die Probleme der Durchschnittsbevölkerung nicht nachvollziehen können?»

Ich kann das auch nicht. Ich kann nicht mal im Ansatz nachvollziehen, wie es ist, wenn man Angst vor einer Krankenhausrechnung haben muss, wie Edens Dad zum Beispiel. Wenn man verletzt ist und sich nicht mal eine Haushaltshilfe leisten kann oder eine ärztliche Behandlung bei einem Spezialisten.

«Wow.» Ms. Colegrove lehnt sich gegen ihr Pult. «Ich bin beeindruckt, wie sehr du dich damit beschäftigt hast.»

Mein Gott, applaudieren Sie mir doch nicht für etwas, das nichts bedeutet! Ich habe mein Leben, meine Privilegien reflektiert, was für ein Wunder. Es ist ohnehin egal, was ich sage. Diejenigen, die reich sind, halten mich für einen Nestbeschmutzer, und die anderen verstehen mein Problem nicht.

Sacrilegia minuta puniuntur, magna in triumphis feruntur. Kleine Verbrechen werden bestraft, große im Triumph gefeiert. Da muss man sich nur unseren Ex-Präsidenten ansehen, und wenn ich an die nächste Wahl denke, dreht sich mir der Magen um.

Unauffällig taste ich in meiner Tasche nach dem Blister und drücke eine Tablette heraus, weil ich die jetzt dringend brauche. Die Dosis war nicht genug, das merke ich deutlich. Gott sei Dank sagt Hannah jetzt etwas und zieht so die Aufmerksamkeit auf sich. Ich schlucke die Xanax trocken runter, und als ich hochgucke, fange ich Edens Blick auf.

Alles okay?, formt sie mit dem Mund.

Was denkt sie denn? Ich kann nur nicken, mehr ist nicht drin. Die Minuten tröpfeln wie Wachs, und ich brauche Musik, um mich abzuschotten und runterzukommen. Leider habe ich den Walkman im Wohnheim gelassen.

Rain keeps falling, tears keep falling

Rain keeps falling, tears keep falling

Es summt in meinem Kopf. Aus der weiteren Diskussion klinke ich mich komplett aus, und zum Glück richtet niemand mehr eine Frage an mich. Und bis die Stunde zu Ende geht, ist mein Geist vollständig mit Watte ausgestopft. Dumpf. Taub. Gott, ich könnte auf allen vieren aus dem Raum kriechen, so erschöpft bin ich. Aber immerhin spüre ich nichts mehr, lasse nichts mehr an mich ran. Vor allem nicht das, was Kendra gesagt hat. Was hat sie noch mal gesagt? Ich krame in meiner Erinnerung, aber ich weiß es nicht mehr. Danke, Gott, für die Benzos, die mich alles vergessen lassen. In meinem Gehirn ist bloß noch ein blinkender Cursor.

Aber dann hält Ms. Colegrove mich auf, als die anderen schon rausgehen. «Warte kurz, William.»

Wieso will immer jemand was von mir? Wieso kann sie mich

nicht in Ruhe lassen? Ich brauche eine Pause. Ruhe. Ein Bett. Eden. Gott, wieso denke ich jetzt an sie? Hat der Scheißcursor sich bewegt?

«Hast du mal darüber nachgedacht, ob vielleicht später ein Politikstudium für dich infrage kommt?»

Nein, habe ich nicht. Wird in Woodford auch nicht angeboten. Ich beschäftige mich nur damit, weil ich dazu gezwungen bin. Das Einzige, was mich wirklich interessiert, sind Bücher und Kunst. In vielen Augen wahrscheinlich das Sinnloseste, was man machen kann. Aber mein ganzes Leben ist sinnlos.

«Ich finde es wirklich beeindruckend, wie viele Gedanken du dir machst und wie reflektiert du bist. Ich habe einen Bekannten, der für unseren Gouverneur arbeitet. Alexander Garland. Er hat Politik studiert und macht gerade seinen Master. Er könnte dir sicher einige Fragen beantworten, wenn dich das Studium interessiert. Wenn du möchtest, kann ich den Kontakt herstellen.»

Ich muss antworten, aber ich bin nur noch ein Zombie ohne funktionierendes Gehirn. «Danke. Ich denke darüber nach.»

Blah, blah, blah. Ganz sicher denke ich nicht darüber nach.

«Sag mir Bescheid, wenn du es dir überlegt hast.» Ms. Colegrove lächelt, und ich könnte wie ein Idiot loslachen, weil ... Scheiße, ich glaube, ich weiß nicht mal mehr, wo ich gerade bin. Das Einzige, was ich wahrnehme, ist, dass die anderen weg sind und niemand mehr auf mich achtet, mich beobachtet, mich verurteilt. Ich fahre mir durch die Haare, die völlig verschwitzt sind. Auch das Hemd klebt an mir. Dann ist Colegrove plötzlich auch weg, und ich mache mich auf den Weg, stolpere über den Flur und in einen anderen Raum. Ich habe jetzt einen Kurs, oder?

Minerva.

Ich erkenne das Bild neben der Tür, weil die römische Göttin der Weisheit mit einem Speer dargestellt wird. Wie absurd, dass mir ausgerechnet das auffällt. Aber okay, das hat mir die humanistische Bildung eingebläut.

Keine Ahnung, ob ich hier richtig bin. Minerva ist der Raum, in dem unser How-to-read-Kurs stattfindet. Aber der ist vermutlich nicht jetzt, weil ... es ist niemand anderes da außer Cushing, die einen Kaffeebecher in der Hand hält und ihn abstellt, als sie mich reinkommen sieht.

Warum bin ich überhaupt hier? Ich wollte ins Wohnheim. Nur muss ich mich kurz an die Wand lehnen, sonst sacke ich gleich zusammen.

«William.»

Cushing lächelt und kommt auf mich zu. «Du bist früh dran, der Kurs beginnt erst in einer halben Stunde. Aber ich wollte ohnehin allein mit dir sprechen, also ist es perfekt, dass du schon da bist.»

Ich verliere die Orientierung, weiß nicht mehr, wo oben und unten ist, weil ihre langen Haare plötzlich mein Gesicht streifen, und das ist physikalisch eigentlich nicht möglich. Aber die Wand in meinem Rücken fühlt sich sicher an. Das bedeutet, ich stehe noch auf zwei Beinen, oder?

Kann sein, dass Professor Cushing mich etwas fragt und ich antworte. Davon dringt nichts zu mir durch. Kann auch sein, dass sie mich anfasst. Dass sie eine Hand auf meinen Brustkorb, auf mein durchgeschwitztes Hemd legt und mir erzählt, wie seltsam langsam mein Herz schlägt. Weil es bestimmt bald damit aufhört, schätze ich.

Ich frage mich, ob das hier noch okay ist. Fühlt sich nicht okay an, aber was fühle ich schon im Moment? Ich kann mir nicht trauen, weil alles im Nebel versinkt, im Nichts. Es ist auch egal, dass ihre Hände über meinen Bauch wandern bis zu meinem Gürtel, oder? Sollte ich etwas tun? Ich will eigentlich nur schlafen, lege den Kopf zurück und atme, weil sich alles dreht, alles schwankt. Gott, warum macht sie das?

«Lass das, M-moira.» Ich schiebe ihre Hände weg. Ich habe schon genug Probleme.

Keine Ahnung, wieso ich auf einmal realisiere, dass Eden da ist. Vielleicht, weil sie meinen Namen geflüstert hat, und der gehört immer noch mir. Auch wenn ich mir selbst gerade nicht mehr gehöre. Aber dann schlägt die Tür wieder zu und Edens Anwesenheit löst sich auf. War sie wirklich hier oder ist das nur eine beschissene Vision gewesen?

Kein gutes Zeichen, sagt mir mein Gehirn, aber was weiß das schon? Lächerlich. Es kann ja nicht mal mehr unterscheiden, was real ist und was nicht.

42. KAPITEL

Eden

Können wir kurz reden?», frage ich Kendra. Ich bin ihr nach unserem Einführungskurs hinterhergelaufen und habe sie gerade noch vor dem Ausgang eingeholt.

«Klar. Wie geht es deinem Dad? Du hast noch gar nichts erzählt.» Sie zerrt am Zipper ihres Anoraks, der sich verhakt hat, und gibt mit einem genervten Schnauben auf. «Sorry, dass ich gestern keine Zeit hatte. Ich bin gerade voll ausgelastet mit meiner Hausarbeit für Pollard und den Vorbereitungen für die Weihnachtsfeier. Hätte ich mich bloß für den Abbau eingetragen wie du. Garrett ist ein beschissener Perfektionist, wer hätte das gedacht. Und jetzt hänge ich mit ihm in einer Gruppe fest.» Sie schiebt die Tür für uns auf, und wir gehen nach draußen. Es ist kalt, aber immerhin trocken.

«Nur noch ein paar Tage, dann kannst du dich zu Hause von ihm erholen.» Oh Gott, ich habe keinen Schimmer, wie ich anfangen soll. Aber ich muss Kendra auf dieses Foto ansprechen. Nur weiß ich nicht, wie ich das Thema in diese Richtung lenken soll. Die Stunde gerade war schlimm. Ich verstehe nicht, warum sie William immer wieder bedrängen muss, warum sie es nicht einfach gut sein lassen kann. Was glaubt sie denn, was passiert? Dass er ihr einen Grund nennt, warum ihr Bruder tot ist, wenn sie ihn nur genug quält? Verdammt, Kendra, es war ein Unfall.

Sobald ich mit ihr gesprochen habe, muss ich nach ihm sehen. Auch wenn William gut darin ist, seine Gefühle zu verbergen und sie mit Gleichgültigkeit zu verschleiern, gehen diese Diskussionsrunden, in denen er sich immer wieder rechtfertigen muss, bestimmt nicht spurlos an ihm vorbei.

«Meinem Dad geht es schon viel besser. Zumindest behauptet er das. Na ja, er spielt es halt runter, aber ich glaube, diese Verbrennungen sind unglaublich schmerzhaft. Er hat mich heute Morgen angerufen, weil ihm sein Arbeitgeber eine Haushaltshilfe geschickt hat.»

«Gut zu hören, dass sie ihn nicht hängen lassen. Das war doch etwas, worum du dir Sorgen gemacht hast, oder?»

«Ja, stimmt.» Und die mache ich mir immer noch. Dad war total überrascht, dass auf einmal jemand bei ihm aufgetaucht ist, um ihm den Haushalt abzunehmen, und ich kann nicht so recht glauben, dass sein Arbeitgeber das angeleiert hat. Die bezahlen nie irgendwas freiwillig. Er hat auch plötzlich einen Termin bei einem Spezialisten bekommen, der sich um seine Verbrennungen kümmert. Innerhalb von einem Tag. Angeblich wird das alles von der Versicherung übernommen, aber ich vermute, dass Will etwas damit zu tun hat. Ich habe mich nur noch nicht getraut, ihn darauf anzusprechen.

Dietrologia. Die Neigung, überall nach dem zu suchen, was wirklich dahintersteckt.

Ich muss damit aufhören, wilde Vermutungen anzustellen. Wenn ich William frage, ob er diese Haushaltshilfe organisiert hat, und ich liege falsch, wird er vielleicht denken, dass ich das von ihm erwartet habe. Finanzielle Hilfe für meinen Dad. Und, oh Gott, ich würde mich zu Tode schämen. Wenn ich aber richtigliege und er es zugibt, muss er mit meiner unendlichen Dankbarkeit klarkommen, und ich weiß, wie sehr er das hasst. Also spiele ich das Spiel mit und tue so, als wäre das alles normal, auch wenn Dads Arbeitgeber sich in den letzten Jahren einen Dreck um ihn geschert hat. Zumindest seit er Reservist und kein aktiver Soldat mehr ist.

Ich wechsle also lieber das Thema. «Du fährst über die Feiertage doch auch nach Hause, oder?»

Kendra seufzt. «Es wird hart werden ohne Devin, aber ich kann es meinen Eltern nicht antun, sie allein zu lassen.»

Nimmst du das Fotoalbum mit?

Ja klar, Eden, das ist überhaupt nicht plump. «Glaub ich dir. Ich habe mich gefragt ... Nein, ich muss dich etwas fragen. Ich habe ...» Los, jetzt einfach raus damit. «Mir hat gestern jemand einen Online-Artikel geschickt. Über William und deinen Bruder. Hast du ihn zufällig auch gelesen?»

«Was?» Sie bleibt stehen. «Was denn für einen Artikel? Wo? In welcher Zeitung?»

«StarBuzz.»

«Ich dachte, sie hätten den Unfall langsam zur Genüge ausgeschlachtet.» Sie verzieht das Gesicht. «Scheiße. Nein, habe ich nicht gelesen.»

Das ist kein «Scheiße», wie man es ausstößt, weil man ertappt wurde. Kendra wirkt ehrlich überrascht, und ich will wirklich daran glauben, dass sie nichts damit zu tun hat. Sie tippt auf ihrem Handy Suchbegriffe ein.

«Der Artikel ist dank der Anwälte vermutlich schon wieder offline. Warte, ich habe Screenshots gemacht.» Ich entsperre mein Display, suche das erste Bild raus und zeige es ihr.

«*Neue Fragen nach tragischem Unfalltod im Freundeskreis von Millionenerbe William Grantham* III. What the fuck?!» Sie wischt zum nächsten Bild.

«Guck dir das Foto an, Kendra. Es ist genau dasselbe Foto, das du auch hast.»

Sie erstarrt, und dann zuckt ihr Blick zu mir hoch. «Und was genau ist jetzt deine Frage, Eden? Glaubst du im Ernst, dass sie das von mir haben? Dass ich ein Foto von Devin an eine verdammte Zeitung schicken würde?»

«Nein, ich ... zumindest hoffe ich, dass das nicht so ist.» Ich hebe die Schultern an. «Es ist exakt dasselbe Bild. Ich meine, wie kann das sein? Woher sonst sollen sie das haben?»

«Ja klar, ist natürlich supernaheliegend, dass ich das gewesen bin. Verdammt, Eden, wie scheiße ist das bitte?»

«Ich weiß, dass das scheiße ist.»

Sie öffnet den Mund und tritt einen Schritt zurück. Schüttelt den Kopf. «Genau das habe ich noch gebraucht. Reicht ja nicht, dass ich keine Nacht durchschlafen kann, dass ich mich andauernd frage, warum Devin das passiert ist und warum William nicht ...» Sie bricht ab.

«Es tut mir leid, Kendra. Aber du bist nicht die Einzige, der es damit schlecht geht. William leidet genauso wie du.»

Sie weicht noch einen Schritt zurück. «Ich habe die ganzen Fotos meinem Stiefvater geschickt. Er ... er hat Kopien für mich machen lassen, und ... er wird damit einfach nicht fertig, Eden. Dass sie die Unfallursache nicht weiter ermitteln. Er ...» Urplötzlich drückt sie mir das Handy zurück in die Hand. «Ich muss da was klären. Kannst du Rupert Bescheid sagen, dass ich dringend nach Hause musste? Wir waren eigentlich heute Abend verabredet. Ich meine, ich kann ihm eine SMS schicken, aber du siehst ihn heute Nachmittag, oder?»

«Ja, mach ich. Natürlich.»

Sie läuft los, und ich weiß nicht, ob ich erleichtert sein soll oder ob das nicht alles noch viel schlimmer macht. Wenn Devins Dad die Fotos hatte und nicht damit fertigwird, dass die Ermittlungen eingestellt wurden, wirft das ein ganz neues Licht auf die Sache. Keine Ahnung, wie Williams Verhältnis zu Devins Vater ist, aber dass Kendra es nicht war, wird ihn auf jeden Fall erleichtern. Wenn es stimmt. Aber ich will ihr glauben. Unbedingt.

Das Handy halte ich noch in der Hand. Ich überlege, ob ich Wesley Bescheid geben soll, warte damit aber lieber, bis ich mit Will gesprochen habe. Am besten frage ich direkt Garrett, ob William mit ihm zum Wohnheim gegangen ist. Ich öffne die Nachrichten-App und scrolle die ganzen Chats durch, die sich angesammelt haben, um nach ihm zu suchen. Irgendwann habe ich mal mit ihm geschrieben, also muss es einen Chatverlauf geben. Mein Daumen gleitet über das Display und stoppt, als plötzlich Larks Name ganz unten auftaucht. So weit unten. So schrecklich weit unten. Ich habe so lange nicht an ihn gedacht, und für einen Moment bin ich komplett blockiert.

Unser Chat ist über ein Jahr alt. Ich weiß nicht mal mehr, wie sich seine Stimme anhört, weil ich keine Sprachnachrichten von ihm habe. So vieles habe ich schon vergessen. Wie er klingt, wenn er lacht, wonach er gerochen hat, seine Augenfarbe. Oh Gott, ich muss überlegen, wie genau seine Augen ausgesehen haben, und das trifft mich wie ein Schlag in den Magen. Ich kann ihn nicht vergessen, niemals, aber ich verliere ihn. Ich verliere die ganzen kleinen Details von ihm. Wie seine Hände ausgesehen haben, die Form seiner Fingernägel, wie sich kleine Fältchen zwischen seinen Brauen gebildet haben, wenn er gelesen hat. Wie er bei den Hausaufgaben auf seinem Schreibtischstuhl gesessen hat, immer einen Fuß unter das andere Bein geklemmt. Das alles ist bald weg, und das tut weh.

Ob es Kendra und William genauso geht? Ob sie auch langsam die vielen Kleinigkeiten von Devin verlieren? Oder Devins Dad. Geht es ihm auch so?

Ich weiß nicht, warum ich ausgerechnet jetzt die alten Nachrichten öffne. Ich muss mit William reden, aber ich tippe dennoch Larks Namen an. Ich habe sie mir seit Wochen nicht mehr angesehen. Erst weil mein Handy in der Reparatur war, und auch, weil es zu schmerzhaft war. Diese letzten fünf gelöschten Nachrichten. Ich werde nie wissen, was er mir in dieser Nacht geschrieben hat. Darunter sind die ganzen Nachrichten von mir, auf die er nicht mehr antworten konnte. Vierundzwanzig verzweifelte Nachrichten, als ich noch nicht wusste, dass er schon tot ist. Ich wische über das Display bis zu der Stelle, an der seine letzten fünf Mitteilungen stehen. Fünfmal ein «Diese Nachricht wurde gelöscht».

Aber das steht dort nicht mehr.

Oh mein Gott.

Mein Herzschlag setzt aus. Einfach so. Im ersten Augenblick glaube ich, dass ich im falschen Chat gelandet bin, und scrolle wie verrückt hoch und runter, aber dort steht Larks Name. Sein Profilbild. Ich sauge panisch den Atem ein, keuche, aber dort stehen Larks Nachrichten. Alle. Die Firma, die William beauftragt hat, meine Daten zu retten, hat seine gelöschten Nachrichten wiederhergestellt. Ich wusste nicht mal, dass so was möglich ist. Sie müssen auf irgendeinem verdammten Server gespeichert gewesen sein, und jetzt sind sie wieder da. Alle. Ich kann das nicht glauben. Seit William mir das Handy zurückgegeben hat, habe ich dort nicht reingesehen, und jetzt ist es, als würde ich um ein Jahr zurückgeworfen werden.

Ich habe Angst. Oh Gott, ich habe solche Angst, sie zu lesen. Dass die Trauer mich erneut mit voller Wucht treffen wird und ich emotional noch einmal ganz von vorne anfangen muss. Aber ich kann sie auch nicht *nicht* lesen. Lark ist tot, ich habe ihn schon verloren, und ich habe es überlebt. Und nun ist da dieses letzte Stück von ihm. Egal, was in den Nachrichten steht, ich kann damit umgehen, ich kann den Schmerz aushalten.

Mit dem Daumen schiebe ich Stück für Stück die Nachrichten hoch.

Lark: Ich habe solche Scheißgedanken, Eden. Kriege die einfach nicht aus meinem Kopf. Es könnte vorbei sein. Alles.

Lark: Endlich keine Angst mehr, keine Dunkelheit, kein Nichts. Ich kann einfach nicht aufhören, daran zu denken.

Lark: Ich weiß, wie scheiße das ist. Aber das, was ich für Liebe halte, reicht einfach nicht aus. Nicht für mein Leben und auch nicht für deins.

Lark: Aber ich werde dich vermissen. Sogar im Himmel.

Lark: Bitte verzeih mir, wenn du kannst. Verzeih mir irgendwann.

Oh Gott, ich verzeihe dir. Ich verzeihe dir.

Ich wünschte, ich könnte ihm das noch sagen. Mit dem Handrücken wische ich mir die verfluchten Tränen aus dem Gesicht. Ich kann ihm verzeihen, ich habe es längst. Aber ich werde auch für immer wütend sein und ihn für immer vermissen. Daran wird sich nie etwas ändern. Es ist vielleicht eigenartig, aber es tut nicht mehr so weh. Es fühlt sich an, als würden meine Tränen etwas in mir lösen. Zu wissen, was er gedacht hat, dass er mich geliebt hat, es aber nicht genug war, um weiterzumachen, weil er so gelitten hat ... es hilft irgendwie.

Kendra und William werden nie wissen, was Devin zuletzt gedacht hat. Werden keine Nachrichten mehr von ihm bekommen, keine Erklärung für das, was passiert ist. Ja, es war ein Unfall, das ist etwas anderes. Aber es war genauso plötzlich, genauso endgültig, genauso sinnlos.

Aber im Gegensatz zu Lark weiß ich, dass ich genug Liebe habe. Unendlich viel davon. Für mein Leben und auch für Williams.

Eden: Hey Garrett, ist Will mit dir in North Park?

Ich setze mich in Bewegung. Schlage schon die Richtung zum Wohnheim ein, als es in meiner Hand vibriert.

Garrett: Ist er nicht schon bei Cushing? Ich wollte auf ihn warten, aber er ist direkt in den Kursraum gegangen.

Eden: Dann finde ich ihn da. Danke!

Ich wickle mir den Schal vom Hals, weil mir plötzlich viel zu warm geworden ist, und gehe zurück in das Gebäude, durch den breiten Flur, vorbei am Kaffeeautomaten. Die Tür zum Minerva-Kursraum ist geschlossen, normalerweise steht sie offen, bevor die Stunde anfängt. Vermutlich ist es noch zu früh, mein Handy sagt mir, dass es noch zwanzig Minuten sind, bis «How to read» losgeht.

Ich muss mir echt eingestehen, dass ich diesen Kurs hasse. Ich wollte ihn so unbedingt belegen, aber der Widerwillen, den ich spüre, auch nur in den Raum zu gehen, spricht für sich. Cushing hält nichts von mir, und ich habe keine Ahnung, warum oder wie ich sie vom Gegenteil überzeugen soll. Vielleicht sollte ich den Kurs abwählen. Ich öffne ganz vorsichtig die Tür, weil ich mir nicht sicher bin, ob vor uns ein anderer Kurs darin stattfindet, aber man hört nichts. Und als ich die Tür aufziehe, ist der Raum leer.

Bis auf William, der an der Wand lehnt. Und Cushing, die ihre Hände an seiner Hose hat.

43. KAPITEL

Eden

Ruckartig ziehe ich die Tür wieder zu. Ich bin zu geschockt, um zu denken. Zu geschockt, um zu reagieren. Mein Puls jagt in die Höhe, ich fange am ganzen Körper an zu zittern. Das sah ziemlich eindeutig aus, aber das kann einfach nicht wahr sein, das ...

Stopp.

Denk nach.

Cushing ist unsere Professorin. Ja, wir sind volljährig, aber es gibt Vorschriften an diesem College, und William würde niemals etwas mit unserer Professorin anfangen. Wir sind nicht offiziell zusammen, doch wir sind ... zusammen. Und Cushing ist eine Freundin seiner Mutter, oder nicht? Aber was heißt das schon?

Ich drücke die Tür wieder auf und stoße fast mit Cushing zusammen, die sie im gleichen Moment von innen öffnen wollte. Ich weiche abrupt zurück, bin immer noch völlig fassungslos, zittere.

«Miss Collins, zum Glück sind Sie schon da. Kommen Sie rein.» Sie lächelt nicht, und das erste Mal, seit ich sie kenne, sehe ich etwas wie Unsicherheit in ihrem Blick. «Ich hatte gerade eine Besprechung mit Mr. Grantham.»

Eine Besprechung? Bei der sie ihn anfasst? Sie hatte noch vor ein paar Sekunden ihre Hände an seinem Reißverschluss, verdammt!

«Ihrem Kommilitonen geht es nicht gut. Könnten Sie ihn zurück zu seinem Zimmer begleiten?»

«Will?» Ich gehe zu ihm.

Oh mein Gott, er ist völlig fertig, er kann ja kaum die Augen offen halten. Er ist an der Wand nach unten gesackt und rührt sich nicht. Seine Stirn glänzt schweißnass, sein Brustkorb bewegt sich, als er tief ein- und ausatmet. «Hast du die Tabletten genommen?», frage ich ihn sofort.

Er nickt und gibt ein Ächzen von sich. «Ja.»

Gott sei Dank, er ist ansprechbar.

«Von welchen Tabletten sprechen Sie?» Cushing sieht wirklich besorgt aus. Sie fasst sich an den Mund.

«Etwas, das ihm sein Arzt verschrieben hat.»

«Valium?»

Ich antworte nicht, weil sie das nichts angeht, und gehe vor William in die Hocke, versuche Blickkontakt herzustellen, aber es klappt nur für wenige Sekunden, bevor ihm die Augen wieder zufallen. Lang genug jedoch, um zu sehen, dass seine Pupillen nur stecknadelkopfgroß sind. «Wie viele, Will? Weißt du das noch? Wie viele Tabletten hast du genommen?»

Er lacht heiser auf, aber es klingt nicht gut. «Keine Ahnung. Ich glaube ... drei. Aber Reisman hat gesagt, das ist in Ordnung.» Seine Stimme klingt verwaschen, und eine Träne läuft ihm aus dem Augenwinkel, als er schluckt. «Drei sind okay, wenn es ganz schlimm ist.»

Und heute war es ganz schlimm. Erst die Sache mit dem Foto gestern und dann diese furchtbare Diskussion bei Colegrove. Und jetzt auch noch das hier. Ich streiche ihm das Haar aus dem Gesicht, wische die Feuchtigkeit unter seinen Augen weg und lächle ihn aufmunternd an, auch wenn er das nicht sehen kann.

Also versuche ich, so verständnisvoll wie möglich zu klingen. Meine Stimme zittert trotzdem. «Bestimmt hat Dr. Reisman nicht gemeint, dass du sie auf einmal einnehmen und dann in die Vorlesung gehen sollst. Du bist nicht Superman, Will. Du hast keinen Umhang.»

«Aber immerhin eine halbe Superheldenmaske.» Sein rechter Mundwinkel geht nach oben und zeigt mir ein Grübchen. Gott sei Dank. Ich drücke seine Hand. Williams fühlt sich schlaff an, aber dennoch hebt er sie an, drückt einen Kuss auf meine Fingerknöchel, bevor sie ihm zurück in den Schoß fällt.

Professor Cushing atmet hörbar ein, geht zu ihrem Schreibtisch und holt ihr Telefon aus der Tasche. «Soll ich deinen Arzt anrufen, William? Ich kenne Dr. Reisman. Oder lieber deine Eltern? Wesley könnte dich abholen.»

«Es ... geht sch-schon. Ich will einfach nur schlafen.» Und es sieht so aus, als habe er vor, das sofort und hier an Ort und Stelle zu tun.

«Der Kurs fängt gleich an, Will. Wir müssen es irgendwie ins Wohnheim schaffen. Denkst du, du kannst aufstehen?», frage ich. «Sonst rufe ich Garrett an.» Ist ja nicht so, als hätte Garrett William nicht schon mal mit mir zusammen zum Wohnheim geschleppt. Wir kriegen das hin.

Will gibt ein Stöhnen von sich. «Bloß nicht Endicott. Eher krieche ich auf allen vieren.»

Er lässt sich von mir hochziehen, und ich atme erleichtert auf, weil er das schafft und weil es definitiv ein gutes Zeichen ist, dass er so abweisend auf meinen Vorschlag reagiert. Das ist die übliche Kabbelei zwischen ihm und Garrett.

Cushing tritt zurück. «Sind Sie sicher, dass Sie sich um ihn kümmern können, Miss Collins?»

«Ja, absolut. Ich bin allerdings nicht sicher, dass das hier in Ordnung war. Ihre Besprechung, meine ich.»

«Nein, natürlich nicht.» Sie weicht meinem Blick aus. «Mir war nicht klar, dass er unter Medikamenteneinfluss steht.»

Ist das ihr Ernst? «Auch ohne Medikamente wäre das nicht in Ordnung gewesen.» Ich presse die Lippen zusammen, weil ich sie am liebsten anbrüllen würde.

«Ich weiß nicht, was Sie glauben, gesehen zu haben, aber ich wollte ihm lediglich helfen. William, du weißt das.»

Ganz sicher weiß er das nicht. Und dass sie ihm das einzureden versucht, ist das Allerletzte.

«Ich würde jetzt gerne deinen Arzt anrufen. Früher gab es in Woodford die Regelung ‹in loco parentis›, die es erlaubt hat, anstelle eines Elternteils Entscheidungen zu treffen, aber das ist inzwischen überholt, zumal du volljährig bist. Ich brauche deshalb dein Einverständnis. Ist es in Ordnung, wenn ich Reisman anrufe?»

William schüttelt langsam den Kopf. «Das mache ich selbst. Wenn ich geschlafen habe», murmelt er.

Cushing scheint damit nicht einverstanden zu sein, aber sie gibt schließlich mit einem Nicken nach. «Bleiben Sie solange bei ihm, Miss Collins?»

«Solange es nötig ist.» Natürlich bleibe ich bei ihm.

«Ich werde Sie beide entschuldigen und lasse Ihnen die Aufgaben per Mail zukommen.» Sie wirkt gefasst, souverän, ganz die Frau, die ich vor zwei Monaten noch bewundert habe. Aber das ist sie nicht mehr. «Und ich sende Ihnen auch Ihre genehmigte Literaturliste, Miss Collins. Ich mag die Auswahl, die Sie getroffen haben.» Weil sie meinen skeptischen Blick bemerkt, fügt sie noch hinzu: «Meine Notizen dazu habe ich bereits letzte Woche verfasst. Das hat nichts hiermit zu tun. William, es tut mir wirklich leid.»

Das glaube ich ihr sogar, aber es ändert nichts an der Tatsache, dass sie das niemals auch nur hätte versuchen dürfen.

Ich bin erleichtert, als wir sie und den Kursraum hinter uns lassen und ich William bis zum Wohnheim gelotst habe. Aber weiter schafft er es nicht mehr. Er bettelt darum, sich nur mal kurz hinsetzen zu dürfen, und dann schläft er mir dort auf der Treppe fast ein, und ich muss doch Garrett um Hilfe bitten.

«Das allein ist Grund genug», murmelt William zusammenhanglos, als er ein paar Minuten später endlich auf sein Bett fallen kann.

Er meint die Tabletten. Diese Hilflosigkeit, die er nicht mehr erleben will. Und in mir zieht sich alles zusammen.

«Glaub mir, ich kann mir auch was Besseres vorstellen, als dich ständig die Treppe hochzuhieven, Grantham. Komm mal auf dein Leben klar.»

William lacht heiser auf. «Wenn du das sagst.» Er streift seine Schuhe ab und rollt sich auf die Seite, den Arm schützend vor seine Augen haltend.

«Danke, Garrett.»

«Was findest du nur an dem?» Garretts Blick wandert zweifelnd von mir zu Williams Beinen hoch bis zu seinem halb verdeckten Gesicht. «Der Typ ist echt ein Arsch.»

Keine Ahnung, warum, aber ich stoße ein stockendes Lachen aus. Mehr aus Verzweiflung als wirklich aus Erleichterung. Doch ich bin verdammt froh, dass man sich auf Garrett verlassen kann, wenn man wirklich seine Hilfe braucht. Ich danke ihm noch mal an der Tür, dann ziehe ich sie leise zu, um Will nicht zu wecken. Aber wahrscheinlich könnte nicht mal der Feuermelder auf dem Flur ihn jetzt noch wachrütteln. Er hat sich auf der Seite zusammengerollt und atmet ruhig und tief.

Während Will schläft, versuche ich, an seinem Schreibtisch zu arbeiten, aber es ist wenig produktiv, weil ich immer wieder besorgt nach ihm sehe. Ich lese die Mail von Cushing, die nach der Unterrichtsstunde tatsächlich bei mir eintrifft. Sie hat meine Literaturliste abgesegnet, und es fühlt sich trotz ihrer Entschuldigung an William überhaupt nicht gut an. Dass sie so tut, als wäre nichts passiert, hinterlässt bei mir einen fiesen Nachgeschmack.

Ich besorge Wasser aus der Küche, weil William bestimmt Durst hat, wenn er irgendwann aufwacht. Erst lenke ich mich mit einem Essay für Stirling ab und lese dann endlich die englische Übersetzung von *La casa de los espiritus* zu Ende. Ich liebe das Buch, und ich muss Will unbedingt fragen, ob er es schon kennt. Irgendwann, wenn es ihm besser geht. Nach zwei Stunden wacht er einmal auf und murmelt etwas, quält sich aus dem Bett und kramt im Halbschlaf in seinem Mantel. Er will nichts trinken, aber er beugt sich zu mir runter, hält mich fest und drückt mir dann die Xanax-Packung in die Hand. «Pack sie weg», murmelt er. «So, dass ich sie nicht finde, okay?»

44. KAPITEL

Eden

Eine ganze Woche halte ich die Medikamente unter Verschluss und gebe William nur die verordnete Dosis. Eine ganze Woche, in der Kendra nicht zurückkommt und in der wir immer noch nicht mit Sicherheit wissen, ob tatsächlich ihr Stiefvater hinter dem Foto und dem widerlichen Artikel im *StarBuzz* steckt.

William lässt sich nichts anmerken. Nicht die Sache mit dem Foto und auch nicht mit Cushing. Wir gehen zu allen Vorlesungen außer zu Cushing, weil sie sich vorzeitig hat beurlauben lassen und es keine Vertretung für «How to read» gibt. An den Nachmittagen arbeite ich im Team der Gärtnerei, reche Laub, befreie die Wege vom ersten Schnee, streue Salz und binde mit Rupert meterlange Tannengirlanden. Ich tue so, als wäre alles normal, als wäre nichts zwischen William und mir. Aber in jeder freien Minute sehen wir uns. Die ganze Zeit hält er sich an seinen Medikamentenplan und fragt nicht ein einziges Mal, ob er mehr haben kann, obwohl ich merke, dass es ihm nicht gut geht bei dem Gedanken daran, dass Devins Vater ihn offenbar so hasst, dass er sogar die Presse auf ihn hetzt.

Aber William hatte recht: «Nobody has to know» ist eine beschissene Idee von mir gewesen. Ich dachte, dass es für mich okay ist, wenn er damit klarkommt, aber ich merke, dass ich selbst nicht damit klarkomme.

Griffin schreibe ich eine Nachricht, aber nur, um ihm zu sagen, dass ich gedanklich und emotional nicht frei bin für ein Date. Er reagiert total nett, ich solle mir keinen Kopf machen, wir werden auf der Party heute einfach nur ein bisschen Spaß haben, rein freundschaftlich, trotzdem fühle ich mich dabei nicht wohl. Nicht mit Griffin, nicht mit diesem dunkelroten Kleid, nicht mit dieser Party, auf der ich mir seit einer knappen Stunde vorkomme wie ein Fremdkörper. Eben haben wir etwas zusammen getrunken und einmal getanzt, aber es war seltsam. Als würde ich Griffin nur ausnutzen, um Kendra in dem Glauben zu lassen, dass es zwischen William und mir wirklich vorbei ist. Als er mit seinen Basketballkumpels quatscht, entdecke ich Kendra am Büfett und nutze sofort die Gelegenheit, mich bei ihm zu entschuldigen.

«Ich wette, das Schild und diesen blöden Mistelzweig hat Garrett aufgehängt», sagt Kendra, nachdem wir uns zur Begrüßung etwas befangen umarmt haben. *What happens under the mistletoe, stays under the mistletoe,* steht darauf. «Ist ihm zuzutrauen.»

Sie fühlt sich nicht wohl in ihrem Kleid, das ist ihr anzusehen. Immer wieder zupft sie daran herum, dabei sieht sie umwerfend in diesem Grünton aus.

«Weil es genial ist», übertönt eine Stimme von hinten die Weihnachtsmusik, die aus den Boxen kommt, dann schiebt Garrett sich zwischen uns. Er hat sich zur Feier des Tages in einen Anzug geworfen, wirkt darin aber immer noch wie ein zu groß geratener Pudelwelpe. Nur eben wie ein Pudelwelpe in einem schwarzen Anzug.

Kendras Augen weiten sich ertappt. «Shit», flüstert sie.

«Ich habe mehrere Mistelzweige an strategisch wichtigen Punkten verteilt. Du wirst sie vorher nicht sehen, ich rechne mir also gute Chancen aus.»

«Träum weiter, Garrett.» Sie streckt ihm die Zunge raus, aber es ist offensichtlich, dass sie das nur tut, um ein breites Grinsen zu unterdrücken. «Ich hätte früher zurückkommen sollen, dann hätte ich verhindert, dass du aus unserem Dark-Christmas-Style etwas so Kitschiges machst.»

Er beugt sie zu ihr runter. «Nun kannst du dich nirgendwo sicher fühlen, das hast du davon.» Seine dunklen Locken streifen ihre Schläfe, dann lacht er leise, bevor er in der Menge untertaucht.

Sie fährt zu mir herum, die Augen glänzend. «Garrett macht mir Angst.»

«Er ist in dich verliebt. Schon von Anfang an, Kendra.»

«Genau das ist es, was mir Angst macht.»

«Weil du ihn doch nicht so schrecklich findest, wie du gedacht hast?»

«Vielleicht. Trotzdem sollte niemand auf die Idee kommen, Garrett dem Sonnenlicht auszusetzen oder ihn nass werden zu lassen.» Sie verzieht das Gesicht. «*Niemals den Mogwai nach Mitternacht füttern!*», zitiert sie aus *Gremlins* und drückt mir ein Glas Punsch in die Hand.

Das Getränk schimmert dunkelrot und riecht süß und fruchtig, aber als ich daran nippe, bin ich diejenige, die nun das Gesicht verzieht, weil es überraschend sauer schmeckt. «Du magst die Gremlins. Und ihn magst du auch, und das ist doch schön.»

«Okay», fängt Kendra an. «Garrett ist mir bei den Vorbereitungen echt auf die Nerven gegangen, aber als ich zu Hause war, habe ich seine Sticheleien irgendwie vermisst. Es ist nur ... Devin hat ihn gehasst. Allein die Vorstellung, dass zwischen uns beiden etwas laufen könnte – Devin würde durchdrehen.»

Ich verstehe den Gedanken. «Aber Devin war auch bereit, seine Meinung zu ändern, oder? Er war kein bisschen festgefahren. Vielleicht würden die beiden sich jetzt besser verstehen.»

«Vielleicht wird Garrett plötzlich noch zum Feministen oder zum Ally, meinst du?» Sie lacht so laut auf, dass die beiden Typen, die neben uns etwas vom Büffet nehmen wollten, ihr Gespräch unterbrechen. «Was?», blafft sie die beiden an. «Darf man als Frau nur leise lachen, oder was?» Sie dreht sich kopfschüttelnd zu mir um. «Weißt du, Rupert ist richtig toll. Ich mag ihn. Er ist ganz anders als Garrett. Witzig, smart, sexy. Wir können uns stundenlang über alles Mögliche unterhalten ...»

«Aber?»

«Nichts aber», faucht sie, atmet dann allerdings frustriert aus. «Okay, du hast recht. *Aber* es funkt einfach nicht richtig, und ich weiß nicht, warum. Das ist doch nicht normal. Es gibt wirklich nichts, was mich an ihm stören würde, weil ... er ist echt perfekt, *wir* wären perfekt. Ich wünschte, es würde einfach nur prickeln, aber das passiert nicht. Wie ist es denn bei dir und Griffin?»

Die Frage trifft mich unerwartet. Wenn die Musik noch lauter wäre, könnte ich sie ignorieren und so tun, als hätte ich Kendra nicht verstanden. «Griffin und ich sind nur Freunde. Da wird nichts passieren.» Eigentlich sind wir nicht mal das. Wir sind Bekannte, zwei Leute, die sich kaum unterhalten haben, aber sich irgendwie sympathisch sind. Das bedeutet so wenig, dass ich nicht mal darüber nachdenken würde, wenn Kendra nicht so viel da reininterpretiert hätte.

«Warum nicht?»

Ich öffne schon den Mund, um irgendeine Ausrede zu formulieren, dann gebe ich mir einen Ruck. «Kendra, du weißt, warum.» Die Lust auf den Punsch ist mir vergangen, also stelle ich das Glas zurück. «An meinen Gefühlen hat sich nichts verändert. Ich weiß, dass das hart für dich ist. Ich weiß, dass du William nicht verzeihen kannst und wahrscheinlich auch mir nicht, aber für mich hat sich nichts geändert.» Es tut weh, wie sie mich jetzt ansieht. Als hätte ich sie verraten oder hintergangen. Und vielleicht habe ich das auch.

«Ich wusste es.» Sie beißt die Zähne zusammen.

«Was?»

«Du warst bei ihm, oder? Gestern Nacht, als du mir auf meine Nachricht geantwortet hast. Ich habe bei dir geklopft, als ich zurückgekommen bin, und du hast nicht reagiert.»

Scheiße.

«Du hast behauptet, du hättest keine Zeit, weil du noch an deinem Essay arbeitest, aber es war totenstill in deinem Zimmer. Du hattest nicht mal ein Licht an.»

Sie hat mich kontrolliert? «Kendra, ich ...»

«Und dann bin ich an Williams Zimmertür vorbeigegangen und habe euch gehört. Ihr habt gelacht. Ich habe euch gehört, verdammt. Und ich weiß genau, wie sich das anhört, wenn jemand ...» Sie verstummt und presst die Lippen zusammen.

Was? Wenn jemand glücklich ist? Wenn man für eine Nacht einfach mal nicht daran denken will, was passiert ist? Wenn man sich einfach nur festhält, miteinander redet und sich vertraut? Wir haben nichts Falsches getan.

Der gesamte Saal ist in warmes Kerzenlicht getaucht, aber jetzt kommt mir das Licht plötzlich grell vor. Über den bodentiefen Fenstern hängen die Tannengirlanden, und es duftet nach Orangenpunsch, Zimt und poliertem Holz, und das Einzige, woran ich denken kann, ist, dass Kendra mir niemals verzeihen wird, dass ich noch lebe und ihr Bruder tot ist. Ich schlucke. «Es tut mir leid, dass du Devin verloren hast. Du musst mir glauben, dass es mir unendlich leidtut, aber bitte hass mich nicht dafür, dass ich noch hier bin.» Ich versuche, die Tränen zurückzuhalten, aber es gelingt mir nicht. «Ich kann das nicht aushalten. Und William auch nicht. Du hast keine Vorstellung davon, wie schuldig er sich fühlt.»

«Und deshalb schläft er heimlich mit dir? Weil er sich so schuldig fühlt? Weil es ihm so wahnsinnig leidtut?»

Wow. Das ist so unglaublich ungerecht, ich weiß gar nicht, was ich sagen soll. Und ich kann mir das nicht anhören. Ich will es auch nicht. Nicht jetzt. Nicht auf dieser Weihnachtsfeier. «Ich werde nicht mit dir darüber reden, wenn du so unfair bist.» Sie schnappt nach Luft, will noch etwas sagen, aber ich lasse sie stehen und bahne mir einen Weg durch die Leute, die sich zum Büffet drängen. Nur weg von ihr. Ich höre die Musik und die Stimmen, das Lachen, und kann nicht verstehen, wie alle so glücklich sein können, obwohl so schlimme Dinge passiert sind und in meiner Brust eine offene Wunde pocht. In den roten Kugeln am Baum spiegelt sich das Licht, und auch in den Spiegeln, die überall aufgehängt wurden, glänzt es silbern. Es ist genau so, wie ich es mir vorgestellt habe: die Zinnglocken, das dunkle Tannengrün, die vielen Kerzen, von denen es kunstvoll heruntertropft, die Musik, sogar stapelweise antike Bücher wurden in die Dekoration mit eingebaut. Es wäre wunderschön, wenn Kendra William verzeihen könnte.

Ich bin mir absolut und hundertprozentig sicher, dass Devin ihn niemals verurteilen würde, so, wie Kendra es tut. Ich weiß nicht, was zwischen den beiden noch vorgefallen ist. Es muss da noch etwas geben, weil ich mir einfach nicht vorstellen kann, wieso sie ihn so bedrängt.

Mein Blick sucht Will, aber er scheint in der Menge untergetaucht zu sein. Er sieht umwerfend aus heute Abend. Mit einem schwarzen Smoking und Fliege, und wenn ich mit ihm tanzen dürfte, wenn zwischen ihm und Kendra nicht diese Eiszeit herrschen würde, könnte der Abend perfekt sein. Ich überlege, ob ich einfach gehen kann. Mir ist nicht mehr nach Feiern, und schon gar nicht ist mir nach Griffin, der da vorne bei seinen Kumpels steht und von einem von ihnen lachend angestoßen wird, als ich das Pech habe, in ihr Blickfeld zu geraten. Ich tue so, als hätte ich ihn nicht gesehen, aber er kommt mir nach und fängt mich auf dem Weg zum Ausgang ab.

«Hey, da bist du ja. Ich habe dich schon gesucht. Das ist unser Abend, oder?» Griffin zieht mich am Arm zu sich heran unter einen Bogen aus Tannengrün und schwarzen Samtschleifen. Ich rieche Alkohol in seinem Atem. Sein Arm um meine Hüfte hält mich umklammert wie in einem Schraubstock. Und er bewegt seine Hüften zu dem Weihnachtssong von Sia, der gerade zu hören ist. Durch die Bewegung rutscht das dunkelrote Kleid, das ich trage, etwas an ihm hoch, und im nächsten Moment streifen seine Finger über meinen nackten Oberschenkel. Das war bestimmt nur ein Versehen, aber es ist mir trotzdem definitiv zu eng.

«Ich möchte jetzt nicht tanzen, Griffin, sorry.» Mit einer Hand versuche ich ihn von mir wegzudrücken, und er gibt nach und lässt mich los.

«Ich ehrlich gesagt auch nicht, aber ... ups ...» Er zwinkert und deutet mit einem Kopfnicken nach oben, wo einer dieser verfluchten Mistelzweige hängt. Danke, Garrett!

«Das wird nichts. Ich muss leider dringend auf die Toilette», antworte ich ausweichend. Was eine blöde Ausrede ist, denn die Toilettenräume sind am anderen Ende des Saals.

«Ach, komm schon. Es ist nur ein harmloser Brauch, Eden. Ein Kuss. Tut auch gar nicht weh. *What happens under the mistletoe, stays under the mistletoe*», zitiert er das blöde Schild.

Das ist mir jetzt zu viel. Der Streit mit Kendra, ihre Anschuldigungen, dass sie mich und Will kontrolliert hat – ich mache Anstalten, mich an ihm vorbeizudrängen. «Nimm's mir nicht übel, aber ich muss jetzt wirklich gehen.»

Er macht ebenfalls einen Schritt nach rechts, um mir den Weg abzuschneiden. «Ist das ein Vielleicht und du brauchst nur noch einen kleinen Schubs in die richtige Richtung?», fragt er und lächelt.

«Es ist ein Nein, wenn du genau hingehört hast, Arschloch.»

Wir fahren beide überrascht herum. Kendra muss mir gefolgt sein, und gerade bin ich unheimlich dankbar dafür, auch wenn ich eigentlich wütend auf sie bin. Wütend und auch verletzt. Sie hält eine Bierflasche so in der Hand, als wäre sie bereit, diese Griffin im nächsten Moment über den Schädel zu ziehen.

«Okay, wow, krass. Ich habe deine Freundin nicht mal angefasst, also komm wieder runter.»

Ich denke an den hochgerutschten Saum meines Kleides, was sich eindeutig nicht nach Nicht-Anfassen angefühlt hat, aber ich will Griffin auch nicht blöd anmachen. Er war bisher nett, und wahrscheinlich meinte er das auch gar nicht so aufdringlich, wie es wirkte. Aber vielleicht muss ich auch einfach meinem Gefühl vertrauen. Wenn es sich nicht gut anfühlt, dann kann es auch nicht gut gemeint sein, oder? Wenn es sich aufdringlich anfühlt, dann ist es das womöglich auch. Meine Empfindungen sollten für mich immer wichtiger sein als seine.

«Braucht ihr weibliche Unterstützung?», fragt Sun-young und kommt auf meine andere Seite. Sie mustert Griffin unschuldig lächelnd.

«Vielleicht solltest du den Abend doch lieber mit jemand anderem verbringen.» Ich begleite meine Abfuhr mit einem entschuldigenden Lächeln. So, wie alle Frauen das machen, weil wir das so beigebracht bekommen. «Ich bin wirklich nicht in Stimmung, und ich habe dir auch gesagt, dass ich nicht auf ein richtiges Date gehen will. Tut mir leid, wenn ich das nicht deutlich genug gemacht habe.»

«Doch, hast du.» Er presst den Mund zusammen und lässt den Blick von Kendra zu Sun-young und zurück zu mir schweifen. «Schade, aber ... eigentlich warst du mir sowieso zu hässlich.»

Ich stoße ein überraschtes Keuchen aus und spüre, wie mein Gesicht sofort heiß anläuft und Sun-young sich neben mir versteift. Okay, es tut mir nicht leid.

Kendra und ich tauschen einen schnellen Blick, und sie lächelt zuckersüß. «Du Ärmster. Und nicht mal die hässliche Frau möchte dich unterm Mistelzweig küssen. Wie bitter für dich.»

Er lacht dumpf auf. «Bitches.» Damit geht er, und wir drei fangen an zu lachen. Ein schockiertes, fassungsloses Lachen. Wow. Ich dachte wirklich, er wäre nett.

«Ich danke euch, ihr wart echt meine Rettung.»

«Weißt du», Sun-young seufzt, «ich wollte gerade sagen, dass es von Vorteil ist, nur Frauen zu daten, aber ich hatte auch schon richtig miese Dates. Arschlochigkeit und Frauenfeindlichkeit sind nicht an das Geschlecht gebunden, leider.»

Stimmt. Und im Grunde verletzt es mich nicht einmal. Ich bin sogar froh, dass ich wegen Griffin nun kein schlechtes Gewissen mehr haben muss. «Ich hätte nicht gedacht, dass Griffin so ist. Wirklich nicht. Er hat so cool reagiert, als ich ihm gesagt habe, dass ich mich nur als Freunde treffen möchte.»

«Er hat wohl gedacht, dass er dich mit seinen Alpha-Vibes noch überzeugen kann.» Sun-young macht ein Würggeräusch.

«Ja, wahrscheinlich.» Ich schüttele mich. Und dann fasst Kendra nach meinem Arm.

«Eden?» Ihr Tonfall ist überraschend ernst. «Ich weiß, dass du wütend auf mich bist. Und vielleicht ist das hier auch nicht der richtige Zeitpunkt. Aber ich muss jetzt dringend mit dir reden, weil ... es gibt da etwas, das William dir nicht erzählt hat.»

«Was?» Das seltsame Ziehen in meinem Magen ist wieder da. Das Gefühl, dass ich nicht alles weiß, was zwischen William und Kendra vorgefallen ist. Und das macht mir Angst.

Sie holt ihr Smartphone aus der Hosentasche. «Lasst uns irgendwohin gehen, wo die Musik nicht so laut ist.»

45. KAPITEL

William

Wo ist Eden? Ich habe sie nur ein paarmal kurz gesehen, seit sie mit Griffin auf der Party aufgetaucht ist, und dann immer wieder aus den Augen verloren. Ich habe ein Scheißgefühl bei der Sache. Bisher habe ich gedacht, es wäre okay für mich, wenn die beiden zusammen herkommen, aber da habe ich mich getäuscht. Ich mag es nicht. Ich mag ihn nicht, und es hat schon in meinem Magen rumort, als die beiden nur einmal zusammen getanzt haben. Dabei ist das die Art Mann, die ich auf keinen Fall sein will.

«Du hast nicht zufällig Kendra gesehen?», fragt mich Garrett. Er stößt mit seinem Drink gegen das leere Glas in meiner Hand. Woher auch immer er den Alkohol hat, ich habe bisher nur Wasser getrunken und auch nicht vor, das zu ändern, solange ich die Tabletten noch nehme.

«Nein. Keine Ahnung, wo Kendra ist.»

Mein Adrenalinspiegel ist viel zu hoch, ich zucke bei jeder Kleinigkeit zusammen, seit ich mich an die Medikamentendosis halte und Eden mir hilft, damit klarzukommen. Und ich komme klar. Auch wenn die Geräusche und Gerüche um mich herum mich überwältigen und ich jeden einzelnen Herzschlag in meinem Hals spüre wie ein wundes Pochen. Ganz automatisch geht meine Hand zum Kragen, um ihn zu lockern, aber die Fliege schnürt mich ein. Ich habe einen verdammten Smoking angezogen, und damit muss ich jetzt den gesamten Abend durchstehen.

«Okay, vielleicht ist sie mit Eden unterwegs.»

«Das glaube ich nicht, weil ich Eden eben noch mit Griffin gesehen habe.» Und es gehasst habe.

«Ja, aber Griffin ist dort drüben mit seinen Basketballkumpels.» Mit einem Kopfnicken zeigt er in die Richtung, wo eine ganze Gruppe muskulöser Typen steht, die alle offensichtlich schon ziemlich dicht sind.

Okay, dass Eden nicht dabei ist, sollte mich jetzt erleichtern, aber irgendwie habe ich kein gutes Gefühl. Die beiden waren verabredet, so wenig mir das auch gefällt, wieso sind sie dann auf einmal getrennt unterwegs? «Ich sehe lieber mal nach ihr», murmle ich mehr zu mir selbst, lasse das Glas auf einem der Tische zurück und bahne mir einen Weg zu den Toiletten.

«Warte, ich komme mit.» Garrett haftet sich an meine Fersen, was ich gerade gar nicht gebrauchen kann. Doch dann packt er mich plötzlich am Arm und zieht mich mit sich. «Ich habe sie gesehen. Sie sind gerade durch die Tür da vorn, zusammen mit Sun-young.»

Okay, dann gehen sie ins kleine Theater im Persephone-Saal. Aber was wollen sie da? Garrett ist so groß, dass ihm die meisten direkt ausweichen, und erreicht die Tür deshalb noch vor mir. Er zieht sie auf. Drinnen ist es deutlich kühler, weil das Theater selten geheizt wird, und die Weihnachtsmusik aus dem großen Saal dringt nur gedämpft in den Raum. Wir finden uns hinter der Bühne wieder, vor uns hängt ein meterlanger Vorhang schwer bis zum Boden. Aber dahinter sind sie. Ich kann jemanden sprechen hören. Nein, nicht irgendjemanden.

Devin.

Scheiße. Ist das wieder nur der Hirnnebel der Entzugssymptome? Gott, das ist unverkennbar Devins Stimme, und mein Herzrasen bestätigt mir das sofort.

Wie eine Stimme aus dem verfluchten Jenseits, eine Stimme, die über das Wasser schallt, eine Sirene, die mich ins Meer zerrt, und ich merke, wie meine Haut anfängt, vor Kälte zu stechen, wie das Wasser in meinen Mund schwappt, als ich nach Luft schnappe. Salzig. Eiskalt. Es droht mich zu ersticken. Als wäre ich wieder im Meer und würde nach Devin tauchen, ohne etwas zu sehen, ohne auch nur den geringsten Anhaltspunkt, wo er sein könnte. Ohne Hoffnung.

«What the fuck?», fragt Garrett. Er tritt durch den Vorhang, und ich folge ihm, auch wenn mein Körper mir signalisiert, dass eine Flucht angebracht wäre. Weil ich sonst falle, falle, falle. Und da ist niemand, der mich hält, der mich daran hindert, unterzugehen.

«Hey Leute», sagt Garrett, um sich bemerkbar zu machen. «Was macht ihr hier? Kommt ihr nicht zurück zur Par ...» Er stutzt.

Bis auf zwei gedimmte fächerförmige Leuchten an der Wand des Zuschauerraums liegt der Saal im Dunkeln, nur die Taschenlampe von Sun-youngs Handy erhellt die kleine Bühne. Kendra hebt ihr Smartphone neben Eden in die Höhe, und wir alle hören es. Devins Stimme. Seine Sprachnachricht. Das, was er über mich und Eden gesagt hat. An dem Tag seines Unfalls. Das, was ich am liebsten vergessen würde, weil es mich umbringt.

«Es ist echt alles am Arsch. Wegen Eden bin ich total abgeschrieben. Er denkt an nichts anderes mehr. Ganz ehrlich, wenn es um sie geht, lässt er mich einfach hängen.»

Eden sieht atemberaubend aus in diesem roten Samtkleid, bisher habe ich sie nur aus der Ferne gesehen, aber jetzt sind ihre Schultern angespannt, und eine verfluchte Angst steht ihr im Gesicht, die ich ihr nicht nehmen kann. Die ich selbst spüre.

Die mir in diesem Augenblick die Kehle zuschnürt, da kann ich noch so sehr an meiner Fliege zerren. «Mach das aus, Kendra.» Meine Stimme ist rau. Ich kann mich nicht wehren, ihr nicht das Handy aus der Hand schlagen, sie nicht anbrüllen, sie nicht daran hindern. Ich kann nur hier stehen, die Hände zu Fäusten geballt, die Kiefer aufeinandergepresst und das Herz bloß und nackt vor ihr, vor all unseren Freunden, vor allen, die beim Unfall dabei waren, vor Eden.

Eden sieht mich an, das Gesicht halb im Schatten, und das rammt mir etwas in den Magen, schraubt die Angst zu einer Panik hoch. Ich will nicht, dass sie das hört.

Gottverdammt, Kendra, tu das nicht. Tu mir das nicht an. Und tu ihr das nicht an. Ich bewege nur meine Lippen, aber es würde auch nichts ändern, wenn ich es hinausbrüllte.

Kendra stoppt die Aufnahme nicht. Sie hält ihren Arm in die Höhe, als würde sie eine verdammte Fahne schwenken. Tränen laufen ihr über das Gesicht, während sie mich bloßstellt, meine tiefsten Ängste, meine schlimmste Schuld, weil sie ... Ja, was? Sich an mir rächen möchte? Dafür, dass ich noch lebe und Eden liebe? Will sie das zerstören? Will sie, dass ich auch alles verliere, so, wie Devin alles verloren hat? Es wird Eden wehtun. Gott, mein Kragen ist so unfassbar eng, ich ersticke. Ich schiebe zwei Finger darunter, bekomme den Knopf aber nicht gelöst.

Devins Stimme schallt aus dem Handylautsprecher.

«Fuck, ich hätte echt nicht gedacht, dass es mal so weit kommt. Aber verdammt, ich beneide die beiden. Scheiße, das tue ich. Trotzdem fuckt es mich ab. Ist das normal? Sag mir einfach, dass ich nicht total krank bin, weil ich ihm das nicht gönne. Wenn er sich entscheiden müsste, würde er doch immer sie wählen, oder? Scheiß auf unsere Freundschaft. Ich weiß, dass das mit uns nie was geworden wäre, das wusste ich schon mit zwölf, und damit habe ich mich abgefunden. Das war für mich total okay. Aber wir

sind seit dem Kindergarten jeden Tag zusammen, und das zählt nichts mehr. Ich mag sie, ich verstehe total, dass er auf sie steht, aber gleichzeitig hasse ich sie. Wenn es ein beschissenes Erdbeben geben würde und der verfickte Planet würde in zwei Hälften gespalten, weiß ich genau, dass Will keine Sekunde zögern würde, auf ihre Seite zu springen. Er würde mich einfach hängen lassen. Das fuckt mich so richtig ab.»

Das fuckt mich so richtig ab …

Das fuckt mich so richtig ab …

Die Aufnahme stoppt, und es ist die Totenstille nach der Detonation in meinem Inneren. Kendra hat nicht gewonnen. Niemand hat gewonnen. Genauso wenig kann man ein verdammtes Erdbeben gewinnen. Garrett drückt meine Schulter, und ich begreife erst nach Sekunden, dass er mir damit seine Unterstützung signalisieren will. Ausgerechnet er.

Garrett räuspert sich. «Lösch das.»

«Was?» Kendra wischt sich die Tränen aus dem Gesicht und starrt ihn fassungslos an.

Ich kann nicht reagieren. Was soll ich auch sagen? Dass es mir leidtut? Devin ist tot, und ich habe ihn im Stich gelassen. Gottverdammt, ich kann das nicht rückgängig machen.

«Lösch das», wiederholt er. «Das ist eine private Nachricht an dich gewesen, oder? Eine, die Devin dir geschickt hat, als er wütend war, enttäuscht, was auch immer. Etwas, was er nur dir anvertraut hat. Er würde das nicht wollen. Garantiert würde er das auch nie so wiederholen.»

«Du kanntest ihn doch gar nicht. Er war mein Bruder.»

Gott, wieso bekomme ich so schlecht Luft? Ich reiße den Knopf ab und zerre an der Fliege, gebe aber trotzdem ein Keuchen von mir.

«Er ist tot, verdammt. Du hast echt kein Recht, das vor allen abzuspielen.»

«Das geht dich überhaupt nichts an, Garrett Endicott.»

«Doch, das geht mich sehr wohl etwas an, weil du mir etwas bedeutest. Und ich finde es scheiße, dass du so was machst.»

Sun-young beobachtet mich und kaut auf ihrer Unterlippe. Im Lichtschein ihres Handys wirkt Eden wie versteinert. Nur der verdammte Schmerz in ihren Augen ist nicht zu übersehen. Unsere Blicke krallen sich aneinander fest, in ihrem lese ich Trauer und Mitleid mit mir, und das kann ich nicht ertragen. Ich breche den Kontakt als Erstes ab.

«Es tut mir leid», flüstert sie. «Kendra, es tut mir leid, dass es sich für Devin so angefühlt hat. Keiner von uns wollte ihm das Gefühl geben, ausgeschlossen zu sein.»

«Natürlich wolltet ihr das nicht. Aber Devin hat es gewusst. Er wusste, dass es so kommt, und dann ist er ertrunken.»

«Weil er einen epileptischen Anfall hatte», stellt Eden fest, und ich weiß in diesem Moment, dass mir der schlimmste Teil noch bevorsteht. Und nun ist die Kralle wieder da. Die Eisenkralle, die mir die Lungen zusammenquetscht. Ich reiße die Fliege von meinem Hals, aber das nützt jetzt auch nichts mehr. Übelkeit steigt in mir auf, und mein Herz donnert los. *Was siehst du, was hörst du, was schmeckst du, was riechst du?* Ich sehe das Handylicht, das über unsere Gesichter flackert. Ich höre meinen eigenen Puls wummern. Ich schmecke Eisen auf meiner Zunge. Ich rieche ... nichts. Ich kriege keine Luft.

«William wusste doch nicht, dass dein Bruder Epilepsie hat. Wenn er gewusst hätte, dass Devin krank ist, wäre alles anders gekommen.»

Denkt sie das wirklich?

«Er hätte zuerst nach Devin gesucht und ihn gefunden. William konnte es nicht wissen. Wir hatten alle keine Ahnung, was passieren würde. Wie schnell. Vielleicht ...»

«Und wenn ... ich es ... doch wusste?», unterbreche ich sie

keuchend. Ich kann kaum sprechen, weil ich um jeden Atemzug ringe.

Meine Schuld. Meine Schuld. Meine Schuld.

Gott, Edens Blick zerreißt mir das Herz. Aber ich muss es ihr sagen, auch wenn es mich innerlich verbrennt. Auch wenn sie mich dann genauso verurteilt wie Kendra und dann alles vorbei ist. Ich werde sonst nie wieder atmen können.

«Was dann?», presse ich hervor. «Was, wenn ich es wusste?»

46. KAPITEL

Eden

Er hat es gewusst. William hat es gewusst. Ich merke, wie ich überrascht den Atem ausstoße. Das ist es also. Das ist der Grund, warum er sich so quält, warum er sich so unendlich schuldig fühlt. Nicht nur, weil er Devin nicht helfen konnte, sondern weil er wusste, dass Devin wahrscheinlich keine Chance hatte.

Aber das ... nein. Er konnte nicht ahnen, dass Devin einen Anfall bekommen würde. Niemand konnte das voraussagen, nicht mal Devin selbst. Und es ging alles so schnell. William hatte doch gar keine Zeit, darüber nachzudenken, er ... Mein Herz krampft sich zusammen, als ich die Hoffnungslosigkeit in seinem Gesicht sehe. Wie er nach Atem ringt, weil seine Tablettendosis so gering ist, dass sie nicht ausreicht, die Panik zurückzudrängen. Ich weiß nicht, was ich jetzt tun soll. Ich will ihm helfen, aber ...

«Du hast mich angelogen.» Kendra lässt jetzt erst den Arm mit dem Handy sinken. Und ich wünschte, sie würde aufhören. Ist ihr denn nicht klar, wie schlecht es ihm geht und wie sehr er darunter leidet?

«Ich wusste von Anfang an, dass du mich angelogen hast. Als das Ergebnis von der Autopsie kam – du warst nicht mal überrascht. Du wusstest, dass er Kokain geschnupft hatte, und du wusstest auch, wie gefährlich das wegen seiner Epilepsie war. Will, wie konntest du uns das nur verheimlichen? Wie konntest du?»

Oh Gott, bitte, Kendra, hör auf! Ich habe Angst um ihn. Angst, dass er gleich zusammenbricht.

«Ja, du hast recht», erwidert er, die Augen geschlossen. Es muss ihm so schwerfallen, darüber zu reden, und es tut mir so leid, dass ich ihm nicht helfen kann.

Seine Lippen bewegen sich, als würde er zählen. Seinen Atem zählen, um sich zu beruhigen und die Panik zurückzudrängen. Dann geht ein Ruck durch Williams Körper, und er öffnet die Augen. «Ich war mit ihm beim Arzt. Ich war bei jedem gottverdammten Arztbesuch dabei, und ich wusste genau, wie gefährlich die Drogen sind. Aber Devin hat nicht auf mich gehört.» Mit der Hand fasst er sich an den Hals. «Es war ihm egal, was ich gesagt habe. Egal, wie sehr ich auf ihn eingeredet habe, er hat einfach gemacht, was er wollte. Was ... was hätte ich tun sollen?»

Ich nicke. «Er hat auch Adderall genommen, Kendra. Als wir in Woodford angekommen sind, hat er mir die Tabletten in die Tasche geschmuggelt, während wir auf die Fähre gewartet haben. Ich wollte dir das nie sagen, ich habe es ihm versprochen. Aber wenn sie mich damit erwischt hätten ...» Ich spreche den Satz nicht zu Ende, aber ihr muss klar sein, was das für mich bedeutet hätte. Ich hätte mein Stipendium verloren, meinen Studienplatz, meine Zukunft. Und für Devin war das nur ein Spiel. «Es war seine Entscheidung. Es war ganz allein Devins Entscheidung. Alles.»

«Du hättest es mir sagen müssen, Will», beharrt sie.

«Du weißt, dass ich das nicht konnte. Devin wäre ausgerastet, wenn eure Eltern davon erfahren hätten. Sie hätten ihn von einem Arzt zum nächsten geschleift und ihn ständig überwacht. Devin ... er wollte das nicht.»

«Wie kannst du das sagen? Was spielt das für eine Rolle, was er will, wenn er damit sein Leben riskiert?»

William krümmt sich zusammen. Das schweißnasse Haar fällt ihm in die Stirn, und ich möchte ihm jetzt sagen, dass das alles für mich keinen Unterschied macht. Es ist sein schlimmstes Geheimnis, und es ändert nichts für mich. Weil ich weiß, dass er das alles nicht gewollt hat. Weil ich weiß, dass er Devin niemals dazu gebracht hätte, das zu tun, was er will. Oder was seine Eltern von ihm erwartet hätten.

«Er war erst achtzehn! Er hatte sein ganzes Leben noch vor sich. Er hätte auch ein schönes Leben verdient. Genau wie du.»

«Ja.» William kann nicht mehr stehen, geht in die Knie, und ich kann das nicht aushalten, laufe zu ihm und knie mich vor ihm auf den Boden.

«Hey.» Ich halte ihn fest, stütze ihn, damit er nicht umfällt, während seine Finger sich verzweifelt in sein Haar krallen. Ich habe solche Angst, dass er eine Panikattacke bekommt, dass er gleich völlig durchdreht und zusammenbricht.

«Ich weiß. Ich weiß das», wiederholt er immer wieder.

«Aber Devin war volljährig», sagt Garrett und kommt William damit zu Hilfe.

William bebt am ganzen Körper. Ich streiche ihm über den Kopf, zwinge ihn dazu, mich anzusehen. Er muss mir zuhören, und ich hoffe, dass Kendra es auch versteht. Weil ... ich es auch endlich verstanden habe. Ich habe Lark immer wieder Hilfe angeboten, sein Vater hat das, seine Therapeutin, aber am Ende hat es einfach nicht gereicht, und ich muss akzeptieren, dass er diese Entscheidung getroffen hat. Ja, er war krank, das ist ein Unterschied, aber wir konnten trotzdem nichts für ihn tun, trotz Medikamenten, trotz Therapie, wir konnten es nicht verhindern. Er hat so lange gekämpft, und dann konnte er das nicht mehr. Lark hatte ein Recht darauf, diese Entscheidung zu treffen. Und Devin …

«Will, hör mir zu. Ich habe Devin nicht so gut gekannt wie du, aber es war ihm so wichtig, frei zu sein und einfach das zu tun, was er will. Devin hat seine eigenen Entscheidungen getroffen. Auch das ist Freiheit. Mist zu bauen, etwas zu tun, das gefährlich ist, ungesund, unvernünftig. Wir alle wünschen uns, dass er bessere Entscheidungen getroffen hätte. Aber du konntest das nicht für ihn tun.» Ich drehe mich zu den anderen um. «Und Kendra auch nicht. Oder Devins Vater. Jeder entscheidet selbst für sich, was er mit seinem Leben anfängt, und das bedeutet auch, dass man es aushalten muss, wenn jemand Fehler macht.» Ich lege sanft meine Hände an sein Gesicht. «Es ändert nichts für mich, Will. Es ändert gar nichts.»

«Devin hat sich wie ein Arschloch verhalten.»

Wir fahren alle zu Sun-young herum, die das so nüchtern festgestellt hat, als würde sie Aktienkurse aufzählen. «Im Boot. Er hat sich wie ein Riesenarschloch aufgeführt. Tut mir leid, dass ich dir das jetzt sagen muss, Kendra. Ich mochte ihn echt gern, aber an diesem Abend wollte er uns Angst einjagen. Er hatte Spaß dabei. Er hat nicht auf Eden gehört, egal, wie oft sie ihm gesagt hat, dass er aufhören soll. Er ist aufgestanden, hat das Boot zum Wanken gebracht und mich ausgelacht, weil ich Angst hatte. Das war so was von daneben. Er ist kein Heiliger, nur weil er jetzt tot ist. Auch von uns ist das keiner. Er hat Drogen genommen, und er wusste, dass das, was er da macht, gefährlich ist. Lebensgefährlich sogar. Es war ihm einfach egal. Er hat ja nicht nur sich in Gefahr gebracht, sondern auch uns. Seinetwegen ist mir die Bootslampe runtergefallen, und wir hatten kein Licht mehr.»

Kendra hört ihr gar nicht zu. «Warum hast du ihn nicht gefunden, Will?» Sie wischt sich die Tränen aus dem Gesicht, und es ist so schmerzverzerrt, dass mir die Kehle eng wird. «Wieso hast du nicht zuerst nach ihm gesucht? Er war total hilflos, Will!»

Und jetzt wird mir endlich klar, was in der Nacht passiert ist und warum William mit mir Schluss gemacht hat und mir gesagt hat, dass ich ihn nie wieder anfassen soll. Kendra hat ihm Devins Nachricht vorgespielt. Seine Sprachnachricht. Direkt nach dem Unfall. Oh mein Gott, das muss ihn zerstört haben, und nur aus diesem Grund hat er das mit uns zerstört. Weil er es nicht ausgehalten hat, so schuldig zu sein. Und dann denke ich an diesen verdammten Philosophiekurs, als sie das moralische Dilemma bei Pollard so aufgebaut hat, dass es ihn in die Ecke drängen musste, und jetzt macht sie genau dasselbe wieder.

«Warum, Will?»

«Bitte hör auf, Kendra», flehe ich sie an. «Du weißt, dass es darauf keine Antwort gibt.»

William schüttelt den Kopf. Ich glaube, in diesem Moment gibt er auf. Er gibt *sie* auf. Er kann nicht mehr. Er kann nicht mehr gegen sie ankämpfen, ich spüre ganz genau, wie etwas in ihm nachgibt.

«Ich habe nicht an Devin gedacht. Ich weiß, dass du mich dafür hasst, aber ich habe keine Sekunde an Devin gedacht.»

«Aber warum? Ihretwegen?» Sie zeigt auf mich, und das tut verdammt weh.

William sieht mich an, und seine Augen sind so dunkel, dass es mir Angst macht. Seine Stimme klingt gebrochen, und jetzt redet er nur mit mir.

«Er hat dich verletzt. Das Ruder hat dich erwischt. Ich habe nicht überlegt, Eden. Ich hatte keine Zeit, darüber nachzudenken, was ich tue. Ich hatte eine Scheißangst. Ich bin in das verfluchte Wasser gesprungen, ohne eine Sekunde zu überlegen.

Du hättest ertrinken können. Als das Ruder gegen deine Stirn geknallt ist, dachte ich, dass es vorbei ist. Es hat sich angehört, als würde etwas brechen. Du hättest sterben können.»

Kendra stöhnt auf. «So wie Devin.»

«Ja. Und ich weiß nicht, was ich dir noch sagen soll. Ich kann nicht mehr sagen als das. Das muss unglaublich schlimm für dich zu hören sein, aber es ist die Wahrheit. Ich habe keine Sekunde an Devin gedacht, als es passiert ist. Verurteile mich dafür.» Er lacht bitter auf. «Gott, dein Philosophieprof hätte seine wahre Freude daran. Aber es war keine bewusste Entscheidung. Ich habe nicht einmal darüber nachgedacht, was mit Devin passieren könnte, dass die Drogen einen Anfall auslösen könnten. Ich hatte Angst, dass Eden ...» Er bricht ab.

«Jeder von uns hätte etwas tun müssen», sagt Garrett jetzt. «Wir waren alle dabei. Ich habe nur die Scheißlampe gehalten und das Wasser abgesucht, obwohl ich William hätte helfen müssen, nach Devin zu tauchen.»

«Ich auch», ergänzt Sun-young leise.

Garrett ist noch nicht fertig. «Du hättest auch nach ihm suchen können, Kendra. Du hättest genauso gut ins Wasser springen können wie William. Scheiße, du weißt, dass ich seit einer Ewigkeit in dich verliebt bin, aber gerade hasse ich dich. Wie kannst du ihm die Schuld geben? Wir waren alle dabei, wir sind alle Schuld daran.»

«Ich weiß», stößt sie aus, und die Stille danach ist fast körperlich spürbar. Sie fängt an zu schluchzen, als würde plötzlich etwas in ihr aufbrechen. «Ich weiß das. Und ich fühle mich so unendlich schuldig, Garrett. Ich hatte Angst. Ich habe mich nicht getraut, ins Wasser zu springen, und das bedeutet doch, dass ich ihn nicht genug geliebt habe, oder?» Sie sieht mich an, und ich schüttle sofort den Kopf.

«Nein, das heißt es nicht.»

«Er war mein Bruder, und ich war zu feige, mein Leben für ihn zu riskieren. Ich hatte Angst. Und ich weiß nicht, wie ich damit leben soll. Will, ich ...» Im nächsten Moment ist sie neben uns und fällt William um den Hals. «Es tut mir so leid, Will. Ich glaube, ich musste irgendjemandem die Schuld geben. Ich hab's einfach nicht ertragen. Immer, wenn ich es auf dich schieben konnte, wenn ich die ganze Verantwortung auf dich übertragen habe, habe ich mich ein winziges bisschen besser gefühlt. Ich bin so hilflos, und ... so bin ich nicht. Ich bin damit nicht klargekommen, und ... und ... es tut mir leid. Du hast Eden das Leben gerettet, du bist ein beschissener Held, Will. Und dann hast du nicht aufgegeben und nach Devin gesucht. Du hattest keine Angst, du hast es einfach gemacht, und es bringt mich um, dass ich das nicht konnte.»

Will fährt sich über das Gesicht. «Es ist niemandes Schuld, Kendra.»

«Auch das mit dem Foto tut mir so leid», bringt sie erstickt hervor. «Devins Dad hätte das nicht veröffentlichen dürfen. Er hätte mit uns allen darüber reden müssen, aber er redet mit niemandem mehr. Nicht mal mit meiner Mom. Er wird damit nicht fertig. Er kann Devin nicht gehen lassen.»

«Welches Foto?», will Garrett wissen. «Wovon redet ihr?»

Sie lässt William los, und er antwortet an ihrer Stelle. «Von dem Foto, das aus meinem Zimmer gestohlen wurde. In der Nacht, als du meine Tasche gefunden hast, Garrett, und meine Zimmerkarte verschwunden ist.»

Garrett öffnet den Mund. Dann taxiert er Kendra. «Sag mir, dass das nicht wahr ist. Du hast nicht ernsthaft seine Zimmerkarte aus der Tasche geklaut, als ich kurz in der Küche war, oder? Als du mich darum gebeten hast, dir was zu trinken zu holen.»

«Es ... ich habe nur Fotos von ihm geholt, Garrett. Ich wollte die Erinnerungen an Devin behalten, alles, was Will von ihm hatte, ich weiß, dass das scheiße von mir war.»

«Du hättest mich nur fragen müssen», erklärt William ihr sanft. «Ich hätte sie dir gegeben.»

«Ich weiß, und es tut mir leid.» Sie sieht ihn an, nickt nachdrücklich. «Es tut mir leid, Will. Alles. Alles, was ich zu dir gesagt habe.»

«Okay.» Er holt tief Luft, und dann entweicht sein Atem bebend. Ich helfe ihm hoch. William lässt seinen Kopf an meine Schulter sinken und hält sich an mir fest. «Es ist wirklich okay», flüstert er. William hat gesagt, dass er Kendras Absolution nicht braucht, aber das war nicht die Wahrheit. Kendras Absolution ist das Einzige, was er wirklich gebraucht hat. Die Erleichterung lässt mich fast taumeln, und seine Umarmung wird automatisch fester, als er das merkt. Ich weiß, dass er nicht damit aufhören wird. Mich festzuhalten, meine ich. Egal, wann ich falle, er wird mich halten. So wie ich ihn.

Garrett seufzt. «Ich weiß ja nicht, wie es euch geht, aber ich bin fix und fertig und habe echt keinen Bock mehr, zurück auf die Weihnachtsfeier zu gehen. Nicht mal, wenn du dich nackt unter den Scheißmistelzweig stellst und dort auf mich wartest», sagt er an Kendra gerichtet. Das Handylicht wackelt, weil Sun-young anfängt zu lachen, und mit ihrem Kichern fällt die Anspannung von uns ab.

Kendra zieht erst die Nase hoch, dann hebt sie den Kopf und stößt ein Schnauben aus. «Das wollen wir doch mal sehen. Wie heißt das verfluchte Motto von Woodford noch mal?»

Bereit für alles. Ich sehe Will an. Ich glaube, das sind wir wirklich.

EPILOG

William

Hey, Augen zu, habe ich gesagt.» Ich habe genau gesehen, dass Eden blinzelt, und lache leise.

Sicherheitshalber halte ich ihr von hinten die Hände über die Augen und dirigiere sie mit meinem Körper durch den Flur. An Weihnachten waren wir bei ihrem Dad und sind erst seit drei Tagen in Boston. Drei Tage, in denen ich so viel gepennt habe, als müsste ich den Schlaf eines ganzen Monats nachholen. Ohne die verdammten Albträume, purer, reiner Schlaf. Drei Tage, in denen wir so gut wie nur im Bett gelegen, geredet und gelesen haben. Eden muss ihre Literaturliste abarbeiten, und deshalb lesen wir uns gegenseitig vor. Gott, es gibt auf der ganzen Welt nichts Besseres, als mit Eden im Arm unter einer Decke zu liegen, ihr etwas von Whitman, Yeats oder Dickinson vorzulesen, bis sie mir irgendwann das Buch aus der Hand nimmt, es weglegt, sich über mich beugt, erst sanft mein Feuermal küsst und ihren Mund dann auf meinen presst.

Aber drei Tage sind nicht genug.

Mir geht es gut. So gut, dass ich manchmal in Versuchung komme, die Scheißtabletten wegzulassen, aber Eden erinnert mich daran, dass es besser ist, dem Plan von Doc Reisman zu folgen und mir selbst Zeit zu geben. Und natürlich hat sie recht. Sie gibt mir zweimal am Tag eine halbe Tablette, und nächste

Woche reduzieren wir die Dosis noch weiter. Seit der Aussprache mit Kendra habe ich keine Panikattacke mehr gehabt, und der Gurt, der mich über Wochen eingeschnürt hat, ist weg. Keine verdammte Atemnot mehr, keine unerträgliche Reue.

Meine Schuldgefühle haben sich nicht einfach so aufgelöst. Aber es ist leichter geworden, damit umzugehen. So viel leichter, weil ich die Last nicht mehr alleine tragen muss. Weil wir alle bei Devins Unfall dabei waren und uns alle gleichermaßen dafür verantwortlich fühlen. Das ist etwas, das uns für den Rest unseres Lebens verbinden wird. Deshalb kommen Kendra, Garrett und Sun-young auch morgen Abend vorbei, um Silvester mit uns zu feiern. Und ich habe nicht vor, eine einzige Minute mit Eden zu verschwenden, die wir noch allein sind.

Ich gebe ihr einen Kuss in den Nacken, als sie stehen bleibt, und kann zusehen, wie sich genau dort eine Gänsehaut bildet.

«Du weißt, dass du mir nichts schenken sollst, Will.»

Gott, ja, aber das hier ist etwas anderes. «Und wenn es mich keinen Cent gekostet hat?»

«Dann ...» Sie stoppt schon wieder, dabei sind wir fast an der Tür. «Hat es denn keinen Cent gekostet?», hakt sie nach.

Ich will das schon bestätigen, halte dann aber inne. «Fahrtkosten zählen nicht. Wesley war heute Morgen im Verlag meiner Eltern und hat es für mich abgeholt. Abgesehen vom Sprit und seiner Arbeitszeit, für die er sowieso bezahlt wird, liegen die Kosten bei null Komma null Cent. Beruhigt?» Gott, diese Frau. Ich will ihr die Welt schenken, und sie fragt, was es kostet. Bitte lass mich dir einfach alles geben, was ich habe.

Sie atmet erleichtert aus, trotzdem bleibe ich angespannt. Als ich ihr eine private Führung durch *Grantham & Tracy Press* gegeben habe, fand sie sie toll und konnte ihren Blick kaum davon lösen, aber vielleicht war das auch nur Wunschdenken meinerseits. Keine Ahnung, ob sie wirklich genauso auf das alte Ding abfährt wie ich, aber im Verlag stand sie nur rum. Reine Deko, und dafür ist sie echt zu schade, wenn sie Eden inspirieren kann.

«Augen zu», erinnere ich sie, weil ich eine Hand brauche, um die Tür zu öffnen. Ich lasse sie nur kurz los, stoße die Tür auf und schiebe Eden dann sanft hindurch. «Jetzt kannst du sie aufmachen.»

«Oh Gott, ich trau mich nicht.»

Als ich neben sie trete, kneift sie immer noch die Augen zusammen.

«Es ist wirklich nichts Besonderes, keine Sorge. Ich bin nicht mal sicher, ob sie dir so gut gefällt wie mir.»

«Blödsinn. Ich liebe alles von dir.»

Und ich liebe alles von ihr. Alles an ihr.

Eden öffnet die Augen, ihr Blick gleitet über den massiven antiken Schreibtisch vor ihr und bleibt an der alten Underwood-Schreibmaschine darauf hängen. Sie fährt zu mir herum. «Aber die stand bei euch in der Vitrine. Die durftest du doch bestimmt nicht einfach so mitnehmen.»

«Selbstverständlich durfte ich. Sie funktioniert noch. Ich habe die Typenhebel gereinigt, ein neues Farbband eingelegt und sie gerade getestet.» Ich deute auf das eingespannte Blatt. «Wenn du willst, kannst du sofort loslegen. Das Zimmer gehört dir.»

Sie hat schon die Hand ausgestreckt, um die Tasten zu berühren, zieht sie aber wieder zurück. «Was meinst du damit, das Zimmer gehört mir?»

«Es stand leer. Und jede Frau braucht ein Zimmer für sich allein. Sagt zumindest Virginia Woolf.»

«Du hast mir ein Zimmer in deiner Wohnung eingerichtet?»

«Du brauchst hier einen Platz zum Arbeiten. Vor allem da du das Empfehlungsschreiben von Stirling für die *Lumen Academia* bekommen hast. Es wird sicher vorkommen, dass du hier bist, wenn eine Deadline naht.» Von Cushing hat sie auch eine

Empfehlung bekommen, aber Eden meinte, sie würde sich eher die Hand abhacken, als die bei der Studentenzeitung einzureichen. Auch wenn ich damit klarkomme, was zwischen Cushing und mir vorgefallen ist, werde ich das definitiv noch ansprechen. Wenn ich etwas mehr Distanz gewonnen habe. Und ohne Xanax zurechtkomme, damit meine Eltern nicht komplett durchdrehen, wenn sie davon erfahren.

«Du hast mir ein Arbeitszimmer eingerichtet», murmelt sie ungläubig.

Ich verstehe nicht, wo das Problem ist. «Es ist nur ein Zimmer, Eden.»

«Das ist größer als mein Zimmer im Wohnheim.»

«Umso lieber wirst du dich hier aufhalten, schätze ich.» Meine Mundwinkel ziehen sich nach oben. Eden bemerkt den Ammoniten, den ich aus dem Wohnheim mitgebracht habe, und dann das Foto, das auf dem Tisch steht. Sie blinzelt. Es ist das Bild von ihr und Lark, auf dem sie die riesige Grillschürze ihres Dads trägt. Arthur hat es mir heimlich mitgegeben. Bevor sie noch anfängt zu weinen, rede ich schnell weiter. «Wenn dich irgendwas stört, die Bilder, die Lampe, irgendwas, dann kannst du das gerne rausschmeißen oder dir was aus den anderen Zimmern aussuchen.»

«Etwas rausschmeißen?» Sie klingt ziemlich fassungslos, und so langsam mache ich mir Sorgen.

«Ja. Wenn dir zum Beispiel die expressionistischen Gemälde nicht gefallen. Du könntest stattdessen ein Bild von unserer Wall of Shame hier aufhängen, falls dir das besser gefällt. Wie das mit der Tomatensoße in meinem Gesicht.»

Sie nickt langsam. «Oder wir kreieren einfach unsere eigene Wall of Shame.»

Ich grinse, und endlich erwidert Eden es. Sie fährt mit dem Daumen über mein Kinn, hält es fest und gibt mir einen Kuss.

«Du hast auf jeden Fall noch genug Platz für deinen Laptop und einen großen Bildschirm, weil die Underwood zwar echt romantisch ist, nur leider auch total unpraktisch. Aber falls ...»

Sie erstickt jedes weitere Wort von mir mit ihrem Mund. Gott, Eden. Ich liebe es, wenn sie mich so küsst, dass ich ihr Lächeln an meinen Lippen spüren kann.

«Ich bin dir wirklich sehr, sehr, sehr dankbar», raunt sie, und ihre Stimme kratzt an meiner Selbstbeherrschung. Genauso gut könnte sie mit ihrer Zunge über meinen Brustkorb nach unten fahren, das löst in etwa dieselbe Reaktion in mir aus.

«Du musst noch lesen, was ich getippt habe. Es ist kein Lorem Ipsum», sage ich rau.

Eden zieht das Blatt heraus.

```
5. Akt, Letzte Szene
Boston, Williams Elternhaus, innen, Edens Büro.
Eden und William.

WILLIAM
(Hofft, dass sie ausflippt vor Freude.)
«Das Zimmer gehört dir.»

EDEN
(Völlig überrascht.)
Das kann ich unmöglich annehmen.

WILLIAM
(Nickt langsam und schüttelt dann den Kopf.)
Du kannst alles von mir haben, Eden. Du weißt,
dass mir das alles nichts bedeutet. Aber du
bedeutest mir alles.
```

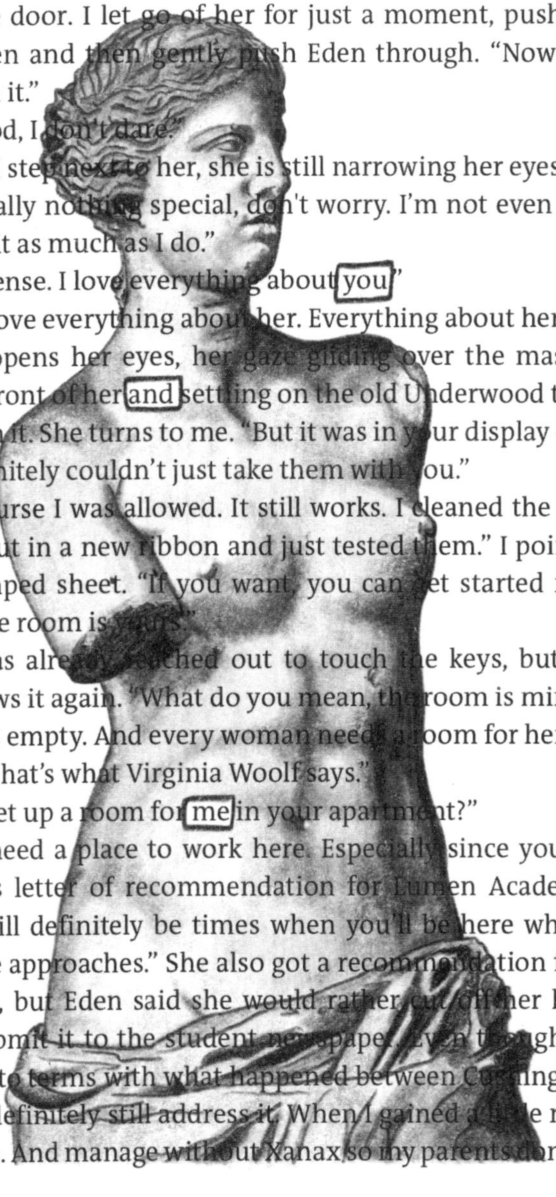

"Close your eyes," I remind her because I need a hand to open the door. I let go of her for just a moment, push the door open and then gently push Eden through. "Now you can open it."

"Oh God, I don't dare."

When I step next to her, she is still narrowing her eyes.

"It's really nothing special, don't worry. I'm not even sure you like it as much as I do."

"Nonsense. I love everything about you."

And I love everything about her. Everything about her.

Eden opens her eyes, her gaze gliding over the massive desk in front of her and settling on the old Underwood typewriter on it. She turns to me. "But it was in your display case. You definitely couldn't just take them with you."

"Of course I was allowed. It still works. I cleaned the type levers, put in a new ribbon and just tested them." I point to the clamped sheet. "If you want, you can get started right away. The room is yours."

She has already reached out to touch the keys, but she withdraws it again. "What do you mean, the room is mine?"

"It was empty. And every woman needs a room for herself. At least that's what Virginia Woolf says."

"You set up a room for me in your apartment?"

"You need a place to work here. Especially since you got Stirling's letter of recommendation for Lumen Academia. There will definitely be times when you'll be here when a deadline approaches." She also got a recommendation from Cushing, but Eden said she would rather cut off her hand than submit it to the student newspaper. Even though I'm coming to terms with what happened between Cushing and me, I'll definitely still address it. When I gained a little more distance. And manage without Xanax so my parents don't go

ZITATNACHWEISE

Zitat auf Seite 83 aus der Kurzgeschichte «The Rich Boy» von F. Scott Fitzgerald, ursprünglich veröffentlicht in «All the Sad Young Men», New York, 1926.

Zitat auf Seite 112 aus dem Song «Achilles Come Down» von Gang of Youths. Melodie und Text von David Immanuel Menachem Sasagi Le'Aupepe.

Zitat auf Seite 114 f., 171 und 366 aus dem Song «Falling Down» von Lil Peep, XXXTENTACION. Melodie und Text von Gustav Elijah Ahr, Jahseh Dwayne Onfroy, Aaron Wesley Jackson, Makonnen Sheran, Michael Len Williams, Valentin Leon Blavatnik.

Zitat auf Seite 225 aus dem Roman «Dracula» von Bram Stoker, London 2011. Zitat übersetzt von Nikola Hotel.

Zitat auf Seite 227 aus dem Roman «Der kleine Prinz» von Antoine de Saint-Exupéry, übersetzt von Grete und Josef Leitgeb, Düsseldorf 2020.

Zitat auf Seite 227 aus dem Roman «Mrs. Dalloway» von Virginia Woolf, New York 2021. Zitat übersetzt von Nikola Hotel.

Zitat auf Seite 229 aus dem Film «Stirb langsam», Drehbuch von Jeb Stuart und Steven E. de Souza, 1988.

Zitat auf Seite 229 aus dem Film «Harry Potter und die Kammer des Schreckens», Drehbuch von Steve Kloves, 2002, basierend auf dem gleichnamigen Roman von J. K. Rowling.

Zitat auf Seite 230 aus dem Film «Harry und Sally», Drehbuch von Nora Ephron, 1989.

Zitate auf Seite 231 aus dem Film «Persuasion», Drehbuch von Ron Bass und Alice Victoria Winslow, 2022, basierend auf dem gleichnamigen Roman von Jane Austen, und aus dem Buch selbst, London 2014. Zitat übersetzt von Nikola Hotel.

Zitat auf Seite 231 f. aus dem Film «Fight Club», Drehbuch von Jim Uhls, 1999, basierend auf dem gleichnamigen Roman von Chuck Palahniuk.

Zitat auf Seite 233 aus dem Film «Fifty Shades of Grey», Drehbuch von Kelly Marcel, 2015, basierend auf dem Roman «Fifty Shades of Grey – Geheimes Verlangen» von E L James.

Zitat auf Seite 255 aus dem Song «Asleep» von The Smiths. Melodie und Text von Johnny Marr, Steven Morrissey.

Zitat auf Seite 258 aus dem Roman «Atonement» von Ian McEwan, London 2001.

Zitat auf Seite 295 aus Folge 1 der Serie «One Day», Drehbuch von Nicole Taylor, 2024, basierend auf dem Roman «Zwei an einem Tag» von David Nicholls.

Zitat auf Seite 385 aus dem Film «Gremlins – Kleine Monster», Drehbuch von Chris Columbus, 1984.